KATHARINA EIGNER

Salzburger Rippenstich

WILDE JAGD UND KRANZLSTICH Ein unbekannter Toter, ein Hundebiss und ein depressiver Polizist. Das Ende der Gemütlichkeit in der sagenumwobenen Untersberg-Region und gleichzeitig der Startschuss für Rosmarie Dorn als Ermittlerin. Dass es sich um Mord handelt, steht für die Arzthelferin außer Frage. Bald darauf baumelt Leiche Nummer zwei erstochen am Galgen, wenige Stunden vor einer Brauchtumsveranstaltung. Das stärkste Motiv hat ein unbeliebter Jurist, dem als Kind Schreckliches widerfahren ist. Aber bei ihrer Recherche vor Ort stoßen Rosmarie und Co-Ermittlerin Vroni auch auf eine misshandelte Baumeistersgattin, tschechische Handwerker, einen vertuschten Unfall und versuchte Erpressung. Und jenseits der österreichischen Grenze steht ein Grabstein, der sich wie eine düstere Prophezeiung liest. Die Zeit drängt, denn im Terminplan des Mörders steht bereits das Sterbedatum von Opfer Nummer drei: »Die Wilde Jagd vom Untersberg« – ein uralter Brauch im Advent.

Katharina Eigner, geboren 1979, kehrte nach einem Ausflug an die Uni Wien zurück nach Salzburg. Neben ihrer Arbeit im Familienbetrieb schreibt sie Krimis, Thriller und Kurzgeschichten. Sie ist Mitglied der Salzburger Autorengruppe und der Mörderischen Schwestern, für die sie monatlich Kolumnen verfasst. Katharina Eigner lebt mit ihrer Familie im Süden der Stadt Salzburg.

www.katharina-eigner.at

KATHARINA EIGNER

Salzburger Rippenstich

Kriminalroman

Personen und Handlung sind frei erfunden.
Ähnlichkeiten mit lebenden oder toten Personen
sind rein zufällig und nicht beabsichtigt.

MIX
Papier aus verantwortungsvollen Quellen
FSC www.fsc.org FSC® C083411

Besuchen Sie uns im Internet:
www.gmeiner-verlag.de

Im Ehnried 5, 88605 Meßkirch
Telefon 07575/2095-0
info@gmeiner-verlag.de

1. Auflage 2021

Lektorat: Claudia Senghaas, Kirchardt
Herstellung: Mirjam Hecht
Umschlaggestaltung: U.O.R.G. Lutz Eberle, Stuttgart
unter Verwendung eines Fotos von: © Fotos Lutz Eberle,
gestickt von Katharina Eigner und Else Aichele
Druck: CPI books GmbH, Leck
Printed in Germany
ISBN 978-3-8392-0074-2

Für meinen Mann Herbert,
der an mich glaubt und mich bedingungslos unterstützt.

INHALT

Erstes Kapitel
Erzählt von schweißnassen Muskelbergen, einer Bestie und einer gesetzestreuen Nervensäge, die sich nicht an die Spielregeln hält. Ich habe Angst vor Tollwut und will keine Krankenvertretung. Ein ausgeheilter Fersensporn führt zu einer grausigen Entdeckung, eine Botin ohne Flügelschuhe überbringt pressfrische Nachrichten und der Fischer Xaverl erledigt Hausmeisterarbeiten in Endlosschleife.

Zweites Kapitel
Erzählt von vergessenen Terminen, Stylingfragen und Wochenendplänen. Es geht um böses Karma und Vorzimmerdrachen. Gott reißt das Ruder herum und schickt mir den Rettenbacher. Ein unerwartetes Outing löst mein Problem und ein Papierstau im Drucker bringt eine Zeitzeugin zum Reden. Ich erfahre, dass der Pechtl eigentlich eine ganz arme Sau ist.

Drittes Kapitel
Erzählt von zu viel Zwiebeln und Knoblauch. Laurenz lässt seinen Aasgeier-Charme spielen und verstimmt seine Mutter. Ich werde mit einer britischen Hobby-Kriminalistin verglichen, fühle mich aber nur bedingt geschmeichelt. Ein gesellschaftliches Ereignis weicht von der gewohnten Etikette ab und wird interessanter als befürchtet. Die Diva Salzburg ist

in Wirklichkeit ein Dorf, meine beste Freundin ist mir ein Rätsel. Wir segeln Sturm und essen Brezen.

Viertes Kapitel
Erzählt von Muskelbergen, Langeweile und Abenteuerlust. Liebe tut weh, und zwar nicht nur im übertragenen Sinn. Außerdem sehe ich Rasentraktoren ab jetzt aus einem neuen Blickwinkel. Ich bin im Gelände unterwegs, werde fündig, aber nicht schlauer. Ich spiele Socken-Memory und erfahre allerhand über Trauma-Verletzungen.

Fünftes Kapitel
Erzählt von düsteren Fantasien, durchsichtigen Sträuchern, Kosmetika und einem Dauerparker.

Übersetzte Verpackungsaufschriften bringen mich ein großes Stück weiter. Ich orientiere mich an epischen Helden der Kriminalromane und zahle auf mein Haben-Konto ein. Die ersten Gehversuche als Neo-Kriminalistin werden akribisch vorbereitet und erfordern vollste Konzentration. Als Konsequenz unterläuft mir ein typisch männlicher Fehler.

Sechstes Kapitel
Erzählt von kleinen Nagern, lukullischen Genüssen und meiner ersten Befragung. Ich zwinge mich, meine Premiere pragmatisch anzugehen. Der Laurenz füllt meine Wissenslücken, frönt dem Alkohol und schläft den Schlaf des Gerechten. Ich bin overdressed, erfolgreich und habe mir ein Dessert verdient. Die Vroni verkauft selbst gemachte Gaumenfreuden unter ihrem Wert und hat es schon wieder eilig. Es geht um Vermehrung, Statistiken und Klebezettel.

Siebentes Kapitel

Erzählt von flatternden Notizen, stylischer Freizeitmode, Studienkollegen, Vorher-Nachher-Slideshows und Notfalltropfen. Die kalte Jahreszeit hinterlässt Spuren an unseren Patienten und die Postlerin des Jahres bringt eine Einladung ins Nirgendwo. Erinnerungen werden wach und Reisetipps verraten. Vroni hat Mitleid mit einem Mobbingopfer und ändert ihren Telefonierstil, ich entdecke einen weißen Fleck in meiner DNA und fasse einen unumstößlichen Entschluss.

Achtes Kapitel

Erzählt von geschmiedeten Plänen, fehlender Spontaneität, Überzeugungsarbeit und einem Drei-Phasen-Modell. Es geht um heilende Zuckerschocks, tschechische Minarette und weibliches Organisationstalent. Die Vroni packt ihr Geocacherwissen aus und will Zeichen setzen. Ich radle durch den Nebel, habe eine Wunschliste und bitte um ein Zeichen. Die Susi muss sich mit einem Soloauftritt abfinden und erhält zu viel Kostgeld.

Neuntes Kapitel

Erzählt von weißen Flecken auf der Landkarte, knusprigen Zierpflanzen und einer androgynen Concierge. In einem verstaubten Nest sind die Gräber überdimensional, die Landflucht folgenschwer und die Mehlspeisen himmlisch. Ich erfahre von einem herzzerreißenden Schicksal. Der Laurenz ist kontaktfreudiger als erwartet und überrascht mit grenzüberschreitender Trinkfestigkeit.

Zehntes Kapitel

Erzählt von Wasserdampf und Zeichentrickidylle, heimeligen Schuhschachteln und unkomplizierter Hilfsbereitschaft in Jersey. Ich mache eine Zeitreise in stickiger Luft und finde, was ich suche. Die Erkenntnis, dass der Mensch eine Bestie ist, ist nicht neu, aber schockierend.

Vroni läuft zu kriminalistischen Höchstleistungen auf und ist beleidigt wie immer, trifft aber einen Nerv.

Elftes Kapitel

Erzählt von weinseligem Kulturaustausch, Fässern und nackter Haut. Ivana bewährt sich als Retter in der Not, ich muss die geplante Heimreise verschieben, frische meine Kartenspielkenntnisse auf und werde zur Dancing Queen. Susi verliert die Contenance, ich bewahre nach außen hin einen kühlen Kopf, muss aber an Vronis Weissagung denken. Laurenz ist stumm wie ein Fisch.

Zwölftes Kapitel

Erzählt von Hermis Rossnatur, Glitzerstreuseln und dem Pflichtbewusstsein eines braven Gemeindebürgers. Eine Familienkonferenz findet statt, Xaverl erinnert mich an ein weltbekanntes Ölbildnis und legt sich mit dem Rest der Welt an. Am Ende steht allerdings eine erschreckende Erkenntnis.

Dreizehntes Kapitel

Erzählt von Ausscheidungen, Kuverts und Notendruck. Vroni ist mir technisch wieder einmal überlegen und Laurenz konzentriert sich aufs Wesentliche. Ich muss Onkel Stefan beruhigen und Vera um einen Gefallen bitten. Noch nie war es so aufschlussreich, Gemüse zu schneiden.

Vierzehntes Kapitel
Erzählt von Mauslöchern, Schlafmöglichkeiten und praktischem Denken. Onkel Stefan gibt zwangsweise sein Eremitendasein auf, Vroni ist für einen guten Zweck produktiv und im vorweihnachtlichen Ausahmezustand. Wir essen verbrannte Kekse und der Rettenbacher hat eine neue Perspektive. Die sozialen Medien erweisen uns gute Dienste und Onkel Stefan findet einen Weg aus seinem Stimmungstief.

Fünfzehntes Kapitel
Erzählt von Dreivierteltakt, Halsschmuck, Impfungen und einem fatalen Irrtum. Mudras, Zitronenseife und Spruchkalender bleiben wirkungslos, ich ziehe den Zorn meiner Chefin auf mich und verrichte freiwillig Hilfsarbeiten. Vronis Keksrekorde waren für die Katz, woraufhin sie die Schnauze voll hat. Ich füttere meine Fettzellen mit Palmöl und Zucker, habe Versagensängste und gebe mir ein Versprechen, das ich nicht halten kann.

Sechzehntes Kapitel
Stimmt auf Weihnachten ein, erzählt von einer durchwachten Nacht, sehr konkreten Zeichen und einer neuen Bekanntschaft.

Ich höre Andreas Gabalier und erfahre Unglaubliches. Ich muss meine Taktik ändern, pralle aber an hartnäckigem Schweigen ab. Niemand anderes als Miss Marple taucht aus einer Nebelschwade auf und feuert mich an.

Siebzehntes Kapitel
Erzählt vom Weg, der im Staccato in die richtige Richtung führt, von einem Traum-Body-Mass-Index, der mir an dieser Stelle herzlich wurscht ist, und einer Prise Pathos aus dem Internet. Heiße Nächte, hundsbraune Büschel und eine verschwundene Uniform tun ihr Übriges. Mein Mann hilft mir mehr, als ihm lieb ist. Es geht um unerwartete Großzügigkeit, einen fatalen Irrtum und darum, dass endlich alles gut wird. Laurenz muss sich nicht schämen und der Roderich darf sich mit Ruhm bekleckern.

ERSTES KAPITEL

Erzählt von schweißnassen Muskelbergen, einer Bestie und einer gesetzestreuen Nervensäge, die sich nicht an die Spielregeln hält. Ich habe Angst vor Tollwut und will keine Krankenvertretung. Ein ausgeheilter Fersensporn führt zu einer grausigen Entdeckung, eine Botin ohne Flügelschuhe überbringt pressfrische Nachrichten und der Fischer Xaverl erledigt Hausmeisterarbeiten in Endlosschleife.

Das Klimpern von Liebeskugeln in einem Hintern: unvergesslich.

Diese akustische Erfahrung verdanke ich einer freundlichen Feinkostverkäuferin. Mit zusammengekniffenen Pobacken ist sie in unsere Praxis gekommen, weil sie die Kugeln alleine nicht mehr herausziehen konnte. Sicherheitsband gerissen. Also metallene Klong-Geräusche bei jedem Schritt. Peinlich. Ein Notfall, hat die Frau Doktor gesagt. Die Kugeln müssen raus, egal wie. Was an einer schweren Klimbim-Kette im Enddarm erotisch sein soll, das hat sich mir bis heute nicht erschlossen. Jedenfalls haben wir alles wieder ans Tageslicht befördert und die Patientin um gut ein Kilo erleichtert.

Ich bin die rechte Hand der Grödiger Hausärztin. Und neben Terminvergabe und dem Beschriften von warmen Lulubechern gehört eben auch Unappetitliches zu meinen Aufgaben. Stuhlproben umfüllen, eitrige Verbände wechseln. Solche Sachen.

Auch der Rettenbacher, unser Haus-und-Hof-Hypochonder, ist fixer Bestandteil meines Arbeitsalltags. Mindestens dreimal die Woche steht er auf der Matte, und nichts zieht ihn mehr runter als die Diagnose: »Gesund!« Dann schimpft er meine Chefin eine Kurpfuscherin und entscheidet sich für eine andere tödliche Krankheit.

In solchen Momenten träume ich mich zum Bergdoktor. Martin Gruber, die eierlegende Wollmilchsau, schreckt vor nichts zurück. Ob Kopftransplantationen oder eingewachsener Zehennagel: alles easy-going. Nach 45 Minuten sind alle gesund und happy. *Martin*!

So eine Arbeitswoche in der Praxis lotet die Grenzen des Erträglichen aus, keine Frage. Und wenn meine Stresshormone brodeln, blubbern und Blasen werfen wie kochende Tomatensoße kurz vor dem Überlaufen, dann hilft nur mehr eines: frische Luft. Laufschuhe an, Ear-Pods rein und los! Stress abbauen. Festplatte löschen.

Vorbei an der kleinen Kapelle, wo meine Mutter mich in einem Weidenkorb ausgesetzt hat; wahrscheinlich war sie Dschungelbuch-Fan.

Der Schlossberg, ein Waldstreifen und Fürstenbrunn ziehen an mir vorbei, das Zuviel an Reihenhäusern blende ich aus. Durch die Ohrstöpsel peitscht mich Survivor mit »Eye of the tiger« über den Straßenstaub.

»Risin up, back on the street …« Unter meinen Schuhen knirscht der Kies am Ufer der Glan.

Sylvester Stallone, der Phoenix im Boxring, ist mein Trainingspartner. Stelle ich mir vor. Das Tempo steigt, jeder Muskel leistet Höchstarbeit, ich überhole Sylvester. Ich blicke kurz zurück, er zeigt mir einen Daumen hoch und bleibt stehen, um zu verschnaufen. Ein unbeschreibliches Gefühl.

Bis *er* mir entgegenkommt. Ausgerechnet. Gerade jetzt, im Entspannungsmodus, kann ich nichts weniger brauchen als ihn. Hubi Pechtl, selbst ernannter Dorfsheriff. Bekannt wie ein bunter Hund, beliebt wie ein Wimmerl am Arsch und in Begleitung von Hund Othello. Links: frisch gedüngte Wiese. Rechts: Glan-Bach. Selbst wenn ich wollte: Ausweichen ist unmöglich. Dann eben weiterlaufen, lächeln, ihn vielleicht sogar ignorieren.

Der Pechtl ist kein schlurfender Nordic Walker, sondern ein weißhaariges Laufwunder. Mit 79. Seine neonfarbene Funktionskleidung hebt sich grell von der Landschaft ab. Ich nicke ihm kurz zu und will schnell weiter. Er nicht.

»Na, Trainingsrunde?«

»Mhm.« Genug geplaudert, finde ich. Er nicht.

»Die Thujenhecke, die Ihr Mann geschnitten hat, muss nachfaconiert werden.«

»Warum das?« Ich stemme meine Arme auf die Knie und keuche. Was, zur Hölle, geht ihn unsere Hecke an? Und überhaupt: Stalkt er uns?

»Sie ragt auf den Gehsteig hinaus. Der Gehweg ist jetzt um fünf Zentimeter schmäler.«

So ist es immer mit dem Pechtl: Er misst, kontrolliert und gschaftelt, was das Zeug hält. Er zeigt an, schreibt böse Briefe und spioniert aus. Er nimmt sich überall dort wichtig, wo es ihn nichts angeht. Wann immer er kann, macht er seinen Mitmenschen das Leben schwer. Meistens erfolgreich, immer mit großer Freude.

Aber nicht mit mir. Ich bin beherrscht genug, um ihn nicht in die Glan zu schubsen.

»Unsere Thujen gehen Sie einen Scheißdreck an!«, fauche ich stattdessen.

»Na, na, liebe Frau Dorn …!« Oberlehrerhaftes Kopfschütteln, als wäre ich ein hoffnungsloser Fall. »Im Zentrum meiner Interessen steht einzig und allein das Wohl unserer Gemeindebürger! Die vorgeschriebene Breite eines Gehsteiges *muss* eingehalten werden.« Sein Grinsen ist eher Zähnefletschen als Freundlichkeit. Jede Sekunde mit dem Pechtl ist vergeudete Lebenszeit, daher endet dieses Gespräch hier und jetzt, basta!

Sylvester trabt ungeduldig neben mir auf der Stelle. Mit Blick auf den hässlichen Othello setze ich zum ersten Laufschritt an. »Nicht zu *fassen* …«

Und an dieser Stelle übernimmt der Hund das Ruder: Er rast auf mich zu und beißt sich in meinem Wadl fest. 42 Hundezähne in meinem rechten Bein!

Ein knurrender Höllenhund, der mit eisernem Kiefer an mir hängt und den Kopf hin und her reißt! Die ersten Schrecksekunden ist mein Gehirn im Stand-by-Modus, dann schreie ich. Ich schreie meinen Schmerz, meine Wut über den Pechtl und den Ekel über die gelben Hundezähne in die Welt hinaus.

»Jetzt tun Sie doch was!«

Der Pechtl hebt nur ratlos die schmächtigen Schultern. »Sie haben ›FASS‹ gesagt. Das hat der Othello wohl falsch verstanden!«

Schmerz, Entsetzen und … Bin ich im falschen Film? Alles, was dem Pechtl einfällt, ist Psychologen-Gefasel, während sein Hund sich durch meine Haut und Muskeln in Richtung Knochen arbeitet? Jetzt greift der Pechtl auch noch beherzt nach dem Hundehalsband und zerrt dran. Aber anstatt den Hund von mir wegzureißen, steigert er nur meine Schmerzen, was mich beinahe in die Ohnmacht treibt. Schließlich holt er aus und versetzt seinem Othello einen Tritt in die Flanke, dass der nur so jault. Und siehe da: Maul auf, Bein frei. Endlich.

Das sabbernde Hundsviech steht knurrend und schnaufend neben seinem Besitzer und leckt sich das blutige Maul. Ich schaue an mir herunter: Der Haxen ist zerbissen und zerfleischt, die Leggings hängen nur mehr in Fetzen weg. Von den pochenden Schmerzen einmal abgesehen.

Für den Heimweg brauche ich ein Transportmittel, so viel steht fest. Ich fische mit zittrigen Fingern das Handy aus der Laufjacke und rufe meinen Mann an. So gut es eben geht, wenn einem vor Schmerzen die Zähne klappern, informiere ich ihn im Telegrammstil über das Nötigste.

Er verspricht, in fünf Minuten bei mir zu sein, und legt auf. Der Pechtl bleibt pflichtschuldigst stehen, allerdings ist seine Anwesenheit eher dekorativ als sinnvoll. Seiner Verantwortung als Hundehalter ist er sich nicht bewusst, finde ich. Jedenfalls nicht in angemessener Art und Weise. Wenigstens ein herzhaftes »Pfui« in Richtung Othello hätte ich mir erwartet. Falsch. Ganz falsch. Der Pechtl krault seinem Vierbeiner Rücken und Ohren, liebevoll und wie zum Trost. Irgendetwas murmelt er dem Hund ins Ohr. Ein Lob? Das Versprechen auf ein Leckerli? Oder Anti-Aggressions-Globuli?

Ich entdecke eine Art Peilsender auf Othellos Halsband. Es blinkt und piepst leise; wie ein Smartphone, nur kleiner.

»Was ist das?«, frage ich genervt und nur, um mich vom Schmerz abzulenken.

»Ein Dogtracker. Damit misst man Strecke, Geschwindigkeit und Kalorienverbrauch des Hundes«, klugscheißt der Pechtl.

Jede weitere Konversation erübrigt sich Gott sei Dank,

denn mein Mann rast in unserer Familienkutsche auf mich zu und bremst mit quietschenden Reifen auf dem Kies.

»Sie hören von uns!«, knurrt er den Pechtl an und öffnet die Beifahrertür. Ich lasse Klugscheißer und Höllenbestie links liegen und plumpse erschöpft auf den Beifahrersitz.

Eine Stunde und viel Wunddesinfektion später in der Allgemeinpraxis meiner Chefin, Frau Doktor Fleischer. *Fleischer*. Der Name passt so gar nicht zu dieser fürsorglichen und feinfühligen Person. Bei Fleischer denkt man an scharfes Werkzeug, Kühlvitrinen, Kettenhemden, Gemetzel und Wadschinken.

»Gott sei Dank ist der Knochen unverletzt.« Sie tupft ein letztes Mal mit dem jodgetränkten Wattebausch über die Wunde.

»Hat sich anders angefühlt.«

Sie schüttelt den Kopf und lächelt. Dann klärt sie mich noch über den Verlauf einer möglichen Tollwuterkrankung auf. Drei bis acht Wochen Inkubationszeit, drei Stadien des Krankheitsverlaufs: zuerst Übelkeit, Erbrechen, Durchfall und Fieber. Dann verkrampfte Schlundmuskulatur, rinnender Speichel. Schließlich das Finale grande in Form von Lähmungserscheinungen und Koma.

»Ist die Tollwut erst einmal ausgebrochen, endet sie tödlich«, plaudert meine Chefin, roh wie ein Metzgerhund. Angstbedingt steigt mein Puls und ich schwitze.

»Jetzt mach dir nicht gleich ins Hemd, Rosmarie! Der Pechtl ist ein Paragrafenreiter; der hat seinen Hund sicher gegen Tollwut impfen lassen, da passiert schon nichts!«

»Ihr Wort in Gottes Gehörgang«, murmele ich tapfer.

Meine Chefin duzt mich, aber ich sage immer noch »Sie« zu ihr. Hat sich mit der Zeit so eingebürgert und ist für uns beide in Ordnung. Wie bei SOKO Kitzbühel, wo Gräfin Schönberg und Haubenkoch Hannes seit Ewigkeiten ein Liebespaar sind und sich immer noch siezen.

»Der Pechtl ist vor allem eines: ein selbstgefälliges Arschloch. Nicht einmal entschuldigt hat er sich für seine Bestie!«

Frau Doktor Fleischer schnauft. »Er ist ... wie soll ich sagen ... nicht unbedingt ein Gewinn für die Gemeinde.« Diplomatisch ist sie, die Frau Doktor, das muss man ihr lassen. Über Patienten herziehen: ein No-Go! Trotz ihrer negativen Erfahrungen mit dem Pechtl.

Voriges Jahr zum Beispiel, hat er ihre Praxisräume einem Hygienecheck unterzogen. Er ist allen Ernstes über den Boden gekrochen, um Staub zu sammeln. Die Proben hat er in einem Labor untersuchen lassen. Ein anderes Mal hat er mitten im Wartezimmer, quasi vor versammelter Kundschaft, die Patientenfrequenz pro Tag berechnet und darauf hingewiesen, dass zu wenig Sitzgelegenheiten zur Verfügung stünden. Auch am Stift, mit dem die Pieselbecher bei der Abgabe von Urinproben beschriftet werden, hat er was auszusetzen gehabt. Weil der Schreiber nicht wasserfest war und somit Proben leicht verwechselt werden könnten, wenn die Schrift auf dem Becher verwischt. Die Frau Doktor hat sich aber von all der Pechtl-Schlaumeierei nicht aus der Ruhe bringen lassen. Ich an ihrer Stelle hätte dem Pechtl empfohlen, sich eine andere Allgemeinärztin zu suchen. Aber da ist meine Chefin tough. Man geht Probleme nicht aus dem Weg, man geht sie an, ist ihr Grundsatz. Also hat sie die Putzfrau gewechselt, drei Stühle mehr ins Wartezimmer gestellt und einen wasserfesten Edding zu den Pieselbechern gelegt. Solche Wichtigtuer gibt es immer, sagt sie. Ist es nicht der Pechtl, dann eben ein anderer.

Die Wunde ist versorgt; meine Chefin rollt schweigend den restlichen Verband auf und fixiert ihn mit einer Klemme. Irgendwas liegt ihr auf der Zunge, das merk ich genau. Wie eine Henne kurz vor dem Eierlegen druckst sie herum, nimmt Anlauf und lässt es dann doch wieder.

»Bei einigen Herzinfarkten, die ich im Lauf der letzten Jahre hier in der Gemeinde miterlebt habe, war er … wie soll ich sagen?«

»Der *Auslöser*?«, souffliere ich. Sie schüttelt den Kopf und sucht nach einer entschärfteren Formulierung.

»Sagen wir so: Er ist im Leben der Betroffenen öfter aufgetaucht, als es denen gutgetan hat.«

»Soll heißen?«

»Bei Bluthochdruckpatienten fehlt oft nicht viel zum Infarkt. Jede zusätzliche psychische Belastung oder Aufregung kann sich extrem negativ auswirken; das können auch Personen sein.« Sie wickelt weiter und meidet meinen Blick. »Wie der Pechtl.« Schweigen. Ich starre auf mein verbundenes Bein und grüble über die Hauptrollen der letzten Begräbnisse. So sehr die Frau Doktor auch um den heißen Brei herumredet: Der Pechtl hat ein paar Leute ins Grab gebracht. Indirekt, aber trotzdem.

Seit seiner Pensionierung nimmt er sich als Dorfsheriff wichtig. Er sieht sich als Arm des Gesetzes, als Clint Eastwood vom Untersberg.

Ein über den Zaun wucherndes Asterl, ein schlecht gesichertes Baustellengerüst, ein unbeleuchtetes Fluchtwegschild: Pechtl-Superman kommt angedüst und gschaftelt. Als ehemaliger Jurist kennt er das Gesetz, verfasst mahnende Schreiben und zeigt ungehorsame Bürger an.

Die Frau Doktor scheint meine Gedanken lesen zu können. »Der Pechtl hält seinen Gerechtigkeitssinn für gottgegeben und entschuldigt damit alles, was er anrichtet. Wahrscheinlich hat er sich seinen blöden Othello zugelegt, weil er schon so oft bedroht worden ist.«

»Echt? Von wem?«, will ich wissen. Aber die Frau Doktor steht von ihrem Stuhl auf und reißt energisch ein Blatt von ihrem Rezeptblock; Thema beendet. »Du brauchst Ruhe! Nimm dir morgen frei, die Herta springt für dich ein.«

Herta. Der ausrangierte, Pardon, *pensionierte* Vorzimmerdrachen. Sie war schon Arzthelferin und Sekretärin beim Vorgänger meiner Chefin, gehörte quasi zum Inventar und wurde von der Frau Doktor in Bausch und Bogen übernommen. Zusammen mit dem alten Wasserkocher, den Arzneimittelschränken und einem wackeligen Sessel aus dem Wartezimmer. Herta ist eine Schreibtischdiva der alten Schule, fast schon eine schützenswerte Art.

Wir harmonieren ungefähr so gut wie Buchsbaum und Zünsler. Also gar nicht. Nicht nur unsere Arbeitsauffassungen sind grundverschieden, auch unser Umgang mit Patienten. Herta lässt das Telefon 20-mal klingeln, bevor sie abhebt. Auch wenn sie danebensitzt. Den Zeitpunkt für das Gespräch bestimmt *sie* und nicht der Anrufer. Sie vergibt Termine nach einer Sympathieskala: Antipathie proportional zur Wartezeit. Irgendwann hat sich die Frau Doktor über sinkende Patientenzahlen gewundert und Fragebögen in den Wartezimmern ausgelegt. Das Ergebnis muss nicht näher erläutert werden. Jedenfalls leite ich seitdem die Geschicke am Terminkalender. Herta kommt nur mehr als Aushilfe zum Zug.

Die Anzeige, die wir nach dem Praxisbesuch noch gegen den Pechtl erstattet haben, war zeitraubend, aber nötig.

Irgendwie passt das nicht zusammen, finde ich. Warum nimmt der Dorfsheriff seinen eigenen Hund nicht an die Leine? Komisch.

Das Liegen am heißen Kachelofen macht mich schläfrig und meine Augenlider schwer. Vielleicht ist es auch das Schmerzmittel, das mir die Frau Doktor verabreicht hat. Gedanklich bin ich beim klugscheißenden Pechtl und seiner Bestie. Vielleicht hat er den Hund normalerweise angeleint, ihn aber aus irgendeinem Grund frei laufen lassen. War ich einfach nur zur falschen Zeit am falschen Ort? Ausgelöst hat den Biss jedenfalls das falsche Wort. Othello hat es als Kommando aufgefasst und sofort befolgt. Ich versuche mich zu erinnern, ob der Pechtl überhaupt eine Leine gehalten hat … War sie um seine Hüfte geknotet, damit sie ihn beim Laufen nicht stört? Oder über seine Schulter gehängt …? Nein. Sieg der Schwerkraft über meine Augenlider. Und dann, kurz bevor der Gedankenstrudel mich in den Schlaf reißt, habe ich eine göttliche Erscheinung: meine Schwiegermutter.

Niemand wird seinem Namen gerechter als sie. *Hermine*. Weiblicher Hermes. Also die Götterbotin. Die den Sterblichen Nachrichten überbringt. Und im Überbringen von Botschaften ist Hermi unschlagbar. Top informiert und schneller als das Licht, genau wie der Kollege mit den Flügelschuhen.

»Der Fischer Xaverl ist mir hinter dem Schlossberg begegnet.«

»Das ist nichts Neues, Oma.« Um meine älteste Tochter Susi zu beeindrucken, braucht's mehr als den Fischer Xaverl. Der sympathische Mittsiebziger mit der roten Jacke absolviert täglich seine Runde um den Glanegger Schlossberg. Genau wie Hermi. Und das schon seit Jahren, nur in entgegengesetzter Richtung zu meiner SchwiMu. Am Kreuzungspunkt, also beim Aufeinandertreffen der beiden, kommt es zum wortreichen Nachrichtenaustausch, ebenfalls seit Jahren. So gesehen ist der tägliche Spaziergang für beide eine Bereicherung.

Den Einwand ihrer Enkelin ignoriert meine Schwiegermutter komplett. Sie setzt sich zu mir auf die Ofenbank und wartet, bis die Blicke aller Familienmitglieder auf sie gerichtet sind. Und dann … *Showtime*!

»Was mir der Xaverl erzählt hat, *ist* was Neues! Es gibt eine Leiche! In Fürstenbrunn!«

»Geh!« Laurenz winkt verächtlich ab und verschwindet in der Küche. Ende der Aufmerksamkeit.

Hermi lässt sich nicht beirren. »Doch! Am Glan-Ufer, kurz vor der Grenze zu Wals. In der Nähe der Autobahn.« Dann dreht sie sich zu mir um. »Deine Laufstrecke, oder?«

Ich nicke zwar, aber an eine Leiche in Fürstenbrunn kann auch ich nicht recht glauben. Leichen kennt man vom Fernsehen, aus Kriminalromanen, aus der Zeitung. Salzburg ist nicht unbedingt ein krimineller Hotspot, muss man wissen. Umso weniger das beschauliche Fürstenbrunn, wo sich Wohnblocks und Reihenhäuser aneinanderquetschen, wo die Winter schattig und die Grundstücke teuer sind. Wo der Kirchenchor veraltet und der Ausländeranteil niedrig ist. Wo man sich bei der Mutter-Kind-Gruppe, beim Seilziehen oder beim Adventkranzbinden trifft. Wo auf den Maibaum gekraxelt, Fastensuppe ausgeschenkt und Wettbewerbe im Gummistiefel-Weitschmeißen abgehalten werden. Hier soll eine Leiche liegen?

»Und woher weiß der Xaverl das?«, hakt Susi nach.

Hermi lässt sich nicht stressen, sondern zuckt gelassen mit den Schultern. »Er hat halt wieder seine Runde gedreht.

Und während unseres ›Nachrichten-Updates‹ sind die Polizei und der Leichenwagen an uns vorbeigefahren.«

Also ist es doch nicht nur leeres Gefasel? Plötzlich bin ich hellwach, meine Müdigkeit hat sich verzogen. Ein Leichenwagen fährt schließlich nicht grundlos in Fürstenbrunn spazieren.

»Der Xaverl ist jeden Tag zur selben Zeit unterwegs. Er hat's mit dem Herzen, drum hat ihm die Frau Doktor Fleischer Bewegung an der frischen Luft verordnet. Wenn er sich nicht jeden Tag bewegt, liegt er bald ein paar Meter tiefer, hat sie gesagt. Er soll sich etwas suchen, was ihm Spaß macht, aber nichts Anstrengendes.« Dann zählt sie uns sämtliche Freiluftsportarten auf, die der Xaverl *nicht* ausüben kann: Mountainbiken, Fußball, Tennis, Rudern, Klettern, Skifahren.

»Sex«, flüstert sie geheimnisvoll und schaut in die Runde, aber das erwartete Interesse unsererseits bleibt aus. Einen rotgesichtigen Xaverl, der mit künstlichem Hüftgelenk mühsam auf seiner Partnerin vor- und zurückschaukelt und sich im Augenblick höchster Ekstase schmerzerfüllt an die Brust greift, will sich keiner von uns vorstellen. Also kehrt sie zum eigentlichen Thema zurück.

»Der Xaverl ist ein Sparmeister. Also hat er sich fürs Spazierengehen entschieden: Das kostet nix und tut ihm gut. Wobei ... in letzter Zeit hat ihm sein Fersensporn ganz schön zu schaffen gemacht.«

»Keine Sau interessiert sich für den Fersensporn vom Xaverl!« Der Geduldsfaden meines Mannes ist heute extradünn, sein Ton gereizt. Schuld daran sind die Pläne für einen Neubau, die er heute noch fertigzeichnen sollte; der Laurenz ist Architekt und massiv unter Zeitdruck. »Du hast was von einer Leiche gesagt!«

»Aber genau wegen dem Fersensporn hat der Xaverl ja die Leiche entdeckt! Heute, zum ersten Mal seit einem halben Jahr, hat er wieder den großen Rundweg geschafft!«, rechtfertigt sich Hermi.

»Der *Xaverl* hat die Leiche gefunden?« Ich bin platt. »Und das hat sein Herz verkraftet?«

»Geh, wegen dem bisserl Blut! So ein Weichei ist er auch wieder nicht. Er wollte sogar noch Erste Hilfe leisten, aber der Tote …«

»Also eine männliche Leiche?«, fragt Susi. Hermi nickt zufrieden. Jetzt endlich hat sie uns da, wo sie uns haben will: Es ist mucksmäuschenstill, alle hängen an ihren Lippen und warten gebannt auf Fortsetzung. Meine Schwiegermutter holt tief Luft, um die Spannung nicht durch unnötige Atempausen zunichtezumachen. Aber Laurenz nimmt ihr den Wind aus den Segeln.

»Mama, ist dir bewusst, dass du mit deinem Getratsche vielleicht sogar Polizeiarbeit behinderst? Womöglich suchen die schon nach einem Mörder, und du bringst Insider-Infos in die Nachrichtenumlaufbahn.«

»Geh, jetzt hörst aber auf!«, ist Hermi entrüstet. Sie schaut trotzig und verschränkt die Arme unter der Brust, wobei sie selbige hochhebt. »Was soll denn da hinderlich sein? Ich sag ja nur weiter, was ich selber erfahren habe!«

»Eben.« Laurenz kennt das Stille-Post-Spiel seiner Mutter nur zu gut. Am Ende kommt immer etwas anderes heraus als das, womit es angefangen hat.

»Alles, was ich weiß, hat mir der Xaverl selber gesagt. Meine Informationen sind aus erster Hand, quasi pressfrisch. Schließlich hat ja *er* die Leiche gefunden und nicht die Polizei. Und überhaupt: Mörder! Wer sagt denn, dass das kein natürlicher Tod war, ha? Nur weil der arme Kerl einen zerdepschten Hinterkopf gehabt hat. Und selbst wenn's ein Mord war: Kommunikation hilft mehr, als dass sie schadet, das sag ich euch! Zuerst einmal muss man herausfinden, wer der Tote ist, und da ist jeder noch so kleine Furz an Information wichtig!«

Sie lässt uns an den ihr bekannten Informationsfürzen teilhaben: der Tote, entdeckt vom Fischer Xaverl, war ein muskulöser Kerl, noch ganz jung. Ewig schad um ihn. Weder Hermi noch Xaverl haben ihn zuvor irgendwo gesehen. Bekleidet mit Jeans und T-Shirt, auf dem ein komischer Schriftzug war. Abgearbeitete Hände, auffallend große Füße. Für den eingeschlagenen Schädel hat Hermi bereits eine Theorie: »Der ist sicher gestolpert und ganz blöd gefallen.« Sonnenklar, Fall gelöst. Zumindest, wenn es nach meiner Schwiegermutter geht.

»Im Fernsehen machen sie doch auch nichts anderes. Wie heißt die Sendung, wo man anrufen kann, wenn man sich an irgendwas erinnert …?«

»Aktenzeichen XY.«

»Genau.« Hermi nickt meinem Sohn Max dankbar zu. »Also bei Aktenzeichen XY, da ist jeder Hinweis wichtig! Mithilfe dringend erbeten!« Sie reckt ihrem Sohn triumphierend das Kinn entgegen. Laurenz kapituliert und verzieht sich zu seinen Plänen. Hermi senkt die Stimme und blickt verschwörerisch in die Runde. Jetzt rückt sie mit den grausigen Details heraus.

»Nur das Gesicht, das hat schon sehr unappetitlich ausgeschaut, sagt der Xaverl. Fast so, als ob der arme Kerl in einen Reißwolf gekommen wär.«

»Aber dann hättest du ihn ja sowieso nicht erkannt, selbst wenn du ihm vorher schon einmal begegnet wärst?« Susis Logik: unschlagbar.

»Geh!« Über solch unwichtige Details setzt sich die Hermi hinweg. Und dann fängt sie noch einmal von vorn an mit ihrer Geschichte. Haarklein und ganz von Anfang an erzählt sie, dass der Fischer Xaverl heut Nachmittag, ungefähr um halb vier, im Gebiet zwischen Fürstenbrunn und Wals einen Toten gefunden hat.

Ich schlafe schlecht in dieser Nacht. Meine Träume sind ein irrer Mix aus meiner eigenen Vergangenheit und Hermis Erzählungen. Alle Gärten, Straßen und Wiesen sind bedeckt mit Bergen von buntem Herbstlaub. Kniehohe Fluten aus knisternden Blättern in Gelb, Grellorange und Blutrot, die der Fischer Xaverl im Gutshof Glanegg mit einem alten Reisigbesen zusammenkehrt. Er steht mit seiner roten Jacke mutterseelenallein im riesigen Hof der Meierei und arbeitet sich durch das Laub. Aber sobald er einen Haufen fertig hat, kommt ein Windstoß und wirbelt alles wieder durcheinander. Ich fahre mit dem Rad durch die komplett in Laub versunkene Rotbuchenallee, auf dem Gepäckträger einen Laubsauger. Wahrscheinlich, um dem Xaverl zu helfen bei seiner Sisyphusarbeit. An der Glanegger Schlosskapelle mache ich eine Vollbremsung und springe vom Rad. Irgendetwas steht auf der obersten Stufe am Eingang zur Kapelle, unmittelbar vor der schweren Holztür. Ich laufe hin. Es ist ein Weidenkörbchen, aus dem leises Wimmern zu hören ist. Das Körbchen ruckelt auf den schmalen Steinstufen gefährlich hin und her, nur ein paar Zentimeter von der Kante der obersten Stufe entfernt. Wenn ich es nicht festhalte, wird es hinunterpurzeln. Ich beeile mich, will die Stufen hinaufspringen und das wimmernde Etwas retten. Aber so sehr ich mich anstrenge, ich klebe an der untersten Stufe fest. Es gelingt mir nicht, weiter hinaufzukommen.

Aus dem kläglichen Wimmern wird ein Schreien. Zuerst energisch, dann wütend. Ich strecke die Arme aus, will nach dem Körbchen greifen, erreiche es aber nicht. Das Schreien und Zappeln wird immer wilder, das Körbchen nähert sich gefährlich der Kante und kippt schließlich. Ich schreie aus voller Lunge und strecke mich nach oben. Mit den Fingerspitzen kann ich den Rand des Körbchens ertasten, es aber nicht mehr retten. Schließlich purzelt es die steinernen Stufen hinunter. In diesem Moment erscheint der Pechtl. Er kommt aus der Kapelle und putzt sich mit einem blutigen Messer die Fingernägel aus. Ich schreie immer noch, worauf der Fischer Xaverl mit seinem Reisigbesen in Zeitlupe zu mir herschlurft. Das alles, während das Weidenkörbchen im freien Fall ist. Es überschlägt sich ein paarmal, knackst, als ob es auseinanderbrechen würde, und bleibt vor meinen Füßen liegen. Ich beuge mich darüber und erstarre. Denn in die blütenweiße Tuchent mit Spitzenbesatz ist kein Neugeborenes gebettet, sondern ein abgetrennter Männerkopf mit blutigem Gesicht. Der Fischer Xaverl zuckt mit den Schultern und kehrt wortlos einen riesigen Haufen Laub über das schreiende Gesicht.

ZWEITES KAPITEL

Erzählt von lästigen Pflichten, Verdrängung, Stylingfragen und Wochenendplänen. Es geht um böses Karma und Vorzimmerdrachen. Gott reißt das Ruder herum und schickt mir den Rettenbacher. Ein unerwartetes Outing löst mein Problem und ein Papierstau im Drucker bringt eine Zeitzeugin zum Reden. Ich erfahre, dass der Pechtl eigentlich eine ganz arme Sau ist.

Um fünf Uhr früh stehe ich auf und humpele schweißnass ins Bad. Aus dem Spiegel schauen mir Augäpfel mit geplatzten Äderchen entgegen. Tiefe Augenringe und vertrocknete Lippen komplettieren mein gespenstisches Erscheinungsbild. Die Sache mit »Schlaf gleich Schönheit« wird überschätzt, finde ich. Ich schütte mir ein paar Handvoll eiskaltes Wasser ins Gesicht, öffne das Fenster und atme die morgendlich kühle Luft tief ein. Der Schock über den abgetrennten Männerkopf im Weidenkörbchen sitzt mir immer noch in den Knochen, auch wenn er nur geträumt war. Das Unterbewusstsein ist ein Hund, denke ich mürrisch; es bedient sich aus allen verfügbaren Zutaten wie Alltagssorgen, versteckten Wünschen und aktuellen Ereignissen und mixt daraus ein teuflisches Kopfkino. Ich bin zwar keine Expertin in Sachen Traumdeutung, aber das Weidenkörbchen steht ganz eindeutig für meine Vergangenheit. Die Tuchent ebenso. Alles aus diesem Traum sieht exakt gleich aus wie das Zeug, in dem ich gefunden wurde und das seit Jahren auf Tante Zenzis Dachboden vor sich hin verstaubt. Dass das Körbchen auf der obersten Stufe gestanden ist, damals, stimmt ebenfalls; so hat es mir jedenfalls meine Tante Zenzi erzählt. Sie war es, die mich gefunden hat an diesem neblig kalten Herbstmorgen vor 35 Jahren. Natürlich ist sie nicht meine leibliche Tante, sonst wäre die Sache mit den unbekannten Eltern kein großes Geheimnis und ich wüsste längst, wer mich zur Welt gebracht hat. Ich nenne sie einfach Tante, seit ich denken kann. »Mama« wollte ich mir freihalten; für den Fall, jemals auf meine leibliche Mutter zu treffen. Details wie das Weidenkörbchen und hilfesuchendes Kindergeschrei mischen sich seit Jahren in meine Träume und bringen mich um den Schlaf.

Mein rechtes Bein ist zwar rot und geschwollen, aber die Schmerzen sind längst nicht mehr so intensiv wie gestern. Es zwickt ein bisserl an der Naht. Brav wechsle ich den Verband und tupfe Betadona auf die Wunde, die mit sieben kleinen Stichen zusammengehalten wird. Beim Nähen hat die Frau Doktor ganze Arbeit geleistet. Einen roten Streifen von der Wunde Richtung Herz suche ich vergeblich – also keine Blutvergiftung. Der Kelch mit der Tollwut wird also an mir vorübergehen, hoffe ich. Weil die Fäden nicht nass werden dürfen, ziehe ich ein Plastiksackerl übers rechte Wadl, bevor ich in die Brause steige. Eine gefühlte Ewigkeit lang wasche ich mir dann alle geträumten Grauslichkeiten der letzten Nacht vom Leib und entsteige erfrischt der dampfbeschlagenen Kabine.

Ein paar Extraminuten bleiben noch für mein morgendliches Ritual: Sticken.

Am Dachboden meiner Tante Zenzi, quasi Mikrokosmos meiner Familiengeschichte, habe ich vor Jahren neben dem Weidekörbchen ein altes Buch über Stickmuster entdeckt.

Gut möglich, dass meine leibliche Mutter eine Handarbeitsfee war. Vielleicht ist das Stickzeug aber auch nur zufällig neben meinen alten Sachen gelegen. Jedenfalls habe ich das Buch fasziniert verschlungen, mich mit Nadel und Garn geduldig durch sämtliche Stickmuster gearbeitet. Seither entspannt mich das konzentrierte Zählen von Stichen und hilft, Albträume wie den der letzten Nacht zu vergessen. Manch einer mag das simple Vor-und Rückwärtfädeln von Garn belächeln und Handarbeit als stupide Hausfrauentätigkeit abtun. Tatsächlich aber ist Sticken eine uralte Technik, um Textilien mit Mustern zu verzieren. Eine Kunst mit langer Geschichte, die in allen Kulturen der Welt Tradition hat, und die mehr verdient als ein verstaubtes Image.

An den noch warmen Kachelofen gelehnt, suche ich willkürlich eine Farbe aus und fädle Garn in die Nadel: Blutrot. Und dann geht es los mit meiner eigenen Methode, Ideen und spontane Einfälle festzuhalten: »Brain-Stitching«. Eine Mischung aus Brain-Storming und dem englischen Wort für Sticken. Notizzettelartige Mini-Stickereien ohne Zählmuster und Konzept, die ich niemandem zeige. Ein paar Minuten lang lasse ich Garn durch den Stoff gleiten, schneide die Fäden ab und betrachte meine Stick-Notiz. Das Ergebnis erinnert an eine Blutlache. Wahrscheinlich wegen Hermis Mordtheorie von gestern Abend.

Laurenz hat den Kindern und mir gestern Abend eine Nachrichtensperre auferlegt: kein Wort über den Toten von Fürstenbrunn zu irgendjemandem. Schon gar nicht in der Schule. Erstens, weil das Hinaustrompeten sowieso Xaverl und Hermi erledigen. Zweitens, weil das Stille-Post-Spiel in diesem Fall mehr schadet als nützt. Und weil ihm das neugierige Flackern in meinen Augen nicht entgangen ist, als uns die Hermi gestern Abend an den »latest news« hat teilhaben lassen, war noch eine Extrabotschaft an mich dabei: »Wenn du schon überlegst, welche Patienten du morgen in der Praxis anzapfen könntest, gebe ich dir jetzt einen gut gemeinten Rat: Lass es! Mach dich nicht wichtiger, als du bist!« Er meint es gut mit mir, sagt er. Aber jeder kennt das Sprichwort: »Gut gemeint ist das Gegenteil von gut.« Und: Ja, natürlich interessiert es mich, was es mit dem Mann und seinem entstellten Gesicht auf sich hat. Alles andere wäre gelogen.

Wolkenfetzen umgeben den Untersberg und weichen langsam der Morgensonne. Der Kalkriese, dem nur wenige Meter bis zur 2.000er-Marke fehlen, ist ein gewaltiges Bergmassiv zwischen Bayern und Salzburg, das von zehn Gemeinden umgeben wird; vier davon auf österreichischem Boden. Von Höhlen durchzogen, von Sagen umwoben, hochalpin und geheimnisvoll zieht er Wanderer, Touristen, Schamanen und Höhlenforscher gleichermaßen an, lässt sich von ihnen besteigen, bestaunen und bezwingen. Wer ihn unterschätzt, findet sein Grab in den trichterförmigen Senken, den Dolinen, und bleibt schlimmstenfalls unentdeckt. Geschichten erzählen von Kaiser Karl, der im Innern des Berges sitzt und von Raben umkreist wird. Zahlreiche Sagengestalten wie die Wildfrauen, der Riese Abfalter und das Moosweiberl gehören genauso zum Untersberg wie der Marmor, Kugelmühlen, die Seilbahn und die Mautflüchtlinge, die auf Grenzwartezeiten und Vignettenpflicht pfeifen und sich vom Navi auf schmale Waldstraßen locken lassen.

Ich mag den Untersberg, obwohl er ganzen Grödiger Ortsteilen schattige Winter beschert und sie vor sich hin schlottern lässt. Herbstfärbung und Altweibersommer setzen der Mystik noch eins drauf und rechtfertigen die Aussage des Dalai Lama, wonach der Untersberg das Herzchakra Europas ist.

In der Küche schäumt Max gerade Milch für seinen Cappuccino auf: Teenager, Kaffee-Junkie, Fußballfan.

Susi, meine Große, macht sich eine Tasse Kakao. Haare bis zum Hintern und nie ohne Ear-Pods. Lisi, die Kleinste, reibt sich den Schlaf aus den Augen. »Ist heute Montag?«, fragt sie. Ich nicke, und sie strahlt übers ganze Gesicht. »Ausflugtag!«

Susi rollt mit den Augen. »Abgabetag für die Entwürfe!«

Alle aus Susis Schule arbeiten mit Hochdruck auf *das* Ereignis des Jahres hin: die hauseigene Modenschau.

»Ab Mittwoch ist Ruperti-Kirtag in der Stadt«, sagt Max und löst damit eine heiße Diskussion unter seinen Geschwistern aus, ob Sturmsegler, Hexenwippe oder Geisterbahn das Beste am Kirtag sind. Lisi würde am liebsten sofort hin, notfalls auch im Pyjama. Dass sie beim Dosenschießen Kuscheltiere und Lebkuchenherzen abstaubt, davon geht sie grundsätzlich aus.

Laurenz erscheint und küsst mich auf die Stirn.

»Wie geht's deinem Bein?«

»Soso lala«, murmle ich in meine Kaffeetasse.

»Fein, dann muss ich nicht allein zur Eröffnungsfeier!«

Verdammt; hab ich das vergessen? Nein, verdrängt. Die Pläne fürs neue Gemeindezentrum sind aus der Feder vom Laurenz und jetzt ist das Bauwerk endlich fertig. Soll heißen: Heute ist Tag des roten Teppichs in Grödig. Der ganze Ort ist auf den Beinen und voller Vorfreude auf Musik, gratis Schweinshaxen und Fassbier.

Eröffnungsfeiern haben bei mir denselben Stellenwert wie Wurzelbehandlungen. Im Laufe der Jahre habe ich notgedrungen einen beträchtlichen Erfahrungsschatz zusammengetragen. Folgende Faustformel lässt sich daraus ableiten: Bei offiziellen Feiern könnte man ruhigen Gewissens die erste Stunde schwänzen, denn grob gesagt 60 Minuten sind reserviert für Reden, in denen sich Text, Danksagungen und billige Speichelleckereien wiederholen. Transpirationsbedingt steigt die Luftfeuchtigkeit im Festzelt, die Mägen knurren und die Kinder quengeln. Die Fahnenträger der Vereine halten sich übermüdet an den Masten fest und die 80-Plus-Fahrgäste schalten die Hörgeräte ab, weil sie ohnehin nur die Hälfte mitbekommen. Entspannt wird das Ganze erst, wenn alles gesagt, jedem gedankt ist und man nicht mehr gegen Müdigkeitsanfälle kämpfen muss. Wenn der erste Sturm auf das Buffet vorbei ist und man trotzdem noch etwas Essbares ergattert. Und genau aus diesen Gründen hat es dieser heutige Termin nicht bis in mein Langzeitgedächtnis geschafft.

Bleibt nur noch die Hoffnung, dass der Tratsch betreffend Leichenfund im Grödiger Gemeindegebiet das langweilige Brimborium etwas durcheinanderbringt und zusätzlichen Gesprächsstoff bietet.

»Was soll ich anziehen zur Feier?«, denke ich laut. Der Laurenz zuckt nur ratlos mit den Schultern: Er selber erscheint in seiner Architekten-Gala-Uniform, wie er immer sagt. Jeans, weißes Hemd und dunkelblauer Wollpulli.

Susi und Max rennen zum Bus, wie immer drei Minuten zu spät. Laurenz fährt zu einer Baustelle, und ich bringe Lisi zum Kindergarten, endloses Pfiat-di-Winken inklusive.

Voll motiviert und einsatzfähig humple ich kurz vor acht in die Praxis. So ein Hundebiss wirft mich noch lange nicht aus der Bahn, das wäre ja gelacht! Ich bin ein energiegeladenes, toughes Arbeitstier, nichts kann mich aufhalten. *Du unersetzbare, harte Nuss, du!*

Aber das Montagmorgen-Karma will es anders. Eine Designer-Handtasche steht protzig auf meinem Schreibtisch. Ein Mahnmal aus schwarzem Leder, überladen mit goldenen Reißverschlüssen und klimpernden Schnallen. Ein Fremdkörper auf meinem blütenweißen Schreibtischblock.

Herta ist da! Eroberer rammen die Fahne ihres Heimatlandes in jungfräuliche Gebiete, Hunde setzen Duftmarken ab, Herta markiert mit ihrer Handtasche. Als provokantes Luder weiß sie genau, was sie tut. Der faltige Vorzimmerdrachen hat sich auf meinem jetzigen, ihrem früheren, Schreibtisch ausgebreitet in aller Wichtigkeit. Scheiße! Meine Laune sinkt, aber gleichzeitig weiß ich: selber schuld. Ich habe meiner Chefin nicht Bescheid gegeben, dass ich Herta als Vertretung nicht brauche. Die wiederum scharrt schon mit den Hufen, denn Gelegenheiten, an die frühere Wirkungsstätte zurückzukehren, dem Telefon beim Klingeln zuzuhören, mit den Lieblingspatienten zu ratschen und die anderen links liegen zu lassen, sind selten. Nicht zu vergessen das Blättern in der Vogue, und das alles gegen Honorar.

Noch ist sie nirgends zu sehen, aber in der Toilette rauscht die Spülung Ich humpele so souverän wie möglich zu meinem Schreibtisch: Jetzt wird zurückerobert! Die Luxustasche, die wahrscheinlich so viel kostet wie ich in einem ganzen Monat verdiene, landet direkt neben dem Mistkübel im Warteraum. Hertas Pension als Arzthelferin scheint üppiger auszufallen, als ich dachte. Oder hat sie einen Nebenjob? Irgendeine zusätzliche Einnahmequelle? Egal – nicht mein Kaffee.

Anschließend kümmere ich mich um die Hintergrundmusik. Frau Doktor Fleischer legt Wert auf eine angenehme Atmosphäre in der Praxis. »Angenehm« bedeutet natürlich für jeden etwas anderes. Geschmackssache. Meine Chefin jedenfalls hat konkrete Vorstellungen: Keine esoterische Blim-Blim-Musik, kein künstliches Wasserplätschern, sondern *Outdoor-Sounds*. Vogelgezwitscher und Hummelbrummen, sagt die Frau Doktor, machen Patienten entspannter. Längere Wartezeiten würden dann gelassener hingenommen. Sagt sie. Also bin ich DJ und Sekretärin in Personalunion. Aus unserem reichen Sortiment an Naturgedudel entscheide ich mich für »Blumenwiese«: Bienen, Hummeln und Grillen.

Herta reißt die Toilettentür auf und erscheint. Top gestylt wie immer. Sie ist – das muss der Neid ihr lassen – für ihre 65 Jahre immer noch ein heißer Feger. Dass sie solo ist, kann einen nur wundern. Ihre enge schwarze Reiterhose verzeiht kein Gramm Fett zu viel; muss sie auch nicht. Die schlanken Beine stecken in eleganten Lederstiefeln, ebenfalls schwarz. Bluse in Rosé, leicht transparent, mit einer großen Schleife am Hals. Schmuck in Roségold. Das jahrelange Schmökern in der Vogue hat sich gelohnt.

Binnen Sekunden checkt sie die Lage und erfasst mit Scannerblick das Wesentliche: Erstens, Rosmarie Dorn ist trotz Verletzung zur Arbeit erschienen und hat zweitens die Grenzmarke vom Schreibtisch entfernt. Einen Wimpernschlag lang ist da ein missmutiges Zucken um ihren Mund, aber sie hat sich sofort wieder im Griff und legt den Schalter um.

»Ach, du Tapfere! Schon dich doch!«, flötet sie und haucht mir ein Bussi auf die Wange. Ihr Lächeln: morgendliche Gesichtsgymnastik. Und ich verwette mein Ohrwaschl: Da war eine Botox-Spritze am Werk. Oder mehrere. Die Stirn ist noch unbeweglicher als im vorigen Jahr, die Knitterfältchen um den Mund sind weg. Dafür sind die Lippen gut zwei Nummern zu groß. Lässig holt sie ihre Tasche und kramt darin. Feile, Nagellackentferner, Wattepads und die aktuelle Vogue werden auf meinem Schreibtisch ausgebreitet. Botschaft an mich: Die Queen am Schreibtisch bin *ich!* Und jetzt stör mich nicht. Also, Coolness hat sie.

»Du, ich schmeiß den Laden heute allein. Kannst dich voll auf mich verlassen«, sagt sie und fängt an zu feilen. Ich taste nach dem Kruzifix an meiner Kette. Muss das sein, frage ich

Gott, bekomme natürlich keine Antwort. Jedenfalls nicht gleich. Herta reibt seelenruhig dunkelroten Nagellack von ihren Nägeln.

Punkt acht. Na gut, einer muss ja etwas tun. Sperr ich halt die Praxis auf. Ich habe noch die Hand am Türgriff, als mir schon der Rettenbacher entgegenstolpert. Unsere tägliche Heimsuchung. Mit Terminen und organisatorischem Schmarrn hält er sich nicht auf, denn seine Uhr tickt. Sagt er. Und schon marschiert er an mir vorbei in die Praxis und hängt seine beige Jacke an die Garderobe.

Der Rettenbacher ist ein anatomisches Wunder. Er schaut aus wie das blühende Leben, und das, obwohl er sich seit Jahrzehnten regelmäßig ins Koma säuft. Keine Schnapsnase, kein Lallen, nicht einmal ein Leberzirrhoserl. Nur der Kopf, der hat gelitten unter dem vielen Alk. Vom vielen Saufen ist der Rettenbacher komplett Banane: Verfolgungswahn, Todesangst und ausgeprägte Hypochondrie. Ein krankhaftes Heischen nach Aufmerksamkeit.

Und trotzdem bemerkt er den Verband an meinem Bein.

»So was macht den Alltag gleich schwieriger, gell?« Er ist voll auf Konversationskurs.

»Möcht ich jetzt nicht haben, so einen Haxen. Da ist man so patschert und froh um jede Hilfe; vom Ehepartner, zum Beispiel, oder den Eltern.«

»Ich hab keine Eltern.« Meinetwegen hätte er heute ruhig mehr trinken können, der Rettenbacher. Ganz Grödig kennt meinen Findelkind-Status, aber jeder weiß: Das Thema ist tabu. Zumindest in der Praxis.

Er lächelt mitleidig. »Jeder hat Eltern. Nur manche sind halt noch nicht so weit.«

Zack, Finger in die Wunde! In meinen Ohren rauscht Blut, im Hals wird es eng.

»Ich wüsste nicht, warum ich noch nicht so weit sein sollte!!«, presse ich heraus.

»Neeeiiiin«, lallt der Rettenbacher, »die *Eltern* meine ich! Die waren damals nicht so weit. Aber Sie werden sehen, Rosmarie ...«, er seufzt und schmachtet in Richtung Herta, »eines Tages finden Sie Mutter und Vater. Manchmal ist alles einfacher, als man glaubt.«

Aus purem Selbstschutz nehme ich das kryptische Gefasel eines Alkoholikers nicht allzu ernst, also zurück zum Wesentlichen. »Was führt Sie heute zu uns?«

Der Rettenbacher hat kein Problem mit dem Themenwechsel. Diesmal plagen ihn unbeschreibliche Magenschmerzen, sagt er. Schuld daran: Leitungswasser. Er krümmt sich, eine Hand auf den Oberbauch gepresst. »Ich hab einen Stein im Magen. Das ist der Kalk ... Beim Wein passiert mir das nie«, japst er und schaut mich mitleidheischend an. Eine Magenspiegelung und ein MRI verlangt er, vorher geht er nicht heim. Dass er dafür erstens nüchtern sein müsste und wir zweitens weder Gastroskopie noch MRT durchführen, lässt ihn kalt. Er lässt sich auf einen Stuhl im Wartezimmer plumpsen und jammert leise vor sich hin, wobei er immer wieder in Richtung Herta schaut. Großartig. Während ich Computer und Drucker einschalte, lehnt sich Herta zufrieden in meinem Stuhl zurück und pustet auf ihre frisch lackierten Nägel. Anthrazit mit Glitzer, soso.

Die Plätze im Wartezimmer füllen sich.

Der Rettenbacher intensiviert seine Vorstellung: Er wiegt sich auf seinem Sessel vor und zurück und sein Wehklagen wird immer lauter. »Au-au-auuuu.«

Anfangs nehme ich das nicht so ernst; Jammern gehört beim Rettenbacher zum Geschäft. Aber nach einer halben Stunde hört er sich an wie ein indisches Klageweib, und die

Patienten um ihn herum werden langsam unruhig. Herta finisht derweil ihre Nägel mit Überlack und blättert in der Vogue. Keinen Meter von ihr entfernt geht der Rettenbacher in wohldosiertem Crescendo zum Fortissimo über. Das beunruhigte Getuschel der Patienten um ihn herum wird lauter, und schlagartig ist auch die Geduld der Frau Doktor zu Ende: Sie dampft aus dem Behandlungsraum, packt den Rettenbacher am Arm, schleift ihn ins Zimmer und knallt die Tür wieder zu. Bumm! Die Patienten sind beeindruckt und flüstern. »So ein launisches Weibsbild – vielleicht hat sie ihre Tage – mit der möcht ich nicht verheiratet sein – das ist eine Resche, uiuiui! – Hab ich immer schon gewusst!«

Es wäre falsch, meiner Chefin wegen dieser leichten Überreaktion gleich grundsätzliche Bosheit oder gar Jähzorn zu unterstellen. Ganz im Gegenteil: Sie ist die Beherrschung in Person, fast schon britisch. Aber Patienten wie der Rettenbacher sind eine veritable Herausforderung. Muss man so sagen. Sein häufiges Erscheinen in der Praxis ist geschäftsschädigend. Denn die übrigen Patienten sehen in ihm den armen Tropf, dem nicht geholfen wird, obwohl er sich vor Schmerzen krümmt. Ein Fall für den Patientenanwalt. Das Vertrauen in den Hippokrates-Eid wird sozusagen täglich aufs Neue erschüttert und die Frau Doktor muss sich tadelnde Blicke ihrer Kundschaft gefallen lassen. Dass einem da einmal die Hutschnur reißt, ist mehr als verständlich.

Aus dem Behandlungsraum ist jetzt nichts mehr zu hören. Weder die Stimme der Frau Doktor noch das Zetern vom Rettenbacher. Kein Au-au-au mehr, stattdessen ein tiefer Seufzer, dann ist Ruhe. Dormicum, vermute ich. Das letzte As im Ärmel meiner Chefin. Schlaffördernd, beruhigend, angstlösend und entspannend. Als der Rettenbacher mit seligem Grinser aus dem Behandlungsraum torkelt, bestätigt sich mein Verdacht. Er wankt geradewegs auf Herta zu und stützt sich lässig auf den Schreibtisch. Sie ignoriert ihn verkrampft, aber er glupscht ihr mit glasigem Blick und diabolischem Jack-Nicholson-Grinser tief in die Augen.

»Dann bis heute Abend um 20 Uhr, meine Gebieterin«, säuselt er.

Oha! Jetzt ist es mucksmäuschenstill im Wartezimmer. Wer hört als Erster die Stecknadel fallen? Niemand, es passiert nämlich nichts. Zumindest nichts akustisch Wahrnehmbares. Denn Hertas Gesichtsfarbe wechselt völlig lautlos von Rosa auf Karmin. Auch die Schweißperlen, die stirnabwärts Richtung Lidschatten perlen, kann man nicht hören. Noch sitzt sie fest im Sattel respektive meinem Bürostuhl und zuckt mit keiner Wimper. Aber dann …

»Alle Männer stehen still, wenn's die strenge Herta will!« Ein gebrülltes Kommando vom Rettenbacher, mitten in die neugierige Stille hinein. Ein Schirm, den er wie eine Lederpeitsche durch die Luft wirbeln lässt: Das endgültige Aus von Hertas Coolness. Sie springt auf und ist samt ihrer Tasche in einem Satz draußen aus der Praxis. Durch die offene Tür sehe ich die Frau Doktor grinsen.

Der Rettenbacher ist vom Dormicum dermaßen relaxt, so habe ich ihn noch nie erlebt. Vollkommen enthemmt, der Kerl. Im lockeren Plauderton und mit leicht erhöhter Lautstärke erzählt er mir von der strengen Herta. Von ihrem Reihenhauskeller, wo sich der kleine Mann noch das große Vergnügen leisten kann. Von rasselnden Ketten höre ich, an denen lustvoll japsende Männer hängen – freiwillig, versteht sich – und er selber mittendrin. Als er von den Jutesäcken mit Gucklöchern über dem Kopf anfängt, versuche ich wegzuhören. Wie sehr er die Züchtigung durch Hertas Lederpeitsche genießt, will ich gar nicht wissen. Aber als er bei den Starterklemmen angekommen ist, die sie ihm an die Brustwarzen zwickt, reicht es mir und ich verabschiede ihn.

»Ich sehe, Sie haben es eilig, Herr Rettenbacher. Ich will Sie gar nicht aufhalten! Bis morgen!«

Ich schubse ihn aus der Praxis, schließe die Tür hinter ihm und öffne ein Fenster; einigen Patienten ist die Schamesröte ins Gesicht gekrochen und der Temperaturanstieg ist überdeutlich. Frischluft tut gut, vor allem den älteren Semestern. Ein weißhaariger Endsiebziger mit Burberry-Schal und aufgestelltem Kragen zögert kurz und rennt dann dem Rettenbacher hinterher. In Sachen Domina, nehme ich an. Kein Wunder, dass sich Herta teure Handtaschen leisten kann. Ist man als Domina eigentlich einkommensteuerpflichtig?

Der restliche Vormittag verläuft dann erfrischend normal: haufenweise Patienten. Wie das eben so ist zu Wochenbeginn. Jeder jammert über akute Schmerzen, die ihn seit Freitagabend plagen. Alle wollen schnellstmöglich untersucht werden. Keiner will warten. An Tag eins nach einem Leichenfund darf man allerdings den Kommunikationsfaktor nicht unterschätzen; manche Patienten werden eher vom Redebedürfnis als von Schmerzen zu uns getrieben. Die Praxis ist ein Nachrichten-Hotspot. Und heute geht's hier zu wie in einem Bienenstock: Die Neuigkeit vom Toten an der Glan wirkt sich positiv auf die Patientenfrequenz aus. Jeder beteiligt sich am Tratsch, jeder hat eine eigene Version. Mit einem Ohr bin ich immer bei den Gesprächen, um nichts zu verpassen, aber die Ausbeute an wirklich Interessantem ist mager. Nur wilde Spekulationen. Die Fakten kenne ich schon von der Hermi.

Kurz vor dem Zusperren geht mir dann das Papier im Drucker aus und ich muss um Nachschub humpeln. Vorbei an der letzten Patientin im Wartezimmer; Frau Schneider. Ihre dunklen Knopfaugen blitzen freundlich und wach aus dem runzligen Gesicht. Eine liebe alte Dame, die schon so viel überstanden hat wie andere Patienten in drei Leben: Krebs, Unfälle, einen Darmverschluss. Im Alter ist sie noch dazu Diabetikerin geworden. Sie ist also Stammkundin und – was ihren Medikamentenverbrauch betrifft – ein Leckerbissen für die Pharmaindustrie. Momentan wartet sie auf ein Rezept. Mein Humpeln kommentiert sie nur mit einem freundlichen »Na?«

Ich schenk ihr ein tapferes Lächeln. »Hundebiss. Gestern, beim Laufen.«

Frau Schneider gehört zu der Sorte Mensch, mit der man binnen Minuten in ein angenehmes Gespräch eintauchen kann. Nicht aufdringlich, sondern irgendwie vertraut. Und während ich mit dem Drucker kämpfe, erzähle ich ihr vom Pechtl und seinem Othello.

»Der Pechtl Hubi war schon immer ein unangenehmer Zeitgenosse«, seufzt sie am Ende meiner Story.

»Die Untertreibung des Jahrhunderts, Frau Schneider!« Zum hundertsten Mal schalte ich den Drucker ein und wieder aus. Schließlich Master-Reset: Stecker raus.

»Wissen Sie, ich kenn den Hubi seit seiner Kindheit. Ich hab ihn schon gekannt, als er noch Smolecek geheißen hat. Leicht hat er's nie gehabt.«

»Smolecek?«, hake ich ein. »Ein slowakischer Name?«

»Tschechisch. Smola heißt auf Tschechisch Pech. Und die verkleinerte Form davon ist Smolecek.« Das interessiert mich. »Wieso hat der Pechtl früher Smolecek geheißen?« Im Nebenzimmer telefoniert Frau Doktor mit der Apotheke; Medikamentenbestellung.

»Der Hubi, also der Herr Pechtl, wie er seit 1945 heißt, ist in einem kleinen Dorf an der österreichisch-tschechischen Grenze aufgewachsen. Genau wie ich. Wir waren zwar keine direkten Nachbarn, aber unser Dorf war so klein, dass jeder jeden gekannt hat.«

»Aber ... wenn der Pechtl seit 1945 einen deutschen Namen hat ... dann ist er mit einem tschechischen Namen aufgewachsen?« Der Drucker piepst, blinkt und rattert. Jedenfalls funktioniert er nicht. Ist mir wurschtegal. Eigentlich sogar recht. Denn je länger sich der Drucker mit dem Rezept für die Frau Schneider Zeit lässt, umso mehr erfahre ich über den Pechtl, den Arsch.

»Die Familie Smolecek hat, genau wie die Familie Schneider, seit Jahrzehnten in dem kleinen Dorf gewohnt. Außer Weinbergen und Wald gibt es dort nicht viel. Das Dorf heißt übrigens Bratelsbrunn; also, so *hat* es geheißen. Seit 1945 heißt es Brezi ...«

»Im Jahr 1945 wurden die Sudetendeutschen vetrieben, oder?«, frag ich.

Die Frau Schneider schaut mich an, nein, eigentlich schaut sie an mir vorbei und nickt langsam. Sie ist grad ganz weit weg, gedanklich. Dieses Mal ist es sie, die redet, nicht ich.

»Spätnachts sind sie gekommen, mit der Maschinenpistole im Anschlag. Zu acht sind sie in unser Haus herein, haben herumgebrüllt. Verschwindet, haben sie gerufen. Und dann haben sie uns eine Viertelstunde Zeit gegeben. Wir konnten nur mitnehmen, was wir am Leib gehabt haben. Meine drei Geschwister und ich, wir haben gar nicht verstanden, was da los war. Ich bin die Älteste, zehn Jahre alt war ich damals. Die Kleinen sind aus dem Schlaf gerissen worden. Aber die Eltern, die haben uns gepackt und zur Tür hinausgeschleift, es ist ja um's nackte Überleben gegangen.« Sie atmet schwer, die Frau Schneider, und ich setz mich behutsam neben sie.

»Wir sind die ganze Nacht gerannt. Zuerst in den Wald

hinein, und dann einfach nur weiter. Irgendwohin. Nur weg, sonst hätten sie uns abgeknallt.«

»Und der Pechtl?« Noch verstehe ich nicht, wo der Zusammenhang sein könnte zwischen ihrer Geschichte und dem Pechtl, der früher Smolecek geheißen hat. Die Frau Schneider sammelt sich und kommt gedanklich wieder zu mir zurück. Sie schaut mich an. »Alle Einwohner mit deutschen Vorfahren wurden im Jahr 1945 aus dem Dorf vertrieben. Ausnahmslos alle. Vertrieben oder erschossen. Nur wer mit einem Tschechen verheiratet war, durfte bleiben.«

Ich frag nicht nach, sondern lasse sie selber weiterreden. Sie gönnt sich nur eine kurze Pause, atmet tief durch.

»Der Hubi war ein lediges Kind von einer tschechischen Magd. Seine Mutter, die Smolecek Anna, war Magd bei einem großen Bauern. Mit dem hat sie sich ein Pantscherl angefangen; es hat eingeschlagen. Und wie das halt so war damals: eine ledige Frau, schwanger, und noch dazu vom Bauern, war eine Last. Also hat sie weg müssen vom Hof, zurück zu ihren Eltern. Und dort hat sie das Kind bekommen. Den Hubi. Er ist furchtbar gehänselt worden von den anderen Kindern. Ledige Kinder haben es damals besonders schwer gehabt. Und Jahre später, bei der Vertreibung, da ist der Smolecek Anna das alles zum Verhängnis geworden. Als Tschechin hätte sie eigentlich im Dorf bleiben dürfen. Aber wegen dem unehelichen Kind aus dem Verhältnis mit dem Bauern ... Ihre ganze Familie durfte bleiben.«

»Und wann sind die Pechtls nach Salzburg gekommen?«

»So genau weiß ich das nicht. Meine Familie hatte Verwandte in der Salzburger Gegend. Bei denen durften wir unterschlüpfen. Und Sie können mir glauben: Die haben keine große Freude gehabt mit uns. So kurz nach dem Krieg, da hat niemand viel zum Leben gehabt. Lebensmittel waren knapp und alles andere auch. Dann steht da plötzlich eine Familie mit vier Kindern vor der Tür und braucht Nahrung und ein Dach überm Kopf. Aber der Hubi … Der ist ohne seine Mutter hier angekommen. Warum es ihn ausgerechnet in dasselbe Dorf verschlagen hat wie uns … vielleicht Zufall. Jedenfalls war er knapp sechs Jahre alt und mutterseelenallein. Ich hab ihn dann aus den Augen verloren, aber ich glaub, irgendeine Familie hat ihn eine Zeit lang aufgenommen. Ich hab dann erst wieder von ihm gehört, als er volljährig war. Da hat er seinen tschechischen Namen schon längst eingedeutscht gehabt. Smole – Pech. Smolecek – kleines Pech. Pechtl.«

Clever. Und erschreckend zugleich, wie ein Name so uneingeschränkt zu einem Menschen passen kann. Das Pech war von Anfang an ständiger Begleiter im Leben vom Pechtl. Dass er von einem Bauern und dessen Magd gezeugt wurde, war sein allererstes Pech.

Frau Schneider steht auf und streckt die Hand nach dem Rezept aus, das der Drucker jetzt gnädigerweise doch noch ausgespuckt hat.

»Was dem Pechtl passiert ist, entschuldigt in keiner Weise auch nur irgendwas von alldem, was er angerichtet hat. Er hat sich einen Beruf ausgesucht, in dem er möglichst vielen Leuten viel Unglück bescheren konnte. Im Lauf der Jahre hat er sich einen Haufen Feinde geschaffen.« Sie faltet das Rezept und steckt es in ihre Handtasche. Dann gibt sie mir die Hand zum Abschied.

»Gute Besserung, Frau Dorn«, wünscht sie mir und verlässt die Praxis.

Auch Frau Doktor Fleischer ist längst nicht mehr da, also schließe ich alles ab und fahre heim.

DRITTES KAPITEL

Erzählt von zu viel Zwiebeln und Knoblauch. Laurenz lässt seinen Aasgeier-Charme spielen und verstimmt seine Mutter. Ich werde mit einer britischen Hobby-Kriminalistin verglichen, fühle mich aber nur bedingt geschmeichelt. Ein gesellschaftliches Ereignis weicht von der gewohnten Etikette ab und wird interessanter als befürchtet. Die Diva Salzburg ist in Wirklichkeit ein Dorf und meine beste Freundin ist mir ein Rätsel. Wir segeln Sturm und essen Brezen.

Die Praxis ist nur ein paar Minuten von meinem Zuhause entfernt.

Manchmal nimmt mir meine Schwiegermutter Hermi die Kocherei ab und schwingt den Kochlöffel für die ganze Familie. Sie wohnt praktischerweise gleich neben uns und ist deshalb für viele Mittagessen unsere Anlaufstelle. Hermi ist allerdings eine fleischfressende Pflanze und der Speiseplan nur bedingt verhandelbar. Ihre Vorliebe für deftige Fleischgerichte stellt unser aller Blutfettwerte auf die Probe. Heute steht Gulasch auf dem Speiseplan, soweit ich mich erinnere. Mit Serviettenknödeln und Vogerlsalat. Schon an der Haustür steigt mir der Duft von Zwiebeln und Knoblauch in die Nase; ich ahne Schlimmes.

»Mama! Schon wieder Knoblauch!« Laurenz. Hermis schärfster Kritiker in Sachen Kulinarik.

»Der ist sooo gesund«, zwitschert Hermi fröhlich. Sie will ihren Sohnemann von den Vorteilen der aromareichen Zutat überzeugen. Ein ehrgeiziges Ziel. Auf dem Tisch: ein großer Topf voll mit dampfendem Gulasch. Beim Anblick von Serviettenknödeln und Vogerlsalat rinnt mir das Wasser im Mund zusammen. Aber ich weiß schon, was den Laurenz stört: Das sehr knoblauchhaltige Mahl liegt zeitlich zu knapp bei unserem Nachmittagstermin. Hinz und Kunz werden in zwei Stunden, dicht aneinandergedrängt, den Festreden lauschen und beim Smalltalk maximal eine Armlänge von ihm entfernt sein. Da bekommt das Wort »Dunstkreis« dann gleich eine andere Bedeutung. Eine Knoblauchfahne ist daher ein absolutes No-Go. Für solcherlei Fauxpas ist mein Mann definitiv zu eitel. Seine Mutter hingegen betrachtet Mundgeruch eher als natürliche Auslese der Gesprächspartner.

Sie bringt es auch fertig, im Frühling jeden Tag frisch gepflückten Bärlauch zu essen. Wenn es sein muss, sogar vor einem Zahnarzttermin! Meine Schwiegermutter hat, was peinliche Momente angeht, ein Gemüt wie ein Metzgerhund. Daher also Knoblauch im Gulasch, und zwar in rauen Mengen, weil gesund. Laurenz verweigert bockig seine Portion und schimpft vor sich hin. Weil er ja Gulasch eigentlich gerne isst, heute aber aus Termingründen standhaft und in weiterer Folge hungrig bleiben muss. Hermi wiederum grantelt, dass sie jedes Mal umsonst kocht und niemand etwas isst. Dass sie wieder alles wegschmeißen kann. Und dass sie sich das Schälen von fünf Kilo Zwiebeln und zehn Zehen Knoblauch hätte schenken können.

»Zehn Zehen???«, ist der Laurenz entsetzt. »Auf gar keinen Fall ess ich das!« Er schneidet seinen Serviettenknödel jetzt so energisch, dass das Messer auf dem Teller quietscht und ich eine Ganslhaut bekomme. Natürlich kommt umgehend die Beschwerde, dass ihm der Knödel viel zu trocken ist. Hermi verschränkt die Arme über der Brust und schaut ihm beleidigt zu, wie er den Knödel runterwürgt.

»Weilst keinen Gulaschsaft zum Eintunken hast, freilich! Isst halt einen Salat dazu, dann rutscht's leichter runter!« Ein überflüssiger Vorschlag, denn sie weiß ganz genau, wie sehr ihr Sohn Salat verabscheut. Aber jetzt ist sie eben beleidigt, weil er ihr Gulasch verweigert, und drum will sie ihn ein bisserl ärgern. Zum Schlagabtausch zwischen Mutter und Sohn kann ich nichts beitragen, also bringe ich meine Portion Gulasch mit einer kräftigen Prise Chili auf Vordermann und bin in Gedanken in meinem Kleiderschrank. Was soll ich zur Eröffnungsfeier anziehen??

Jeans, Reiterstiefel, Bluse, Gamsfrackerl und dazu ein handbedrucktes Ausseer Seidentuch: eine Möglichkeit. Stilsicher. Trachtig-elegant passt immer. Ich beende mein Mahl mit einer Tasse Espresso; die beiden streiten immer noch. Dass ich mich von Hermi verabschiede, entgeht ihr komplett, da sie gerade Laurenz' unbenutzten Löffel zurück in die Schublade wirft.

Ich gebe meinem Outfit mit dem passenden Make-up den letzten Schliff. Laurenz steht hungrig und übellaunig in der Tür zum Bad und mustert mich. Es ist die Sorte Blick, die ich nicht leiden kann: Kritik. Keine drei Sekunden später kommt auch schon die Frage: »Du gehst doch nicht *so*?«

»Doch. Was ist falsch daran?«

»Na ja, die Jeans …«

»… sitzt perfekt!« Ich konzentriere mich auf den Lipliner und lasse Laurenz links liegen.

Außerdem ist nicht meine Garderobe schuld an seiner Laune, sondern der Hunger. Und die Einweihungsfeier. Seine Laune ist am Tiefpunkt, denn Termine dieser Art sind ihm zutiefst zuwider. Er hasst die Festreden, das lange Herumstehen, das Aufmarschieren der Musikkapellen in Endlosschleife. Die Bierzelte, das Händeschütteln und den unerträglich hohen Lärmpegel. Die viel zu eng gestellten Bänke, die winzigen Pappteller und die ausgezutzelten Würstel, zu denen es immer Senf gibt, nie Kren. So richtig wohl fühlt er sich erst, wenn er Fragen zu seinen Entwürfen oder zum Bauen allgemein beantworten kann. Da geht ihm das Herz auf. Stundenlang könnte er über die Form und Funktionalität von Dächern referieren, von Isolierungen schwafeln oder dichte Kellerwannen empfehlen. Leider passiert es äußerst selten, dass er die Lobhudelei und überreichten Blumensträuße übersteht und bis zum interessanten Teil der Feier durchhält.

Laurenz ist mittlerweile im begehbaren Kleiderschrank verschwunden. Als ich die Tür aufmache, steht er in Socken und Unterhose vor dem Regal und sucht im Stapel mit den dunkelblauen Wollpullis nach seinem liebsten dunkelblauen Wollpulli.

Ich lehne mich lässig an den Türstock und verschränke die Arme. »Schon komisch, das mit der Leiche, oder?«

»Mhm.« Er zieht eines seiner gut 30 weißen Hemden – alle gleich – vom Bügel und schlüpft hinein. Obwohl in Schnitt und Größe alle aus einem Guss sind und sogar vom selben Hersteller, behauptet der Laurenz, er habe ein Lieblingshemd.

»Wenn dir das mit dem Hundebiss nicht passiert wäre, wärst du gestern sicher noch mit dem Rad zur Fundstelle gefahren, oder?« Er schaut sich suchend nach einem Gürtel um, findet aber nichts Passendes. In seiner Gürtellade krame ich nach einem Exemplar, das noch nicht allzu abgewetzt ist, und bemühe mich um einen gleichgültigen Gesichtsausdruck. »Könnte schon sein.«

»Ist mir ein Rätsel, welche Faszination Leichen auf Frauen ausüben!« Er nimmt den Gürtel, den ich ihm entgegenhalte, und zieht ihn durch die Schlaufen.

»Wieso?«

»Na ja …«, sagt er, während er sein Hemd in den Hosenbund stopft, »schau dir doch einmal die Krimis im Fernsehen an! Lauter Frauen!«

»Die Leichen?«

»Nein. Die Hobby-Detektivinnen. Lauter gelangweilte Weiber, die herumgschafteln.«

Schwer, jetzt noch cool zu bleiben. »Also bitte! Miss Marple ist ein Klassiker, aber doch keine gelangweilte Gschaftsnasen!«

Der Laurenz setzt einen mitleidigen Blick auf. »Geh, Klassiker! Nur weil sie die erste Detektivin in Krimis war! Freilich ist das bei den Leuten gut angekommen. Allerdings deshalb, weil's das vorher nicht gegeben hat! Aber wurscht, es muss ja nicht die Miss Marple sein! Weibliche Ermittler gibt's ohnehin zum Saufüttern. Zum Beispiel die Sendung mit den Freundinnen in dem oberösterreichischen Kaff. Vier Frauen und ein …«

»… Todesfall?« Eine meiner Lieblingssendungen.

»Genau! Klumpert-Sendung! Aber den Leuten gefällt's! Und warum?« Er ist mittlerweile fast fertig und knöpft die Manschetten an den Ärmeln zu. »Weil es um die Eitelkeit geht!«

Ich versteh nur Bahnhof. »Es geht um die Aufklärung von Morden in einem Dorf, nicht um Äußerlichkeiten!«

Laurenz schnappt sich einen Pulli und dreht das Licht ab im begehbaren Kleiderschrank.

»Eben! Die Aufklärung von Morden! Bei all diesen Sendungen ist mindestens ein Polizist dabei, der zwar den Mörder finden sollte, aber als Detektiv nix taugt. Ein Volldepp sozusagen.« Er wischt mit einem Microfaserfetzen über seine Schuhe, bevor er sie anzieht.

»Aber jede Sendung hat auch mindestens ein Weib als Gegenpol zu dem Volldeppen. Meistens sind die Damen schon im gesetzten Alter, leicht übergewichtig, mit Wetterfleck oder Ischler Hut. Manchmal kommt auch eine ganze Wetterfleck-Armada daher. Und diese Gschaftsnasen haben natürlich die Weisheit mit dem Löffel gefressen und den Fall im Handumdrehen gelöst. Der Polizisten-Volldepp wiederum hat keinen Plan, wie sie das hingekriegt haben, weil er als Dorftrottel in Uniform intellektuell hinterherhinkt. Und somit werden die Pseudoermittlerinnen zu Intelligenzbestien stilisiert und in ihrer Eitelkeit bestätigt!«

Aha. Ich lasse die Theorie kurz auf mich wirken. Wenn ich sie richtig verstehe, hegt der Laurenz die Befürchtung, dass ich mich zu einer Wetterfleck-Gschaftsnasen entwickle und schlauer bin als die Polizei. Und mich, im Versagensfall, lächerlich machen könnte. Was wiederum zur Folge hätte, dass ihm, Laurenz Dorn, die Peinlichkeit nicht erspart bliebe, sich als Ehemann einer Möchtegern-Detektivin outen zu müssen. Im schlimmsten Fall als Ehemann einer *erfolglosen* Möchtegern-Detektivin. Genau genommen geht es also weniger um den Mord, von dem noch nicht einmal feststeht, dass es einer war, sondern um die Eitelkeit meines Mannes. Nur weil ich mich dafür interessiert habe, warum mir der Pechtl in der Nähe von dem Toten begegnet ist. Und sich nur in der Nähe eines Toten zu befinden, heißt noch lange nichts. Schließlich war ich auch in der Nähe des Toten, genau wie der Fischer Xaverl und die Hermi. So gesehen wären wir alle verdächtig. Natürlich klebt an der Theorie von meinem Mann ein kleiner Batzen Wahrheit. Muss ich zugeben. Zumindest, was die Hauptfiguren in Krimiserien betrifft. Die Fernsehkrimis haben deshalb so hohe Einschaltquoten, denke ich mir, weil Menschen wie du und ich komplizierte Mordfälle lösen. Nicht der durchtrainierte, braungebrannte Supercop bringt den Mörder zur Strecke, sondern die unscheinbare Nachbarin, das Mauerblümchen, dem man so etwas nie und nimmer zugetraut hätte. Bis zu einem gewissen Grad kann man sich mit diesen Normalos also ganz gut identifizieren. Wenn nach 45 Minuten Sendezeit der Fall gelöst ist, verspürt man – im Idealfall – sogar einen leichten Anflug von Stolz: *Ich hätte das auch gewusst*. Und freut sich auf die nächste Folge respektive den nächsten privaten Ermittlungserfolg. Trotzdem ist da ein Haken.

»Es gibt aber auch erfolgreiche Krimis, in denen Männer die Fälle lösen! Sind das dann auch gelangweilte Gschaftelhuber?«

Ein ungläubiger Blick von meinem Mann. »Nämlich welche?«

»Hercule Poirot zum Beispiel! Wie Miss Marple ist er ebenfalls eine Ermittlerfigur von Agatha Christie, aber halt ein Mann.«

»Das ist doch ganz was anderes!«

Da bin ich aber neugierig. »Aha, und warum?«

»Weil Hercule Poirot sowieso ein Detektiv ist! Der große Hercule Poirot! Ein *pensionierter* Detektiv, aber immerhin! Miss Marple dagegen ist eine schrullige Alte, die beruflich nie etwas mit der Aufklärung von Verbrechen zu tun hatte.«

Kurz vor dem Schleudertrauma lasse ich das Kopfschütteln und fasse den Schmarrn, den mein Mann gerade von sich gegeben hat, zusammen:

»Soll heißen: Agatha Christie hat zwei geniale Ermittler erschaffen: Miss Marple und Hercule Poirot. Während der Mann der geniale Ermittler ist, ist die Frau nur eine …«

»… gelangweilte Gschaftsnasen im Wetterfleck! Und drum ist es besser, du überlässt die Sache mit der Fürstenbrunner Leiche den Profis. Es sei denn, du willst dich lächerlich machen.« Er schaut mich herausfordernd an. Die Antwort, die mir auf der Zunge liegt, verbeiße ich mir mühsam. Als nach ein paar Sekunden immer noch kein Einwand meinerseits kommt, gibt er mir ein Bussi auf die Nasenspitze. Es kostet mich kolossale Überwindung, den Kopf nicht wegzudrehen.

Er schnappt sich den Autoschlüssel und schaut auf die Uhr. »Und: Bitte zieh dir was anderes an!«

»Ich gehe so oder gar nicht!« Schließlich bin ich ein großes Mädchen und habe meine Prinzipien.

Zehn Minuten später sitzen wir im Auto: er im Pulli, ich im Dirndl. So viel zum Thema Konsequenz.

Der Ablauf der Einweihungsfeier weicht komplett von meinen Erwartungen ab, denn die Aufmerksamkeit der Gäste hat sich verlagert. Nicht das neue Gemeindezentrum, sondern der Leichenfund ist Gesprächsthema Nummer eins. Alles Getuschel und Gemurmel dreht sich um den Toten von Fürstenbrunn: »… schon gehört – grauslich – genau *dort* geh ich auch immer spazieren! – gefährliche Gegend – immer schon gewusst – eh nicht gekannt.« Sämtliche Hörgeräte sind auf maximale Lautstärke gedreht, heute will niemand etwas verpassen. An diesem Nachmittag findet im Festzelt das größte Stille-Post-Spiel statt, das ich je erlebt habe, und nichts ist uninteressanter als das neue Bauwerk geschweige denn der Architekt dahinter. Der Bürgermeister hätte seine Festrede auf Bengali halten können; es wäre niemandem aufgefallen. Zuerst spult er seine rhetorische Allerweltsleier noch tapfer ab, aber irgendwann ist es ihm zu anstrengend, gegen die Gäste anzuschreien, und er gibt auf. Er tut mir fast ein bisschen leid, als er den Zettel mit seiner Rede resigniert zusammenknüllt und in den nächstbesten Mistkübel schmeißt. An vollkommenes Desinteresse ist er nicht gewöhnt. Aber er hat sich schnell im Griff und passt sich der neuen Situation an; eine Eigenschaft, die meiner Meinung nach zur Grundausstattung eines Politikers gehört, wahrscheinlich sogar überlebenswichtig ist. Mit einer energischen Handbewegung scheucht er den Bauamtsleiter, der sich gerade mühsam durch die unwillige Menge zum Rednerpult schiebt, zurück auf seine Bierbank. Auch das fällt kaum jemandem auf. Die Musikkapelle spielt einen Tusch, das Bierfass wird angezapft, die Wärmebehälter geöffnet und der Schweinsbraten angeschnitten. Beinahe eine Stunde früher als sonst beginnt das große Fressen, und meine 60-Minuten-Theorie wird um einen Erfahrungswert reicher. Der Laurenz wirkt gefasst und lässt sich nichts anmerken, aber das Ganze ist auch für ihn eine neue Situation. Ich bin mir zwar nicht sicher, ob er die Lobhudelei und das Durchschneiden des roten Bandes vermisst, aber er wirkt zumindest ein bisschen verstört. Abweichungen vom strikten Protokoll überfordern ihn leicht.

Der Bürgermeister setzt sich zu ihm, und nach ein paar Minuten Schweigen und ratlosem Schulterzucken spülen die beiden ihr angekratztes Ego ordentlich mit Bier durch und geben sich hemmungslos die Kante. *Frustsaufen*. Die restliche Feier hocken die beiden wie auf einem unentdeckten Eiland; um sie herum wuselt, schreit und flüstert es, aber niemand nimmt Notiz von ihnen. Aus reiner Neugierde mische ich mich unter die Festgäste; stelle mich um eine Schnitte trockenen Schweinsbraten an und hole mir einen Krug Bier, obwohl ich eigentlich Weintrinkerin bin. Warteschlangen vor der Essensausgabe sind normalerweise die Nachrichten-Hotspots bei gesellschaftlichen Anlässen, aber wirklich Neues hat der Tratsch um mich herum nicht zu bieten, wie sich herausstellt. Und weil ich mich daran nicht beteilige, fällt mir auf, was jenseits des Fressgelages passiert. Dass ein paar Kinder quietschend herumlaufen und eine Art Trophäe hochhalten, zum Beispiel. Einer der Buben gehört zum Gasthaus »Alte Hex« in Sankt Leonhard. Der Sohn vom Wirt rennt den anderen davon, bleibt immer wieder stehen und hält einen länglichen Gegenstand hoch, der in der Nachmittagssonne glitzert. Die anderen Kinder, einige davon gehen mit Lisi in eine Klasse, versuchen ihn zu erwischen und ihm das Ding zu entreißen. Außerdem findet zu späterer Stunde hinter dem Festzelt eine handfeste Schlägerei statt; ein paar junge Männer, allesamt stämmig und vom Freibier gezeichnet, lassen ihre Fäuste fliegen. Nichts Unübliches für eine Feier dieser Größenordnung. Einzureihen unter Bewegungsdrang nach der langen Sitzerei auf Bierbänken, denke ich und mache mich auf die Suche nach einer Toilette. Das gemietete Kunststoff-Klohäuschen neben dem Festzelt ist aber dermaßen versifft, dass ich es der Wartenden hinter mir gern überlasse und mich ins nächstgelegene Gebüsch verziehe. Gott sei Dank ist es mittlerweile fast dunkel, und außer mir will sich niemand den Hintern am Gestrüpp zerkratzen. Mit geübtem Handgriff wurschtele ich den Dirndlrock in die Höhe und treffe alle anderen Vorkehrungen, um es in die Wiese plätschern zu lassen. Die anschließende Erleichterung durchströmt mich bis in die letzte Faser meines Körpers, denn nichts ist unangenehmer als eine volle Blase in einem engen Dirndl. Allerdings trifft der Strahl nicht den Boden, sondern prallt irgendwo ab und ändert die Richtung. Es klingt blechern. Ich erledige das Notwendigste mit Taschentüchern, ziehe mich wieder an und kneife die Augen zusammen: Etwas Glänzendes liegt in der Wiese, natürlich nass. Vor dem Aufheben wische ich es trocken; es ist das Ding, mit dem die Kinder am Nachmittag gespielt haben. Aber was genau es ist, erkenne ich erst unter dem funseligen Licht einer Straßenlaterne: rechteckig, leicht und hell. Ein Autokennzeichen. Am linken äußeren Rand kann ich zwölf EU-Sterne auf einem blauen Band erkennen und darunter zwei Buchstaben: CZ. Tschechien.

Am Sonntag fahren wir mit den Kindern zum Ruperti-Kirtag in die Stadt. Wunderbares Herbstwetter und die Vorfreude auf Bauernkrapfen und gebratene Mandeln lassen einem das Herz im Dirndl höher hüpfen.

Die Stadt Salzburg ist eine wandelbare Diva, die ihren Wert kennt. Das ganze Jahr über bietet sie Abertausenden Touristen Unterschlupf. Hochpreisig, versteht sich. Gönnerhaft erlaubt sie ihnen im Gegenzug, scharenweise die engen Altstadtgässchen zu verstopfen. Im Sommer während der Festspiele ist Salzburg noch teurer als sonst, dazu noch mondän und elegant. Die Altstadt wird porentief rein geschrubbt, die Aufträge an sämtlichen Baustellen termingerecht abgeschlossen, die Kühlräume der Spitzengastronomie mit erlesenen Magenfüllern bestückt. Das Rascheln der Abendkleider, das Klack-Klack der Highheels und die A-, B- und C-Promis auf dem Weg ins Festspielhaus gehören zum Salzburger Sommer wie die Preiselbeeren unter die Nockerl. Pro Jahr betten mehr als drei Millionen Gäste ihr Haupt auf einem Kopfpolster in der Mozartstadt. Die Fiaker karren seit beinahe 100 Jahren gehfaules, zahlungskräftiges Publikum an den Barockbauten vorbei und haben Debatten über Pferdewindeln und Gummihufe geduldig überdauert. Touren zu den Highlights der Sehenswürdigkeiten werden mittlerweile auch im Doppeldeckerbus oder mit dem Salzachschiff angeboten. Hat man alle bedeutenden Kirchen der Stadt gesehen, kann man die Pfade der singenden Maria von Trapp als Fahrradtour abklappern oder sich von Musikstudenten mit Livree und Perücke gesanglich einlullen lassen. Aber die Diva hat nicht nur Weltoffenheit und Kultur in ihrem Repertoire, sondern auch Traditionsbewusstsein und Brauchtum. Die frühere Residenzstadt, die von Fürsterzbischöfen nach Belieben niedergerissen, umgestaltet und schließlich als persönliches Denkmal wieder aufgebaut wurde, ist manchmal ganz für die Salzburger da. Zu Ehren des Landespatrons Rupert findet für einige Tage im September ein Kirtag statt. Die großen Plätze um Mozartdenkmal, Residenzbrunnen und Kapitelschwemme sind dann vollgepfercht mit Fahrgeschäften, Zuckerwatte-Verkäufern, Schießbuden und Lebkuchenherzen. Vor dem Dom kann man Kitschiges und Süßes kaufen, Würstel essen und Bier trinken und mit etwas Glück ein halbwegs sauberes öffentliches WC ergattern.

Der Kirtag dauert immer vom Mittwoch vor dem 24. September, der dem heiligen Rupert geweiht ist, bis zum nächsten Sonntag und endet mit einem fantastischen Feuerwerk. Also heute.

Über die lange und bucklige Moosstraße fahren wir von

Glanegg in die Stadt und parken unsere Familienkutsche in der Mönchsberggarage. Meine Töchter und ich im Dirndl, Max und Laurenz in der Lederhose, denn Kirtag gleich Brauchtum gleich Tracht. Vorbei am altehrwürdigen Stift Sankt Peter schlendern wir in Richtung Domplatz, und der Lärmpegel steigt mit jedem Meter, den wir zurücklegen.

Am Kirtag ist die Hölle los. Überall klebrige Finger und Zuckerwatte, dröhnende Fahrgeschäfte und kichernde Hexen aus der Geisterbahn. Balzende Teenager beweisen ihre Männlichkeit beim Hau-den-Lukas oder beim Entenfischen, je nach Geschick, und hängen ihren Angebeteten die ergatterten Lebkuchenherzen auf das dralle Dekolleté. Und wir mittendrin.

Wir bleiben bei einem Standl stehen und kaufen gebrannte Mandeln, um erst einmal den Blutzuckerspiegel zu heben und uns zu stärken. Punktgenaues Zielen ist nicht unbedingt meine Spezialdisziplin, also lasse ich beim Dosenschießen meiner Familie den Vortritt. Lisi freut sich wie eine Schneekönigin über den ersten Treffer und sucht sich einen unglaublich hässlichen Schlüsselanhänger in Bärenform aus.

Auf dem Kapitelplatz und dem Residenzplatz stehen die meisten Fahrwerke. Jedes hat seinen fixen Standort, und das schon seit Jahren. Am Domplatz sind die Standln mit dem Krimskrams; von gefilzten Hüttenpatschen über Lebkuchenherzen, Ledergeldtascherln in quietschigen Farben, Küchenschürzen mit aufgedruckten Riesenbrüsten oder Luftballons in Schlumpfform gibt es einfach alles. Der Mozartplatz gehört den Handwerkern. Salatschüsseln aus Olivenholz, gedrechselte Massageroller, geflochtene Brotkörbe oder erlesenen Zirbenschnaps: es wird alles feilgeboten, was das Herz begehrt. Und der bronzene Wolfgang

Amadeus steht mitten im Getümmel und schaut auf alles herab.

Wir sitzen vor dem ehemaligen Café »Glockenspiel« auf Bierbänken und strecken bei Würstln mit Kren und Stiegl-Bier unsere Gesichter in die herbstliche Nachmittagssonne.

Zwei Polizisten schlendern gemächlich an uns vorbei, völlig eins mit sich und der Welt. Sie halten pflichtschuldigst Ausschau nach potenziellen Störenfrieden, aber weit und breit ist keine Schlägerei zu sehen, die unterbrochen werden müsste. Die paar Betrunkenen, die herumtorkeln, sind noch nicht in Angriffslaune.

Apropos Polizei: Mittlerweile ist genau eine Woche vergangen, seit der Unbekannte mit zerdepschtem Schädel an der Glan gefunden wurde. Ich denke an die Volldeppentheorie vom Laurenz. Bisher kann die Polizei keine brauchbaren Ergebnisse vorweisen. Nicht einmal unbrauchbare. Sogar die Patienten in der Praxis haben sich lautstark und intensiv damit beschäftigt, warum in der Sache nichts weitergeht. In der Zeitung war nur ein spartanischer Zweizeiler zu lesen: *Spaziergänger haben vergangenen Sonntagnachmittag am Fürstenbrunner Glanunfer einen unbekannten Toten gefunden. Die Polizei bittet um sachdienliche Hinweise.* Das war alles. Und dann, gestern: *Im mysteriösen Todesfall eines Mannes an der Gemeindegrenze zwischen Fürstenbrunn und Wals tappt die Polizei weiterhin im Dunkeln.* Wen wundert's, dass TV-Serien mit Wetterfleck tragenden Ladys in der Ermittlerrolle so erfolgreich sind? Man müsste sich halt einmal die Frage stellen, ob der arme Kerl wirklich gestolpert ist oder ob er gestolpert wurde. Und ob jemand einen Mann vermisst, auf den die Beschreibung vom Fischer Xaverl passt. *Muskulöser Kerl Anfang 20, T-Shirt mit komischem Schriftzug und auffal-*

lend große Füße. Damit müsste man doch was anfangen können, oder? Zumindest ein Foto vom »T-Shirt mit komischem Schriftzug«, eventuell in der Zeitung veröffentlicht, wäre hilfreich, denn was kann man sich unter »komisch« vorstellen? Gar nichts! Wie soll man denn bitte sachdienliche Hinweise bringen, wenn es keine Anhaltspunkte gibt? Stattdessen gammelt der Kerl irgendwo mit einem Zettel am Zeh vor sich hin. Was passiert eigentlich mit einem unbekannten Toten, den niemand vermisst? Die Frage habe ich mir schon öfter gestellt. Eine Zeit lang kann er wahrscheinlich in irgendeinem Kühlhaus liegen bleiben, aber wahrscheinlich ist spätestens nach ein paar Wochen Schluss damit. Und dann? Wenn immer noch keine Angehörigen aufgetaucht sind, die ihm die letzte Ehre erweisen und sich um ein ordentliches Begräbnis kümmern? Vielleicht, stelle ich mir vor, gibt es für solche Fälle eigene Vorgangsweisen. Spezielle Gräber, in denen namenlose Tote ihre letzte Ruhestätte finden. Aus Kostengründen eher kein Einzelgrab, sondern WG post mortem. Günstiger Sarg, keine Blumen, versteht sich. Traurig eigentlich. Wenn die Polizei nicht bald herausfindet, woran der muskulöse Mann mit den großen Füßen gestorben ist, wird er sich wohl auf so ein No-Name-Grab einstellen müssen. Leider ist unter unseren Patienten kein Polizist, den ich ganz diskret nach dem aktuellen Stand der Dinge fragen könnte. Dahingehend hab ich mich schon schlaugemacht und die Kartei durchforstet. Und ich kenne auch niemanden, der einen Polizisten kennt.

Die letzten Sonnenstrahlen fallen auf das alte Kettenkarussell und die Mozartstatue. Gemütlich schlendern wir durch das Gewusel an Kindern mit Luftballons, verliebten Pärchen mit überdimensionalen Kuscheltieren und kichernden Teenagern in Dirndl und Sneakers. Die Kinder kaufen sich Schaumrollen und stellen sich beim Sturmsegler an.

»Na, hast mich vergessen, du untreue Seele?« Ich fahre herum und sehe: Weninger Vroni.

Jessasmarantjosef, ich hätte mich um vier Uhr beim Sturmsegler mit ihr treffen sollen. Mittlerweile ist es halb fünf.

»Ich hab dich gefühlte 20-mal angerufen, aber bei dem Lärm hier«, sie macht eine kreisende Handbewegung und meint den Kirtag, »hört keine Sau ein Handy-Gebimmel. Drum hab ich mir gedacht, ich hol mir ein Schnapserl als Belohnung fürs Warten.«

Seit unserem sechsten Lebensjahr sind wir beste Freundinnen. Wir haben den Hype um Discoroller, Duftbleistifte, Pickerlalben und New Kids on the Block gemeinsam durchgemacht. Wir waren zusammen fischen, wandern und auf Sportwoche. Die Vroni kennt mich also wie ihre Westentasche und umgekehrt. Während Laurenz und Franz, Vronis bessere Hälfte, den Kindern Geld für Schokobrezen geben, ziehe ich meine Freundin ein wenig zur Seite und erzähle ihr von der Fürstenbrunner Leiche.

»Todesursache?«, will sie wissen.

»Keine Ahnung. Ich weiß nur, dass er hinten zerdetscht und vorne zermatscht war.«

Die Vroni spitzt die Lippen und zieht die Augenbrauen hoch. »Beim nächsten Geocacher-Stammtisch werd ich den Roderich anzapfen. Also übermorgen.«

Ich bin geflasht; Vroni steckt voller Überraschungen! Jetzt kennen wir uns seit über 30 Jahren, aber was in Gottes Namen sind Geocacher? Und seit wann macht Vroni bei denen mit? Die Erklärung kommt umgehend und ausführlich. Während mir die Vroni die Basics ihres neuen Hobbys erklärt, verdrücken unsere Kinder acht Schokobrezen, drei Leberkässemmeln und sieben Fruchtspieße. Sie redet auch noch, als die Kinder mit dem Kettenkarussell wild im Kreis fahren und das Gegessene mühsam bei sich behalten. Eine geschlagene Stunde später bin ich schlauer. Ich weiß jetzt, dass *Geocachen* nichts mit dem Schulfach Geografie zu tun hat, wohl aber mit Koordinaten und Orientierung. Man versteckt und sucht Sachen. Und je schwieriger irgendein *Cache* zu finden ist, desto lustiger das Ganze. Angeblich. Und *gecacht*, erklärt mir die Vroni, wird überall auf der Welt.

»Ja«, sagt sie und beißt krachend auf die letzte gebrannte Mandel aus dem Papiersackerl, »und die Geocacher, die sind eine riesige *Community*, weißt du. Jede Ortsgruppe trifft sich einmal im Monat am Stammtisch.« Sie schwärmt mir von den netten Leuten vor, die bei der *Community* sind, von den *Nicknames* und den *Adventures*. Ich bin eher skeptisch. Am helllichten Tag freiwillig nach Sachen zu suchen, die irgendwer vorher versteckt hat, und das Ganze dann auch noch in ein Logbuch einzutragen, entspricht nicht meiner Vorstellung von Entspannung! Sachen suchen muss ich täglich daheim, wenn die Kinder oder der Laurenz wieder mal was verlegt haben. Meine diesbezüglichen Erfolge würden kein Schwein interessieren, selbst wenn ich die ganze Welt via Internet dran teilhaben lasse. Socke war unterm Bett, bitte Applaus! Aber die Vroni sagt, für sie ist das ein Ausgleich. Denn ihre Vormittage verbringt sie entweder mit gestörten Schülern oder deren gestörten Eltern. Beibringen kann man denen nix mehr, sagt sie, denn die Schüler sind Bestien und die Eltern beratungsresistent. Und irgendwann braucht sie dann halt auch ein Erfolgserlebnis. Dann packt sie sich am Nachmittag mit ihren Mädels zusammen und geht suchen. Wurscht, was. Hauptsache suchen. Manchmal große Sachen, manchmal kleine. Denn die *Caches* sind unterteilt in verschiedene Größen. Mikro, Mini, Maxi und so. Ich höre ihr ehrfürchtig zu. Sie scheint das ernst zu meinen, das mit der Entspannung.

»Und wer ist jetzt dieser Roderich?«, lenke ich sie zum eigentlichen Thema zurück. Es braucht ein paar Sekunden, bis es schnackelt in ihrem Hirnkastl.

»Ach soooooo, der! Ist bei der Polizei in Anif. Ganz ein Netter. Der braucht das auch als Ausgleich, das Geocachen.« Laut Vroni ist der Roderich seit einem Jahr verwitwet und züchtet Bienen. Nicht hauptberuflich, natürlich. Als Hobby. Seinen Honig könnte sie mir wärmstens empfehlen. Und eben diesen Roderich wird sie beim Stammtisch ein bisserl aushorchen, was die laufenden Ermittlungen in Sachen Leiche an der Glan betrifft.

Die Sonne hat sich verabschiedet; es wird kühl. Zeit, heimzufahren. Als Abschluss fahren wir alle gemeinsam noch einmal mit dem Sturmsegler; seit Kindertagen mein persönlicher Pflichttermin auf jedem Ruperti-Kirtag. Wir brauchen ganze drei Boote, weil wir ja zu neunt fahren. Franz setzt sich mit seinen zwei Mädchen in das erste Boot, Max, Susi und Lisi in das nächste, und im dritten sitzen Laurenz, Vroni und ich. Die Boote füllen sich, der Kassier sammelt die Plastikchips ein und dann bimmelt die Schiffsglocke in der Mitte. Los geht's! Die Segelbooterl fahren rasant im Kreis, immer leicht auf und ab. Es kribbelt im Bauch, die Haare wehen. Ein schöner Herbsttag, alle gemeinsam auf dem Kirtag und jeder hat seinen Spaß – Herz, was willst du mehr?

VIERTES KAPITEL

Erzählt von Muskelbergen, Langeweile und Abenteuerlust. Liebe tut weh, und zwar nicht nur im übertragenen Sinn. Außerdem sehe ich Rasentraktoren ab jetzt aus einem neuen Blickwinkel. Ich bin im Gelände unterwegs, werde fündig, aber nicht schlauer. Beim Socken-Memory erfahre ich allerhand über Trauma-Verletzungen und esse Kastanientorte.

Die kommende Arbeitswoche lässt an Abwechslung zu wünschen übrig, was im Klartext heißt: alles wie immer. Der Rettenbacher stirbt. Ein tropisches Insekt hat ihn gestochen, er ist dem Tode geweiht. Sagt er. Der vermeintliche Stachel ist dann doch nur ein stinknormaler Holzschiefer, den er sich beim Brennholzzerkleinern eingezogen hat.

Außerdem: Patient mit akuter Pilzvergiftung. Speibt uns die Ordination voll. Nicht unüblich im Herbst, wo die Schwammerlsammler in Hundertschaften ausschwärmen. Die meisten überschätzen ihre Kenntnisse und können einen Fliegenpilz kaum von einem Eierschwammerl unterscheiden. Und eine Dame mit Verdauungsproblemen bekommt einen Kamilleneinlauf, weil sonst der Darmverschluss droht. Alles in allem nichts Aufregendes.

Irgendwann ist dann auch schon wieder Freitag, und aus meiner langjährigen Erfahrung gestaltet sich das Ende der Arbeitswoche nach einem sich wiederholenden Muster. Die Patienten stocken fürs Wochenende ihre Medikamentenvorräte auf, was zur Folge hat, dass ich stundenlang Rezepte ausdrucke und der Drucker heißläuft. Auch hier macht sich der Herbst bemerkbar: Antidepressiva sind hoch im Kurs, entweder als synthetische Chemiehämmer (für Ungeduldige), als Globuli oder Johanniskrautkapseln (für die Naturbelassenen). Die Frau Doktor redet sich den Mund fusslig, dass nicht jede dahergelaufene Übellaunigkeit gleich eine ausgewachsene Depression sein muss. Aber wenn die Blätter von den Bäumen fallen und die Tage kürzer werden, sind die Leute eben grantiger. Ich ziehe Fäden bei zwei Platzwunden, schicke Stuhlproben ins Labor und bestelle Impfstoffe für den Pensionistenverband, weil eine Fernreise ansteht.

So gegen Mittag, kurz vor Praxisschluss, erscheint eine elegante Dame. Neuzugang, schätze ich. Wahrscheinlich Bandscheibenvorfall, so wie sie daherschleicht. Sie hält sich mehr schlecht als recht gerade, stützt sich mit zusammengebissenen Zähnen auf meinen Schreibtisch und verlangt Schmerztabletten. Aber Tabletten geben wir nicht einfach so aus; ohne Untersuchung läuft hier gar nix. Da könnte ja jeder kommen. Die Dame ist mir außerdem gänzlich unbekannt. In diesem Fall sind Erstuntersuchung und Datenaufnahme sowieso Pflichtprogramm.

Sie hält sich allerdings bedeckt. Weder ihre Daten noch den Grund, warum ihr Gestell so ramponiert ist, gibt sie preis. Tabletten braucht sie aber unbedingt, weil sie angeblich weder liegen noch sitzen kann vor Schmerzen. Die Frau Doktor, die im Nebenraum sitzt und alles mit angehört hat, hakt die Dame unter und nimmt sie mit ins Behandlungszimmer. Ich hinterher. Und jetzt heißt's Oberteil und Hose ausziehen, ob sie will oder nicht. Denn wenn jemand so gar nicht rausrücken will, woher die Schmerzen rühren, dann schrillen bei der Frau Doktor die Alarmglocken. Womöglich – und darauf deutet die Geheimnistuerei hin – liegt hier eine Misshandlung vor. Dann muss Anzeige erstattet werden. Also: Hüllen fallen lassen. Was mir sofort auffällt: Sie hat den 70er zwar schon überschritten, ist aber top in Form und gepflegt. Trainierte Figur, lackierte Nägel, schöne Dessous. Jane Fonda am Untersberg. Keine hautfarbenen Frotteezelte, die man bei 95 Grad auskochen kann, falls was daneben geht, sondern mitternachtsblaue Spitze, und der BH ist in der Mitte mit Strass besetzt. Aber hallo! Und leider harmoniert der BH farblich wunderbar mit den Blutergüssen. Knapp über dem Allerwertesten riesige Flecken, und zwar alle quer und länglich. Als hätte sich da jemand mit einer Stange ausgetobt. Da kann sie noch von Glück reden, dass das Steißbein nicht gebrochen ist.

Auf den ersten Blick ist hier ein rabiater Ehemann die Wurzel allen Übels und die Patientin ein klarer Fall fürs Frauenhaus. Sie faselt aber dauernd was von einem Unfall im Haushalt und winselt nach Schmerztabletten und einer Überweisung zu ihrem Physiotherapeuten. Die Frau Doktor seufzt. Jedes Mal dasselbe mit den misshandelten Ehefrauen: Verdrängung. Ich hol schon einmal die Unterlagen für die Meldung an die Polizei und das Frauenhaus. Keine schöne Sache. Kommt Gott sei Dank nicht allzu oft vor. *Aber es helft ned*, sagt meine Tante Nanni immer, was sein muss, muss sein. Also Daten aufnehmen und aus. Und als sie merkt, dass wir nicht lockerlassen und das hier ihre einzige Chance auf Schmerzmittel ist, macht sie doch den Mund auf, die Lady. Haubinger Christina heißt sie. Da klingelt es bei mir: Könnte die Frau Gemahlin vom Bauunternehmer Haubinger sein, mit dem der Laurenz öfter zusammenarbeitet. Als Geburtsjahr gibt sie 1943 an, was bedeutet, dass sie bereits 76 Lenze zählt. Könnte passen. *Lieber Gott, bitte lass mich in diesem biblischen Alter noch so topfit und gepflegt sein!* Im Idealfall ohne blaue Flecken natürlich, aber trotzdem. Als ich die persönlichen Daten erfasst habe, geht's ans Eingemachte, denn jetzt brauch ich Infos zum Unfallhergang und den Beteiligten. Aber sie will nicht. Wir tauschen einen Blick, die Frau Doktor und ich; das ist uns nicht neu. Paradoxerweise fühlen sich Opfer von häuslicher Gewalt oft selbst schuldig. Sie kommen zwar grün und blau geschlagen in die Praxis und brauchen Hilfe, wollen aber ihre Peiniger vor Unannehmlichkeiten und einer Anzeige bewahren. Die Frau Doktor legt ihr einen Arm um die Schulter.

»Schauen Sie, Frau Haubinger, das muss sein, allein schon wegen der ärztlichen Bestätigung, die Sie für die Polizei brauchen. Dann leiten wir das weiter, und alles nimmt seinen Lauf. Und ich versichere Ihnen: Sie müssen nicht dabei sein, wenn Ihr Mann von der Polizei zur Befragung abgeholt wird. Wir können Ihnen einen übergangsmäßigen Platz im Frauenhaus besorgen, damit Sie in Sicherheit sind.«

Und dann: Staudammbruch. Ende der Verschwiegenheit. Sie schluchzt hemmungslos und tränenreich, löst sich quasi in Wasser auf. Sturzbäche von wimperntuschegefärbten Tränen rinnen ihr hübsches Gesicht entlang in Richtung Dekolleté. Ich lege ihr eine Decke um die Schultern, damit sie nicht friert. Wir lassen ihr ein paar Minuten Zeit und setzen uns neben sie auf die Liege. Erstens, weil sie eh die letzte Patientin für heute ist, wir haben also keine Eile. Zweitens hätten wir sowieso nichts verstanden, falls sie etwas gesagt hätte. Minutenlang nur Wimmern, Schneuzen und Wehklagen. Aber irgendwann hat sie dann alle Tränen rausgeweint, alle Taschentücher angerotzt und sich einigermaßen beruhigt. Dann packt sie aus. Und zu unserer Überraschung liegen wir mit unserer Theorie vom rabiaten Ehemann gründlich daneben. Es war nämlich alles ganz anders:

Die Frau Haubinger, mit einem Baumeister verheiratet, wohlhabend, gutaussehend, aber zu Tode gelangweilt, wollte aus ihrem goldenen Käfig ausbrechen. Also hat sie sich ihrem Hausmeister, sagen wir, »genähert«. Mehr als nötig. Wie sagt der Laurenz immer: Wenn's dem Esel zu gut geht, geht er aufs Glatteis tanzen. Das trifft es ziemlich genau. Sie sagt, ihr war nach Tapetenwechsel. Weg von den stinklangweiligen Charity-Golf-Turnieren und Vernissage-Eröffnungen, zu denen sie ihren Mann begleitet hat. Schluss mit den Fotografenterminen bei Spatenstichen und Weihnachtsmärkten. Ausbrechen aus dem immer gleichen Programm mit Tattergreisen oder Speichelleckern. War halt nicht nach ihrem Geschmack. Sie hatte Lust auf Neues, war scharf auf Abenteuer. Gierig nach Sex. Und nach Frischfleisch. Und da ist ihr der junge, braun gebrannte und muskelbepackte Hausmeister grad recht gekommen. Mit Werkzeug und Rasentraktor kümmert er sich um kleinere Reparaturen an der Villa und um unkrautfreien Rasen im Garten. Früher war er beim Baumeister als Maurer angestellt. Aber nach irgendeinem Arbeitsunfall war er auf Baustellen nicht mehr einsatzfähig, also hat ihm der Herr Haubinger eine Stelle bei sich zu Hause angeboten. Und seit ein paar Wochen hat ebendieser Hausl mit dem Luxuskörper, na ja, sein Aufgabengebiet »erweitert«. Sprich, er hat sich nicht mehr nur um Garten und Villa Haubinger, sondern auch um die Frau Haubinger gekümmert. Komplettangebot, sozusagen. Zuerst sei das alles neu und aufregend gewesen, sagt sie. Der Hausl habe sie an den unmöglichsten Orten verführt, vernascht und sie von einem Orgasmus zum nächsten gejagt. Sie habe sich wieder jung und begehrt gefühlt, sagt sie, und eigentlich will ich das gar nicht so genau wissen. Meine Sympathie für sie kühlt gleich um ein paar Grad ab, denn ihr Stolz ist mir nicht entgangen. Schließlich gibt es nicht viele Damen in ihrem Alter, die sich auf derart amouröse Abenteuer einlassen. Die bildhaften Details von ihr und dem Muskelprotz, die erhitzten Gesichter und schweißnassen Körper, überschäumend vor Lust, kurz vor der Ekstase, hätte sie uns ersparen können. Dass sie im Gartenschuppen, auf dem frisch gemähten Rasen, auf der Tischtennisplatte und einmal sogar auf dem Schreibtisch des Ehemannes übereinander hergefallen sind, darüber hätte sie Stillschweigen bewahren können. Die Bilder krieg ich nicht mehr aus dem Kopf, herzlichen Dank.

Am Anfang, erzählt Frau Haubinger, sei ihr *Lover* auch noch charmant gewesen. Aber nicht lange. Dann, schluchzt sie, sei er immer grober, ungenierter und zudringlicher geworden, und irgendwann ist die frisch verliebte Frau Haubinger aus ihrem hormonellen Nebel und ihrer rosa Wolke geplumpst. Ihr ist klar geworden, was für einen Fehler sie da gemacht hat. Und vor allem, mit wem. Wochenlang sind ihr nur Hauptsache und Kronjuwelen von diesem Muskelberg im Kopf herumgebimmelt und haben jegliche Vernunft verdrängt. Und das letzte, sagen wir einmal, »enge Beisammensein« war dann kein romantischer Softporno mehr, sondern die Ursache für ihr ramponiertes Becken.

»Auf dem Rasentraktor«, sagt sie kleinlaut. Den Rasentraktor kann man auf Selbstfahrmodus einstellen, wurscht, ob jemand drauf sitzt oder nicht. Eine Runde Hautkontakt und Körperflüssigkeitenaustausch geht sich da locker aus, bis das riesige Grundstück fertig gemäht ist. Blöd nur, dass Frau Haubinger dabei mit dem Rücken ans Lenkrad gedrückt wurde, daher die streifenartigen blauen Flecken. Das Ganze muss quasi frei von jeglicher Romantik vor sich gegangen sein, weil erstens unsanfter Grobian und zweitens volle Fahrt voraus. Wie auch immer. Jedenfalls sind diesem wilden Ritt nicht nur die Hortensiensträucher und ein paar Rosen zum Opfer gefallen (wie gesagt: Selbstfahrmodus), sondern auch das Becken der Baumeistersgattin. Den Kevin – so heißt der potente Kraftlackl – haben die Schmerzen seiner Sexualpartnerin nach der Paarung jedenfalls null tangiert und nur einen Lacher gekostet. Aber der Name sagt ja schon alles. Die Frau Doktor schüttelt den Kopf, nur ein ganz kleines bisschen, aber die Frau Haubinger merkt's natürlich.

»Sie können sich gar nicht vorstellen, was für eine Überwindung mich das kostet, jemandem davon zu erzählen!« Ihr tropfen schon wieder Tränen aus den Augen; ob aus Reue oder vor Schmerzen, lässt sich nicht so genau sagen. Wahrscheinlich beides.

»Wenn irgendwer von dem Ganzen erfährt … dann sind wir ruiniert!«

Sie jammert vor sich hin, dass sie jetzt erpressbar ist und ihr Leben im Eimer. Also räume ich die Unterlagen für die Anzeige wieder weg – weil die Frau Haubinger ja nicht gut angeben kann, dass sie sich dabei verletzt hat, wie sie ihren Mann mit dem Hausmeister beschissen hat. Und noch dazu im eigenen Garten. Vom Traktor und dem Rest ganz zu schweigen. Dafür, sagt sie, liebt sie ihren Mann dann doch zu sehr. Das kann sie ihm nicht antun, mit der Anzeige. Finde ich zwar ein bisschen scheinheilig, sich zuerst mit dem Hausl durch den ganzen Garten zu schnackseln und danach die große Liebe zum Ehemann zu entdecken, aber bitte. Wer weiß, wozu man nach einer langen Ehe fähig ist.

Frau Doktor Fleischer jedenfalls seufzt und hängt ihr eine Infusion gegen die Schmerzen an. Dann verschreibt sie der Patientin Salben zum Abklingen der Schwellungen. Schließlich wird irgendwann wieder der Zeitpunkt kommen, an dem der Herr Gemahl seine ehelichen Pflichten erfüllen will.

Die Frau Haubinger bedankt sich kleinlaut, und während ich kontrolliere, ob die Infusion im richtigen Tempo in ihre Venen tropft, erzählt sie vom Erpressungsversuch, den der Kevin heute früh gemacht hat. Quasi als Gipfel der groben Dreistigkeit. Er bräuchte nämlich ein Zusatzeinkommen, um seine Spielschulden zu tilgen. Also, genauer gesagt, seine *hohen* Spielschulden. Dieser Kevin, sagt die Frau Haubinger, hat allen Ernstes angedroht, dem Herrn Haubinger in glühenden Farben auszumalen, was und vor allem wo er es mit dessen Gemahlin getrieben hat. Oder er könnte seinem Vater, einem Juristen, der sich im Baugewerbe auskennt, von den vielen kleinen und nicht ganz so kleinen Dingen erzählen, die im täglichen Geschäft auf Baustellen passieren. Also firmeninterne Infos an Dritte weitergeben. Und da gibt's so Einiges, was man als legale Grauzone bezeichnen kann und womit man einer gut eingeführten Baufirma schaden könnte. Das alles würde seinen Vater brennend interessieren, und der wiederum hätte Kontakte zu sämtlichen Behörden und Kontrollorganen, die eine Baustelle ratzfatz dichtmachen, wenn Ungereimtheiten auftauchen.

»Drei Wochen Bedenkzeit hat er mir gegeben, der Intelligenzbolzen! Bis Anfang November lässt er mich in Frieden, ab dann müsste ich monatlich 1.000 Euro Schweigegeld an ihn zahlen.«

Die Frau Doktor koppelt ihre Patientin vom Tropf ab und reißt die Papierauflage von der Liege. »Sonst … was?«

Frau Haubinger kämpft erneut mit den Tränen. Sie zieht sich wieder an, dank Schmerzmittel merklich wendiger als noch vor einer Stunde.

»Sie wissen, ich bin an die ärztliche Schweigepflicht gebunden, Frau Haubinger. Aber für den Fall, dass Sie von Ihrem … ›Geschlechtspartner‹ noch stärker in die Enge getrieben werden, würde ich mir gern seinen vollen Namen notieren, bitte. Vorsichtshalber.«

Die Frau Haubinger nimmt den überlangen Seidenschal von der Stuhllehne und wickelt ihn kunstvoll um ihren faltenfreien Hals. Mit ihren perfekt gepflegten Hinterhufen schlüpft sie in dunkelblaue Lackballerinas, die vorne mit breiten Ripsschleifen verziert sind. Zumindest der rechte; am linken Schuh fehlt die Schleife. Sie schnappt ihre Handtasche und setzt eine riesige, mit Strass besetzte Sonnenbrille auf. »Pechtl. Er heißt Kevin Pechtl.«

Am Heimweg mache ich mit dem Rad einen Umweg und fahre nach Fürstenbrunn. Das kleine Dorf am Fuß des Untersbergs ploppte immer wieder mal in der Geschichte auf, mal mehr, mal weniger bedeutungsvoll. Seinen Namen erhielt es, als Salzburg noch Erzbistum war und Lakaien kübelweise Wasser für die Fürsten vom Brunnen, also der Untersbergquelle, holen mussten. Den leicht rötlichen Marmor, der seit der Römerzeit noch heute in Fürstenbrunn aus dem Untersberg gebrochen wird, verwendeten Steinbildhauer und Architekten und schufen daraus Kunstwerke wie die Hauptfassade des Salzburger Doms oder die Engelsstiege in Schloss Mirabell. Die geografische Lage machte Fürstenbrunn für Schmuggler interessant: Die fußläufige Nähe zu Deutschland war gut fürs Geschäft.

Ich drossle das Tempo und steige da, wo ich die Grenze zur Gemeinde Wals vermute, von meinem Drahtesel. Hier muss die Stelle sein, wo der arme Kerl gefunden wurde. Wobei ich natürlich nicht weiß, ob der Tote zu Lebzeiten tatsächlich ein armer Kerl war. Vielleicht war er ein echtes Arschloch vor dem Herrn und hat sich seinen abrupten Abgang aus dem Diesseits selbst zuzuschreiben. Vielleicht aber auch nicht.

Ein bisschen mühsam ist es schon, mit dem verbundenen Haxen die Böschung rauf- und runterzukraxeln, aber die Mühe lohnt sich. Nach ein paar Minuten finde ich einen fußballgroßen, spitzen Felsbrocken nahe am Wasser. Am Stein klebt Blut. Die letzten Tage waren trocken, es hat nicht geregnet und der Wasserstand der Glan ist tief. Das Blut auf dem Stein ist also seit fast zwei Wochen unverändert. Ich schaue mich um. Hier also. Der geschotterte Spazierweg befindet sich gut anderthalb Meter oberhalb der Glan, die Böschung ist steil. Warum war der Mann ausgerechnet hier unten unterwegs, auf unebenem Gelände und mit dem Risiko, nasse Füße zu bekommen? Wollte er die Glan durchqueren? Nein. Der Fischer Xaverl hat nichts von Gummistiefeln gesagt. Außerdem: Die nächste Brücke ist keine 100 Meter entfernt. War er auf der Suche nach etwas? Etwas, was ihm beim Spazierengehen aus der Hand gefallen ist und was er aufheben wollte? Aber das Gesicht – warum war das so zugerichtet? Als wäre er in einen Reißwolf gekommen, hat meine Schwiegermutter erzählt. Hier ist weit und breit nichts, was einem Menschen derartige Verletzungen zufügen könnte. Weder ein Rechen für Totholz im Bach noch ein Dornenstrauch irgendwo am Ufer. Ich schaue mich um, drehe mich einmal um mich selbst. Kein Zaun, kein Stacheldraht oder sonstige scharfe, spitze

Gegenstände. Nichts. Nur Wiesen und Wald. Ich schließe die Augen. Außer dem Rauschen der Autobahn und dem sanften Plätschern der Glan ist nichts zu hören. An einem Freitag zur Mittagszeit ist hier niemand unterwegs, nicht einmal ein Hundebesitzer. Allein beim Gedanken an kläffende Vierbeiner meldet sich mein Bein mit leicht ziehenden Schmerzen. Scheißhundsviech! Mit dem Smartphone mache ich ein paar Fotos von der Stelle mit dem blutigen Stein, dann radle ich nach Hause.

Am Nachmittag zieht Sturm auf. Der Herbstwind schubst die sonnige Wärme der letzten Tage unsanft beiseite, peitscht Regen und Blätter durch die Luft, hüllt den Untersberg in dunkle Wolken und zerzaust Spaziergänger und Hunde gleichermaßen. Im Kachelofen knistert das Feuer: Startschuss für Gemütlichkeit innerhalb der vier Wände.

Vor mir auf dem Tisch liegen gut 50 einzelne saubere Socken, zu einem Berg aufgetürmt. Alle schwarz, alle verschieden. Auf den ersten Blick passt keiner zum anderen; ich seufze einmal tief und beginne mit dem verhassten Sortieren. Da sind die Socken mit den Wochentagen. Sieben Paar, logischerweise. Auf jedem Paar steht in Knöchelhöhe der Wochentag. Dann die Markensocken. Burlington ist auf dem einen eingewebt, Boss auf dem anderen. Hier gilt ebenfalls: Mischen impossible. Dann die anthrazitgrauen. Wobei man klar unterscheiden muss zwischen denen, die immer schon anthrazitgrau waren, und denen, die es mit der Zeit geworden sind. Die dunkelblauen nicht zu vergessen. Und die kurzen Sportsocken. Knöchelhoch und – richtig – schwarz, dafür aber wiederum in drei verschiedenen Größen. Die textile Heimsuchung.

Tante Zenzi versüßt mir dieses nervtötende Geduldsspiel mit ihrer Anwesenheit und einer köstlichen Kastanientorte. Eine resolute Frohnatur, die keine Arbeit scheut und zupackt, wo es nötig ist. Krankenschwester zu sein ist für sie nicht nur Beruf, sondern Berufung. Dass der liebe Gott die Zenzi losgeschickt hat, um mich vor der Kapelle zu finden, war die richtige Entscheidung.

Wir sortieren gemeinsam Socken, schlürfen Kaffee und ratschen ein bisserl. Sie erzählt vom Alltag im Krankenhaus, in dem sie arbeitet. Und wie jedes Mal hat sie auch heute wieder eine lustige Story auf Lager. Diesmal von der Neurochirurgie.

Die Neuro ist wie ein Wiesenblumenstrauß, sagt Tante Zenzi immer. Eine bunte Mischung aus allem. Von Tragisch bis Lustig bleibt einem hier nichts erspart, und manches ist einfach nur schräg. Von allen Stationen, auf denen sie in ihrer Laufbahn als Krankenschwester schon gearbeitet hat, ist ihr die Neuro die liebste, weil es dort nie langweilig wird. Eine meiner Lieblingsgeschichten zum Beispiel ist die von den zwei Schädelverletzten. Junge Männer mit Hohlraumsausen, jeweils nach einem schweren Motorradunfall. Körperlich einigermaßen zusammengeflickt und sogar halbwegs gesund, aber das Gehirn war nur mehr eine kleine Murmel in einer großen Schüssel. Der eine hat den ganzen Tag lang in einem fort »21« gesagt. Immer nur »21«. Im Minutentakt. Nach zwei Tagen hat sich der andere beschwert und hat um Abwechslung gefleht. Darauf der andere: »22! 22!« Ja, sagt die Tante Zenzi, mit den Kopfverletzungen ist das so eine Sache. Im einen Moment bist du noch der Kraftlackl, dem die Welt zu Füßen liegt, und im nächsten Moment holen sie dich aus dem Koma und du bist nur mehr ein hilfloser Lulu. Die schwersten Kopfverletzungen gibt's nach Motorradunfällen, sagt sie, Helm hin oder her. Und auf Baustellen.

Baustellen …!

»War bei euch auf der Station schon einmal ein Kevin?« Schließlich ist der Unfall vom Lover der Frau Haubinger noch nicht allzu lange her, und der Name ist einprägsam und macht jede nähere Beschreibung unnötig. Die Tante Zenzi denkt nach, während sie zwei schwarze lange Socken zusammenlegt. Im letzten Moment bemerkt sie aber, dass der eine ein Montag und der andere ein Freitag ist, also legt sie die zwei wieder beiseite und macht sich auf die Suche nach den jeweiligen verschwundenen Partnern.

»Kevins waren noch nicht allzu viele da. Die kann ich, glaub ich, an einer Hand abzählen. Schräge Namen sind immer gut für einen Lacher auf der Station, kannst mir glauben. Letztens war ein Isidor dabei. Und letztes Jahr die Izmir.«

»Echt? Izmir?« Dass jemand nach einer Stadt benannt wird, ist schon eher selten. Außer, man ist Spross von einem amerikanischen Popstar oder Hotelbesitzer und trägt den Namen »Paris«. Aber wer ist das schon? »Izmir, wie die Hafenstadt in der Türkei?«

Die Tante Zenzi nickt und klaubt den zweiten Montag aus dem Riesenhaufen. »Also bei der Izmir haben wir alle geglaubt, die wird gar nimmer. Ihr Ehemann hat sie ja halberts zerlegt, der jähzornige Macho. Der war gründlich, aber hallo! Hirnaustritt, zertrümmerte Knöchel, gebrochene Rippen … Halbtot haben sie uns die Izmir gebracht. Aber nach ein paar Operationen und einem halben Jahr künstlichem Tiefschlaf ist sie wieder munter geworden, und zwar ganz von allein. Von da an war ihr Gehirn auf Neustart programmiert. Wahrscheinlich eine Art unbewusster Selbstschutz. Tabula rasa, sozusagen. Sie hat alles neu lernen müssen: essen, gehen, sprechen. Aber das Witzige war, dass die auf einmal im ärgsten Salzburger Dialekt geredet hat, obwohl sie vorher kaum ein deutsches Wort verstanden hat. Und dafür war alles Türkische weg. Die hat echt ihre ganze Vergangenheit hinter sich gelassen. Aber unbewusst, verstehst? Die hat nicht einmal mehr gewusst, dass sie selber Türkin ist. Quasi kompletter Neuanfang. Und ganz egal, was man sie gefragt hat, sie hat auf alles »Wurscht« gesagt. War auf einmal ihr Lieblingswort. Und drum war sie für uns nur mehr die ›Izmir Wurscht‹.«

»Und ihr Mann – was ist mit dem passiert?«

»Na ja, den hat's natürlich schon ordentlich gefressen. 15 Jahre wegen versuchtem Mord. Eh viel zu wenig. So einer, der gehört ja beim Zipfel aufgehängt, wennst mich fragst.«

Der Krankenhausalltag härtet ab, eindeutig. Aber eigentlich wollte ich ja etwas ganz anderes von ihr wissen. »Der Kevin, von dem ich rede, hatte einen Baustellenunfall.«

»Hm …« Die Tante Zenzi runzelt die Stirn und schaut konzentriert aus dem Fenster. »Ja, da war was. Ist noch nicht allzu lang her. Vielleicht ein Jahr. Der Kevin … strammer Bursche. Maurer, glaub ich. Wieso fragst du?«

So direkt bin ich als Sprechstundenhilfe nicht an die ärztliche Schweigepflicht gebunden, finde ich. Also erzähle ich die Haubinger-Story, und zwar in der Deluxe-Version mit allen pikanten Details. Aber Tante Zenzi sagt nur:

»Massiv gesteigerter Sexualtrieb. Kann vorkommen, wenn die zuständigen Teile im Gehirn verletzt werden. Und übersteigertes Selbstbewusstsein sowieso. Alles schon dagewesen. Da denken die Mannsbilder dann nur mehr ans Rammeln. Fast schon gefährlich, wenn die in die freie Wildbahn entlassen werden.«

Mittlerweile haben alle Socken einen passenden Partner gefunden.

»Kenn ich aus meiner Zeit als freiwillige Helferin im Frauenhaus. Das ist ein echtes Problem, wenn die Männer nur mehr mit der Hauptsach denken, verstehst. Wie die Viecher. Und wenn sie nicht kriegen, was sie wollen, dann hauen sie einfach zu. Krankhaftes Sucht-Rammeln. Was die alles anrichten können, frage nicht. Die brauchen noch einmal einen ordentlichen Tetscher auf den Hinterkopf, damit sie wieder normal werden. Aber mich fragt ja keiner.«

Wir essen dann – als Belohnung für die erledigte Sockengeschichte – noch ein bisserl was von der herrlichen Kastanientorte.

Später, als Tante Zenzi schon wieder zu Hause ist und ich die Socken in die jeweiligen Laden räume, denke ich über die Pechtls nach. Der Vater: aktive Nervensäge und pensionierter Jurist. In seiner Berufszeit Sachverständiger bei einer Versicherung, zuständig für Baurecht. Der Sohn: gelernter Maurer, jahrelang auf Baustellen tätig, nach Unfall aber nur mehr überschaubar intelligent. Ebenso hoch triebgesteuert wie verschuldet. Erschnackselt sich das Vertrauen wohlhabender älterer Damen, um sie später zu erpressen und mit ihrem Geld seine Schulden zu tilgen. Denn dass die Frau Haubinger kein Einzelfall in Kevins Sündenregister ist, davon bin ich fest überzeugt. Nur dass sie möglicherweise die Einzige war, die sich getraut hat, darüber zu reden. Allerdings: Womit genau will der Kevin die Haubingers eigentlich erpressen? »Legale Grauzonen auf Baustellen«, was könnte damit gemeint sein? Die lädierte Frau Haubinger kann ich informationstechnisch nicht mehr anzapfen. Den Zeitpunkt hab ich verpasst. Nein, eigentlich war er nie wirklich da. Und wer weiß, vielleicht kennt sie sich ja im Baugeschäft auch gar nicht gut genug aus, um die Tragweite des Ganzen abschätzen zu können? Wer allerdings auf jeden Fall etwas von Baustellen versteht, das ist der Laurenz.

FÜNFTES KAPITEL

Erzählt von düsteren Fantasien, durchsichtigen Sträuchern, Kosmetika und einem Dauerparker.

Übersetzte Verpackungsaufschriften bringen mich ein großes Stück weiter. Ich orientiere mich an großen Helden der Kriminalromane und zahle auf mein Haben-Konto ein. Die ersten Gehversuche als Neo-Kriminalistin werden akribisch vorbereitet und erfordern vollste Konzentration. Als Konsequenz unterläuft mir ein typisch männlicher Fehler.

Dass mein morgendliches Stick-Memo ein hautfarbener Phallus geworden ist, daran sind eindeutig Frau Haubingers und Tante Zenzis bildhafte Erzählungen schuld. Also wandert das kleine Stück Stoff ganz nach unten in die Schuhschachtel mit den Garnen.

Und ausnahmsweise hat mich die Kreuzstich-Arbeit nicht beruhigt, sondern aufgewühlt und eine meiner ältesten Wunden aufgerissen. Ich verfluche das hirnrissige Paarungsverhalten meiner Eltern, die sich einen Dreck um das Ergebnis geschert haben: um mich.

Aber Findelkind zu sein hat auch Vorteile. Man genießt die Freiheit, sich die leiblichen Eltern je nach Laune und Gutdünken auszumalen und zusammenzustellen. Optik, Charakter und Beweggründe für die Kindesweglegung sind dabei fast immer unterschiedlich und lassen sich beliebig untereinander kombinieren. Ich bin selbst immer wieder vom

Baukastensystem meiner Fantasie überrascht; auf diese Art und Weise haben sich schon mehrere Hundert Bilder meiner Erzeuger ergeben. Manchmal werden meine Eltern auf einer Welle von übersättigten Dokutainment-Klischees angespült; als minderjährige Teenager, fernab von klebrig-süßer Romeo-und-Julia-Romantik. Meine Mutter taucht dann als tätowierte Schulabbrecherin mit wallendem Hüftspeck über den Billig-Jeans vom New Yorker, mit Bauchnabelpiercing und ungewaschenem Hoodie vor meinem geistigen Auge auf. Ihr Revier ist die Straße, sie kämpft sich alleine durch ein aussichtsloses Leben und ist schon frühmorgens, wenn sie unter der Rolltreppe einer U-Bahn-Station wach wird, erfüllt vom Hass auf die Welt. Aus ihrem One-Night-Stand mit einem zärtlichen Kochlehrling, der mehrere 100 Kilometer von zu Hause entfernt ein dreckiges Ein-Zimmer-Apartment bewohnt und von der Hand in den Mund lebt, wurde eine tickende Zeitbombe mit neunmonatigem Ablaufdatum. Nach einer Nacht voll verzweifelter Leidenschaft, in der jeder seinen Hunger nach Hautkontakt und Körperwärme stillen konnte, sehen die beiden einander nie wieder.

Auf eine verdrängte Schwangerschaft folgt die Niederkunft in einer öffentlichen Toilettenanlage und die schwerste Entscheidung im Leben einer Mutter. Einzig treuer Beistand in dieser Zeit ist ein räudiger Schäferhundmischling, für den sie täglich aus Müllcontainern hinter Supermärkten abgelaufenes Dosenfutter fischt.

Zugegeben, dieses dunkelgraue Szenario pusht die Laune nicht wirklich nach oben. Es weckt auch nicht im Geringsten meine Neugierde, was meine Vorfahren betrifft. Und an stürmisch-trüben Herbsttagen wie heute zieht es mich sogar tiefer runter, als mir guttut. Aber leider lassen sich die Farben und Gesellschaftsschichten in meinen Vorstellungen nicht steuern; sie schwappen ohne Vorwarnung über mich hinweg wie ein Tsunami und lassen mich mit dem Gefühl der Verwüstung alleine.

Eines aber haben alle Wünsche und Tagträume gemeinsam, egal ob Seifenblasenkitsch in Rosa und Himmelblau oder aussichtsloses Crack-Milieu in Anthrazit: die Hoffnung auf irgendein Zeichen, eine Nachricht oder einen Hinweis. Denn nichts bleibt unbemerkt. Oder, wie meine Tante Nanni es ausdrückt: »A jede Stauden hat Fenster.« Soll heißen: Irgendjemand sieht immer irgendetwas. Auch wenn er es niemandem mitteilt oder sich selbst eingesteht.

Ich für meinen Teil bin fest davon überzeugt, dass es die unbemerkte Schwangerschaft nicht gibt. Was es sehr wohl gibt, ist das Ignorieren einer Schwangerschaft, sei es durch Außenstehende oder durch die Mutter selbst. Ein gewölbter Bauch, der plötzlich verschwindet; die veränderte Gefühlslage; sanfte Tritte kleiner Füßchen von innen gegen die Bauchdecke; verschmiertes Blut und Schmerzensschreie in einer Toilette und schließlich der Akt des Weglegens an sich: Irgendjemand ist immer Zeuge eines Geschehens. Sei es zufällig oder gewollt.

Und genau dieser Gedanke lässt mich schon seit ein paar Tagen nicht los. Mit dem vollkommen unbemerkten Mord, der da in Fürstenbrunn passiert sein soll, ist das so eine Sache. An diesen Keiner-hört-was-keiner-sieht-was-keiner-weiß-was-Schmarrn will ich nicht so recht glauben. Der Tod hinterlässt immer Spuren, wenn er jemanden holt.

Meine Theorie bestätigt sich am nächsten Montag in der Praxis. Da unterhalten sich zwei Männer im Wartezimmer über ein Auto, das seit Wochen auf dem Parkplatz vor dem Restaurant »Wilde Hex« im Grödiger Ortsteil Sankt Leonhard steht. Niemand weiß, wem es gehört. Es ist kein Nummernschild dran und anscheinend ist auch schon eine Zeit lang niemand mehr damit gefahren. Der Wirt, der auf jeden einzelnen Parkplatz für seine Gäste händeringend angewiesen ist, hat angekündigt, den roten VW Rabbit abschleppen zu lassen, wenn der Besitzer nicht ausfindig gemacht werden kann.

Ich überlege also nicht lang und mache mich nach Praxisschluss mit dem Rad auf zur »Wilden Hex«. Mit dem Gegenwind und einem kurzen Wolkenstreifen, der mir prasselnden Regen ins Gesicht klatscht, kommt die Frage nach dem Sinn. Was mache ich hier eigentlich? Was kümmert mich ein herrenloses abgestelltes Auto auf einem Parkplatz? Wieso sitze ich nicht längst mit meiner Familie am Mittagstisch? Meine innere Stimme jedoch flüstert mir leise, aber eindringlich etwas zu. Dass ich zwar auf den Pfaden von Gschaftsnasen im Wetterfleck unterwegs bin, auf dem besten Weg, mich lächerlich zu machen. Dass diese Neugier sich aber vielleicht auszahlen könnte.

Ein italienischer Reisebus parkt quer über zwei Parkplätze; der Fahrer döst in seinem Sitz, während sich die Fahrgäste wahrscheinlich gerade im Lokal Schnitzel oder Schweinsbraten reinziehen. Die »Wilde Hex« ist einer der Zielhäfen in der Salzburger Umgebung, wo ausgehungerte Touristen nach Stadttouren hochkalorisch wieder auf Vordermann gebracht werden. Gut 20 Pkw stehen dicht an dicht innerhalb der Parkfläche, die für ein derart florierendes Lokal viel zu klein ist. Am nördlichen Eck des Parkplatzes, unter einem alten Kastanienbaum, entdecke ich tatsächlich den roten VW Rabbit. Der einzige VW auf dem Parkplatz übrigens. Ohne Nummernschild. Ich steige von meinem Rad ab und lehne es an den Stamm der alten Kastanie. Der Boden ist übersät von grünen, stacheligen Schalen und haufenweise Blättern, die der Wind von den Ästen gerissen hat. Ein paar Kastanien wandern in meine Jackentasche. Für Lisi. Der VW dürfte wirklich schon seit längerer Zeit da stehen, denn der Boden unter dem Wagen ist trocken und an den Scheibenwischern hat sich ein kleiner Laubhaufen angesammelt. Obwohl ich mir keine großen Hoffnungen mache, ziehe ich einmal am Griff der Beifahrertür. Versperrt, natürlich.

»Meine Herren …!« So ein dermaßen versautes Auto hab ich schon lang nicht mehr gesehen. Auf der Rückbank liegen mehrere Paar Sportschuhe kreuz und quer verstreut; außerdem ein Polster, ein kaputter Schirm und eine karierte Wolldecke. Chipspackungen, Bierdosen, PET-Mineralwasserflaschen und Kaugummipapierln bedecken den Boden. Mit dem Smartphone mache ich ein Foto von der Aufschrift auf den Verpackungen; Deutsch ist das nicht. Ich vermute mal, slowakisch. Oder tschechisch? Die einzig leere Fläche im Auto ist der Fahrersitz; auf dem Beifahrersitz liegt eine Dreierpackung Überraschungseier, in der Herbstsonne geschmolzen und danach zu unförmigen Klumpen erstarrt. Etliche zerknüllte Zettel, ein Lebkuchenherz, eine österreichische Gratis-Tageszeitung und … Zahlscheine! Die fallen mir sofort auf; genau die gleichen, die ich selber immer für Überweisungen benutze. Vom obersten Blatt des kleinen Stapels kann ich mit Mühe und Not etwas entziffern; aber nur, wenn ich mit der Nasenspitze an der Scheibe der Beifahrertür klebe. Als Empfänger ist in schwungvollen Blockbuchstaben MONA PRIMISLOVÁ eingetragen. Darunter die IBAN, die nicht mit den Buchstaben A und T beginnt, und ein elfstelliger BIC-Code: eine Auslandsüberweisung. Den Verwendungszweck zu entziffern, ist schon schwieriger: Die schlampige Schreibschrift besteht fast nur aus Bögen. Eine Zumutung für jeden Leser. Noch dazu bricht genau jetzt über mir eine Wolke und lässt Millionen Regentropfen ans Autofenster prasseln.

»Wird Zeit, dass endlich jemand kimmt und des Auto abholt! Mia san schließlich koa öffentlicher Parkplatz!«

Ich fühle mich erwischt – wobei eigentlich? – und drehe mich um. Eine Frau um die 60 starrt mich an, die Hände in die fülligen Hüften gestemmt. Ihre ärmellose Kittelschürze und die Gummistiefel reichen ihr anscheinend als Schutz gegen die Sintflut von oben.

»Ganz Ihrer Meinung! Da will sich nur wieder jemand die Parkgebühren sparen!« Ich nicke ihr verständnisvoll zu.

»Aso, des ist ned Ihr Auto? Wos dans nachert da?«

»Na ja …«, ich hole die Kastanien aus meiner Jackentasche, »ich war grad beim Kastaniensammeln.« Ich halte ihr beide Hände, voll mit meinen rotbraun glänzenden Beutestücken, unter die Nase.

Und damit kratze ich die Kurve, was das Thema betrifft. Der skeptische Blick aus ihrem Gesicht verschwindet und sie erklärt mir, dass schon ihre Großmutter aus der Rosskastanie, genannt *Aesculus Hippocastanum*, allerlei Nützliches gezaubert hat. Eine geschlagene Viertelstunde später kenne ich nicht nur den Stammbaum der Tschurtschentaler Hanni, so heißt die Hausmeisterin von der »Wilden Hex« nämlich, sondern auch die Namen ihrer neun Enkelkinder und das Rezept, wie ich aus einer Handvoll Rosskastanien, Eigelb und süßem Mandelöl eine hochwirksame Handcreme ganz leicht selber herstellen kann.

Während der schwallartigen Erzählungen der Frau Tschurtschentaler über ihre schmerzhaften Regelblutungen, ihr Venenleiden und die Hämorrhoiden schiele ich immer wieder in Richtung rotem VW. Aber keine Chance, sie lässt mich nicht los. Bevor ich endlich wieder auf mein Rad steige und mich winkend verabschiede, schieße ich noch schnell ein Foto mit dem Smartphone durch das Fenster der Beifahrertür und hoffe, dass alles Wichtige darauf zu sehen ist.

»Die Fotos sind da, und ich schau schon wieder scheiße aus!« Jedes Jahr dasselbe; nie ist Susi mit ihren Porträts zufrieden, die der Fotograf in der Schule macht.

»Zeig einmal her!« Ich nehme ihr den Stapel aus der Hand und blättere mich durch ihre pickeligen Schulkollegen im Hochglanzformat. Beim sogenanten »Klassencomposing« sind alle Schüler aus ihrer Klasse mit Namen angeführt. Beim Bild einer hübschen Blondine bleibe ich hängen.

»Die Mara Gruberová … wo ist denn die her?«

»Aus Prag. Ihre Eltern kratzen das Geld für die Schule und das Internat jeden Monat mühsam zusammen.«

Auf einen Notizzettel schreibe ich ein paar Wörter und gebe ihn der Susi.

»Frag die Mara bitte einmal, was das heißen könnte, okay?«

»Aha … und warum?«

»Mach's einfach! Danke!«

Und dann fabriziere ich aus den gesammelten Kastanien eine Handcreme á la Tschurtschentaler Hanni.

Am späten Abend, die Kinder sind schon im Bett und Laurenz noch im Büro, wärme ich mir den Rücken am Kachelofen und denke noch einmal über den roten VW Rabbit nach. Genauer gesagt, über den Inhalt. Was würden eingefleischte Hobby-Ermittler tun angesichts des Chaos, das sich auf Sitzen und Boden des Autos breitgemacht hat? Sie würden es sich zunutze machen und so viel wie möglich herauslesen. »Keep calm and trust your little grey cells«, war schon Hercule Poirots Spruch. Das Lebkuchenherz am Beifahrersitz zum Beispiel. Allgemein betrachtet ein typisches Mitbringsel von einem der vielen Herbstmärkte oder Kirtage, die im Herbst in und um Salzburg stattfinden. Nichts Besonderes. Genauer betrachtet allerdings ist ein Lebkuchenherz mit einem pinkfarbenen Einhorn und der Aufschrift »Für meine kleine Prinzessin« ein Volltreffer. Der erste Erfolg, den ich auf dem neu eröffneten Konto meiner Ermittlungen verbuchen kann. Mit Hilfe dieses Kitschbrockens aus Teig, Zuckerschrift und Lebensmittelfarbe lässt sich einiges filtern. Wer als Beschenkter infrage kommt, zum Beispiel. Mit Prinzessin ist, sehr schwierig, eindeutig ein weibliches Wesen gemeint. Eine Mutter oder Schwester wird Mann allerdings kaum als *kleine* Prinzessin bezeichnen; für eine Freundin ist der Kosename nur altersbedingt geeignet. Schatzi, Spatzl, Weiberl oder sonstige sinnige Aufschriften wären hier passender. Aber »meine kleine Prinzessin«, das klingt nach jungem Mädchen. Das Einhorn mit Schweif in Regenbogenfarben wiederum passt zu einem Kind. Tochter, Enkeltochter, Patenkind oder Nichte, würde ich sagen. Klappt ja wunderbar, das Analysieren. Ich kuschele mich enger ins Eck auf der Ofenbank. Weiter. Warum bin ich so fest davon überzeugt, dass das Auto einem Mann gehört und nicht einer Frau? Das ist leicht: erstens, weil alle verstreuten Sportschuhe auf der Rückbank viel zu groß waren für Frauenfüße. Geschätzt: Größe 46. Zweitens: In jedem Frauenauto sind mindestens zwei abgelegte Haargummis, Bürste, Spiegel oder Kosmetika zu finden. War hier nicht der Fall. Kein Haargummi über dem Gangknüppel, kein Lippenpflegestift in der Mittelkonsole, kein Deo im Türfach. Stattdessen Bierdosen. Außerdem: Die Handschrift auf den Zahlscheinen passt eher zu einem Mann als zu einer Frau. Stelle ich mir halt vor. Die Zahlscheine sind überhaupt die interessanteste Entdeckung, finde ich. Ich öffne den Fotoordner auf meinem Smartphone und vergrößere die Aufnahme von heute Nachmittag. Ich wische über das Display, bis die Auslandsüberweisung erscheint. Bei »Verwendungszweck« steht noch irgendein Wort, das ich beim besten Willen nicht entziffern kann. Aber daneben: ein Neuner, ein Schrägstrich, dann 19. Könnte die Bezeichnung für einen Monat und eine Jahreszahl sein. Eine Überweisung, die in regelmäßigen Abständen getätigt wird, in diesem Fall für den neunten Monat des Jahres. September 2019. Was kommt infrage für Zahlungen, die man Monat für Monat leisten muss? Und zwar an Privatpersonen mit dem Namen Mona Primislová? Alimente, Miete, Haushaltsgeld, vielleicht die Rückzahlung eines privaten Darlehens. Ich verschränke die Hände mit den Baumwollhandschuhen und der Kastaniencreme hinter meinem Nacken und schließe genüsslich die Augen.

Alle Beobachtungen, sowohl spontan als auch ausgewertet, ergeben summa summarum folgendes Bild: Das Auto gehört einem Mann (Bierdosen), wahrscheinlich einem Tschechen (Aufschrift auf den Flaschen und Verpackungen). Er ernährt sich billig (Chips), hat gelegentlich kein festes Dach über dem Kopf (Wolldecke und Polster) und ist eventuell Vater, Großvater oder Onkel (Lebkuchenherz). Er ist sparsam oder hat nicht viel Geld zur Verfügung (Gratis-Tageszeitung) und hat monatliche Zahlungen zu leisten (Überweisung). Wow! Ich fühle mich wie ein spät entdecktes Ermittlertalent! Du schaumgeborene Göttin der Kriminologie, du!

Aber warum parkt das Auto vor der »Wilden Hex«, ohne

Nummernschild? Alles kann man nicht an einem Abend lösen, denke ich und zupfe mir die Baumwollhandschuhe von den Händen. Meine Vorderpfoten sind samtweich und schimmern leicht. Ein Hoch auf die Kastaniencreme!

»Du bist gestern vor dem Kachelofen eingeschlafen.«

Die Sonne scheint durchs Fenster und Laurenz schlüpft gerade in einen seiner dunkelblauen Wollpullis; heute mit Rundhalsausschnitt.

»Echt? Wie bin ich dann ins Bett gekommen?«

»Ich hab dich die Stiegen hinaufgetragen!«, ruft mein Mann fröhlich aus dem Badezimmer.

Wow! Laurenz-Superman!

»Und warum bist du erst so spät nach Hause gekommen?«, will ich wissen.

»Ich war mit den Plänen für die Villa beschäftigt; tut mir leid.« Sein Versinken im Abgabestress ist nicht neu; passiert eigentlich ständig.

»Aber heute Abend wird nicht gearbeitet!« Er zwinkert, drückt mir einen Kuss auf die Stirn und hopst vergnügt die Stiegen hinunter. Gleich darauf klappert er mit den Tellern. Manchmal beneide ich ihn um seine gute Laune am Morgen; hat der was geraucht?

Bei mir wiederum ist alles vor dem ersten Kaffee Notwehr. Ich klammere mich an die Tasse mit dem flüssigen Koffein. Zu viel muntere Heiterkeit vertrage ich noch nicht so früh am Morgen. Lieber grüble ich vor mich hin, schweige und ignoriere die zentimeterhohe Nutellaschicht auf Lisis Frühstücksbrot.

Die versuchte Erpressung an einer untreuen Ehefrau beschäftigt mich immer noch. Aber warum eigentlich? Soll doch der spielsüchtige Kevin so viel Geld aus ihr herausleiern, wie er will und kriegen kann! Wahrscheinlich hat sie es gar nicht anders verdient, die überwutzelte Baumeister-Schlampe! Die Rolle der reumütigen Ehefrau nehme ich der Frau Haubinger nämlich nicht ab. Wäre sie tatsächlich geläutert und von Schuldgefühlen zernagt, dann hätte sie uns die vielen schmutzigen Details in ihrer Erzählung erspart. Stattdessen hat sie uns, *fishing for compliments*, einen Softporno um die Ohren geknallt, dass es nur so kracht. Wahre Liebe, finde ich, sieht anders aus.

Laurenz reißt mich aus meinem Gedankenstrudel und stellt mir einen Teller vor die Nase. Ein Toastbrot in Herzform ist darauf, dick mit Nutella bestrichen. Genau so, wie ich es mag. *Das* ist wahre Liebe!

Wie wohl das Frühstück bei den Haubingers ausschaut? Nutella-Herzbrote als Liebesbeweis? Zwischen diesen Eheleuten ist wahrscheinlich schon zu viel passiert, um es noch mit hochkalorischer Nahrung kitten zu können. Wahre Liebe ist, sich wieder auf das Wesentliche zu besinnen, finde ich. Selbst wenn man Umwege genommen und sich zwischendurch mit Frischfleisch vergnügt hat. Wahre Liebe ist, mit dem Partner durch dick und dünn zu gehen, ihm reinen Wein einzuschenken und die Suppe auszulöffeln, die man sich eingebrockt hat. Wer wirklich liebt und seinen Fehltritt bereut, der macht sich nicht um die eigene Erpressbarkeit oder um den Ruf der Firma Sorgen. Ich beiße herzhaft in das Toastbrot und lasse das Palmöl-Zucker-Nougat-Gemisch auf der Zunge zergehen. Ich vermute, dass die Frau Haubinger anders gestrickt ist. Weit weniger romantisch, als sie uns verklickern will. Muffensausen hat sie, dass ihr kleines Liebesabenteuer auffliegt und sie womöglich mit Ende 70 noch aus der Villa verstoßen wird! Könnte man dem gehörnten Ehemann nicht einmal verübeln.

Schon nach den ersten Bissen schnalzt mein Blutzuckerspiegel in die Höhe. Meine Gedankengangschaltung, die bis jetzt im Trabantentempo vor sich hin gezockelt ist, schaltet um und rastet im Ferrarimodus ein. Es ist weniger das scheinheilige Elend der Frau Haubinger, das mich fasziniert, sondern ganz etwas anderes. Das leise klopfende Gefühl, dass hier irgendeine Verbindung zum Toten von Fürstenbrunn besteht – aber welche? Und es sind diese Pechtls. Zunächst einmal der Pechtl Hubi. Mit der Liste an Leuten, die er schon angezeigt hat, denen er Drohbriefe geschickt oder Behörden an den Hals gehetzt hat, könnte man schon ein Zimmer komplett austapezieren. Der Pechtl ist einfach jedem hier im Ort ein Begriff. Umso erstaunlicher, dass man von einer *Frau Pechtl* bislang nie etwas gehört hat. Eine mögliche Erklärung wäre, dass es nie eine Frau Pechtl gegeben hat. Wer nur einen Funken Überlebenswillen in sich hat, der tut sich so ein Ekel freiwillig nicht an. Aber der Sohn, der plötzlich auftaucht: Wo war der die ganze Zeit über? Und warum hat der Senior nie etwas von ihm erzählt? Hat er sich für ihn geschämt? Oder wurde der Kevin einfach nur deshalb nie gesichtet, weil er nicht bei seinem Vater, sondern bei seiner Mutter aufgewachsen ist?

Der Laurenz schnappt sich seine Jacke: Den Kindergarten-Shuttle übernimmt heute er. Lisi schmatzt mir einen nassen Kuss auf die Wange: »Bis Mittag, Mama!«

Gedankenverloren fahre ich mit dem Rad in die Ordination; den ganzen Vormittag über steckt mein Kopf in einer fetten Gedankenwolke, die alles vernebelt. Bin ich schon im Miss-Marple-Modus?

Vielleicht war die Sache mit der Erpressung gar nicht Kevins Idee, sondern die seines Vaters? Möglich wär's. Vater benutzt Sohn als Köder, um finanziell fette Beute an Land zu ziehen. Pechtl junior ist das ausführende Organ, Pechtl senior ist »the Brain«.

Der Pechtl senior, geboren in Tschechien. Spezialist in Sachen Baurecht. Die Leiche an der Glan: mutmaßlich tschechischer Staatsbürger. Pechtl junior, ehemals Maurer, in Folge eines Unfalls minderbemittelt und derzeit Hausl seines früheren Arbeitgebers, macht erste Gehversuche auf der schiefen Bahn. Irgendwo ist da das *missing link*, aber wo?

Vroni hat sich seit fünf Tagen nicht gemeldet. Wahrscheinlich war dieser Roderich doch nicht so redselig wie erhofft. Oder sie hat sich dermaßen ungeschickt angestellt, dass ich von dieser Quelle keinen Informationssprudel erwarten kann, sonders bestenfalls ein Tröpfeln.

Jedenfalls habe ich ein seltsames Ziehen in der Magengegend; irgendwas stimmt mit diesen Pechtls nicht. Und dann plötzlich: die Erleuchtung! Blinkend wie eine frisch eingeschraubte Glühbirne nach der letzten Drehung. Wie eine Fußgängerampel, die nach ewig langer Rotphase endlich auf Grün umschaltet. Eine Zeugenbefragung! Ein Testdurchlauf für mich als Ermittlerin! Schließlich muss ich checken, ob meine geträumten Befragungsmethoden praxistauglich sind! Ich bin die ungekrönte Queen der Freitagabend-Krimis und kann die Tricks und Kniffe sämtlicher Columbos, Tatorte oder Fälle für zwei im Schlaf herbeten. Daher der einzig logische nächste Schritt: üben am lebenden Objekt. Hinaus in die freie Wildbahn! Thema: Kevin Pechtl. Aufgabenstellung: Finde alles über seinen Unfall heraus! Und wer ist die am schnellsten verfügbare Informations-Schatztruhe? Wer kennt alle Backgroundinfos aus dem Baugewerbe? Laurenz!

Die zielführendste Vorgehensweise, Männer zum Reden zu bringen, ist zugleich die einfachste: man bereite ihnen Freude, ermutige sie zum Reden und verneble dann ihre Sinne, und zwar genau in dieser Reihenfolge. Ist in meinem Fall nicht so schwierig, denn ich will ja meinen *eigenen* Mann zum Reden bringen. Also Heimvorteil. Freude bereitet man dem Laurenz mit gutem Essen. Zum Sinne Vernebeln reicht ein erlesenes Glas Wein. Und hinterher: Sinnliches aus der Ecke *for two*. Was den Erfolg meiner geplanten Aktion betrifft, habe ich keinerlei Bedenken. Mit Kochen und Verführen kenne ich mich aus. Ich werde ihm zuerst ein delikates Menü und eine gute Flasche Wein kredenzen. Selbstgemachtes Ciabatta und Antipasti, danach Ravioli mit Ricotta-Eierschwammerl-Füllung und hinterher ein schönes Darunter. Geplant ist, beim gemeinsamen Essen gerade so viel Wein auszuschenken, dass er alle meine Fragen beantwortet, ohne misstrauisch zu werden. Danach hat er sich einen delikaten Nachtisch verdient: Zuerst mich in roter Spitze, danach ein Zitronensorbet zum Abkühlen. Gute Wahl für diesen Anlass, finde ich.

Während der Teig für das Ciabatta in der Germteigschüssel Zeit hat, sich zu verdoppeln, zaubere ich die Füllung für die Ravioli und arbeite an meinem Fragenkatalog. Vorbereitung ist alles.

Susi schneit in die Küche herein und leistet mir Gesellschaft. Sie schnappt sich einen Apfel aus der Obstschüssel und wirft einen Blick in die herumliegenden Rezepte.

»Ravioli mit Ricotta-Eierschwammerl-Füllung?«

Ich nicke und wische mir Tränen aus den Augen; die roten Zwiebeln brennen höllisch. Die klein geschnittenen Würferl werden in der Pfanne kurz angeschwitzt, bevor die Pilze dazukommen. »Steirische Pilze?« Susi deutet mit dem fast abgenagten Apfel in Richtung der safrangelben Prachtexemplare. Ich nicke wieder und erzähle ihr von den Unmengen an Eierschwammerln, die Tante Nanni in der Steiermark gesammelt hat. Ihre Sammelleidenschaft ist jedes Jahr im Herbst eine logistische Herausforderung für Mensch und Kühltruhe: Berge von Pilzen müssen geputzt und eingefroren werden, bevor sie verderben.

»Du kennst die Nummer der Vergiftungszentrale? Nur für den Fall.«

Es ist leider so: Nach dem, was wir mit Onkel Stefan erlebt haben, sind wir alle vorsichtig, was Selbstgesammeltes betrifft. Es war vor drei Jahren, glaube ich. Der Klassiker: Nicht pilzkundiger Onkel rückt aus zum Schwammerlbrocken, um bei seiner Angebeteten mit seinen Kochkünsten zu punkten. Bewaffnet mit Körberl, Messer und Pilzführer. Nur war der Pilzführer leider keine fachkundige Person aus Fleisch und Blut, sondern ein handliches Büchlein mit Schwarz-Weiß-Fotos. Nächstes Problem: Onkel Stefan ist mehr Theoretiker als Praktiker, vielleicht habe ich das schon erwähnt. Wozu sich eine nervige Begleitperson aufhalsen, wenn ausführliche Beratung auch im Taschenbuchformat möglich ist? Er hat also sämtliche ihm bekannte Schwammerlplätze abgegrast und ist auch relativ schnell fündig geworden. Bald war das Körberl voll mit Schopftintlingen. Ab einem gewissen Zeitpunkt allerdings hat er das Büchlein ignoriert. Zu verbuchen unter männlicher Selbstüberschätzung. Später, als er an der Infusionsnadel gehangen ist, hat er das sogar selber zugegeben. Ein bisschen kleinlaut. Dass sich unter die Schopftintlinge hochgiftige Tigerritterlinge gemischt haben, ist ihm natürlich nicht aufgefallen. Er hat sich in Sicherheit gewogen und war fest überzeugt, Ungiftiges verkocht zu haben. So recht hat er sich seinen folgenschweren Irrtum auch nicht erklären können. Aber es war wohl so, dass er es beim Pilzesammeln eilig gehabt hat. Schließlich wollte er die Beute auch noch putzen und pünktlich zu Mittag als Soße auf den Tisch bringen, um seiner damaligen Flamme zu imponieren. Leider hat sie diesen misslungenen Liebesbeweis nicht zu würdigen gewusst. Sie hat die gute Absicht für einen heimtückischen Anschlag gehalten und meinen Onkel noch am selben Abend verlassen. Begegnet sind sie sich erst ein halbes Jahr später wieder, bei der Gerichtsverhandlung. Die Anklage wegen versuchtem Giftmord hat meinem Onkel arg zugesetzt, aber der Richter hat sie Gott sei Dank fallen lassen. Der bittere Nachgeschmack ist natürlich geblieben: Onkel Stefan hat seitdem nie wieder für jemanden gekocht, außer für sich selbst.

Während ich den Nudelteig auf exakt zwei Millimeter auswalke und Kreise für die Tortellini aussteche, kommt Susi mit meinem Notizzettel wieder retour.

»So blöd bin ich mir schon lang nimmer vorgekommen!«

»Aha, und warum das?« Mit dem Esslöffel trage ich tupfenweise Fülle auf die ausgestochenen Teigkreise auf.

»Die Sachen, die ich die Mara fragen sollte. Ich hab sie ihr per WhatsApp geschickt und sie hat zurückgeschrieben. Das eine heißt: ›reich an Mineralstoffen‹.«

Ich muss grinsen; die Aufschrift auf der PET-Flasche im roten VW Rabbit.

»Und das andere?« Das war die zerknüllte Chipspackung.

»›Knackige Gemüsechips, leicht gesalzen.‹« Die Susi schüttelt den Kopf. »Was soll das, bitte?«

Ich zucke nur die Schultern und klappe die gefüllten Teigflecken zu Halbkreisen zusammen.

»Da soll sich jemand auskennen«, murmelt Susi und geht zum Geschirrschrank. Sie holt das teure Villeroy- &-Boch-Porzellan heraus.

»Tischdeko spezial für heute Abend, oder?« Sie zwinkert mir zu und legt los.

Was genau sie damit meint, verstehe ich zwar nicht ganz, denn von meinem geplanten Baustellenverhör kann die Susi nix wissen. Darüber hab ich nie mit ihr geredet, aber ich freue mich natürlich über Unterstützung. Umso mehr, als die Susi die unangefochtene Dekoqueen der Familie ist und jeden noch so simplen, wackligen Holztisch in eine festliche Tafel zu verwandeln vermag.

Nach nicht einmal 20 Minuten ist sie mit dem Upgrade unseres zerkratzten Esstisches fertig: Damasttischdecke, goldene Platzteller, Kristallgläser, Silberbesteck und Leinenservietten. In der Mitte ein Bouquet: gezaubert aus den letzten Rosen und herbstlich verfärbten Weinblättern unseres Gartens. Ich bin gerührt. Der Tisch wirkt beinahe overdressed für ein Abendessen unter der Woche; habe ich einen Geburtstag vergessen?

Als Sekunden später die Haustür aufgesperrt wird, wirft mir die Susi einen wissenden Blick zu und hebt die Augenbrauen hoch. Ein immenser Strauß, aus dem zwei Beine wachsen, kommt auf mich zu. Beim näheren Hinschauen entpuppt sich das Blütenmeer als mein Ehemann mit 20 langstieligen blutroten Rosen. »Alles Gute zum 20. Hochzeitstag, mein Schatz!«

SECHSTES KAPITEL

Erzählt von kleinen Nagern, Gaumenfreuden und meiner ersten Befragung. Ich zwinge mich, meine Premiere pragmatisch anzugehen. Der Laurenz füllt meine Wissenslücken, frönt dem Alkohol und schläft den Schlaf des Gerechten. Ich bin overdressed, aber erfolgreich und habe mir das Dessert verdient. Die Vroni verkauft selbst gemachte Gaumenfreuden unter ihrem Wert und hat es schon wieder eilig. Es geht um Vermehrung, Statistiken und Klebezettel.

Die Kinder lösen sich unaufgefordert in Luft auf, lassen Laurenz und mich alleine und schenken uns einen Abend in ungestörter Zweisamkeit. Im Gegensatz zu mir haben sie unseren Hochzeitstag also nicht vergessen. Eine kleine Maus namens Gewissen knabbert in meinem Inneren leise vor sich hin, als mein Mann mir den überdimensionalen Strauß überreicht. Ich fühle mich furchtbar, wie eine Verräterin! Ein weiblicher Judas, der den heutigen Abend nur zu seinem eigenen Vorteil inszeniert hat. Mit Müh und Not bringe ich das blutrote, teure Dornengestrüpp in der größten Vase, die ich besitze, unter und schäme mich. Warum habe ich auf unseren Hochzeitstag vergessen – ist mir noch nie passiert! Aus dem Weinregal in der Speis hole ich eine Flasche Lambrusco und fälle schweren Herzens eine Entscheidung. Die einzig richtige für mich in diesem Moment. Ich werde das bleiben lassen mit der Fragerei. Mission *gecancelled*. Was hab ich mir eigentlich dabei gedacht, meinen Mann nur so zum Spaß auszuquetschen und mir dabei noch wahnsinnig raffiniert vorzukommen? Wahrscheinlich ist die Theorie von den Wetterfleck-Weibern nicht ganz falsch: Ich hab mich selber zu wichtig genommen. Getrieben von der eigenen Eitelkeit.

Laurenz ist vom festlich gedeckten Tisch hingerissen, nimmt mich in die Arme. »Alles Gute zur Porzellanhochzeit, mein Schatz!« Scheiße. Seine Erwartungen an diesen Abend sind sicher harmlos und vollkommen uneigennützig. Jetzt fühle ich mich noch mieser. Nach einem innigen Kuss löse ich mich aus seiner Umarmung und murmle etwas von Vorspeisen. Ich schlurfe gedrückt in die Küche, ziehe ein Brotmesser aus dem Messerblock und schneide das noch warme Ciabatta lustlos in Scheiben. Meine Stimmung ist im Keller, die Euphorie der letzten Stunden dahin. Ich habe nicht einmal mehr Appetit. Andererseits ... der Duft von Rosmarin und getrockneten Tomaten schwebt immer noch in der Küche. Ich schließe kurz die Augen, atme tief ein und lasse den Geruch auf mich wirken. Was ich jetzt brauche, ist eine Prise Lässigkeit. Ich strenge mich an, nicht so streng mit mir selbst zu sein. Jahrestag vergessen: na und? Passiert Männern ständig. Ich muss das Ganze einfach pragmatisch sehen. Laurenz gratuliert mir zu unserem Hochzeitstag und überrascht mich mit Rosen; okay. Im Gegenzug überrasche ich ihn mit einem Festmahl; auch nicht schlecht. Er hat sich vielleicht auf romantische Stimmung, gutes Essen und anschließendes Ohlala eingestellt. Kein Problem: Es sind genügend Kerzen am Tisch, ich bin zu kulinarisch-produktiver Höchstform aufgelaufen und einem Happy End mit Hautkontakt und Körperwärme nicht abgeneigt. Also eigentlich alles im grünen Bereich, oder? Ich schlichte die

Brotscheiben in ein Körberl, zupfe den roten Spitzenbody unter dem Etuikleid zurecht und verscheuche die kleine Gewissensmaus freundlich, aber bestimmt. Knabber woanders! Schultern straff, Kopf hoch, Brust raus: Es geht los!

Die Antipasti und das frische Brot – duftend, innen flaumig, außen knusprig – kommen beim Laurenz gut an und wecken seine Vorfreude auf Weiteres. Von den Eierschwammerl-Ravioli mit Rosmarin ist er hingerissen, und nach einer Flasche Lambrusco wird er so richtig gesprächig. Dass ich nicht über unsere Ehe, die letzten 20 Jahre oder sonst ein naheliegendes Thema plaudere, sondern über Baustellen, macht ihn gar nicht stutzig. Im Gegenteil: Punktlandung!

Das Thema Baustellen ist ihm lieber als jedes andere, aber am allerliebsten sind ihm Fehler, Unfälle und Hoppalas, die nicht ihm, sondern der Konkurrenz passieren. Wobei es an dieser Stelle falsch wäre, ihm grundsätzlich Schadenfreude zu unterstellen; es ist vielmehr Respekt vor dem Unvorhersehbaren oder die Angst vor der Verkettung unglücklicher Umstände, die ihn auf negative Art und Weise fasziniert. Und wahrscheinlich auch die Ehrfurcht und Dankbarkeit, dass ihm derlei noch nicht selbst widerfahren ist. Jeder Architekt, Baumeister oder Polier ist froh, seine Arbeit ohne gröbere Schwierigkeiten oder folgenschwere Unfälle abschließen zu können. Und genau deshalb erinnert sich Laurenz auch sofort an den Unfall vom Kevin Pechtl.

»Die ganze Baustelle war eine Katastrophe von A bis Z. Die Probleme haben schon bei der Bodenplatte angefangen!« Er erzählt mir von einem Rohbau, der ein Ärztezentrum hätte werden sollen und mittlerweile eine Bauruine ist. Die Baufirma hat an allen Ecken und Enden gespart und auf sämtliche Materialien verzichtet, die sie für unnötig erachteten. Noch während der ersten beiden Wochen haben die Kellerwände Wasser aufgenommen und sind mittlerweile verschimmelt. Da sich die unzufriedenen Auftraggeber seit Ewigkeiten weigern, Teilzahlungen für die erbrachten Arbeitsleistungen zu bezahlen, ist das Gebäude Lichtjahre von der Fertigstellung entfernt. Beide Seiten – Auftraggeber und Baufirma – wollen zuerst das Gerichtsurteil abwarten. Momentan machen also nur die Sachverständigen und Anwälte ihre Arbeit, während der halbfertige Rohbau von Gras überwuchert wird.

Noch schlimmer als alle Bausünden, Sparmaßnahmen und Streitigkeiten war aber der Unfall, der auf ebendieser Baustelle passiert ist. Ich schenke dem Laurenz noch ein Vierterl ein und straffe mich. »Wie ist das passiert?«

»Mit einem Krankübel.« Ein Krankübel, erklärt mir der Laurenz, ist ein übergroßer Stahltrichter, der mittels Haken am Ende eines Kranarmes befestigt wird und beim Betonieren von hohen Stockwerken zum Einsatz kommt. Also überall dort, wo man schweren, fertig gemischten Beton nicht mit einer Scheibtruhe oder einem Pumpwagen hinbringen kann. Man muss sich das so vorstellen: Kran mit Kübel dran wird von Kranführer per Fernsteuerung in die gewünschte Richtung gelenkt, per Knopfdruck ausgeleert und wieder zurück zum Boden gebracht zwecks Neubefüllung. Und damit man den Kübel beim Ausleeren nicht kippen muss, kann der Boden geöffnet werden – ich ahne es schon: per Knopfdruck. So weit, so gut.

»Aber überall, wo Menschen arbeiten, passieren Fehler.« Laurenz glubscht mir verliebt-beduselt in die Augen und trinkt sein Glas in einem Zug leer. »Anscheinend war dieser Kevin vom Gemüt her eher simpel gestrickt …«

»Du kennst ihn persönlich?«

Laurenz wackelt schwerfällig mit dem Kopf und stellt sein Glas ein wenig zu heftig auf dem Tisch ab. Wenn die Feinmotorik dem Alkohol Platz macht.

»Kennen tu ich ihn nicht direkt … aber was man halt so hört. Jedenfalls wollte er unbedingt eine Runde im Krankübel drehen. Ist natürlich streng verboten.«

»Lass mich raten: Er ist runtergefallen?«

Laurenz nickt ernst und starrt traurig auf sein leeres Weinglas.

»Genau das ist passiert!« Er erzählt mir von Kevins unglückseliger Idee, die Baustelle von oben sehen zu wollen. Kindliches Gemüt, kann ich da nur sagen. Jeden einzelnen Arbeiter hat er gefragt, aber alle haben sich geweigert, die Fernbedienung in die Hand zu nehmen und dem Kevin seinen Wunsch zu erfüllen. Irgendein Spezl hat schlussendlich nachgegeben und den Kran bedient, nur damit der Kevin endlich aufhört mit seiner kindischen Bettlerei.

»Und dann ist er aus dem Kübel gefallen?« Kaum vorstellbar, dass ein solches Muskelpaket durch ein schmales Loch flutschen kann, oder?

Laurenz schwenkt sein leeres Glas und schaut missmutig auf die Flasche. Auch leer. Er steht auf und wackelt schwungvoll in Richtung Speis, um Nachschub zu holen.

»So eine Vorrichtung muss doch gewissen Sicherheitsbestimmungen entsprechen, oder?«, rufe ich in seine Richtung. Er flucht leise vor sich hin. War das etwa die letzte Flasche Lambrusco?

»Es war ein sehr alter Krankübel!«, ruft er schließlich aus der Speis zu mir herüber. Dumpfes Glasklimpern; er schlichtet die Flaschen auf dem Weinregal um und sucht nach seinem Lieblingswein. Bitte lieber Gott, lass ihn fündig werden!

»Bei den älteren Modellen ist die Öffnung wesentlich größer als bei den Kübeln, die heute verwendet werden.« Mit einer Flasche in der Hand und einem zufriedenen Grinsen im Gesicht kommt er zurück zum Esstisch.

»Die Baufirma hat so ein antiquiertes Teil noch irgendwo herumliegen gehabt. Verwenden hätten sie es nicht mehr dürfen, aber die Anschaffung eines zeitgemäßen Krankübels hätte zusätzliche Kosten verursacht. Entweder kaufen oder mieten.« Er öffnet die Flasche und gießt uns beiden Rotwein nach.

»Verstehe. Und weil von Anfang an gespart wurde, ist die Entscheidung ganz klar für den alten Krankübel gefallen. Der war zwar nicht sicher, dafür aber gratis.« Das leidige Geld.

Mein Mann nickt und malt mir den Unfallhergang in all seiner blutigen Grauslichkeit aus. Der Kevin knallt also aus luftiger Höhe auf die frisch betonierte Zwischendecke. Schwerste Kopfverletzungen, Hirnaustritt, Knochenbrüche, das volle Programm. Die Betondecke natürlich eingesaut. Der Spezl, welcher den Rundflug im Kübel ermöglicht hat, war logischerweise Sündenbock Nummer eins: nicht nur, dass er keinen Kranführerschein besessen hat, der für diese Arbeiten auf Baustellen Grundvoraussetzung ist. Er hat auch komplett darauf vergessen, den Sicherheitsverschluss beim Kübel zu checken.

»Sobald Rettung und Polizei an der Sache dran waren, ist es losgegangen. Der Kranführer musste wegen Fahrlässigkeit vor Gericht, der Polier wegen Verletzung der Aufsichtspflicht. Den Firmenchef hat's gefressen, weil er seinen Leuten einen alten Krankübel aufgezwungen hat und den Kevin wegen Anstiftung zur Zweckentfremdung, oder wie das heißt.«

Der arme Kerl war jedenfalls monatelang im Krankenhaus. Kopfverletzungen bis zum Abwinken. Über die bleibenden Schäden bin ich dank Tante Zenzi und Frau Haubinger informiert, Stichwort Triebsteuerung und Aggression.

Vor Gericht war dann alles nur mehr halb so schlimm wie anfangs befürchtet, denn Richter und Baumeister Haubinger waren alte *Golfbuddys*. Man hat Justizia einfach nicht mitspielen lassen, sie hätte ohnehin nur gestört bei der raschen Einigung: ein Hausmeisterjob auf Lebenszeit für den arbeitsunfähigen Kevin (Wiedergutmachungszuckerl vom Firmenchef) und ein Tip-Top-Outdoor-Pool für den Richter zum Freundschaftspreis (Strafe für den Baumeister). Einzig Polier und Kranführer haben eine Geldstrafe ausgefasst; eine monatliche Anweisung an den Kevin, quasi Behindertenpension aus der Privattasche.

»Alles in allem eine klassische Win-Win-Situation, das Übliche.« Der Laurenz prostet mir zu und leert das Glas in einem Zug. Zehn Minuten später schnarcht er in seinem Sessel.

Ein wenig beeindruckt vom Ergebnis dieses Abends, bleibe ich ein paar Minuten sitzen und schaue meinem Mann beim Schlafen zu. Das war also mein erster Einsatz in Sachen Befragung. Testdurchlauf am lebenden Objekt. Kurz, aber ergiebig. Nicht schlecht! Ganz zufrieden bin ich allerdings nicht; ich kenne zwar die Ursache für das triebgesteuerte Verhalten von Pechtl junior, aber den Abend habe ich mir anders vorgestellt. Spektakulärer, schwieriger und all mein Können fordernd. Stattdessen hat mein Mann wieder einmal sein Talent als Plaudertasche bewiesen und von selbst alles erzählt. Ich räume so leise wie möglich das Geschirr ab, trenne mich vom kratzigen Spitzenbody und mach es mir mit dem Zitronensorbet vor dem Fernseher gemütlich.

Es ist doch so, wie Freud sagt: Zufälle gibt es nicht. So war es sicher kein Zufall, dass mein Onkel Stefan vor fünf Jahren auf einer Südamerikareise verwitwet ist. Seine Frau ist bei einem Spaziergang in einen chilenischen Vulkan gefallen; nennen wir es Schicksal. Oder Unfall, meinetwegen. Aber sicher nicht Zufall. Manchmal hat das Leben Lösungen für uns parat, obwohl wir das Problem noch gar nicht kennen. Meine Tante ist also für immer im Schlund des brodelnden, spuckenden und rauchenden Vulkans verschwunden, folglich musste sich mein Onkel nicht mit der Organisation und Finanzierung von Leichenüberstellung und Begräbnis herumschlagen. Was im Vulkan ist, bleibt im Vulkan. Die Heimreise ohne Frau und die Frage nach dem Warum waren sicher hart für meinen Onkel Stefan, aber die weitaus unangenehmere Überraschung wartete zu Hause auf ihn. Zahlreiche heimliche Casinobesuche meiner Tante waren nicht ohne Folgen geblieben: Sie war hochverschuldet, hoffnungslos tief in den roten Zahlen, und die Gläubiger klopften ungeduldig abwechselnd bei meinem Onkel und bei der Hausbank meiner Tante an.

»Ich schwör, ich hab nichts davon gewusst«, jammert der Onkel heute noch jedes Mal, wenn die Sprache darauf kommt, und ich glaube ihm sogar. Er hat ein Händchen für desaströse Beziehungen und fällt jedes Mal auf die Nase. Wobei sich eben durch den spektakulären Unfall seiner Frau sämtliche finanzielle Probleme in Luft aufgelöst haben, noch bevor sie sich vor ihm aufbauen konnten wie dunkle Gewitterwolken. Wäre nämlich meine Tante lebendig aus Chile zurückgekehrt, hätte sie beinahe zwei Millionen Euro Schulden zurückzahlen müssen und somit auch meinen Onkel Stefan in die Tiefen des finanziellen Ruins gestürzt. So weit das Problem. War der Unfall also eine schicksalhafte Fügung? Ein glücklicher Zufall? Nein, er war schlicht und ergreifend die Lösung des Problems. Hervorgerufen durch einen einzigen Schritt zu weit nach hinten, denn meine leicht narzisstisch veranlagte Tante nutzte jeden belanglosen Urlaubsschnappschuss zur pompösen Selbstinszenierung. Kein Foto ohne leicht gelupften Rock, lasziv verschobenen Spaghettiträger oder frisch nachgezogenen Kussmund. Die Suche nach der perfekten Pose am Vulkankrater war quasi ein erstes Anklopfen an der Himmelspforte. Unbewusst war die drohende Insolvenz ganz sicher präsent bei ihr, ebenso wie die Angst vor der unausweichlichen Beichte und die Schuldgefühle meinem Onkel gegenüber. Auf ihre ganz eigene Art und Weise hat sie ihm also sämtliche Unannehmlichkeiten erspart und – mit nur einem Schritt – die finanzielle Freiheit geschenkt. Kein Zufall.

Ebenso kein Zufall ist die Notiz auf dem Schreibtisch meiner Chefin, die ich am Freitagvormittag entdecke. »Wunde – Speichel – Hund – Putschauer«. Ich starre auf den pinkfarbenen Klebezettel mit Frau Doktor Fleischers Ärzteschrift; schlampig hingerotztes Gekrakel, das beinahe schon als extrem ausgeklügelter Code durchgehen könnte. Vier Worte nur, und trotzdem kann ich nicht aufhören hinzustarren. Wunde, Speichel und Hund: Geht es hier um mich? Aber wer ist Putschauer? Beim Versuch, mir einen Reim darauf zu machen, komme ich nicht weit. Falls eine Speichelprobe von einem Patienten namens Putschauer damit gemeint ist: Aus unserer Kundenkartei fällt mir niemand ein, der so heißt. Erst recht niemand, der von einem Hund gebissen wurde.

Außer eben mir selbst. *Strange*. Das Naheliegendste wäre, Frau Doktor Fleischer selbst danach zu fragen. Allerdings nimmt die heute an einem Ärztekongress teil, weshalb die Praxis offiziell geschlossen ist. Ich bin nur hergekommen, um liegen gebliebenen Bürokram aufzuarbeiten. Andreas Gabalier schreit sein »Ulapalu« in die Stille der leeren Praxisräume hinein: An den neuen Klingelton muss ich mich erst gewöhnen.

»Neues vom Stammtisch!«

Die Stimme, die in mein Ohr plärrt, kenne ich seit meiner Kindheit, und sobald sich meine Augen von dem pinkfarbenen Zettel losgerissen haben, fällt der Groschen: Anruf von Vroni. So sehr ich ausgedehnte, gemütliche Ratscher beim einen oder anderen Kaffee mit ihr genieße: An ihren staccatoartigen Telefonstil werde ich mich nie gewöhnen. Begrüßungen oder Fragen zur Befindlichkeit kommen in ihrem Repertoire nicht vor; überbewertete Lückenfüller in ihren Augen. Am Telefon ist Vroni fokussiert und mit vollem Tempo auf der rhetorischen Überholspur unterwegs. Geht mir zwar seit 30 Jahren gewaltig auf den Sender, aber was soll man machen.

»Hallo, Vroni, schön, dich zu hören.« Gegensteuern, Geschwindigkeit drosseln, *Slow motion*. Unser ewiges Spiel: Wer als Erstes nachgibt. Sie schleudert mir Headlines hin wie rohe Brocken Fleisch ins Löwengehege, ich bringe sie wiederum mit betont langsamer Höflichkeit auf die Palme. Eigentlich freue ich mich ja über ihren Anruf und die Neuigkeiten vom Geocacher-Stammtisch. Eigentlich hab ich gar nicht mehr damit gerechnet.

»Also in Österreich passt er zu keiner Vermisstenanzeige, sagt der Roderich.«

Natürlich weiß ich, dass der Tote aus Fürstenbrunn

gemeint ist mit »er«. Aber Vroni prescht als gedanklicher ICE nach vorn und erwartet, dass der Zuhörer am anderen Ende der Leitung ebenso von null auf 100 Fahrt aufnimmt und ihr mühelos folgt.

»Wer?«, frage ich deshalb, nur um sie zu ärgern. Was mir auch gelingt und ein langgezogenes, genervtes Schnaufen zur Folge hat.

»Du, magst es jetzt hören oder nicht? Wenn's dich nicht interessiert, sag's gleich. Weil in ...«, kurze Pause, wahrscheinlich schaut sie gerade auf die Uhr, »zehn Minuten muss ich eh schon wieder los. Im Garten von meiner Mama gehören die Rosen eingewintert, bis morgen muss ich 25 Mathe-Schularbeiten korrigieren und der Kater hat Durchfall. Wenn ich den Tierarzt heute noch erwischen will, dann ...«

»Also gut, leg los ... BITTE!« So ist es immer: Vroni will einfach gebeten werden. Dann tu ich ihr halt den Gefallen; eins zu null für sie. Ich verdrehe die Augen, setze mich auf die Kante von Frau Doktor Fleischers Schreibtisch und massiere die mittlerweile vernarbte Bisswunde am rechten Unterschenkel. Die Haut spannt und zwickt.

»Er heißt Theodor Primislav, wohnt an der österreichisch-tschechischen Grenze und arbeitet im Baugewerbe als gelernter Maurer.«

Auf das oberste Blatt eines Notizblockes kritzele ich Stichworte und Gedankenfetzen. »Wo arbeitet er? Ich meine, bei welcher Firma?«

»Bei gar keiner; er selbst ist die Firma. Als selbstständiger Maurer reist er von Baustelle zu Baustelle. Quasi *one-man-show*.«

Baustellenarbeit. Erdbrocken, Sand, Kies und Zementstaub. Das würde zu den hoffnungslos verdreckten Sportschuhen im roten VW Rabbit passen, der in Sankt Leonhard auf dem Parkplatz der »Wilden Hex« vor sich hin verrottet. Falls das Auto auf einen gewissen ... »Wie war noch mal der Name?«

»Primislav. Theodor Primislav. Und das P-R am Anfang spricht man als P-SCH aus, hat mir der Christian gesagt. Also P-schimislav.« Sie schickt noch ein paar Lautübungen durch die Leitung. »P-SCH, P-SCH!«

Ihren Beruf kann Vroni echt nicht verleugnen; jede Faser ihres Herzens ist erfüllt mit Klugscheißerei. Lehrauftrag lebenslänglich.

»Was hat er noch rausgefunden, der Roderich?«

»Neun Kinder: drei ehelich, sechs unehelich. Die meisten davon in Deutschland und Österreich.«

Gehet hin und mehret euch!«

»Schade um die fruchtbaren Lenden ...«, murmle ich.

Vroni kichert. »Na ja, Baugewerbe halt. Laut Statistik ist das die Berufssparte mit den meisten Seitensprüngen. Warum nur eine Blume pflücken, wenn die Wiese voll davon ist?«

Der gute Primislav hat sich also an jedem seiner beruflichen Einsatzorte munter fortgepflanzt. Muss ein fescher Kerl gewesen sein. Schade, dass sein Gesicht vollkommen entstellt war ... wobei: Es ist sicher ein Ausweis bei ihm gefunden worden, sonst wüsste der Roderich keinen Namen, oder?

»Weißt du zufällig, ob seine Frau Mona heißt?« »Mona Primislová«, stand auf dem ausgefüllten Zahlschein, den ich im roten Auto erspäht habe.

»Ja, woher ...?« Ihr bleibt die Spucke weg.

»Glückstreffer, war nur geraten.« Betont bescheiden koste ich meinen Wissensvorsprung aus. Nur ein ganz kleines bisschen.

»Hey, was soll das?« Oha, Volltreffer! Vronis Stimme ist

prallvoll mit wüster Empörung; Klugscheißer stehen gern allein im Rampenlicht. »Ich hab einen ganzen Stammtischabend bei den Geocachern geopfert, nur damit ich diesem verkorksten Polizisten etwas aus der Nase ziehen kann. Drei Marillenschnaps hat's gebraucht, bis er überhaupt einmal das Maul aufgemacht hat! Und dann hat er mir die Ohren blutig geredet und von seiner verstorbenen Frau erzählt! Ich hab mir den Scheiß brav angehört, obwohl ich zu dem Zeitpunkt schon alles gewusst hab, was wichtig war!« Sie schnaubt mir wütend ins Ohr. »Drei Gläser Rib-Him hab ich obendrein noch für den ganzen Schmarrn geopfert! Das war persönlicher Einsatz auf höchstem Niveau, meine Liebe, ich hab also ein Recht darauf zu erfahren, woher du *deine* Infos hast!!«

Jetzt bleibt mir die Spucke weg. »Das Ganze war ein Tauschhandel? Rib-Him gegen Informationen – mit einem *Polizisten?*« Rib-Him ist Vronis familieninterne Abkürzung für ihre selbstgemachte Marmelade: Ribisel-Himbeer. Kein anderes Fruchterzeugnis wird es jemals mit dieser einzigartigen Kreation aufnehmen können, so viel steht fest. Rib-Him hat einen unantastbaren Platz in meinem Herzen inne; sie weckt Kindheitserinnerungen, steht für fröhliche Tage im Sommer und Abende mit sich füllenden Keksdosen in der Vorweihnachtszeit. Wer sie einmal probiert hat, kommt sein Leben lang nicht mehr davon los. Rib-Him ist die ultimative Geschmacksexplosion, eine aromatische Naturgewalt, erhaben über jeden Vergleich. Die Früchte für diese phänomenale Marmelade wachsen ausschließlich im Garten von Vronis Wochenendhaus in Oberösterreich, das schon seit Generationen in Familienbesitz ist. Ein Garten Eden, in den sie mich oft mitgenommen hat, als wir Kinder waren. Ich brauche nur an einem

Glas Rib-Him zu schnuppern und die Augen zu schließen, schon ist alles wieder da: barfuß Fangen spielen in der frisch gemähten Wiese, in der Vronis Vater immer Inseln mit Margeriten hat stehen lassen. Der ächzende Holzboden in den Schlafzimmern und die bunten Fleckerlteppiche auf der schmalen Stiege. Dick aufgeplusterte Daunendecken in rot-weiß-karierten Bezügen, Gummistiefel und Latzhosen, frischer Erdäpfelkas zum Abendessen und die Hängematte zwischen Apfelbäumen. Der Weidling aus himmelblauem Email, in den es nur die Hälfte der Früchte geschafft hat, die wir gepflückt haben. Die andere Hälfte haben wir direkt von den Sträuchern genascht. Saure Ribiseln, die beim ersten Biss im Mund zerplatzen. Süße Himbeeren, so zart, dass sie auf der Zunge zergehen. Der riesige Topf, in dem Vronis Mutter die Früchte nach ihrem ganz eigenen Rezept verarbeitet hat. Stapel von Etiketten, alle von Hand beschriftet. Und schließlich Hunderte von Gläsern, gefüllt mit dieser unnachahmlich guten Marmelade. Gut ein Drittel davon zum Füllen von Keksen, ein weiteres Drittel für den Eigenbedarf zum Frühstück. Der Rest zum Verschenken. Auf die Liste der glücklichen Auserwählten haben es bis heute nur wenige handverlesene Freunde der Familie geschafft; das System habe ich immer noch nicht durchschaut. Karten für ein Rolling-Stones-Konzert sind leichter zu ergattern als ein Glas Rib-Him, Vorbestellungen ein absolutes No-Go. Ich kann also einfach nicht glauben, dass meine beste Freundin eine dermaßen rare Köstlichkeit so mir-nix-dir-nix an den Hüter des Gesetzes verschleudert!

»Meine Güte, bist du jetzt auf den Roderich eifersüchtig? Echt unpassend, weißt du? Der arme Heiter hat in den letzten Jahren einiges mitgemacht! Übrigens: In der Hosentasche des Toten wurde ein Ausweis gefunden. Der Roderich hat ein Foto davon gemacht. Ist eigentlich verboten, aber er hat sich so über die Marmelade gefreut …«

Jetzt hat sie es geschafft, die alte Pädagogikerseele: Ich schäme mich. War ich tatsächlich wegen Marmelade eifersüchtig? »Wie lange ist er schon verwitwet?«

Vroni seufzt schon wieder genervt ins Telefon, der Zeitdruck sitzt ihr im Nacken. »Jetzt sag schon: Woher weißt du, dass seine Frau Mona heißt?«

Also erzähle ich brav von meiner Entdeckung am Parkplatz der »Wilden Hex«. Ein paar Details, zum Beispiel den strömenden Regen, den Gegenwind beim Radfahren und die mitteilungsbedürftige Hausmeisterin, würde ich gerne opulenter ausschmücken – schließlich haben auch *meine* Anstrengungen zur Informationsbeschaffung vollen Körpereinsatz verlangt. Aber ihr gestresstes Seufzen ist eine ständig wiederkehrende nonverbale Ermahnung, mich kurz zu halten. Es bleibt nur Zeit für die Basics: was ich im VW Rabbit gesehen habe und welchen Reim ich mir darauf mache.

Nach exakt zehn Minuten verabschiedet sich Vroni; der Kater hat auf dem hellen Teppichboden schon wieder seinen Darm entleert. Außerdem braucht sie noch Vlies für die Rosen aus dem Gartencenter, sagt sie. Und dass sie mir das Ausweisfoto per WhatsApp schicken wird. Nach einem gegenseitigen Versprechen, uns auf dem Laufenden zu halten, legen wir auf.

Die ganze Sache geht mir nicht so schnell aus dem Kopf, während ich meine To-Do-Liste in der Praxis abarbeite. Traurige Sache, das mit dem Primislav mit P-Sch. Mit 24 Jahren schon geschieden und Vater von acht Buben und einem Mädchen. Ich muss an das Lebkuchenherz denken. An das Einhorn aus buntem Zucker und daran, dass die kleine Primislav-Tochter es nicht mehr von ihrem Papa geschenkt bekommen wird, denn der liegt jetzt im Kühlhaus der Salzburger Gerichtsmedizin. Vielleicht sind Vroni und ich ja gar kein so schlechtes Team und kommen doch noch drauf, warum jetzt neun Kinder keinen Papa mehr haben.

Die Bestände von Sterillium, Latex-Handschuhen und Pieselbechern müssen erfasst und Nachbestellungen getätigt werden. Ich befülle alle Stempelkissen mit frischer Tinte, gebe dem Gummibaum zu trinken und fülle die Papierhandtücher beim Patienten-WC nach. Dann öffne ich noch die Post, checke Mails und Nachrichten auf dem Anrufbeantworter und trage Termine in den Kalender ein. Bevor ich mich auf den Weg nach Hause mache, drehe ich noch die obligatorische Kontrollrunde durch alle Praxisräume. Ist überall das Licht aus? Sind alle Fenster geschlossen? Offene oder gekippte Fenster sind nämlich eine Einladung an alle Süchtler und Giftler, mit geringem Aufwand an verbotene Substanzen in einer Arztpraxis zu kommen. Voriges Jahr zum Beispiel hat sich ein 14-Jähriger mehrmals am Medikamentenschrank bedient und dann die gefladerten Schmerzinfusionen am Schwarzmarkt verscherbelt. Wobei sein Geschäftsmodell noch nicht ganz ausgereift war: Er hat das Diebesgut auf einer Internetbörse angepriesen. Barzahlung bei Selbstabholung, wahrscheinlich, um Versandkosten zu sparen. Seine Mutter hat sich irgendwann über die vielen abgefuckten Typen vor ihrer Haustür gewundert, die nach rezeptpflichtigen Schmerzmitteln in rauen Mengen gefragt haben. Also war der Ausflug in die Privatwirtschaft von kurzer Dauer, aber die Frau Doktor hat anschließend eine Mordsschererei mit der Versicherung und der Polizei gehabt. Absolut vermeidbar, das Ganze. Das Fenster beim Schreibtisch meiner Chefin ist gekippt; ich beuge mich über den Schreibtisch, um es zu schließen. Dabei segelt der pinkfarbene Zettel mit der kryptischen Notiz zu Boden; ich bücke mich, um ihn aufzuheben, und höre im selben Moment ein Räuspern direkt hinter mir.

SIEBENTES KAPITEL

Erzählt von flatternden Zetteln, stylischer Freizeitmode, Studienkollegen, Vorher-Nachher-Slideshows und Notfalltropfen. Die kalte Jahreszeit schlägt sich auf die Gesundheit der Bevölkerung und das Grödiger Vorzeigeexemplar eines Staatsbetriebes bringt eine Einladung ins Nirgendwo. Erinnerungen werden wach und Reisetipps verraten. Vroni ändert wegen eines rotblonden Mobbingopfers ihren Telefonierstil, ich entdecke einen weißen Fleck in meiner DNA und fasse einen unumstößlichen Entschluss.

»War gar nicht einfach, meinen Schreibtisch so ungezwungen aussehen zu lassen!«

Ich zucke zusammen, fühle mich ertappt. Wie ein missratener Möchtegern-James Bond. Die Stimme gehört meiner Chefin, die lässig im Türrahmen lehnt und ihren Schlüsselbund um den rechten Zeigefinger kreisen lässt. Sie grinst und ist sichtlich amüsiert über mein schlechtes Gewissen.

»Ich, ähm … Das Fenster war offen, und der Zettel ist – runtergefallen.« Ich nestele umständlich herum und lege den leuchtend pinken Klebezettel wieder zurück an seinen ursprünglichen Platz, irgendwo zwischen Rachenstäbchen und Rezeptblöcken.

»Ein Neuzugang? Soll ich die Akte gleich anlegen?« Das wäre zumindest die plausibelste Erklärung für die Notiz: ein neuer Patient namens Putschauer. Aber die Frau Doktor schüttelt den Kopf. Sie stemmt sich vom Türrahmen ab und kommt zu mir herüber. Dabei fällt mir auf, dass ich sie bisher immer nur mit Arbeitsgewand gesehen habe: weiße Hose und Poloshirt in Lila, Pink oder Rosé. Aber heute: marineblaues Kleid. Ein Teil, um das ich sie sofort beneide; oben Bluse, unten weit schwingender Rock. Dazu hellgraue Rauhlederstiefel und eine hellgraue Tasche. Ihre blonden Haare sind nicht zu einem Pferdeschwanz zusammengebunden wie sonst immer, sondern fallen locker auf die Schultern. *Très chic.* Mit dem Kinn deutet sie auf den Zettel und vergräbt ihre Hände in den Rocktaschen.

»Die Putschauer Heidi ist eine ehemalige Studienkollegin von mir. Wir haben beide in Graz Medizin studiert und dann eine Zeit lang gemeinsam auf der Gerichtsmedizin in Salzburg gearbeitet.« Sie lehnt sich mit dem Hintern gegen ihren Schreibtisch und starrt ihre Schuhspitzen an. »Nur – mit Toten zu arbeiten, das war nicht meins. Hab ich relativ bald gemerkt.« Die Frau Doktor lächelt. »Wie meine Patienten heißen, erfahre ich lieber von ihnen selbst anstatt von einem Zetterl am großen Zeh. Aber die Heidi, also die Frau Doktor Putschauer, ist genau richtig auf der Pathologie.« Warum erzählt sie mir das alles? »Die Notiz betrifft allerdings nicht Heidi als Patientin, sondern weil sie mir einen Gefallen getan hat. Sie hat etwas für mich untersucht, und über das Ergebnis wollt ich mit dir sprechen. Ich hab deine Wunde nach dem Hundebiss nicht nur gesäubert und genäht, sondern auch einen Abstrich gemacht.«

Ist mir aufgefallen. »Um abzuklären, ob ich mich mit Tollwut angesteckt habe?«

»Genau.« Sie erzählt mir von den langen Wartezeiten, die man derzeit auf der Pathologie in Kauf nehmen muss, weil die Abteilung an chronischer Unterbesetzung leidet.

Für junge Mediziner ist der Beruf des Pathologen wenig attraktiv, also sind die spärlich verfügbaren Kräfte bis unter die Haarwurzeln voll mit Arbeit. Zu allem Unglück hat der Laborleiter einen Bandscheibenvorfall erlitten. Er soll so wenig Zeit wie möglich sitzend verbringen und musste sein Arbeitspensum auf vier Stunden täglich herunterschrauben; folglich bleiben Dinge unerledigt und stapeln sich.

»Also hab ich Heidi gefragt, ob sie die Proben auswerten könnte. Ein Freundschaftsdienst, damit wir schneller Bescheid wissen.«

Ich halte die Luft an; was kommt jetzt? Hat diese Heidi irgendetwas Auffälliges entdeckt bei ihrer Untersuchung?

»Also …«, fängt sie gedehnt an, »es wurde jedenfalls keine Tollwut festgestellt. Auch keine anderen Krankheitserreger.«

Ich atme aus und bin erleichtert. Fast. Denn ein schweres Aber hängt in der Luft wie eine dunkelgraue Gewitterwolke, unter der man steht, kurz bevor sie sich entlädt. Ohne Schirm, dafür aber mit dem dringenden Verdacht, in wenigen Sekunden vollkommen durchnässt zu werden. Irgendetwas kommt noch. Die Frau Doktor vergräbt ihre Hände noch tiefer in den Rocktaschen und räuspert sich.

»Genau an dem Tag, als ich deinen Gewebsabstrich zur Heidi geschickt habe, ist auch der Tote von Fürstenbrunn auf ihrem Tisch gelegen.« Der Primislav!

»Wir haben eher beiläufig darüber geplaudert, aber als sie erfahren hat, dass beides – also der Todesfall und dein Hundebiss – innerhalb weniger Kilometer und in etwa zur selben Zeit stattgefunden hat, hat sie sich die Sache genauer angeschaut. Auffällig bei der Leiche waren streifenartige Abschürfungen an den Waden. Aber das Schlimmste war sein Gesicht. Laut Heidi das Unappetitlichste, das sie je gesehen hat.« Wobei an dieser Stelle die Frage durchaus berechtigt ist, ob an der Arbeit eines Gerichtsmediziners überhaupt irgendetwas appetitlich sein kann. Die Frau Doktor zieht ein Foto aus ihrer Rocktasche, reicht es mir, und …

»Meine Güte! Das soll einmal ein Gesicht gewesen sein?«

Zwischen ausgefransten Fleischfetzen ist nur mehr ein geschlossenes Auge zu erkennen, das andere fehlt. Der weiße, knochige Höcker ist dann wohl die Nase; ohne Haut. Vom Mund ist nur mehr eine halbe Unterlippe übrig.

»Als wäre er in den Reißwolf gekommen«, murmle ich. Die Worte vom Fischer Xaverl.

»Das hat Heidi auch gesagt. Interssant wäre, wie das Gesicht in intaktem Zustand ausgesehen hat.« In dem Moment, als ich der Frau Doktor das Foto zurückgebe, bellt mein Smartphone. WhatsApp-Nachricht von Vroni, nur ein Wort, aber das Timing ist perfekt: ›Primislav‹. Ich öffne sofort den Bildanhang und halte meiner Chefin das Smartphone hin. Ein junges, braungebranntes Männergesicht füllt das Display aus; dunkle Haare, stechend blaue Augen. Jene Art von Dreitagebart, die einen Mann nicht ungepflegt wirken lässt, sondern interessant. Kantige Züge und eine leicht hochgezogene Augenbraue.

»Das ist er?« Sie beugt sich neben mir über das Display und hält das Foto aus der Gerichtsmedizin dazu.

»Das *war* er.« Ein grauenhaftes Vorher-Nachher.

Meine Chefin spart sich jegliche Fragerei, wie ich an das Ausweisfoto vom Primislav gekommen bin. Nicht aus Desinteresse. Sondern weil sie, wie ich sie einschätze, klug genug ist, bei manchen Dingen nicht alles ganz genau wissen zu wollen. Dass über den ordentlichen Behördenweg eine derartige Information nicht erhältlich ist, liegt auf der Hand.

»Und … die DNA?«

»Ach so, das …« Die Frau Doktor steckt das Foto mit einem bedeutungsvollen Blick wieder zurück in ihre Rocktasche und streicht ihr Kleid glatt. »Laut Auswertung war der Täter in beiden Fällen derselbe: beim Toten und bei dir.«

Ich brauche einen Moment. Bis ich begreife. Bis die Puzzlesteinchen zueinander passen. Gegen den Brechreiz, der sich dann rasant ausbreitet, schlucke ich tapfer an. »Sie meinen, wer auch immer den Primislav dermaßen zugerichtet hat, ist auch für meine Verletzung verantwortlich?«

Die Frau Doktor nickt.

»Kein Zweifel?«

Meine Chefin lässt mich nicht aus den Augen. Sie spricht ruhig und betont jedes Wort einzeln. »In beiden Wunden wurde derselbe Speichel gefunden.«

Ein zerfetztes Gesicht und ein zerbissenes Wadl; beides geht also auf das Konto von …

»Othello? Der Hund war mit seinen Hauern zuerst im Gesicht vom Primislav und dann in meinem Wadl?« Meine Stimme klingt hysterisch und überschlägt sich beinahe. Schlagartig ist mir kotzübel; mit der linken Hand klammere ich mich an der Stuhllehne fest, mit der rechten stütze ich mich am Schreibtisch ab.

»Sieht ganz so aus.« Meine Chefin fischt eine Flasche mit Notfalltropfen aus ihrer grauen Handtasche und reicht sie mir. Vor meinem geistigen Auge öffnet sich Othellos Gebiss und gibt den Blick frei auf seinen Rachen: ein nachtschwarzes Loch, gesäumt von gelben Zähnen und zähen Speichelfäden. Der Schlund des Höllenhundes Zerberus war sicher nicht halb so furchteinflößend. Und nicht annähernd so verkeimt. Ganz deutlich sehe ich das Bild der Verwüstung: Die Bestie gräbt sich immer tiefer in die

Fasern eines Männergesichtes, reißt Fleisch heraus und zerfetzt Haut. Die Zähne färben sich blutig rot und aus dem angriffslustigen Knurren wird ein rasselndes Gurgeln. Ich stelle mir vor, wie der Hund, als sein bestialischer Jagdtrieb befriedigt ist, vom Gesicht des Primislav ablässt – nachdem er es in seine Einzelteile zerlegt hat. Und wie er dann als vermeintlich friedliche Töle neben seinem Herrl dahintrottet. Bis er auf mich trifft und – ferngesteuert vom reflexartigen Verlangen nach Fleisch und Blut – sein Gebiss neuerlich in menschlichem Fleisch vergräbt. Nämlich meinem. Welcher Hunderasse gehört Othello eigentlich an? Ich ziehe die Flüssigkeit mit der Pipette aus dem Fläschchen, strecke die Zunge heraus. Tropf, tropf, tropf. Schmeckt bitter, aber wirkt. Sofort fühle ich mich ruhiger. Frau Doktor Fleischer verstaut die kleine dunkle Flasche wieder in ihrer Hobo Bag.

»So schlimm die Verletzungen im Gesicht des Toten auch sind: Gestorben ist er daran nicht.«

Dachte ich mir schon; der Primislav wäre zwar für den Rest seines Lebens entstellt gewesen, quasi Phantom der Oper. Das Gesicht hätte in zahlreichen Operationen rekonstruiert werden müssen, Schmerzen und Schamgefühle inklusive. Ein Glasauge, lebenslanger Kontrollverlust über den Speichel und Zahnprothesen. Alles in allem ein schreckliches Gesamtpaket, aber nicht tödlich. Ich nicke, stecke mein Smartphone weg und wage mich an eine Analyse.

»Er ist ausgerutscht und mit dem Hinterkopf auf einen großen Stein gefallen; der Schädel war zertrümmert und der Primislav tot. Nix mehr zu machen.« Ich denke an das getrocknete Blut auf dem Stein am Glanufer und bin mir ziemlich sicher.

»Nein.« Meine Chefin schüttelt den Kopf und lässt ihre silbernen Ohrringe klimpern. »Der Schädel war zwar gebrochen, aber gestorben ist er auch daran nicht. Die Todesursache war plötzlicher Herzstillstand.«

»Vor lauter Schreck, weil er ausgerutscht ist?«

Wieder Kopfschütteln. Und dann bringt mich die Frau Doktor auf ihren Wissensstand respektive den ihrer Kollegin Doktor Putschauer. »Plötzlicher Herzstillstand kann zwar jeden treffen, aber bei einem so jungen stämmigen Mann muss man der Ursache schon auf den Grund gehen.«

Ich zucke die Schultern, aber sofort fallen mir die Chips- und Süßigkeitenpackungen im roten VW ein; gesunde Ernährung geht anders. »Zu hoher Cholesterinspiegel? Bluthochdruck? Oder Herzmuskelentzündung nach einer übergangenen Grippe?«

»Es gab keinerlei Anzeichen für eine Herzschwäche, die Blutfettwerte waren im Normalbereich. Keine Diabetes-Erkrankung. Nur die Lungen waren leicht mitgenommen; wahrscheinlich ein Gelegenheitsraucher.« Frau Doktor Fleischer holt ein weiteres Foto aus ihrer Rocktasche und zeigt es mir: malträtierte Männerwaden auf einer mattschimmerden, silbernen Fläche. Also einem Tisch in der Prosektur. »Von Anfang an auffällig waren die senkrechten strichartigen Verletzungen an den Hinterseiten von Primislavs Beinen; sie stammen ebenfalls von Othellos Reißzähnen.«

»Aber das sind nur Striche, keine Fleischwunden …« Ich verstehe nicht, was das mit dem Herzstillstand zu tun haben könnte.

»*Res ipsa loquitur*!«

»Wie bitte …?« Da komme ich mit meinem Asterix-Latein nicht mit.

»*Die Sache spricht für sich*. Oberflächliche Streifen, kaum mehr als einen Millimeter tief. Aber alle passen zu Othellos Gebiss. Der Hund hat etliche Male zugeschnappt. Er wollte den Primislav von hinten erwischen, hat die Waden aber nicht zu fassen bekommen.« Sie zieht die Augenbrauen hoch und schaut mich an. »Ich nehme an, weil …«

»… sein Opfer geflüchtet ist und schneller war.« Jetzt verstehe ich. »Othello ist also dem Primislav hinterhergerannt und hat nach ihm geschnappt.«

Meine Chefin starrt nachdenklich auf das Foto. »Genau. Fragt sich nur, warum.«

Auf dem Nachhauseweg schwirren mir Fragen durch den Kopf wie unruhige Schmetterlinge. Warum kreuzt sich die Route des jungen Tschechen Theodor Prismislav ausgerechnet mit der vom Pechtl? Sind die beiden Männer einander begegnet? Möglicherweise haben sie einander sogar gekannt … Kaum. Welche Verbindung gäbe es zwischen einem alten Grantscherm und einem jungen Bauarbeiter? Oder hat sich Othello von seinem Herrl losgerissen und auf eigene Faust Jagd auf den Primislav gemacht, als er ihn entdeckt hat? Hätte der Pechtl, Stichwort Dogtracker, nicht wissen müssen, wo sich sein Hund herumtreibt? Hat er womöglich von der Attacke gewusst oder, noch schlimmer, seinem Hund den Befehl dazu erteilt? Und wenn ja, warum?

Mein Mann ist ausgeflogen, als ich heimkomme; Erstgespräch bei einem Neukunden. Kann länger dauern, erfahrungsgemäß. Den Freitagabend verbringe ich also damit, Lisi beim Schach gewinnen zu lassen, und gehe früh ins Bett.

In den nächsten beiden Wochen macht der Herbst klar, wer ab jetzt das Sagen hat. Die letzten Reste der luftigen Sommergarderobe werden verräumt und machen Platz für Gestricktes und Gefüttertes. »Herbstzeit ist Stiefelzeit«, sagt meine Tochter Susi und schlichtet ihre neuen Exemplare liebevoll in den Garderobenschrank. Auf der Suche nach wärmenden Kopfbedeckungen durchwühlt sie sämtliche ihrer Laden und hält die traurigen Überbleibsel des letzten Winters hoch: drei einzelne Handschuhe und ein paar ausgeleierte Hauben.

»Einkaufen gehen oder frieren?«, grinst sie mich an. Nachtigall, ick hör dir trapsen. Ich ergebe mich und statte sie mit dem nötigen Kleingeld aus, um Accessoires in Strick zu kaufen. In der Pantone-Trendfarbe des Jahres, versteht sich.

Herbstzeit ist auch Striezelzeit: die Salzburger Kinder werden am ersten November von ihren Taufpaten mit Allerheiligen-Striezeln beschenkt. Flaumiges Milchbrot, das zu keiner anderen Zeit im Jahr so gut schmeckt wie Anfang November: Der Teig ist vanilliger als sonst, der Zuckerguss hauchdünn, knackig und matt glänzend. Beim Grödiger Bäcker gehen bereits ab Mitte Oktober die ersten Bestellungen ein, und am Tag vor Allerheiligen verkauft er die begehrten Kalorienbomben kiloweise. Geflochtene Zöpfe für die Mädchen, gebogene Hörner für die Buben. Herrlich mit Butter, noch besser mit Nutella, werden die Striezel am ersten November nach der Gräbersegnung zum Kaffee verzehrt. Der Blutzuckerspiegel schnalzt ins Uferlose und die Zahnärzte reiben sich die Hände, denn Spätherbst ist Karies-Hochsaison: zwischen Weltspartag-Zuckerl und Allerheiligen-Striezel hat sich Halloween gedrängt und mittlerweile einen fixen Platz erkämpft. Die Anfänge dieses neu eingebürgerten Brauches waren sicher hart für Halloweenfans, aber seit einigen Jahren betteln auch im traditionsbewussten Grödig Kinder in mehr oder weniger gruseligen Kostümen um Süßigkeiten. So mancher Halloweenhasser mustert seine Speis am 31. Oktober aus und füllt die Sackerl der Kinder mit alten Keksen oder ranzig gewordenen Chips.

Am dritten November sind nach den Völlereien der letzten Tage im Wartezimmer der Praxis die Patienten mit Magen-Darm-Verstimmung klar in der Überzahl. Die Blutzuckermessgeräte laufen heiß, ein Darmverschluss wird in die Chirurgie überstellt, und pünktlich um zehn Uhr vormittags erscheint die Christl von der Post.

Für Christine Unger, wie sie eigentlich heißt, ist Briefträgerin zu sein nicht Beruf, sondern Berufung. Wären alle ihre Kollegen nach dem Muster dieser Vorzeige-Postlerin gestrickt, hätte der marode Staatsbetrieb keine Imageprobleme mehr, denn Christl macht's *persönlich*. Ihr Kernaufgabengebiet ist die gewerbliche Beförderung und Verteilung schriftlicher Nachrichten. Aber für die Christl endet die Zustellung der Post nicht mit dem Akt der Übergabe an sich, sondern erst mit der absoluten Gewissheit, dass der Empfänger des Briefes mit dem Inhalt desselben klarkommt und alleine gelassen werden kann. Geduldig harrt sie aus, bis das Gerichtsurteil, das Mahnschreiben vom Finanzamt, die Parte oder die Einladung zur Hochzeit geöffnet, gelesen und mental verarbeitet wurden. Je nach Anlass tröstet, kondoliert oder gratuliert sie, gibt Stylingtipps oder hat Geschenkideen parat, wenn eine Familienfeier gnadenlos näher rückt und man immer noch plan- und ahnungslos ist.

Sie bringt alles an die korrekte Adresse, hat ein freundliches Wesen und weiß aus langjähriger Erfahrung, was in den Briefen drinsteht, noch bevor das Kuvert aufgeschlitzt wird. Oft haben sich ihre Kenntnisse beim Empfang von RSA- und RSB-Briefen schon als besonders wertvoll erwiesen: ob es sich um eine Verwaltungsstrafe, eine Scheidung oder Pfändung handelt, kann sie anhand des Codes auf dem Kuvert ausmachen. Ehrensache, dass sie sich Zeit nimmt und Beistand leistet. Es kommt schon mal vor, dass ein Menschenleben durch unerfreuliche Post kurzzeitig aus den Fugen gerät. In solchen Fällen schaut Christl am Nachmittag bei dem Betreffenden noch einmal vorbei, weil sie sich Sorgen macht, und geht erst wieder, wenn das seelische Gleichgewicht wiederhergestellt ist.

»Guten Morgen, Frau Doktor! Servus, Rosmarie!« Die Christl trägt Bergschuhe, Jeans und eine dunkelblaue Baseballkappe mit dem gelben Posthorn drauf.

»Die Befunde vom Labor sind schon da – wesentlich schneller als letztes Mal. Frau Doktor, ein Brief von Tchibo für Sie: Ihre neue Kundenkarte. *Frau Herta …?*« Christls Blick wandert durch die Praxis, auf der Suche nach unserer Reservetippse. Sie dreht sich langsam im Kreis und wedelt mit einem dicken Kuvert. Ihr leises Gemurmel klingt nach »Gewerbeaufsicht-Beschwerde-nicht zustellbar«, aber sicher bin ich mir nicht. Bürokratie trifft Freizeitdomina; scheint, als kämen ungemütliche Zeiten auf den pensionierten Vorzimmerdrachen zu. Die unheilvolle Post wandert wieder in die Tasche, und die Christl wendet sich an mich.

»Rosmarie, für dich hab ich auch was.« Sie kramt drei Kuverts hervor. »So, da wären einmal die Fotos von deiner Kleinen …« (letzte Woche war der Fotograf im Kindergarten; die Christl hat seinen Stempel am Absender erkannt),

»dann deine neue Bankomatkarte …« (Mein Exemplar wird mit Jahresende ungültig, sämtliche Kontoinhaber erhalten in diesen Tagen neues Plastikgeld. Für Christls geübte Finger kein Problem, die Umrisse im Kuvert zu ertasten), »… und ein Brief für Laurenz. Aber da bin ich nicht sicher, was da drin sein könnte.« Christl, ahnungslos. Das hat Seltenheitswert. Sie dreht das Kuvert im A5-Format um und schaut gespannt.

»Da«, sagt sie schließlich, »schau bitte du einmal. Keine Ahnung, was das ist. Mach auf!« Sie legt das Kuvert vor mich auf den Schreibtisch, geht um den Tresen herum und stellt sich hinter mich. Über meine Schulter gebeugt, fischt sie aus meinem Schreibzeugbehälter den Brieföffner zwischen den gespitzten Bleistiften hervor und reicht ihn mir. Der Absender ist eine tschechische Adresse, genauer gesagt die Universität Prag. Adressiert ist der Brief an den Laurenz. Grund genug, ihn nicht zu öffnen. Aber kein Hindernis. Spannend.

Christl, hinter mir, liest halblaut mit, als ich die Karte im DIN-A5-Format aus dem Umschlag ziehe: »Einladung zum Architektur-Kongress.« Sie tippt mir an die Schulter. »Was hat der Laurenz mit der Uni in Prag zu tun?« Ich zucke die Schultern; da muss ich passen. Die Christl liest in gedämpfter Lautstärke weiter. »Dialog im Spannungsfeld der tschechischen Architektur vom Klassizismus bis zur Moderne. Aha …«

Schlauer werden wir erst, als wir die Karte aufklappen und auf der zweiten Seite weiterlesen: Es geht um ein Jubiläum der Prager Universität. Anlässlich dazu werden alle Architekten, die die Uni besucht haben, zu Veranstaltungen eingeladen. Sortiert nach Jahrgängen.

»Soweit ich mich erinnere, hat der Laurenz zwei Auslandssemester in Prag absolviert; allerdings vor meiner Zeit.«

Ich schiebe die Karte wieder in den Umschlag. Cremefarbenes Büttenpapier mit dem Siegel der Universität Prag. Christl schaut beeindruckt.

»Sehr geschraubt formuliert, die Einladung. Aber im Prinzip geht es nur um ein ordinäres Jahrgangstreffen, wenn du mich fragst.« Dank ihrer schnellen Auffassungsgabe ist die Christl stets *in the zone*. Sie begibt sich wieder auf die andere Seite meines Schreibtisches. Auftrag ausgeführt: Brief übergeben, Inhalt bekannt.

»Die Einladung kommt zwar aus Prag, aber das Treffen findet woanders statt«, sage ich. »Schau, da stehts: Schloss Lednice. Nie gehört; wo soll das sein?«

»In Okres Breclav; Bezirk Lundenburg. Südmähren; an der Grenze zu Niederösterreich.«

Christl und ich strecken die Köpfe in Richtung Wartezimmer. In unscheinbares Beige gehüllt und im Sitz versunken, dafür aufmerksam und mit wachem Blick sitzt dort Frau Schneider; wahrscheinlich braucht sie wieder Osteoporose-Tabletten. Sie stemmt sich mühsam aus ihrem Sitz und macht sich auf den beschwerlichen Weg zum Schreibtisch.

»Grüß Gott, Frau Dorn! Servus, Christl!« Sie lächelt freundlich, reicht mir ihre e-Card und wartet, bis mein Drucker das Rezept ausspuckt. Dass sie die Unterhaltung vorhin mitbekommen hat, finde ich weder überraschend noch störend. Ich werde allerdings das Gefühl nicht los, dass sie etwas dazu zu sagen hat.

»Na dann … ich muss wieder!« Mit einem Blick auf die Uhr verabschiedet sich die Christl und saust hektisch zur Tür hinaus. Ihre Tasche ist noch prall gefüllt mit Post, die verteilt werden muss.

»Werden Sie Ihren Mann zu der Veranstaltung begleiten?«, fragt mich Frau Schneider, als sie das Rezept entgegennimmt. Sie faltet es und steckt es in ihre Handtasche. Den Laurenz begleiten – vorausgesetzt, er will an dem Treffen teilnehmen – warum eigentlich nicht? Gegen einen spontanen Wochenendtrip zu zweit ist nichts zu sagen.

»Vielleicht …«, ich zucke die Schultern. »Allerdings kenne ich die Gegend nicht besonders gut.« Das ist gelogen; ich kenne Südmähren überhaupt nicht.

»Es gibt dort auch nichts außer Gegend«, schmunzelt die Frau Schneider, »aber die ist dafür wirklich schön. Weinberge und Felder, Schloss Lednice und Schloss Valtice. Der Landkreis Lundenburg ist eine der schönsten Gegenden von Tschechien.« Schlagartig fällt mir die Geschichte der alten Frau Schneider wieder ein; die Vertreibung aus der Heimat im Jahr 1945. Ihr Schicksal, das dem vom Pechtl so ähnlich war, als sie mitten in der Nacht das kleine Dorf verlassen mussten. Der Name war …?

»Schloss Lednice ist jedenfalls einen Besuch wert. Und das Dorf, aus dem meine Familie und übrigens auch der Pechtl Hubi stammt, heißt Brezi. Gar nicht weit weg von Schloss Lednice.«

Sightseeingtipps von *Locals*; unbezahlbar. Hastig mache ich mir Notizen.

»Empfehlenswert wäre auch ein Abstecher nach Nikolsburg. Oder Mikulov, das ist dasselbe. Sehr nettes Städtchen. Besonders das Archiv ist hochinteressant.« Welches Archiv? Und wieso hat ihre Stimme plötzlich diesen seltsamen Unterton? Ich blicke auf. Das freundliche Lächeln ist aus Frau Schneiders Gesicht verschwunden, die Miene erstarrt. Und noch bevor ich etwas fragen kann, reißt sie den Zipp ihrer Tasche mit einem lauten Ratsch zu und verlässt grußlos die Praxis.

»Ulapalu«: Vroni is calling. »Der Roderich ist ein Mobbingopfer!«

»Ist er verletzt; braucht er einen Termin bei uns?« Ich schnappe mir den Kalender und blättere; wie viel Zeit muss man einplanen, wenn ein Freund und Helfer Hilfe braucht?

»Nein – er hat eine handfeste Depression!«

»Ach so.« Der Stehkalender wandert wieder an seinen Platz. »Falls du einen kompetenten Ansprechpartner für ihn suchst, muss ich passen. Alle Psychotherapeuten, die ich kenne, sind selber durchgeknallt. Kann ich nicht verantworten, einen von denen zu empfehlen!«

Genervtes Schnauben am anderen Ende der Leitung. Überhaupt: Seit wann hat Vroni um elf Uhr vormittags Zeit zu telefonieren?

»Schulautonom frei«, erklärt sie. Zur Feier des Tages lässt sie sich zu einer längeren Erklärung herab. »Der Roderich heißt eigentlich Christian. Christian Roderich Fuchs.« Die Vroni holt tief Luft: Ohne Klugschiss geht es auch diesmal nicht. »*Roderich* – schön, oder? Das ist ein ganz alter Name. Gotischer Ursprung, weißt du. Setzt sich aus *hroth* und *rihhi* zusammen, das ist Althochdeutsch und heißt …«

»Vroni!«

»… *ruhmreich*. Tschuldigung!« Sie weicht komplett von ihrem gewohnten Telefonstil ab und erzählt mir *en detail*, dass die Kollegen den Christian Roderich Fuchs wegen seiner rotblonden Haare immer »Rotfuchs« genannt haben. Überhaupt war er an seinem früheren Arbeitsplatz das erklärte Ziel von Spott und Hohn, bedingt durch die beinahe flächendeckende rötliche Körperbehaarung. Ein paar unschöne Sachen, auf die die Vroni nicht näher eingehen will, sind außerdem nach einer Sportveranstaltung in der

Dusche vorgefallen. Das hat dem rothaarigen Christian Roderich den Rest gegeben. Er hat gelitten wie ein Schwein, aber Problemlösung durch direkte Konfrontation war laut Vroni noch nie seine Art.

»Er ist eher der Märtyrertyp. Introvertiert und schüchtern«, erklärt sie mir. Also hat er zunächst eine handfeste Depression entwickelt, Angststörungen und Medikamentenmissbrauch inklusive. Von wegen ruhmreich. Nach ein paar Monaten Krankenstand ist er halbwegs auf die Beine gekommen und hat seinen Vornamen und die Dienststelle gewechselt. Neustart. Der Christian Roderich vom Posten Niederschluxing sitzt seit zwei Jahren als Christian in der Dienststelle Anif und alles ist gut. Fast alles.

»Das mit den Depressionen hat er noch nicht ganz im Griff«, sagt Vroni. »Manchmal fällt er in sein altes Verhaltensmuster zurück und ist arbeitsunfähig. Dann sitzt er am Schreibtisch und starrt Löcher in die Luft.«

Wie komme ich zu der Ehre, an all diesen Intimitäten teilhaben zu dürfen? Noch dazu während meiner Arbeitszeit? Die Praxis ist noch gut 50 Minuten geöffnet und im Wartezimmer sitzen 13 Patienten; also akuter Handlungsbedarf. Ich gebe der Vroni einen rhetorischen Schubs.

»… und wie kann ich dir da jetzt weiterhelfen?«

»Gestern, beim Geocacher-Stammtisch, haben wir ganz entspannt geplaudert, der Christian und ich.«

»Und das hat er dir alles freiwillig erzählt …?« Ich habe berechtigte Zweifel. Niemand packt grundlos seine komplette Vergangenheit aus, zumindest nicht so eine.

»*Jein* … ich wollte wissen, warum die Polizei in der Sache mit dem Primislav so lax unterwegs ist und seit Wochen nichts unternimmt. Und da ist er mit der Sprache rausgerückt: Der Sonntag, als der zerbissene Primislav in Fürstenbrunn entdeckt worden ist, das war ein ganz schlimmer Tag für ihn. Der erste Todestag seiner Frau. Er hätte einfach nur einen Bericht schreiben müssen, in dem festgehalten wird, dass eine Leiche gefunden wurde. Aber an diesem Tag war er eben total down, komplett überfordert. Die ganze Sache, wie seine Frau umgekommen ist, war wieder präsent, hat er mir erzählt. Armer Kerl.«

»Wie ist sie denn …«

»Ach, das willst du gar nicht wissen. Scheußliche Angelegenheit.« Sie seufzt. »Und so hat er die Akte einfach in seine Schreibtischlade gelegt. Vogel-Strauß-Taktik.«

Ich schließe die Augen und massiere den Punkt zwischen meinen Augenbrauen. Der ruhmreiche Roderich: ein psychisch labiler Gesetzeshüter, der Ermittlungsarbeit behindert. Warum hast du ihn Polizist werden lassen, lieber Gott? Warum nicht Gärtner? Blumen sind friedliche Wesen, die der Seele guttun; so etwas hätte der arme Kerl gebraucht. Die unbearbeitete Akte vom toten Primislav liegt also in der Schreibtischlade vom Christian. Oder vom Roderich. Jedenfalls in der Schreibtischlade.

»Und da liegt sie bis heute, nehme ich an …?«

»Yep.«

Mir schwant Übles. Das Ausweisbild des toten Primislav: Per WhatsApp ist es vom Christian über die Vroni bis zu mir durch den virtuellen Raum geschwirrt. Unerlaubt und über den leicht nachvollziehbaren Weg eines Nachrichtendienstes.

»Mittlerweile plagt ihn natürlich das schlechte Gewissen, kann man sich ja vorstellen!«

»Warum schreibt er den Bericht nicht einfach und reicht ihn nach?« Das wäre die leichteste Übung, stelle ich mir vor. Bericht getippt, Problem gelöst.

»Kann er nicht«, sagt die Vroni. »Genau das ist ja das Problem. Das ist alles ein bissl kompliziert, weißt du …«

»Aha.«

»Na ja, der Chef vom Christian liefert sich schon seit Jahren Machtkämpfe mit dem Chef der Salzburger Mordgruppe.«

An dieser Stelle hake ich nach. »Moment: Was für eine Mordgruppe?«

Vroni ächzt ob so viel Unwissenheit meinerseits. Ich kann direkt sehen, wie sie die Augen verdreht. »Liest du keine Krimis? Mordgruppe, das ist der Name einer Abteilung am Polizeiposten, also zumindest bei den größeren. Da werden die Morde aufgeklärt. Sagt ja schon der Name.«

»Ach so …«

»Jedenfalls ist der Chef von der Polizeidirektion Salzburg ziemlich angepisst auf den Chef vom Posten Anif. Weil Anif öfter in den Medien vorkommt als Salzburg; schon allein wegen der Autobahnpolizei.«

Das wiederum ist mir bekannt. Flüchtlingsdramen, Vignettenpflicht und Lkw-Kontrollen rufen immer wieder die Autobahnpolizei auf den Plan. Ein Privatsender hat dem Team der Autobahnpolizei sogar eine eigene Dokusoap gewidmet.

»… trotzdem: Ich seh da keinen Connex zum Christian.«

»Jetzt hab halt ein bisserl Geduld!«, donnert die Vroni. »Die beiden Polizeichefs sind natürlich scharf auf Presse; aufs Fernsehen noch mehr als auf die schreibende Zunft, wegen der Reichweite. Und für so einen Mordfall interessieren sich die Medien brennend, kannst dir ja vorstellen.«

Dem kann ich nicht zustimmen. Ganz und gar nicht. »Also, bis jetzt war nicht wirklich viel zu lesen darüber. Und im Radio oder Fernsehen ist die Sache auch nicht erwähnt worden.«

»Ja, weil die Medien eben nur darüber berichten können, was ihnen mitgeteilt wird. Das ist wie mit der Ausländerkriminalität: Wenn du liest, dass im letzten Jahr zehn Weißrussen jemanden abgestochen haben, dann denkst du dir: so ein blutrünstiges Volk. Aber vor den Österreichern, die im Keller Waffen sammeln und Kinder einsperren, fürchtest du dich nicht. Weil nicht so viel darüber zu lesen ist.«

»Hm.« Ich lasse meinen Blick durchs Wartezimmer gleiten; für eine weitere Runde Vroni-Klugschiss fehlt mir jetzt echt die Zeit.

»Jetzt ist er ein bissl in der Zwickmühle, der Christian. Weil sein Chef unbedingt einen Freiwilligen gesucht hat, der Fakten zu dem Mordfall liefert. Möglichst schnell, natürlich. Und da hat sich der Christian wiederum gedacht, das wäre *die* Chance, um sein Image ein bisserl aufzupolieren.«

»Vom zerbrechlichen Psycho-Pflänzchen zum heldenhaften Cop?«

Kurze Pause am anderen Ende der Leitung; offensichtlich eine Prise zu viel Sarkasmus für Vronis Geschmack.

»Jedenfalls erkundigt sich der Chef jetzt täglich nach dem aktuellen Stand der Dinge beim Christian, und er muss liefern.«

»Kann er aber nicht, weil er keine Ahnung hat, wie man einen Mord aufklärt, oder?« Das Licht, das mir gerade aufgeht, hat Flutlichtausmaße.

»Kommt hin. Jedenfalls tickt die Uhr, sein Chef hat ihm schon ein Ultimatum gestellt. Was mit dem armen Christian passiert, wenn er das nicht hinkriegt, will ich mir gar nicht ausmalen. Noch einen Anschiss würde er nicht verkraften.«

Ich kann mir ungefähr denken, worauf sie hinauswill. »Bring's zu Ende, Vroni, und komm zum Punkt!«

»Wir hören uns einfach ein bisserl um in der Sache.«

Wir! »Und dann?«

»... kann der Christian nicht nur einen perfekten Bericht schreiben, sondern auch den Mörder dingfest machen. Und alles wird wieder gut.« Vronis Rezept für alle Lebenslagen: Alles wird wieder gut. Wir finden einfach den Mörder, schanzen dem Christian Infos und Beweismittel zu, formulieren vielleicht noch den idealen Bericht und retten seinen Arsch und sein Seelenheil. Ganz easy. Das ist mit Abstand der hirnverbrannteste Vorschlag, den mir die Vroni je gemacht hat. Muss ich so sagen. Sekundenlang zweifle ich ernsthaft an ihrem Intellekt; Situationen einschätzen und Konsequenzen kalkulieren ist offensichtlich nicht ihr Ding. Wie stellt sie sich das vor? Sie kann doch nicht ernsthaft annehmen, dass ihr Alles-wird-wieder-gut-Rezept immer und überall funktioniert?

Allerdings: Das Ganze ist eine Punktlandung in den weichen Kern meiner Pfadfinderseele, denn ich habe ein Herz für mittelschwer depressive Männer, die vom Leben gebeutelt wurden. Und das weiß die Vroni. Sie kennt mich schließlich lange genug. Außerdem betritt gerade Patient Nummer 14 die Praxis und meine Chefin sendet schon mahnende Blicke in meine Richtung; ich muss das Gespräch zackig beenden. Also sage ich zu und bin dabei. Auf der Suche nach einem Mörder, nach Gerechtigkeit und dem verloren gegangenen Ruhm eines stark körperbehaarten Gesetzeshüters.

Was nach dem Gespräch bleibt, sind Selbstzweifel und ein ungutes Gefühl in der Magengrube: Sollte ich mich über diesen halbherzig erteilten Arbeitsauftrag freuen? Oder anders gefragt: Bin ich überhaupt noch zu retten – ich habe tatsächlich meiner Freundin versprochen, mit ihr gemeinsam an der Polizei vorbei zu ermitteln? *Anstelle* eines Polizisten? Andererseits: In meinem tiefsten Inneren wollte ich doch sowieso herausfinden, was es mit dem Toten auf sich hat. Hab auch schon damit angefangen. Zaghaft, heimlich, still und leise. Eigentlich sollte ich dem Christian dankbar sein; seine angeknackste Psyche ist meine Legitimation zu ermitteln. Aber: Steht es mir überhaupt zu, meine Nase in die Angelegenheiten eines depressiven Phlegmatikers zu stecken? Schließlich hat er mich nicht direkt gefragt. Wie auch, er kennt mich ja nicht einmal. Hat ihm die Vroni von ihrer wahnwitzigen Idee überhaupt erzählt? Oder will sie ihn mit dem gelösten Fall freudig überraschen und aus der Scheiße ziehen? Außerdem hockt die kleine Gewissensmaus schon wieder an ihrem Platz und beginnt zu knabbern, denn, sosehr ich mich dagegen sträube: Das Ganze entspricht Laurenz' Theorie. Und zwar zu 100 Prozent: Unfähiger Polizist ist auf weibliche Hilfe angewiesen, um Mordfall zu lösen.

Nach zwei weiteren Telefonaten mit Patienten und einem Kurzbesuch vom Rettenbacher (er sieht verschwommen und hat Angst zu erblinden. Wir finden heraus, dass er und seine Frau die Brillen verwechselt haben; falsche Sehstärke!) verziehe ich mich auf die Toilette. Ein guter Ort, um allein zu sein. Ich hocke mich angezogen und im Schneidersitz auf den zugeklappten Klodeckel, atme den Duft der Zitronenseife ein und lege Daumen und Ringfinger als Powermudra aufeinander. Einatmen. Ausatmen. Ich öffne die Augen und schaue direkt auf den Sprüchekalender an der Innenseite der Tür.

»Wenn du heute aufgibst, wirst du nie wissen, ob du es morgen geschafft hättest!«

Ein Zeichen! Ich atme erleichtert aus, schüttle ungläubig den Kopf und muss lachen. Wie simpel oft alles sein kann … manchmal ist eine primitive Klotür das Tor zur Erkenntnis! Na gut, Gott. Mein Entschluss steht fest, und als ich die Toilette verlasse, bin ich nicht mehr dieselbe wie zuvor.

ACHTES KAPITEL

Erzählt von einem unumstößlichen Vorsatz, fehlender Spontaneität, Überzeugungsarbeit und einem Drei-Phasen-Modell. Es geht um heilende Zuckerschocks, tschechische Minarette und Organisationstalent. Die Vroni packt ihr Geocacherwissen aus und will Zeichen setzen. Ich radle durch den Nebel zu meinem Stammplatz, habe eine Wunschliste und bitte um ein Zeichen. Die Susi muss sich mit einem Soloauftritt abfinden und erhält zu viel Kostgeld.

Nach Praxisschluss strampele ich entschlossen gegen den kalten Herbstwind an, als ich mit dem Rad nach Hause fahre. Tief in meinem Inneren ist der Turbo gezündet; jetzt will ich es wissen. Die Chance, etwas über Hubi Pechtls Vergangenheit und den Primislav zu erfahren, werde ich mir keinesfalls entgehen lassen. Meine Neugierde, die bis jetzt wie ein träges Faultier vor sich hin gedöst und nur verschlafen mit einem Auge geblinzelt hat, ist zu einer hungrigen Löwin geworden, die brüllend nach Futter verlangt. Heute, das spüre ich, ist einer dieser Tage, an denen alles ineinandergreift wie präzise eingestellte Zahnrädchen eines Schweizer Uhrwerkes. Die Einladung zum Architektentreffen, just in die Gegend, aus der sowohl Pechtl als auch Primislav stammen, ist ein Zeichen. Ganz klar. Kompliment nach oben übrigens für das perfekte Timing; schließlich hätte das Treffen genauso gut vor zwei Monaten stattfinden können. Und der schicksalsgebeutelte Roderich ist die Antwort, falls ich mir die Frage nach dem Warum stellen sollte. Sein mitleiderregendes Schicksal und die Ausweglosigkeit seiner Situation sind nicht nur Hilfeschreie, sondern auch mein Alibi für den gewagten Sturz in ein Abenteuer. Ein Abenteuer, das unter dem Deckmantel eines spießigen Architektentreffens beginnt, wenn alles klappt.

Ich ahne zwar, dass sich mein Mann nur mäßig über diese Einladung ins spätherbstliche Nirgendwo freuen wird, weil er a) seine Arbeit nicht gern im Stich lässt und b) eine grundsätzliche Aversion gegen Wochenendtrips hat. Aber zwei Dinge stehen für mich fest. Erstens: *Wir* fahren hin. Zweitens: Ich will nach Nikolsburg in dieses Archiv. Irgendetwas sagt mir, dass ich die leisen Anspielungen der Frau Schneider nicht ignorieren sollte. Es ist zwar nur ein Gefühl, aber es ist da, wie ein schwaches Licht, das man irgendwo in weiter Ferne sieht. Sobald man genauer hinschaut, ist das Licht wieder weg. Man wartet, bis es wiederkommt, und fängt schon an zu zweifeln, ob man es je gesehen oder sich nur eingebildet hat. Und dann, plötzlich, wieder dieses Blinken. Stärker als zuvor. Man kann es nicht mehr ignorieren und muss herausfinden, woher es kommt.

Im Moment aber besteht die größe Schwierigkeit darin, meinen Mann zu einer vierstündigen Autofahrt zu bewegen, wenn kein zwingender Grund dazu besteht. Die Erfahrung im Verhandeln mit Laurenz, vor allem über nicht Verhandelbares, hat mich allerdings gelehrt, dass ich mir meine wilde Entschlossenheit nicht anmerken lassen darf. Er darf keinesfalls von vornherein das Gefühl haben, chancenlos in den Ring zu steigen, denn sobald das passiert, schaltet er auf stur und gibt keinen Millimeter nach. Feingefühl und Taktik bringen mich in solchen Fällen schneller ans Ziel.

Ich sammle Argumente, während ich, zu Hause angekommen, in der Küche Eier trenne, Mehl abwiege und einen halben Liter Milch abmesse. Schaue der Küchenmaschine zu, wie sie sechs Eiweiß zu festem Schnee schlägt, und gehe das Gespräch im Kopf durch. Überlege mir einen Plan B, als ich Teig in die Pfanne gieße. Bin wild entschlossen, auf eigene Faust nach Nikolsburg zu fahren, als ich den goldgelb gebackenen Teig in Stücke reiße. Die Pfanne mit dem fertigen Kaiserschmarrn steht am Tisch und ich reiche meinem Mann mit mildem, hoffnungsvollem Lächeln die Einladung. Er überfliegt sie kurz und reagiert ganz nach meinen Erwartungen.

»Auf gar keinen Fall!«

Ich streue gelassen Staubzucker über die duftende Mehlspeise. Proteste meines Ehemannes laufen nach dem immergleichen Schema ab und lassen sich in drei Stufen gliedern. Phase eins: lautstarke Gegenwehr.

»Warum denn eigentlich nicht«, frage ich ahnungslos, obwohl ich die Antwort längst kenne.

»Wie stellst du dir das vor? Wann warst du eigentlich das letzte Mal in meinem Büro? Du hast keine Ahnung, was alles auf mir lastet! Mach doch *du* meine Arbeit, dann fahr ich gerne!« Wesentliche Bestandteile von Phase eins sind übrigens extremes Machogehabe und das Fehlen jeglicher Argumente. Aber ich bin klug genug, meinen Mann nicht mit der Nase auf dieses Manko zu stoßen, das wäre schlecht für die Verhandlungen. Also verlege ich mich auf weibliche Überredungskünste. Alice Schwarzer, jetzt bitte weghören!

»Also ich stell mir das romantisch vor: Nur wir beide, unterwegs in den herbstlichen Weinbergen …«

»Pah! Die sind doch längst abgeerntet um diese Jahreszeit.«

»Laurenz! Unser letztes gemeinsames Wochenende ist schon Lichtjahre her …« Umarmung, Bambiblick, Augenaufschlag. Er will sich aus meinem Griff lösen und sucht nach Argumenten. Eintritt in Phase zwei: das Jammern.

»Was soll ich denn ein Wochenende lang im tschechischen Niemandsland? Wo ich daheim so viel Arbeit hab! Vier Einreichpläne muss ich fertigzeichnen, alle bis Mitte November! Da geht mir jede Stunde ab!«

»Abwechslung tut dir gut, du arbeitest zu viel! Dein Körper braucht eine Auszeit! *Komm schon*!«

»Das ist ein total nebliges Gebiet dort«, er umfasst meine Hüften und küsst meine Nasenspitze, »ungemütlich, grauslich, brrrr …! Die Dörfer sind wie ausgestorben, die Gasthäuser eingewintert …« Ehemann erklärt kleinem Frauchen die große weite Welt. Jetzt stark bleiben, seinem Blick standhalten, aber Dosis reduzieren. Noch ein Augenaufschlag wäre *too much*.

»*Bit-te!*«

Der Laurenz holt das letzte Ass aus dem Ärmel. »Das waren lauter Snobs damals auf der Uni; ich kenne keinen einzigen mehr von denen!«

Wir stehen kurz vor Phase drei: den Zugeständnissen. Also behutsam den Sack zumachen. Vorschläge statt Forderungen!

»Vielleicht ist es netter, als du dir vorstellst? Wenn nicht, unternehmen wir auf eigene Faust etwas!« Das ist hoch gepokert: Mit einem übellaunigen Laurenz an der Seite kann ich mir mein Miss-Marple-Vorhaben abschminken und die To-Do-Liste vergessen.

Just in diesem Moment erscheint Hermi, die Götterbotin, mit meinem Onkel Stefan im Schlepptau. Seine Gesichtsfarbe ist fahl und der Blick erinnert an einen Basset: traurig und blutunterlaufen. Grund dafür könnte seine aktuelle Flamme sein, stelle ich mir vor. Womöglich hat sie ihn abserviert oder ihm seelisches Leid zugefügt. Mein Onkel hat für die Liebe einfach kein glückliches Händchen; nie gerät er an die Richtige. Und wenn doch, dann wohnt sie entweder Tausende Kilometer von ihm entfernt, ist verheiratet oder hat eine dunkle Vergangenheit. Irgendeinen Haken gibt es immer, wenn er sich verliebt.

Besorgt schaue ich ihm zu, wie er eine Riesenportion Schmarrn mit Zwetschkenröster verdrückt und einen Cappuccino mit fünf Stück Würfelzucker hinterherschwemmt. Zucker tröstet. Also doch Liebeskummer.

»Und du willst wirklich nicht darüber reden?«, frage ich ihn, als er die Zunge ausstreckt und die letzten Reste Zwetschkenröster vom Teller schleckt. Er schüttelt energisch den Kopf und wendet sich dann Hermi zu. Sie hat die Einladung zum Architektentreffen entdeckt und liest halblaut murmelnd vor. Die beiden Oldies bekommen sofort übermütige Ausflugslaune und würden den Laurenz und mich am liebsten nach Tschechien begleiten, was meinem Mann das pure Entsetzen ins Gesicht treibt. Wenig überraschend brieft uns der Onkel spontan über den Veranstaltungsort.

»Schloss Lednice wurde im 13. Jahrhundert von den Liechtensteinern errichtet. Bis zum Jahr 1945 gehörte es der Familie Liechtenstein, ist aber im Zuge der Enteignungen in den Besitz der damaligen Tschechoslowakei übergegangen. Die deutsche Bezeichnung ist übrigens ›Schloss Eisgrub‹. Weiß auch nicht, warum. Vielleicht, weil es dort besonders kalt ist.«

»Ein Grund mehr, warum ich da nicht hinwill«, murmelt Laurenz. Strafender Blick von Hermi an Onkel Stefan. Meine SchwiMu hat die Lage gepeilt: Jetzt ist nicht die Zeit für Gegenargumente.

»Jedenfalls hat die Familie Liechtenstein damals noch 14 weitere Schlösser verloren, einfach so, von heut auf morgen«, schiebt der Onkel noch eine Info hinterher.

»Kurzversion!«, bremse ich ihn, weil ich weiß, wo das sonst noch endet.

»Also *mich* interessiert das schon«, meldet sich die Hermi. »Von meinem Sohn erfahre ich solche Dinge leider nicht, der erzählt mir nie etwas über Bauwerke. Wissen tät er's eh, wozu hab ich ihn studieren lassen.« Laurenz verdreht genervt die Augen. Hermi wendet ihren Blick vom Laurenz wieder zu meinem Onkel.

»Stimmt es, dass es bei Schloss Lednice ein Minarett gibt? Hab ich einmal irgendwo gelesen.« Hermi senkt die Stimme. »Wobei die Liechtensteins eigentlich streng katholisch sind, oder nicht?«

Ehrensache, dass Onkel Stefan die Antwort nicht schuldig bleibt. Egal, wie tief ihn seine amourösen Desaster runterziehen: Willige Zuhörer sind Balsam für seine geschundene Seele. Ich bilde mir sogar ein, dass sich seine Gesichtsfarbe um ein paar Nuancen verbessert, als er erklärt, dass zu Schloss Lednice tatsächlich ein Minarett gehört.

»Und zwar seit 200 Jahren! Allerdings gibt es keinen Muezzin und auch keine Moschee. Der damalige Fürst Alois Liechtenstein«, referiert er weiter, »wollte nämlich seinem Schloss eine Kirche anfügen. Die Baugenehmigung dafür wurde ihm aber von der Gemeinde verweigert, also hat sich Fürst Alois eine Retourkutsche ausgedacht: Er hat ein Minarett bauen lassen.«

»Quasi als Provokation?«

»Mama, bitte!«, funkt der Laurenz dazwischen. »Seit wann interessierst du dich für Minarette? Darum geht's jetzt doch gar nicht!«

»Aha, worum geht's denn dann, bitte schön? *Ich* interessiere mich halt für alte Schlösser, obwohl ich kein Architekt bin. *Du* willst ja nicht einmal hinfahren, obwohl du die Gelegenheit hättest!«, schnauzt sie ihren Sohn an.

»Es geht darum, ob Rosmarie und ich uns überhaupt von unserer Arbeit freischaufeln können, um nach Tschechien zu fahren. Mir persönlich passt es zeitlich nicht in den Plan. Und die Frau Doktor Fleischer wird kaum begeistert sein, wenn sie ausgerechnet an einem Freitag den Bürokram selber machen soll! Wir müssten die Kinder bei dir einquartieren … alles in allem ein Riesenaufwand wegen einem blöden Jahrgangstreffen!«

Jetzt platzt Hermi aber der Kragen! Mit einer energischen Handbewegung wischt sie sämtliche Einwände ihres Sohnes weg. »Riesenaufwand – geh, mach dich nicht lächerlich! Du wirst immer mehr wie dein Vater, der wollte auch nie raus aus Glanegg! Aber das Leben besteht nicht nur aus Arbeit, sag ich dir! Zeit, die man nicht hat, muss man sich nehmen! Alles andere lässt sich organisieren!« Ein weiser Spruch! »Die Großen nehmen es sicher nicht übel, wenn sie ein Wochenende lang Ruhe vor euch haben; die schaffen das schon allein zu Haus.« Sie gibt Lisi, die bei ihr auf dem Schoß sitzt und bis jetzt ganz ruhig war, ein dickes Bussi auf den Mittelscheitel. »Und du wirst bei mir einquartiert, abgemacht?« Lisi strahlt; sie liebt Übernachtungen bei ihrer Oma. Eins zu null für Hermi. Laurenz seufzt: »Na gut, fahren wir halt.«

»Gibt's was Neues wegen der Leich?«, fragt Hermi, sobald wir allein sind. »Der Fischer Xaverl rennt schon ganz unrund, weil ihn jeden Tag beim Spazierengehen jemand auf die Sache anspricht und er nicht weiß, was er sagen soll.«

Ich schüttle den Kopf. »Die Polizei tappt noch im Dunkeln«, sage ich bedauernd. Das ist zumindest nicht gelogen, und mehr braucht Hermi nicht zu wissen. Vorerst ist sie mit der Antwort zufrieden.

Ich erzähle Vroni von Othellos *Dogtracker*, während ich das Nötigste einpacke. Das Handy zwischen Ohr und Schulter eingeklemmt, laufe ich mit T-Shirts, Toilettsachen und Socken zwischen Bad, Kleiderschrank und Reisetasche hin und her; allzu viel braucht man für einen Wochenendtrip Gott sei Dank nicht.

»Kenn ich«, sagt Vroni, als ich mit meinem Bericht fertig bin. »So ein sinnloses Teil, das nur Freaks benutzen! Wird per App mit dem Handy synchronisiert. Im Prinzip funktioniert es wie diese Lauf-Apps: das Herrl kann Strecke, Geschwindigkeit und Kalorienverbrauch des Hundes nachvollziehen. Für Otto Normalverbraucher eine eher unnötige Anschaffung. Aber im Profi-Hundesport geht mittlerweile gar nichts mehr ohne Dogtracker; das ideale *tool* fürs Training. Bei Huskyrennen zum Beispiel, da geht es um Sekunden. Ernährung und Belastung müssen natürlich ganz individuell auf den einzelnen Hund eingestellt werden. Der Nationaltrainer des Huskyverbandes, den ich zufällig kenne, arbeitet mit wissenschaftlich fundierten …«

Ich kann förmlich spüren, wie der ganze Klugschiss schon wieder gärt, brodelt und wallend kocht: Er will aus der Vroni raus! Aber ich bremse sie in voller Fahrt, bevor sie explodiert und mich mit Daten und Fakten zumüllt. Der ganze Hundehalter-Schnickschnack interessiert mich null, ich will auf etwas anderes hinaus.

»Ich weiß, wo der Tote gelegen ist. Wenn man die Koordinaten ermittelt und mit den Aufzeichnungen vom Dogtracker vergleicht …«

»Dazu müssten wir erst einmal einen Wegpunkt nehmen. Wie genau kannst du die Fundstelle eingrenzen?«, will Vroni wissen. Den Themenwechsel nimmt sie mir anscheinend nicht übel.

»So plus minus einen Meter.«

»Das genügt«, sagt sie. Mit Wegpunkten kennt sie sich aus; das ist Geocacher-Basiswissen. Wir verabreden uns also für den Montag nach meinem Tschechien-Wochenende; offiziell, um in Fürstenbrunn gemeinsam laufen zu gehen.

»Angenommen, der Hund vom Pechtl war tatsächlich bei dem Toten, angenommen, Hund und Hundebesitzer wären miteinander verlinkt gewesen, und angenommen, man könnte diese Aufzeichnungen am Handy nachweisen, dann …«

»… ist er am Arsch«, flüstert Vroni ehrfürchtig. Wir lassen diese Erkenntnis noch ein bisschen auf uns wirken und verabschieden uns dann bis zum Montag.

Am Freitagmorgen schleiche ich mich, bevor wir losfahren, um kurz nach halb fünf aus dem Haus und radle durch die neblige Allee zur Kapelle Glanegg. Meinen Drahtesel lehne ich an die gelb getünchte Steinmauer und öffne die schwere Holztür. Diese paar Quadratmeter, vollgepfercht mit Kirchenbänken, Blumen, Spitzendeckchen, Stuck und Kerzen, sind mein Zufluchtsort. Hier finde ich Kraft, Trost und Ruhe, und wann immer ich hierherkomme, setze ich mich an denselben Platz. Fünfte Bank, links außen, gleich neben dem Mauervorsprung. Zerfranste Markierbändchen in Gelb, Rot und Lila hängen aus dem alten »Gotteslob«, der Liedersammlung mit dem roten, abgegriffenen Einband. Seit Jahren liegt dasselbe Buch bei meinem Platz; Susi hat sich darin als Kleinkind neben Lied Nummer 380 mit einem grünen Farbstift verewigt. Der Holzwurm frisst sich fleißig und ungestört durch sämtliche Bänke und hinterlässt winzige Holzmehlhäufchen neben seinen Wirkungsstätten. Die zwei Marmorstufen zum Altar sind an einigen Stellen schon rutschig und ausgetreten, und neben einem gerahmten Bild der verstorbenen Baronin Mayr-Melnhof stehen frische Herbstastern. Ich hoffe, dass Gott ein Frühaufsteher ist und zuhört. Wie immer vor Antritt einer Reise, egal ob kurz oder lang, schicke ich ihm meine Wunschliste. Bitte keine Unfälle und keine Scherereien im Ausland. Bitte lass uns am Sonntagabend alle wieder gesund an einem Tisch sitzen, den Laurenz, die Kinder und mich. Ich mache ein Kreuzzeichen. Ob der Primislav mit seiner Frau und den Kindern am Abend auch immer an einem Tisch gesessen ist? Oder war er ein grantelnder Solo-Esser, mit Tiefkühlpizza und Feinripp-Unterhemd, die Füße auf dem Abstelltisch vor dem Fernseher? Vielleicht. Vielleicht aber auch nicht. Vielleicht sind zwei oder drei seiner Kinder um ihn herumgetollt und haben ihm stolz ihre Zeichnungen unter die Nase gehalten. Wahrscheinlich nicht alle Kinder gleichzeitig, das wäre rein organisatorisch ein Riesenaufwand gewesen. Schließlich sind laut Vroni seine Sprösslinge von Zürich über Stuttgart nach Berlin, Prag und Wien quer durch Mitteleuropa verteilt. Je nach Auftrag, den er angenommen und ausgeführt hat. Trotzdem: neun Halbwaisen. Ich denke an den Christian, die Akte in der Schreibtischlade, die Vroni und das Versprechen, das ich ihr gegeben habe. Ich räuspere mich und schicke meinem Wunschzettel noch ein Postskriptum hinterher. »Ein Zeichen wäre nicht schlecht«, flüstere ich. »Irgendetwas, damit ich weiß, ob ich in dieser Mordsache überhaupt auf dem richtigen Dampfer bin.« Ich mache noch ein Kreuzzeichen; Amen und Danke im Voraus für die schnelle Bearbeitung. Als ich über die Stufen der Kapelle gehe, greife ich wie immer nach dem Anhänger an meiner Halskette. Der Nebel ist nicht mehr ganz so dicht, als ich nach Hause fahre.

»Blumen gießen und friedlich sein! Übermorgen sind wir wieder da!«

»Jaja.« Susi schlüpft in ihre Jacke. »Dann gehe ich diesmal allein zum Kranzlstechen?«

Das habe ich komplett vergessen; herbstlicher Fixtermin in Grödig. Traditionell findet Anfang November der Leonhardiritt und anschließend das Kranzlstechen statt. Zu Ehren des heiligen Leonhard, Schutzpatron der Pferde, ist der ganze Ort auf den Beinen, und bis jetzt waren Susi, Lisi und ich immer gemeinsam dort.

»Nächstes Jahr wieder, okay?«, sage ich und reiche Susi den Haustürschlüssel, damit sie ihn nicht vergisst. Schade, diesmal werde ich es verpassen, wenn sich zeitig am Morgen Reiter und Kutschenfahrer mit ihren prachtvoll geschmückten Pferden im Gutshof von Schloss Glanegg treffen. Wenn Mensch und Tier sich um den Rupertibrunnen versammeln und auf den Segen des Pfarrers warten, bevor sich der ganze Zug aus Zwei- und Vierbeinern in Bewegung setzt in Richtung Sankt Leonhard, dem südöstlichsten Ortsteil von Grödig. Von Bauernhof zu Bauernhof geht die Route, und bei jeder Station kommen noch ein paar Reiter und Kutschen dazu, holen sich den Segen des Pfarrers ab und schließen sich dem Tross an. Übrigens eine sehr langwierige Angelegenheit, und eine feucht-kalte noch dazu, wenn man querfeldein über die herbstlich nassen Wiesen marschiert. Endstation ist die Festwiese in Sankt Leonhard, und den krönenden Abschluss der Feierlichkeit bildet das Kranzlstechen. Dabei preschen die Reiter auf ihren Pferden in vollem Galopp auf einen Galgen zu, an dem ein Kranz aus Tannenreisig hängt. Mit einem langen Stock und einer großen Portion Geschicklichkeit muss der Reiter, der im Idealfall fest im Sattel sitzt und dort auch bleibt, den Kranz vom Galgen stechen. »Kranzlstechen« eben. Anschließend haben sich Pferd und Reiter eine Pause verdient und landen im Stall beziehungsweise Festzelt.

Susi begleitet ihre beste Freundin Andrea, Grödigs einzige weibliche Kranzlstecherin. In diesem Fall bin ich also entbehrlich. Ich umarme Susi und Max zum Abschied und stecke ihnen je einen Fünfziger zu, bevor sie sich auf den Schulweg machen. Eigentlich ein klarer Fall von Überbezahlung, denn um das Essen kümmert sich Hermi.

»Damit ihr im Notfall nicht auf dem Trockenen sitzt«, meint Laurenz, der nichts mehr fürchtet, als bargeldlos zu sein.

Ich packe noch schnell mein Stickzeug ein, wir liefern Lisi beim Kindergarten ab und machen uns auf den Weg Richtung Niederösterreich und Grenze.

NEUNTES KAPITEL

Erzählt von weißen Flecken auf der Landkarte, knusprigen Zierpflanzen und einer androgynen Concierge. Ich besuche imposante letzte Ruhestätten in einem Nest, das von der Landflucht gezeichnet ist, komme unverhofft in den Genuss böhmischer Mehlspeisen und erfahre von einem herzzerreißenden Schicksal. Der Laurenz ist kontaktfreudiger als erwartet und überrascht mit grenzüberschreitender Trinkfestigkeit.

Über eine Online-Plattform habe ich ein Zimmer für zwei Nächte gebucht, in weiser Voraussicht unmittelbar neben Schloss Lednice. Erstens, weil es gut möglich ist, dass sich das Jahrgangstreffen entgegen allen Erwartungen doch noch zu einem geselligen Abend entwickelt, von dem Laurenz angetrunken und orientierungslos zurück ins Hotel torkelt. Hier erweist sich eine möglichst kurze Strecke als sinnvoll. Und zweitens war schlicht und ergreifend sowieso nur ein einziges Hotel zu finden; alle anderen sind bereits eingewintert und schreiben auf ihre Homepage: »See you next season!«

Nach vier endlosen Stunden Fahrt und einer kurzen Pinkelpause kommen wir in Lednice an und machen uns auf die Suche nach dem Schloss. Lange müssen wir nicht suchen, denn der imposante Bau mit seinen Türmchen und Zinnen überragt alles andere in diesem verschlafenen Nest.

Mit dem Ziel vor Augen verfliegt auch die Übellaunigkeit vom Laurenz schlagartig. Wie immer in solchen Momenten überkommt ihn tiefe Ehrfurcht. Einerseits vor den Planern geschichtsträchtiger Bauwerke, andererseits vor den armen Schweinen, die ohne Bagger, Kran und Ziegelsäge die Theorie der Planer in die Praxis umsetzen mussten.

Dass die Hauptsaison in diesem Eck Tschechiens definitiv vorbei ist, wird uns auf Schritt und Tritt klar: wir begegnen nämlich keiner Menschenseele. Die Touristenmassen, die angeblich jedes Jahr hierher pilgern, um das Schloss zu sehen, tun dies offensichtlich nicht im November. Nicht einmal Chinesen, die Hartgesottensten unter den Reisenden, die normalerweise unabhängig von Jahreszeit und Wetter Europas Schlösser abklappern, sind zu sehen. Also auch keine Nebensaison. Auf der Suche nach unserer Unterkunft umrunden wir Schloss und Park dreimal, finden aber nur Kübelpflanzen, die schon in Jutesäcke eingewickelt sind für den Winter. Kein Hotel, kein Schild, keine Sau weit und breit; der Ort ist wie ausgestorben.

»Vielleicht findet das Treffen gar nicht hier statt, sondern in einer anderen Ortschaft?«, schnauft Laurenz bei der vierten Runde durch den Park.

»Kann nicht sein.« Ich keuche im Stechschritt neben ihm her und ziehe die Einladung aus meiner Tasche. »Da steht's ja: Schloss Lednice. Wie viele Leute nehmen an dem Treffen teil? Die müssen ja schließlich auch irgendwo untergebracht sein.« Ich schaue mich suchend um, aber unser Auto ist das einzige auf dem riesigen geschotterten Parkplatz.

»Soviel ich weiß, haben insgesamt 24 Leute zugesagt. Aber wo, bitte schön, wären denn die alle?« Mit einem Ruck bleibt der Laurenz vor einem alten Tor stehen, das zu einem Nebengebäude vom Schloss gehört. Wahrscheinlich ein Geräteschuppen; das alte Holztor steht halb offen und daneben liegen zwei Leitern am Boden. Hinter den Leitern lehnt ein abmontiertes Schild. Laurenz hält es in die Höhe. »›Schlosshotel Lednice‹. Na bitte, wir sind am Ziel unserer Träume!« Er stellt das Schild wieder ab und wischt sich den Rost von den Fingern. Vor dem Torflügel deutet er eine knappe Verbeugung an. »Bitte einzutreten!«

Ein langer Gang, schmal und finster. Ein wackeliges Holztischerl und ein verhutzeltes Zitronenbäumchen, das sein Dasein ohne Tageslicht fristen muss. Drei verdorrte Blätter am ansonsten kahlen Geäst und zwei verfaulte Zitronen im Pflanzkübel als Zeugnis fehlender Gärtnerkunst. Keine Rezeption, dafür eine altmodische Hotelklingel, die neben einem Blatt Papier und einem Bleistift auf dem Tischerl liegt. Organisation, auf ein Mindestmaß reduziert, könnte man sagen. Nach zehn Minuten Warten, Rufen und Klingeln stampft tatsächlich eine Matrone mit Drei-Tage-Damenbart auf uns zu. Verfechter gepflegten Auftretens würden bei ihrem Anblick einen Kulturschock erleiden. Dunkler Rock, weiße Bluse und freundliches Lächeln: Fehlanzeige. Stattdessen Trainingshose, Ringerleibchen und Sportschuhe, dazu ein schlampiger Pferdeschwanz aus fettigen Strähnen. Eine Zehnkämpferin, die gerade ihr Training unterbrochen hat. Unfreiwillig. Herzlicher Empfang geht anders. Das Einchecken klappt auf Deutsch gar nicht und auf Englisch noch weniger, aber sie stemmt unbeeindruckt die Hände in die Hüften und sagt immer wieder nur: »Potvrzeni Reservace« oder so ähnlich.

»Wahrscheinlich will sie die Reservierungsbestätigung sehen«, raunt mir Laurenz zu, »gib ihr doch einfach den Ausdruck vom Internet.«

Was ich dann auch mache. Das wortkarge Kampfweib

grapscht grob nach dem Zettel und gibt uns im Gegenzug zwei Schlüssel, auf denen die Nummer 230 eingraviert ist. Mit dem bärtigen Kinn deutet sie in Richtung Stiege.

Das Zimmer im zweiten Stock mit der Nummer 230 ist das unsrige. Vier-Sterne-Zimmer wird keines mehr daraus, aber wenigstens ist es sauber. Upgrading ist für den Laurenz keine Option, sagt er, weil er a) nicht weiß, wie die anderen Zimmer ausschauen und b) Kommunikation mit der Zehnkämpferin ob der Sprachbarriere nicht möglich ist. *Ich* glaube ja eher, dass er sie nicht unnötig provozieren will.

Laurenz geht ins Bad, um sich frisch zu machen, und steigt in die Dusche.

»Sogar mit Massagefunktion!«, ruft er überrascht und dreht am Brausekopf. Aus dem sanften Lulu-Tröpfeln wird ein prasselndes Getöse. »Was machst du eigentlich in der Zwischenzeit? Du könntest mich begleiten, wenn du magst.«

»Ich? Nein danke, in einer reinen Männerrunde hab ich nichts verloren!«

Laurenz streckt den Arm aus der Kabine und ich reiche ihm das Duschgel. Ehrlich gesagt bin ich nicht im Geringsten daran interessiert, nur zu Dekorationszwecken irgendwo herumzusitzen und einen ganzen Abend lang Männergeschichten zu hören. Sollen die Herren Architekten ruhig unter sich sein.

»Werd mir ein bisserl die Gegend anschauen!«, schreie ich gegen das Prasseln an und male ein Herz auf den dampfbeschlagenen Spiegel. Denn Gegend, hat die Frau Scheider gesagt, gibt es hier genug.

Keine Stunde später bin ich in Brezi. Dank Vroni und meinem Onkel weiß ich natürlich mittlerweile, wie man den Ortsnamen korrekt ausspricht. Auch wenn es ähnlich klingt: Mit unseren »Brezen« hat der Name nichts zu tun. »Das ›R‹ ist ein ›Sch‹, und aus dem ›Z‹ wird ein ›S‹«, hat mir die Vroni mit auf den Weg gegeben. »Man sagt ›Bschesi‹.« Na gut.

Seit ich denken kann, ist es dasselbe, wenn ich geografisches Neuland betrete: Das alte Was-wäre-wenn-Karussell beginnt sich in meinem Kopf zu drehen. Ein Wunschdenken, das tief im Innersten eines jeden Findelkindes verankert ist, Hoffnung gibt und das seelische Überleben sichert. Wie die Knospe einer Pfingstrose ploppt es auf, entlässt duftende und wolkig leichte Fantasien in den Äther und betört die Sinne. Man lässt die Bilder an sein geistiges Auge heran und genießt sie. Konserviert die Regenbogenfarben und hebt sie für später auf, wie Frederick, die Maus. Wissend, dass dieser Moment nicht länger da ist als eine geöffnete Blüte und somit nicht für die Ewigkeit bestimmt. Trotzdem: Was wäre, wenn ich hier im Ausland, fernab der schicksalshaften Fundstelle bei der Schlosskapelle Glanegg, meiner Mutter begegnen würde? Wenn irgendeinem Dorfbewohner, der mich zufällig durch den Ort schlendern sieht, sofort die frappierende Ähnlichkeit zwischen ihr und mir auffallen würde. Er würde erstarren, stelle ich mir vor, sich nach einigen Schrecksekunden sammeln und sofort begreifen, dass dies ein Wink von oben ist und er der auserkorene Schutzengel, der mich und meine Mutter zusammenbringen kann. Er würde auf mich zugehen und mich auf einen Kaffee einladen. Ich stelle mir vor, wie wir vor einer winzigen Konditorei Halt machen, mit kitschrosa Punschkrapfen und blütenweißen Hochzeitstorten in den Vitrinen.

Dann würde mein Schutzengel kurz verschwinden und nach ein paar Minuten zurückkehren; mit meiner Mutter an der Hand. Dass meine Mutter bildhübsch, die Sanftmut in Person und voll der Reue wäre, versteht sich von selbst. Wir würden Kaffee trinken, Kardinalschnitten essen und in endlos langen Gesprächen unsere vielen Gemeinsamkeiten entdecken. Aber nein. Was auch immer ich erwartet habe: Es ist anders.

Brezi ist ein kleines, schicksalsgebeuteltes Dörfchen, das seit mehr als 700 Jahren existiert und einen gemauerten Brunnen im Wappen trägt. Bratelsbrunn, wie es auf Deutsch heißt, hat im Laufe der Zeit mehrmals den Besitzer gewechselt, was eher der geografischen Lage als wichtigen Bodenschätzen oder sonstigen Attraktivitäten zuzuschreiben ist. Die Grenze zu Österreich ist weniger als einen Kilometer entfernt, die nächstgrößeren Städte sind Nikolsburg und Lundenburg. Nach den Liechtensteinern gehörte Brezi einem Kloster, fiel an Kaiser Ferdinand den Ersten und später an die Teufenbachs. Die Franzosen plünderten das Dorf in den Napoleonischen Kriegen, Cholera und ein Großbrand reduzierten Einwohner und Gebäude aufs Grausamste. Nach dem Zerfall der Donaumonarchie war Brezi Teil der neu gegründeten Tschechoslowakei, wurde ab 1938 vom deutschen Reich eingeheimst und gehört seit 1945 wiederum zu Tschechien. Landwirtschaft und Weinbau sicherten der Bevölkerung quer durch alle geschichtlichen Turbulenzen hindurch das Überleben, und nach Schicksalsschlägen, feindlichen Übernahmen und überstandenen Katastrophen schnarcht der kleine Fleck auf der Landkarte wieder im Dämmerschlaf vor sich hin.

»Idyllische Einsamkeit« ist mein erster Eindruck, als

ich mich dem Ort nähere. Weinberge und Felder ringsherum, ein paar Neubauten inklusive Bausünden am Ortsrand. Im Zentrum, quasi *Brezi City,* dominieren Weinkeller und eineinhalbstöckige Bauten ohne Vordach das Ortsbild. Brezi ist als Breitstraßendorf angelegt, was typisch für die Region ist: Häuser, die an den Seitenwänden aneinandergrenzen, säumen die Straßen. Die Gärten, jeweils so schmal wie die Gebäude selbst, liegen hinter den Häusern. Verlassen und ein wenig verstaubt, wirkt das kleine Dorf wie eine ausrangierte Filmkulisse. In Häusern, von denen der Putz bröckelt, verschanzen sich neugierige Beobachter hinter altmodischen Gardinen, als ich mit meinem Salzburg-Land-Kennzeichen durch den Ort fahre. Die unvorhersehbaren, unerwünschten und unabwendbaren Ereignisse im Laufe der Geschichte haben die Einwohner vorsichtig und misstrauisch gegenüber Fremden werden lassen. Markgrafen, Fürsten, Kaiser und Feldherren, die über Jahrhunderte das Schicksal der Bevölkerung nach ihrem Gutdünken veränderten, sind stärker in den Gemütern verankert als die erlangte Freiheit nach dem Ende des Kommunismus. An jeder Straßenecke erinnern immer noch Lautsprecher an die letzten Jahre der Fremdbestimmung.

Nach zehn Minuten planloser Herumkurverei, in denen ich keiner Menschenseele begegnet bin, muss ich mich ganz konkret fragen, wonach ich eigentlich suche. Und wo ich damit anfangen soll. Schließlich bin ich die Einzige, die sich momentan auf Brezis Straßen bewegt. Wenn die Logik nichts ausrichtet, helfen oft Intuition und Hausverstand. Die simple Regel, an die sich der Fischer Xaverl seit jeher eisern hält, fällt mir ein: Wenn du etwas erfahren willst, geh auf den Friedhof! Und damit, finde ich, hat er nicht unrecht.

Schließlich eignen sich Gräberbesuche oder Grabpflege bestens, um Gespräche anzubahnen. Kirche und Friedhof als Treffpunkt und Nachrichten-Hotspot; warum sollte das nicht auch in Tschechien funktionieren?

Die Kirche, die Johannes dem Täufer geweiht ist, ist allerdings verschlossen, also steuere ich auf den Friedhof zu. Aber – Überraschung! – genau wie im restlichen Brezi bin ich auch hier alleine. Die Herbstsonne spiegelt sich auf ein paar glattpolierten Grabsteinen und ein Eichkätzchen huscht vorbei. Zwischen den Gräbern müssen Wurzeln riesiger Trauerweiden mit einem Minimum an Platz auskommen. Nicht nur Brezis Häuser, auch die Grabsteine sind anders als bei uns. Es sind steinerne Kolosse, auf denen neben eingemeißelten Buchstaben überdimensionale Engel eingraviert sind, die den Kopf in die Hand stützen. Sogar Abbilder der Verstorbenen in Puppengröße gibt es. Als ob die Steinmetze von Brezi und Umgebung einander mit Grabsteinen übertrumpfen wollten.

Im nordwestlichsten Eck des Friedhofs finde ich unter einer Trauerweide schließlich, wonach ich suche. Aus der Masse der polierten Marmorklötze und überdimensionalen Kreuze sticht ein Grabstein heraus. Bescheiden, schief und von hohen Grasbüscheln umwachsen, kommt er ohne Goldschrift und Engerlkitsch aus. Unter einem kleinen ovalen Foto, das goldgerahmt in den Stein eingearbeitet ist, steht der Name: Smolecek Anna. Geboren im Jänner 1919, gestorben im Herbst 1945. Ich kneife die Augen zusammen und gehe so nahe wie möglich an das kleine Bild heran. Natürlich habe ich keine Garantie, dass die fesche junge Frau, die mit 26 Jahren hier ihre letzte Ruhestätte gefunden hat, tatsächlich Hubi Pechtls Mutter ist. Aber er sieht ihr schon verdammt ähnlich.

Drei Zeilen sind noch unter das Geburts- und Sterbedatum gemeißelt, natürlich auf Tschechisch. Zu kurz für ein Gedicht, aber Namen sind es auch nicht. Eigentlich nur untereinandergeschriebene Worte. Ich ziehe das Smartphone aus meiner Tasche und mache ein Foto, vergewissere mich aber, dass mich niemand beobachtet. Eine kleine Porzellanvase mit einer weißen Plastikrose steht am Grab.

Trotzdem: In Sachen Fürstenbrunner Leiche werde ich hier nicht schlauer, das ist mir schnell klar. Der Name Primislav ist zwar auf mindestens zehn Grabsteinen eingraviert, aber das bringt Nüsse. Verstorbene sind schließlich keine guten Informanten. Mag ja sein, dass ein Teil von Theodor Primislavs Familie tatsächlich in Brezi wohnt, aber bisher ist mir niemand über den Weg gelaufen, den ich hätte fragen können.

Also muss ich die Taktik ändern. Mein Magen knurrt rebellisch; kein Wunder. Außer einem vertrockneten Salamiweckerl an einer Tankstelle hat er heute noch nichts zu arbeiten bekommen.

Ich schaue mich um, drehe mich im knirschenden Kies vor der Kirche im Kreis. Was ich jetzt brauche, ist eine Mahlzeit und jemanden, der mir Auskunft gibt. Warum nicht Nahrungssuche und Recherche kombinieren? Also starte ich einen zweiten Rundgang durch das verlassene Kaff, jedoch um einiges missmutiger als vorher. Denn eine eiserne Grundregel meines Körpers lautet: Hunger gleich schlechte Laune. Und so wie es ausschaut, wird sich das so schnell nicht ändern, denn hier gibt es nichts. Kein Wirtshaus, kein Beisl, keinen Supermarkt. Nicht einmal eine Tankstelle und schon gar keine zuckerlfarbene Konditorei mit Punschkrapfen in der Vitrine. Und selbst wenn: Ich kann nicht tschechisch. Kommunikation wäre quasi unmöglich, wenn die Leute hier nur halb so schlecht auf Fremdsprachen eingestellt sind wie die Zehnkämpferin im Schlosshotel Lednice. Ich müsste mich mit Händen und Füßen verständigen und somit alles, was über die Frage nach Futter hinausgeht, streichen. Keine Recherche. Meine Laune sackt von »missmutig« in die nächsttiefere Ebene »grantig«. In weiterer Folge stellt sich also mein unterzuckertes Gehirn die Frage: Warum tu ich mir das eigentlich an? Ich könnte jetzt ebenso gut gemütlich im Hotelzimmer sitzen, auf den Laurenz warten und fernsehen, anstatt hier einen auf Inspektor Columbo zu machen. Der hätte jetzt wenigstens ein Ei dabei. Nein, wirklich: Es gibt fast keinen Columbo-Krimi, in dem der zerknittert-geniale Ermittler mit dem Glasauge und dem Beagle nicht ein hartgekochtes Ei aus seiner Manteltasche fischt und salzt. In meiner Jackentasche sind leider nur ein angeschneuztes Taschentuch und ein Haargummi.

Mittlerweile bin ich am Ortsrand angekommen, hier sind nur mehr ein paar Häuser in einer Sackgasse, gleich dahinter fängt der Wald an. Dunkel, dicht und ein bisschen unheimlich. Irgendwo dahinter muss die Grenze zu Österreich liegen. Die Worte der alten Frau Schneider sind mit einem Mal wieder da; so intensiv, dass für einen kurzen Moment sogar mein Magen ergriffen schweigt. Mitten in der Nacht voller Todesangst raus aus dem Haus, rein in den Wald. Vier kleine Kinder und ihre Eltern, die sich zu Fuß auf den beschwerlichen Weg machen mussten, auf den sie sich nicht vorbereiten konnten. Als einziger Schutz: die Dunkelheit. Laufen, rennen, flüchten. Immer weiter weg von der Heimat, die plötzlich keine mehr war. Gedanklich bin ich gerade 70 Jahre weit weg und bemerke die Frau erst, als sie knapp vor mir steht.

»Suchen Sie eine bestimmte Adresse?« Sie trägt Gartenhandschuhe und Gummistiefel. Und sie spricht Deutsch; zwar mit starkem Akzent, aber trotzdem! Also versuche ich mein Glück.

»Hat hier vielleicht, vor ungefähr 70 Jahren, eine Smolecek Anna gewohnt?«

Die Frau ist gute 50 Jahre alt und eher klein, aber sehr gepflegt. Braune kurze Haare und einen richtigen Kirschmund hat sie, und zu den dunkelblauen Jeans trägt sie ein Jeanshemd mit einem Rolli drunter. Die letzten November-Sonnenstrahlen hat sie offenbar zum Garteln genutzt.

»Warum wollen Sie das wissen?« Sie wirkt aufgeschlossen und neugierig, aber nicht verwundert. Gerade so, also ob jede Woche jemand nach Leuten fragt, die vor dem Jahr 1945 hier gelebt haben. Irgendetwas an ihr ermuntert mich zum Reden. Vielleicht ist es auch meine Erleichterung, an diesem verlassenen Ort jemanden zu finden, der Deutsch spricht. Und so erzähle ich von Österreich, von Grödig und vom Pechtl Hubi, der früher einmal Smolecek geheißen hat. Die Frau hört zu, unterbricht mich nicht und nickt immer wieder. Ein unangenehm lautes Piepsen unterbricht mich plötzlich. Sie zieht ihr Smartphone aus der Brusttasche ihres Jeanshemdes, schaltet den Timer aus und nimmt mich am Arm.

»Mein Zimtschneck ist fertig! Trinken wir eine Tasse Kaffee, kommen Sie.« Dann schiebt sie mich zum Eingang des letzten Hauses in der Sackgasse. Mein unterzuckertes Gehirn hat sich nur auf die Worte »Zimtschneck« und »Kaffee« konzentriert, also leiste ich keinen Widerstand.

Minuten später sitze ich bei Suzanna in der Küche vor einer großen Tasse Milchkaffee. Mit *der* Zimtschneck hat sie übrigens untertrieben: Vor mir liegen zwei Backbleche voll mit den besten Zimtschnecken, die ich je gegessen habe und die mich ganz klar vor dem sicheren Hungertod retten. Ein Hoch auf die böhmische Mehlspeisküche!

Die gastfreundliche Suzanna erweist sich als doppelter Lotto-Sechser, und zwar in Sachen Nahrung und Information. Eigentlich, sagt sie, schneidert sie gern und hat sogar ein kleines Nähatelier im Haus, wo sie ihre eigenen Entwürfe anfertigt. Aber von Haute-Couture kann man in Brezi nicht leben. Leuchtet ein. Also hat sich Suzanna einen anderen Brotberuf gesucht: Altenpflegerin. Denn, so erklärt sie mir, während sie drei Stück Zucker in ihren Kaffee plumpsen lässt, in Brezi gibt es fast keine Jungen mehr. Keine Ausbildung, keine Arbeitsplätze, keine Perspektive. Nur Weinberge. Alle gehen weg, studieren, versuchen ihr Glück woanders. Niemand kümmert sich um die Alten; der Altersdurchschnitt liegt weit über 70! Aber Suzanna ist eine praktisch veranlagte Frau und hat in der ausweglosen Situation von Brezis Einwohnern einen Geschäftszweig erkannt: Nach der Ausbildung zur Altenpflegerin hat sie eine Agentur gegründet, die Pflegerinnen vermittelt. Und weil sie einen Großteil ihrer Zeit mit alten Leuten verbringt, kennt sie sich mit deren Schicksalen und Geschichten von früher natürlich bestens aus. Außerdem ist sie das, was man bei uns eine »Ratschkatl« nennt; sie plaudert munter drauflos.

Nach der vierten Zimtschnecke kenne ich nicht nur viele von Suzannas Patienten namentlich, sondern erfahre auch mehr über Hubi Pechtls Mutter Anna.

»Ich habe Anna Smoleceks beste Freundin jahrelang gepflegt. Sie ist erst vor zwei Wochen verstorben. Arme Frau!«

Anna Smoleceks Jugendfreundin ist auf ihre alten Tage immer wieder von Albträumen und Schuldgefühlen geplagt worden, sagt Suzanna. Und dann fängt sie an zu erzählen.

Vom Gspusi, das die Anna als Magd mit ihrem Arbeitgeber, dem Bauern, gehabt hat, weiß ich bereits von Frau Schneider. Auch das mit der Schwangerschaft und dem kleinen Hubert ist mir bekannt. Aber was die junge Frau aushalten musste, nur weil sie ein lediges Kind auf die Welt gebracht hat, macht mich sprachlos. Dem Bauern hat es nicht genügt, die hochschwangere Anna vom Hof zu jagen und sie in die sichere Armut zu treiben. Anstatt für die Frucht seiner Lenden wenigstens finanziell zu sorgen, hat er Anna und das gemeinsame Kind eingeschüchtert und gequält, wo es ihm nur möglich war. »Gemobbt«, würde man heute sagen. Zum Beispiel hat er den kleinen Hubi auf einer Weide mit einem wilden Stier zusammen eingesperrt und seelenruhig zugesehen, wie sich das Kind in Todesangst an das Gatter presst und versucht, auf die andere Seite zu klettern. Ein anderes Mal hat er Annas Rockzipfel absichtlich bei seinem Wagen eingeklemmt und ist in voller Geschwindigkeit losgefahren, sodass die arme Frau nebenherrennen musste, um nicht unter die Räder zu kommen.

»Er hat die beiden gedemütigt und gequält … immer wieder.« Suzanna seufzt und schenkt mir noch ein Häferl Kaffee ein.

»Hat der Bauer eigentlich noch andere Kinder gehabt? Ich meine, mit seiner Frau gemeinsam?«

»Ja, drei Töchter. Aber welcher Mann zu dieser Zeit hat sich nicht einen Sohn gewünscht? Er war sicher wütend, dass er seinen erstgeborenen Sohn nicht mit seiner Frau gezeugt hat, sondern mit der Magd. Er hätte den Hof verloren, wenn er seine Frau für die Anna verlassen hätte. Deswegen war dieser Sohn für ihn wertlos. Nein, eigentlich …« Die Suzanna sucht nach dem passenden Wort.

»… eine Belastung«, sage ich. Jede Begegnung mit dem

heißersehnten Sohn, der wahrscheinlich auch Hoferbe geworden wäre, hat ihm immer wieder seinen Fehltritt vor Augen geführt. Abgesehen vom Seitensprung war der Standesunterschied ein weiteres Problem und jegliche Erbnachfolge somit von vornherein ausgeschlossen. Emanzipation hin oder her, ein einziger Sohn war eben mehr wert als drei Töchter zusammen. Und die ganze Wut darüber, dass er nicht zu dem stehen darf, was eigentlich sein Fleisch und Blut ist, hat der Bauer an der Anna und seinem eigenen Kind ausgelassen.

»Wie hat eigentlich der Bauer geheißen, ich meine mit Familiennamen?«

»Primislav. Beim Vornamen bin ich nicht sicher, aber ich glaube Theodor. Der Familienname war jedenfalls Primislav.«

Vor Schreck sauge ich pudrigen Staubzucker ein, der die Zimtschnecke bedeckt. Ich verschlucke mich und muss husten. Primislav – kann's das geben? Suzanna stellt mir ein Glas Wasser hin. Ein paar Sekunden später habe ich mich wieder im Griff.

»Und der Bauer … hat mit seiner Ehefrau drei Töchter gehabt, aber keinen Sohn?«

Suzanna rührt gedankenverloren in ihrem Kaffee, obwohl sich die drei Stück Zucker längst aufgelöst haben müssten.

»Doch, doch, da war dann noch ein Sohn. Aber sehr viel später. Der Bauer hat noch einmal geheiratet, nachdem seine Frau gestorben ist. Ein ganz junges Ding. Und mit der hat er schließlich noch einen Sohn gezeugt.« Sie schleckt den Kaffeelöffel ab. »Natürlich hat er ihn ebenfalls Theodor genannt. Das war damals so üblich; der erste Sohn erhält den Namen des Vaters.«

Wobei der Theodor, genau genommen, der zweite Sohn des alten Bauern war, sage ich. Denn der erste war ja der kleine Hubi.

»Und … der Theodor hat den Bauernhof übernommen?«, frage ich und beiße in die nächste Zimtschnecke, die sechste mittlerweile. Suzanna schüttelt den Kopf und nimmt einen Schluck Kaffee.

»Ja, aber den Bauernhof gibt's schon lang nicht mehr. Zuerst abgewirtschaftet und den letzten Rest verkauft. So lange der Bauer auch auf einen Sohn gewartet hat: Er hat keine Freude gehabt mit ihm, als er da war. Der junge Theodor hat ihm kein Glück gebracht. Vom gesamten Besitz ist nichts mehr da. Alles weg. Jetzt gibt es nur mehr den ganz jungen Theodor.« Drei aufeinanderfolgende Theodors! Wenn männliche Eitelkeit in Sachen Namensgebung je für etwas gut war, dann jetzt. Dem Himmel sei Dank!

»Er ist Bauarbeiter, habe ich gehört. Maurer oder so. Aber spielsüchtig. Viele Kinder, viele Schulden. Und fast immer unterwegs im Ausland. Weil, hier …«, sie lässt das Handgelenk kreisen und meint wahrscheinlich Brezi und Umgebung, »hier ist keine Arbeit. Im Ausland verdient man wesentlich besser. Viele junge Männer verdienen ihr Geld auf Baustellen und kommen nur alle paar Monate nach Hause.«

Sie trinkt ihren Kaffee aus und steht auf. »Ich muss los! Eine Patientin muss umgedreht werden.« »Eine Patientin – umdrehen?«

»Ja, eine sehr betagte Dame. Sie kann nicht mehr aufstehen und bekommt wunde Stellen, wenn sie immer in derselben Position liegt! Alle vier Stunden wird sie gewendet.«

Draußen ist es mittlerweile stockdunkel; hoffentlich finde ich den Weg zurück ins Hotel. Als ich Suzanna vom

Architektentreffen im Schloss Lednice erzähle, kommt sie ins Schwärmen. Der Schlosspark und die vielen Heurigen rundherum haben es ihr angetan. Aber jetzt, im November, sagt sie, ist in dieser Gegend tote Hose. Patent, wie sie ist, schreibt sie mir gleich ein paar Adressen von Restaurants auf einen Zettel. Und einen Supermarkt, der sonntags geöffnet ist, empfiehlt sie mir auch noch.

Ich bedanke mich herzlich bei ihr und frage mich, ob das in Salzburg auch so unkompliziert möglich wäre: von der Straße weg auf einen Kaffee und einen Ratscher eingeladen zu werden. Oft macht einen ja ein grundloses Lächeln von fremden Personen schon misstrauisch. Da denkt man eher an spontane Raubüberfälle als an gemütliche Kaffeejausen.

Suzanna schnappt sich ihre große Tasche, die sie zum Arbeiten braucht, und bringt mich mit ihrem alten VW-Käfer zurück zur Kirche, wo mein Auto steht. Wir tauschen Telefonnummern aus und ich lade sie ein, mich in Glanegg zu besuchen, wann immer sie Lust hat.

Dann verabschiedet sie sich noch mit Küsschen von mir und drückt mir eine Visitenkarte in die Hand. Aber mit dem Namen kann ich nichts anfangen.

»Vera Hawranek? Wer ist das?«

»Eine gute Freundin von mir«, sagt Suzanna und startet den Motor. »Sie arbeitet im Archiv in Mikulov. Ruf sie einfach an morgen früh, wenn du im Gemeindebuch von Brezi blättern willst.« Dann winkt sie noch und knattert mit ihrem VW-Käfer davon.

Eine finstere Allee führt zurück nach Lednice, kilometerlang und einsam. Bitte jetzt keine Autopanne! Bin ich hier überhaupt richtig? Das Navi hat sich vertschüsst, offensichtlich bin ich in einem Funkloch. Ohne Straßenschilder und Laternen als Hilfsmittel krieche ich zurück nach Lednice und parke ganz frech direkt vor dem Eingang des Nebengebäudes.

Schloss und Park sind zappenduster, nur bei einem einzigen Fenster in unserer Bleibe brennt noch Licht: Zimmer 230. Und plötzlich packt mich das schlechte Gewissen: Ich hätte den Laurenz nicht so lange allein lassen dürfen. Womöglich war das Architektentreffen schlimmer als befürchtet, und er sitzt schon stundenlang ganz allein in der tschechischen Einsamkeit. Im langen Gang des Schlosshotels wirft das verhutzelte Zitronenbäumchen ein weiteres Blatt ab, als ich daran vorbeilaufe. Das Smartphone in meiner Jackentasche piepst. Ein Anruf in Abwesenheit, laut Display. Es piepst ein zweites Mal, und dann noch einmal und noch einmal. Insgesamt zehn Anrufe in Abwesenheit. Einmal Hermi, neunmal Laurenz. Brezi ist also nicht nur ein verlassenes Kaff, sondern auch noch von sämtlichen Netzen und Frequenzen getrennt. Alle meine Nachrichten kommen massiv zeitverzögert an.

Die kleine Gewissensmaus knabbert an meinem Ohr; der arme Laurenz! Gottverlassen und allein in der herbstlichen Einöde, ohne Nahrung und Ansprechpartner! Und schuld bin ich: Schließlich war der ganze Ausflug meine Idee. Auf den letzten Stufen in den zweiten Stock verfalle ich in Wettkampftempo. Ich hechte zur Tür, sperre auf und erstarre.

Laurenz sitzt mit dem tschechischen Kampfweib beim runden Couchtisch, vor ihnen eine halbvolle Flasche Slivovitz und zwei Schnapsstamperl. Stürme der Begeisterung, Winken und Schenkelklopfen, als sie mich sehen.

»Roschmarieeeee, komm her schu unsch!«

Die beiden haben sich über alle Sprachbarrieren hinweg ordentlich weggeballert, so viel steht fest.

»Die Ivana hat einen Schliwwwwww...ovisch dabei, den hat sie sellwer gebrrrrrrr...«

Alle Sorgen puncto Laurenz und Einsamkeit: umsonst. In Sachen Kontaktfreudigkeit habe ich ihn klar unterschätzt. Kampfweib Ivana torkelt ins Bad, holt ein weißes Plastikstockerl aus der Dusche, legt mir ihre rechte Pranke auf die Schulter und taucht mich nach unten, bis ich in Sitzposition bin. Meine Nasenspitze ist auf Tischkantenhöhe, wodurch Ivana in ihrem Ruderleibchen noch bedrohlicher wirkt als vorher. Freie Sicht auf den pechschwarzen Wildwuchs unter ihren Achseln inklusive. Sie holt ein drittes Stamperl aus der Stofftasche, die über der Stuhllehne hängt, und schenkt uns dreien die nächste Runde ein. Der Laurenz kippt das Feuerwasser auf ex und schmeißt sich weg vor Lachen, keine Ahnung, wieso.

»Na zdravi!« Ivanas Glas klirrt schwungvoll gegen meins. Sie schaut mir tief in die Augen, bevor sie das glasklare, flüssige Obst in einem Zug vernichtet. Ganz dicht an meinem Ohr nuschelt der Laurenz: »Du musch aufpassen, weil, die Ivannnnn...haaaaa, die isch eine ... hähähä ... Leschbe ... willich, nein, willichnicht. Will DICH vernaschn.«

Jesus, Maria und Josef! Den restlichen Abend verbringe ich damit, mich zu betrinken, tschechische Geschichten anzuhören, die ich nicht verstehe, und die grapschende Ivana höflich, aber bestimmt, im Zaum zu halten. Wobei es ihr mit steigendem Pegel immer mehr wurscht ist, wohin sie grapscht. Lustig ist es trotzdem, gegen alle Befürchtungen. Offenbar hat sie ihr Beuteschema erweitert, denn ihre Pranke landet erstaunlich oft auf Laurenz' Oberschenkel. Mein Mann wiederum schmeißt sämtliche Sprachbarrieren über Bord und lacht wiehernd über Ivanas Witze, ohne auch nur einen einzigen davon zu verstehen. Und anscheinend hat er die Schuhschachtel mit meinem Stickzeug hervorgekramt und das Unterste zuoberst gewühlt: Ivana hält das Fleckchen Stoff mit dem Phallus in die Höhe, grinst und reckt den Daumen hoch. Wir trinken Bruderschaft, spielen Pflicht oder Wahrheit und feuern die Ivana an, als sie leichtfüßig zu »Singing in the rain« durch den leeren Hotelkorridor steppt.

Um sechs Uhr früh ist die Flasche dann endgültig leer. Ivana liegt in der Badewanne; das Doppelbett war zu eng für uns drei. Sie schläft den Schlaf der Gerechten und füllt mit ihrem Schnarchen den ganzen Raum, wahrscheinlich sogar die ganze Etage, denn die vorsintflutliche Wanne mit dem abgeblätterten Email ist wie ein Resonanzkörper.

Meine innere Frühstücksuhr ist auf sechs Uhr morgens eingestellt, soll heißen: Ich brauche dringend Kaffee und etwas zum Beißen. Aber Zimmerservice: Fehlanzeige. Ivana ist momentan *out of order*. Laurenz ist ebenfalls noch im Tiefschlaf, also steig ich in meine Jeans, schnapp mir den Autoschlüssel und mache mich selbst auf die Suche nach Essbarem. In meiner Jackentasche finde ich Suzannas Zettel mit den Adressen, Gott sei Dank hat sie auch den Namen einer Bäckerei aufgeschrieben. Also nichts wie hin.

Nach knapp 30 Minuten bin ich wieder zurück beim knarrenden Holztor, bewaffnet mit einem großen Sack Gebäck und drei Thermobechern Kaffee. Für alles, was sonst noch zu einem ordentlichen Frühstück gehört, mache ich mich auf die Suche nach der Küche. Die Ivana schmeißt den Laden hier wahrscheinlich sowieso als One-Woman-Show, denn außer ihr ist mir bis jetzt noch kein Hotelpersonal über den Weg gelaufen. Ich durchquere einen Speisesaal mit Plastiktischdecken, eine Lounge mit schwarzen Holzmöbeln im 80er-Jahre-Style und lande schließlich in der Küche. Die Speis, an der ich auf meinem Streifzug vorbeigekommen bin, war bis auf einen Kübel Ketchup, ein paar verschweißte Zahnstocher und drei Flaschen Dicksaft leer. In der auf Hochglanz polierten verwaisten Küche werde ich schließlich fündig: ein gefüllter Kühlschrank! Ich raffe Marmeladenpackerl, abgepackte Butterstücke und Milchkännchen zusammen, staple alles auf das Tablett, das ich hinter der Küchentür finde, und mache mich auf den Rückweg zu Zimmer 230.

Mittlerweile ist auch Laurenz munter. Wir frühstücken ziemlich beengt auf dem kleinen Tischerl und vermeiden Geschirrklappern und Besteckklimpern, so gut es geht. Keiner von uns will Ivana wecken.

»Wie war dein Jahrgangstreffen gestern?«, frage ich meinen Mann kaffeeschlürfend. Eigentlich interessiert mich ja mehr, wie Ivana den Weg zu ihm gefunden hat mitsamt ihrer Slivovitz-Flasche, aber das hebe ich mir für später auf. Zuerst eine harmlose Aufwärmrunde.

»Wir waren vollzählig; alle damaligen Studenten aus meinem Jahrgang waren anwesend!« Laurenz fischt ein Kipferl aus dem Papiersackerl, vorsichtig, leise und ohne zu rascheln. Vom Bad her kommt zuerst ein lauter Grunzer und dann ein Geräusch, das auf eine rege Verdauung schließen lässt. Ich stehe auf und schließe leise die Badezimmertür. Gut möglich, dass dem Donnergrollen noch Gerüche folgen.

»Und, war's nett?«

Laurenz nickt mit vollen Backen. »Aber das *richtige* Treffen, das ist ja eigentlich erst heute!« »Aha.« Die abgepackte Marmelade schmeckt künstlich und nach Zucker; fast schade, die locker-flaumigen Kipferln damit zu versauen.

»Gestern Abend hat der Professor eine Begrüßungsrede gehalten, wir haben uns alle noch kurz vorgestellt und dann im Palmenhaus von Schloss Lednice getafelt. Sehr edel.«

»In der Schlossküche wurde für euch gekocht?? Hier ist doch alles schon eingewintert!« Ganz gegen meine Gewohnheit tunke ich das Kipferl in den Kaffee.

»Catering«, mampft Laurenz, »wir hatten ein Acht-Gänge-Menü im Schloss ...« Er schaut angewidert auf das matschig-braune Etwas in meiner Hand. »... und es hat ausgezeichnet geschmeckt!«

»Und was steht dann heute auf dem Programm?« Ich erinnere mich an den Wortlaut der Einladung. »Irgendeine Diskussion über ein Spannungsfeld zwischen ...«

Der Laurenz winkt ab und lacht: »Geh, das war doch nur die offizielle Bezeichnung für das Treffen. Da muss ja was draufstehen, was nach Klugscheißen klingt, sonst gibt es von der Uni keine Zuschüsse für die Hotels und Busfahrten. Glaubst du im Ernst, ich würde ein paar 100 Kilometer fahren, nur um zu diskutieren, wie scheußlich manche Bauwerke ausschauen? Nie im Leben.«

Aha. Wobei: Es gibt tatsächlich kaum Langweiligeres als Diskussionsrunden. Für heute, klärt mich Laurenz auf, ist ein Besuch beim Schloss Valtice geplant. Ganz in der Nähe. Dort absolvieren die kulturhungrigen Herren Architekten zuerst eine Führung durch Schloss und Schlosspark, dann geht es ein paar Stockwerke tiefer, ins Kellergewölbe.

»Und *das* ist das eigentliche Highlight an diesem Wochenende: der Weinkeller! Unter den mährischen Weinen gibt es ein paar besonders edle Tropfen, die in Valtice a) prämiert und b) zur Verkostung angeboten werden.«

Mir ist jedes Programm recht, solange ich nicht mitmuss. Denn ganz oben auf *meiner* Agenda steht heute Mikulov, konkret: das Archiv. Noch konkreter: das Gemeindebuch von Brezi.

Laurenz schaut auf die Uhr. »Also dann ... um sieben

treffen wir uns beim Eingang vom Schlosshotel. Wir werden den ganzen Tag mit einem Reisebus unterwegs sein. Der Professor hat wirklich ein super Programm zusammengestellt; vielleicht diskutieren wir anschließend noch ein bisserl über die Gegensätzlichkeit der Stile von damals und heute. Offiziell.« Er zwinkert mir zu. »Na dann: Viel Spaß!« Wir verabreden uns für 18 Uhr wieder hier im Hotel. Laurenz gelobt feierlich, mich anschließend groß zum Essen auszuführen. »Nur wir beide!«, turtelt er und schmatzt mir einen Kuss auf die Nasenspitze. Dann verabschiedet er sich und trabt gut gelaunt die Stiegen hinunter Richtung Ausgang. Vom Fenster aus beobachte ich, wie mehr als drei Dutzend Architekten mittleren Alters aus ringsum geparkten Autos strömen und sich in einen roten Doppeldeckerbus hieven. Ich warte, bis der Bus langsam durch das Tor des Schlossparks rollt.

ZEHNTES KAPITEL

Erzählt von Wasserdampf und Zeichentrickidylle, heimeligen Schuhschachteln und unkomplizierter Hilfsbereitschaft in Jersey. Ich tauche in stickiger Luft tief in die Geschichte ein und finde, was ich suche. Die Erkenntnis, dass der Mensch eine Bestie ist, ist nicht neu, schockiert mich aber trotzdem.

Die Vroni läuft zu kriminalistischen Höchstleistungen auf und ist beleidigt wie immer, trifft aber einen Nerv.

Mit Jacke, Tasche und Autoschlüssel stehle ich mich aus dem Zimmer. Das Frühstück bleibt, fündig für die Dritte im Bunde, auf dem Tisch; irgendwann braucht auch die trinkfeste Ivana wieder Nahrung *al dente*.

Für die paar Kilometer von Lednice bis Mikulov, also Nikolsburg, brauche ich nur ein paar Minuten. Ich komme an und bin sofort verzaubert. Der Charme, den das kleine Städtchen versprüht, als die Sonne über der Nikolsburg aufgeht, nimmt mir fast den Atem. Rote Ziegeldächer, enge Gässchen und Nebelfetzen, die im Morgenlicht dahinkriechen, erinnern an die Kulisse eines Disney-Films. Es würde mich nicht wundern, wenn aus einem der Häuser eine Wahrsagerin, eine Fee oder ein verzauberter Prinz auftauchen und sich mir in den Weg stellen würden. Aber noch bin ich allein unterwegs auf dem Burghügel.

In der Nähe der Nikolsburg entdecke ich eine Parkzone und stelle das Auto ab. Vera Hawraneks Nummer kann ich mittlerweile auswendig; mittels gekauten Kaugummis klebt die Visitenkarte am Armaturenbrett. Irgendeine Turmuhr läutet zweimal, allerdings ein paar Minuten zu früh. Samstagmorgen, kurz vor halb acht, ist definitiv zu früh, um jemanden aus dem Bett zu jagen, den ich nicht einmal kenne. Ich beschließe, mich erst um acht Uhr bei Vera zu melden.

Die Temperaturen sind um diese Uhrzeit noch im ungemütlichen Bereich, Warten im Freien kommt also nicht infrage. Ich sauge die feucht-kalte Novemberluft ein und mache mich auf die Suche nach einer Bäckerei oder einem Coffee-to-go, schließlich ist mein Koffeinspeicher für heute noch nicht vollgetankt. Schlag acht Uhr, nach zwei Cappuccinos und drei Mini-Nusskipferln in einem schuhschachtelgroßen Café, das zugleich Backstube und Verkaufsraum ist, fühle ich mich gestärkt. Gestärkt genug für einen Anruf bei Vera Hawranek und alles, was mich danach erwartet. Das letzte bisschen Slivovitz ist aus meinen Gehirnwindungen gespült und mein Blutzuckerspiegel wieder im Lot; ich hole mein Smartphone hervor und wähle ihre Nummer.

Sie meldet sich mit einer putzmunteren, freundlichen Stimme und sagt, sie hätte schon auf meinen Anruf gewartet. Suzanna hat mich also angekündigt. Auch tschechische Buschtrommeln schlagen schnell. Der Fischer Xaverl hätte das nicht besser hingekriegt. Vera erkundigt sich, wo ich gerade bin, und verspricht, mich abzuholen.

Keine drei Minuten später betritt sie die Bäckerei und steuert auf mich zu. Besonders schwierig ist es nicht, mich zu erkennen, denn außer mir ist nur die Verkäuferin in diesem dampfig-warmen Acht-Quadratmeter-Lokal.

»Hawranek Vera«, sagt sie in akzentfreiem Deutsch, strahlt und schüttelt meine Hand. Ihr Lächeln ist herzlich und breit. Genau so habe ich sie mir vorgestellt. Denn jemand, der neben einem Archiv wohnt und in einem Archiv arbeitet, weicht von der Norm ab, finde ich. Wie Vera. Sie trägt ein kurzes, weinrotes Kleid mit riesigen aufgestickten Blüten, eine olivfarbene Militärjacke und einen roséfarbenen Schal mit Glitzerfäden. Die Beine stecken in Ringelstrümpfen, passend zum Kleid in Rot-Weiß-Rosé, und aus den olivfarbenen Gummistiefeln quillt oben plüschiges Lammfellfutter. Ihre Kurzhaarfrisur ist allerliebst zerstrubbelt, und in einem Ohr ist ein Tunnel, so groß, dass man bequem einen Kochlöffel durchschieben könnte. Ich schätze sie auf Mitte 30. Um sie nicht unnötig warten zu lassen, nicke ich der Bedienung zu und lege einen Geldschein unter die Cappuccinotasse. Ich habe gerade noch Zeit, meine Jacke anzuziehen, da ist Vera schon im Freien und trabt los. Im Stechschritt fräsen wir durch Nikolsburg, Richtung Archiv. Während ihrer Siebenmeilen-Schritte erzählt sie mir im lockeren Plauderton ein bisserl von sich und ihrer Familie. Zum Beispiel, dass ihr Opa im Jahr 1945 aus Nikolsburg vertrieben wurde, weil er Sudetendeutscher war, und dann in Österreich geheiratet hat. Dass er sein Lebtag lang verbittert mit diesem Teil seiner Vergangenheit gehadert und sich geschworen hat, nie wieder einen Fuß auf tschechischen Boden zu setzen. Aber das Leben ist eben kein Wunschkonzert und ausgerechnet seine Tochter, also Veras Mutter, hat sich Jahre später in einen Tschechen verliebt, ihn geheiratet und den Namen Hawranek angenommen, was der Vater nie wirklich verkraftet hat. Und erst jetzt, vor dieser zauberhaften Kulisse mitten im tschechischen Hügelland, als ich über das Nikolsburger Kopfsteinpflaster einer sympathischen Archivarin hinterherstolpere, wird mir die ganze Dimension des Jahres 1945 klar. Die Konfiskation, die nach dem Zweiten Weltkrieg als Racheakt auf den Anschluss an Hitlerdeutschland erfolgte, war nur *ein* Kapitel im ewigen Hin und Her der Nationen, das dieser Landstrich über sich ergehen lassen musste. Neu gezogene Grenzlinien, Enteignungen und das Umkrempeln von Sprache und Verwaltung, jedes Mal aufs Neue. Aber die eigentlichen Dramen fanden innerhalb der Familien statt, von denen der lange Schatten der Konfiskation bis heute nicht gewichen ist. Lebensentscheidungen wurden beeinflusst, Schicksale besiegelt, Kontakte unterbrochen und Familienverhältnisse neu gewürfelt. Alles nur aufgrund von Entscheidungen einer Handvoll machtgeiler alter Säcke, die längst zwei Meter unter der Erde vor sich hin faulen. Ich frage mich, wann wohl mit schicksalsträchtigem Gekritzel auf den politischen Landkarten dieser Erde Schluss sein wird. Nie, wahrscheinlich.

Vera ist also als Tochter einer österreichischen Mutter und eines tschechischen Vaters in Niederösterreich aufgewachsen, praktischerweise zweisprachig. Aktuell wohnt sie aber nicht mehr im niederösterreichischen Drasenhofen, sondern bei ihrem Freund in Nikolsburg, das nur einen Steinwurf von der Grenze entfernt ist.

»Herüben ist alles ein bisschen billiger«, zwinkert sie mir zu. Stimmt: Um das Geld, das ich in der Bäckerei für Kaffee und Mehlspeisen bezahlt habe, bekommt man in Salzburg nicht einmal das obligate Keks zum Cappuccino.

»Wenn mein Opa nicht schon vor ein paar Jahren gestorben wäre, dann wäre mein Umzug hierher für ihn der sichere Todesstoß gewesen. Ich meine, dass nicht nur seine Tochter, sondern auch seine Enkeltochter sich ausgerechnet in einen Tschechen verliebt haben.« Sie zuckt die Schultern. »Aber Liebe passiert eben. Liebe fragt nicht nach Grenzen.«

Vor einem gelb gestrichenen zweistöckigen Haus im

Ortskern von Nikolsburg bleibt sie stehen und kramt in ihrer braunen Stofftasche. Bisher hat sie nicht ein einziges Mal gefragt, wonach ich eigentlich im Archiv suche. Gut möglich, dass sie sich die Frage im Lauf der Zeit einfach abgewöhnt hat. Schließlich gibt es unterschiedliche Motive, in der Vergangenheit zu kramen, und nicht jeder rückt gerne damit heraus. Sie plaudert munter weiter, während sie die Tasche schüttelt und den Schlüssel nach Gehör sucht.

»Momentan arbeite ich gerade an meiner Dissertation in Kunstgeschichte, das lässt sich mit dem Dienst im Archiv ganz gut vereinbaren. An manchen Tagen kommen überhaupt keine Besucher; da kann ich ungestört arbeiten.« Auf einer der Glastüren steht ein tschechischer Schriftzug, der übersetzt »Kulturdatenbank der Heimatvertriebenen« heißt.

Sie fischt den passenden Schlüssel aus dem Bund und sperrt auf. Mit der rechten Schulter schmeißt sie sich gleichzeitig gegen die Tür. »Klemmt!« Im ersten Stock dann dasselbe Procedere bei einer Holztür, und endlich betreten wir die heiligen Hallen der Datenbank: zwei hohe Räume, vom Boden bis zur Decke gespickt mit Rollregalen, die mit einer riesigen Kurbel nach vorne oder hinten verschoben werden können. Alles voll mit Büchern, Bildern, Fotos und Ordnern. An der Fensterfront steht ein langer Tisch mit Stühlen, an dem locker zwölf Personen Platz nehmen könnten. Vera deutet mir, mich zu setzen, und verschwindet kurz im hinteren Teil des Archivs. Ich schaue mich um. Tische und Bänke im unverkennbaren Sixties-Style und ein Nierentisch mit üppig blühenden Usambaraveilchen in Weiß und Violett: Hier ist die Zeit stehen geblieben. Die Morgensonne schafft es kaum durch die milchig-trüben Fenster. An einem hellen Sommertag erleidet man hier wahrscheinlich eine Finstose, aber bis zum Sommer werde ich mich hier nicht aufhalten, schätze ich. Es ist stickig, überheizt und riecht nach altem Papier.

Nach ein paar Minuten erscheint Vera wieder. Sie schiebt ein hüfthohes Metallwagerl vor sich her, wie man es aus Büchereien kennt. Es hat Ähnlichkeit mit Hermis Servierwagen. Ein immenses Buch, ein kiloschwerer Schmöker mit Ledereinband, liegt darauf. Angreifen ist nur mit Stoffhandschuhen erlaubt, schließlich ist das Gemeindebuch von Brezi schon 400 Jahre alt. Schmutz, Bakterien und alles andere, was die Substanz des Pergaments angreifen könnte, sind tabu. Außerdem, sagt Vera, als sie mir ein Paar Baumwollhandschuhe reicht, die vielleicht einmal weiß waren, muss sie meine Daten aufschreiben und in das Besucherbuch eintragen.

»Sorry, Vorschrift! Jeder Besucher muss erfasst werden, sonst bekomme ich Probleme. Für den Fall, dass etwas fehlt oder beschädigt ist.«

Probleme will ich der hilfsbereiten Seele keinesfalls bereiten; schließlich bin ich dankbar, dass sie mir den Zugang zum Archiv ermöglicht. Also zücke ich einen Kugelschreiber und ziehe das dicke linierte Heft im DIN-A4-Format zu mir. Hier sind seit der Ostöffnung im Jahre 1989 alle Besucher des Archivs fein säuberlich aufgelistet. Ich trage meinen Namen, die Adresse, Telefonnummer und mein Geburtsdatum in das Heft ein, Vera notiert die Nummer meines Reisepasses und wir unterschreiben beide. Das Formelle ist also erledigt, und jetzt endlich darf ich an das Buch der Bücher: das Gemeindebuch des kleinen Örtchens Brezi, das früher Bratelsbrunn genannt wurde.

Vorsichtig und ehrfürchtig klappe ich den schweren Buchdeckel auf und blättere mich von Jahr zu Jahr. Die meisten Einträge sind in Kurrent verfasst. Kein Hindernis für mich dank meiner Oma, die mich vor Jahren geduldig in das Lesen dieser alten Schreibschrift eingeweiht hat. Sprachbarrieren gibt es auch kaum, denn bis zum Jahr 1945 war Deutsch in der mährischen Gegend absolut üblich, somit kann ich den Großteil ohne Übersetzung lesen.

Alle Höhen und Tiefen von Brezi wurden im Gemeindebuch festgehalten: freudige Ereignisse wie Mehrlingsgeburten ebenso wie Hungersnöte aufgrund von Schädlingsbefall, besonders ertragreiche Erntejahre, schwere Unwetter oder Krankheiten. Ich erfahre zum Beispiel, dass um 1859 90 Leute an Cholera gestorben sind. Die Seiten sind fast so groß wie A3-Zeichenblätter und dicht beschrieben. Geburten, Todesfälle, Bauansuchen, neue Obrigkeiten: alle Vorkommnisse fein säuberlich notiert. Vera sitzt neben mir, schmökert mit und übersetzt, wenn es nötig ist.

Wir lesen uns durch die Jahrhunderte, bis wir schließlich im Jahr 1945 ankommen: Ende des Zweiten Weltkrieges, Bratelsbrunn ist nicht mehr Teil des Dritten Reiches. Ab der nächsten Zeile beginnt das letzte dunkle Kapitel der kleinen Gemeinde: die Rückgabe der deutsch besiedelten Gebiete an die tschechische Bevölkerung, Vertreibung der Deutschstämmigen. Die nächste »Säuberungsaktion«, die über das Land hereinbrach. Nur diesmal nicht von den Nationalsozialisten organisiert. Dass ab 1945 eine neue Ära begann, geht allein schon aus der Art, wie die Notizen verfasst wurden, hervor: Ab hier ist Schluss mit Deutsch. Zu den großen, unlinierten Seiten aus Pergament wurden linierte Seiten stümperhaft dazugeklebt. Wohl kaum aus optischen Gründen, sondern eher, weil die nachfolgenden Aufzeichnungen viel detaillierter ausgefallen sind als alles bisher Eingetragene und somit mehr Platz beanspruchten, als im Buch noch übrig war. Die Liste, die auf den hinzugefügten Seiten zum Vorschein kommt, treibt mir Gänsehautschauer über den Rücken: Es ist die Namensliste der Vertriebenen.

»Alle, die nicht tschechisch waren, mussten gehen«, übersetzt Vera. »Außer, sie waren mit tschechischen Staatsbürgern verheiratet.«

Die Aufzählung aller, die ihr Hab und Gut verlassen mussten, gleicht einer nüchternen To-Do-Liste. Kaltblütige Präzision, festgehalten auf linierten Blättern, die an Schulhefte erinnern. In einer ordentlichen Tabelle ist nicht nur zu lesen, wer sein Haus verlassen musste und warum. Sogar Datum und Uhrzeit sind angegeben. Das Häkchen am Ende einer jeden Zeile bedeutet: Befehl ausgeführt. Haus gesäubert. Mit dem Zeigefinger streiche ich über die Liste, überfliege Hunderte Namen und Geburtsdaten auf der Suche nach einem bestimmten: Smolecek. Die Einträge sind weder alphabetisch noch nach Hausnummern gereiht. Erst nach ein paar Minuten entschlüsselt Vera das System.

»Sie haben den Ort gebietsweise aufgeteilt!«

Eine beigelegte Straßenkarte von Brezi untermauert den Verdacht: Zur systematischen Durchführung des Auftrages war für jedes der Gebiete ein Kommandant verantwortlich, der die »ordentliche« Organisation und Durchführung der Säuberung überwachte. Bei einem Namenseintrag bleibe ich hängen: Schneider. Vater, Mutter und vier Kinder. Vertrieben am 9. September 1945 um 21.45. Als Grund der Vertreibung wurde »Altösterreicher« angegeben. Daneben ein Vermerk, wer den Räumungsbefehl ausgeführt hat. Ob sich die Familie gewehrt hat oder nicht. Ob alle Familienmitglieder anwesend waren und die »Säuberung« somit zur Gänze durchgeführt werden konnte. Und auch, dass am nächsten Tag das Haus schon »erfolgreich« mit einer tschechischen Familie besiedelt wurde. Ab dem Morgen des 10. September 1945 hatte eine Familie Lacina hier ein neues Zuhause. Ich bin froh, mich nicht allein durch dieses Grauen kämpfen zu müssen; Vera neben mir geht es nicht anders, das spüre ich. Über 600 Personen mussten Bratelsbrunn verlassen, nur sieben durften bleiben. Und elf sind der »Umsiedelung« zum Opfer gefallen.

Schießlich finde ich, was ich suche: Smolecek Anna. 26 Jahre alt, alleinstehend mit Kind, dem ledigen Sohn Hubert. Ebenfalls vertrieben am Abend des 9. September 1945.

»Aus welchem Grund?«, frage ich Vera.

»Hier steht etwas von Schande«, übersetzt sie. Was das bedeutet, kann ich mir denken: Annas uneheliches Kind von einem verheirateten Mann, der noch dazu ihr Arbeitgeber war.

Unterschrieben hat das »Säuberungsprotokoll« ein gewisser Karel Primislav. Eine große Familie, die Primislavs. Vielleicht war dieser Kommandant sogar mit dem Bauern verwandt, der die junge Smolecek Anna geschwängert hat? Eventell der Bruder? Das würde dann heißen, dass dieser Karel seinen eigenen kleinen Neffen aus der Heimat vertrieben hätte. Natürlich entgeht Vera nicht, dass ich beim Namen Smolecek Anna länger hängenbleibe.

»Da ist noch ein Eintrag. Irgendetwas mit Hunden. Hier steht …«, sie setzt ihre Brille auf, entziffert die Kurrentschrift und schüttelt fassungslos den Kopf, »hier steht, dass Anna und ihr Kind mit Hunden durch das Dorf gejagt wurden. Zur Abschreckung für alle, die sich dem Säuberungsbefehl widersetzen wollten. Und dann folgte die Urteilsvollstreckung: Tod durch den Strang.«

Vera atmet tief ein. »Ein absoluter Härtefall in diesen Protokollen. Mit Abstand das Grausamste, das ich hier gelesen habe.«

Sie steht auf und zupft ihr Jersey-Schlabberkleid zurecht. »Fotografieren ist herinnen strengstens verboten, das gilt auch für Smartphones. Verstößt gegen die Vorschriften.« Ich nicke, und sie senkt die Stimme. »Aber jetzt muss ich ganz dringend aufs Klo. Da bekomme ich leider nicht mit, was du in meiner Abwesenheit machst.« Dann zwinkert sie mir zu und verschwindet in Richtung Toilette.

Ich warte, bis sie den Raum verlassen hat. Dann schnappe ich mir als Erstes den Besucherkatalog des Archivs. Pechtl Hubi war zum Zeitpunkt der Säuberungsaktionen sechs Jahre alt. Er war 50, als der Eiserne Vorhang im Jahr 1989 geöffnet wurde. Ist es nicht naheliegend, dass ein Mann, der als Bub ohne Mutter in ein fremdes Land aufbrechen musste, der Ursache für sein Schicksal auf den Grund gehen will? Bestimmt gibt es viele, die sich nach einer gewissen Zeit abfinden mit dem Geschehenen, die ihr Schicksal akzeptieren und einen Schlussstrich darunter ziehen. Die es schaffen, nach vorne zu schauen, sich nicht unnötig zu quälen und neu durchzustarten. Andere wiederum verdrängen die Erlebnisse, ziehen sich zurück, werden krank und verbittert. Doch so, wie ich den Pechtl einschätze, gehört er zur dritten Sorte: rastlose Seele, die nicht lockerlässt. Andere lassen Gras über Sachen wachsen, der Pechtl holt die Schaufel und gräbt. Was man ihm nicht verdenken kann: Schließlich hat ihn das Schicksal mit voller Wucht getroffen und ihm nicht nur die Heimat, sondern auch die Mutter genommen.

Lange muss ich im Besucherkatalog nicht suchen: Einer der ersten Einträge aus dem Jahr 1989 lautet auf Hubert Pechtl. Wohnhaft in Grödig, Österreich. Und obwohl hier drin sogar seine Telefonnummer steht: Niemand konnte wissen, dass der interessierte Archivbesucher Pechtl mehr als vier Jahrzehnte zuvor als Schandfleck Hubert Smolecek vertrieben worden war. Vielleicht hätte er unter seinem alten Namen gar nicht im Gemeindebuch blättern dürfen, wer weiß?

Zweifelsohne haben den Pechtl Rachegelüste überkommen beim Lesen der »Säuberungsliste«. Dass er selbst die »Schande« war, die er über seine Mutter gebracht hat, wird die Sache nicht unbedingt verbessert haben. Ich stelle mir vor, wie der Pechtl akribisch die Einträge durchgeht und nicht eher lockerlässt, bevor er findet, was er sucht. Den Namen dessen, der das Häkchen in der Zeile »Smolecek« gemacht und das Protokoll unterschrieben hat.

Nach fünf Minunten ist Vera zurück. Inzwischen habe ich die Seiten aus der Besucherliste und der Vertriebenenliste fotografiert. Neben die Zeile, die Hubi Pechtls Mutter gewidmet ist, ist ein tschechisches Wort gekritzelt, das mir bekannt vorkommt. Ich kenne die Bedeutung nicht, aber gestern habe ich es gelesen. Ich hole noch einmal mein Handy aus der Jackentasche und scrolle zu den Fotos vom Friedhof. Richtig vermutet: Auf dem Grabstein der Smolecek Anna ist das gleiche Wort eingemeißelt, wie es hier im Protokoll steht. »Obeseny«.

»Was heißt das?«, frage ich Vera und zeige ihr das Foto. Sie räumt derweil das Buch wieder zurück auf das Wagerl, zieht sich die Baumwollhandschuhe aus und sagt:

»Erhängt. Steht ja im Gemeindebuch: Wer sich gegen die Umsiedelung gewehrt hat, wurde liquidiert. Erschossen, erschlagen oder eben erhängt. Was ist das für ein Grabstein?«

Ich reiche ihr mein Smartphone. »Das ist auf dem Friedhof von Brezi; hast du den Grabstein schon einmal gesehen?«

Mit Daumen und Zeigefinger zoomt sie das Foto größer, um den Namen erkennen zu können. Dann schüttelt sie den Kopf.

»Also, demnach wollte diese Frau Smolecek ihr Haus nicht verlassen. Wahrscheinlich, weil sie zu Unrecht vertrieben werden sollte.«

Vera spricht aus, was mir schon die ganze Zeit im Kopf herumgeistert: Eigentlich hätte Anna Smolecek nicht auf die Liste gehört. Mit einem tschechischen Namen hätte sie bleiben dürfen. Ich nicke und nehme mein Smartphone wieder an mich. Vielleicht war dieser Karel Primislav tatsächlich der Bruder von Theodor, dem Bauern. Und somit hat der eine Bruder nur noch vollendet, was der andere begonnen hat: Anna und den unehelichen Schandfleck ein für alle Mal loszuwerden.

»Auf dem Grabstein steht noch mehr. Kannst du bitte übersetzen?«

Vera wirft noch einmal einen Blick auf mein Handy. »Zlomené srdce – das heißt: Herz gebrochen.

Lovili – gejagt. Und obeseny, das heißt erhängt.«

Ich trete ins Freie: Kalte Novemberluft vertreibt den staubigen Mief aus meinen Lungen und holt mich ins Hier und Jetzt zurück. Ich atme tief durch und bedanke mich bei Vera.

»Falls du einen Trip nach Salzburg planst, melde dich bei mir: Du bist jederzeit herzlich willkommen!« Dann fällt mir noch etwas ein: »Mein Onkel Stefan ist Professor für Geschichte und Archäologie an der Uni Salzburg. Wenn du Hilfe bei deiner Doktorarbeit brauchst, kannst du dich gern an ihn wenden.«

Auf ein Taschentuch kritzele ich mit Kugelschreiber meine Kontaktdaten und Onkel Stefans Mailadresse. Vera strahlt und umarmt mich. Jetzt hat sie endlich einen Grund, nach Salzburg zu fahren, sagt sie. Sie wird sich auf jeden Fall melden. Momentan sitzt sie ohnehin ein bisserl in der Patsche mit ihrer Dissertation; gute 1.000 Seiten ist sie jetzt schwer und sollte in zwei Wochen fertig sein zur Abgabe. Aber ihr Doktorvater, sprich der Professor, der die Arbeit bis jetzt betreut hat, ist letzte Woche unerwartet verstorben. Vera braucht also einen neuen Doktorvater, und zwar zügig. Da kommt der Tipp mit meinem Onkel Stefan genau zur rechten Zeit. Sie umarmt mich ein letztes Mal und stiefelt davon.

Mittlerweile ist es später Vormittag, und mit der kalten Luft und den Sonnenstrahlen meldet sich der Hunger. Erfahrungsgemäß liefert italienische Kost am schnellsten gute Laune; ein großer Teller Spaghetti wäre jetzt genau das Richtige. Auf der Suche nach einem Stück Italien in Nikolsburg finde ich einen schwarz lackierten Foodtruck, der auf einem kleinen Platz in der Altstadt Pizzaecken feilbietet. Ich entscheide mich für Pizza Vegetariana; ein zweifelhaftes kulinarisches Erlebnis. Das Gemüse ist mehr als al dente. Roh und eiskalt. Ich entsorge das teigige Etwas im nächsten Mistkübel: Die Lust auf Espresso und Nachspeise ist mir vergangen, und nach einer Stunde Bummeln durch Nikolsburg reicht es mir mit der Einsamkeit; die Gedanken kreisen immer wieder um das Archiv, den wehrlosen Hubi Pechtl als Kind und die gelynchte Anna Smolecek. Musste der sechsjährige Hubi womöglich mit ansehen, wie seine Mutter durch den Strang gestorben ist? Ich wische mir die letzten öligen Finger an der Jeans ab und verscheuche alle finsteren Gedanken. Niemandem ist geholfen, wenn ich in Nikolsburg Trübsal blase. Was ich jetzt brauche, sind Gesellschaft und Abwechslung. Also weg von hier. Zurück zum Schlosshotel? Lieber nicht, womöglich schläft Ivana noch in der Badewanne und furzt. Was sie mit mir anstellt, wenn sie munter ist, will ich mir lieber nicht ausmalen. Plan B: Nach Schloss Valtice fahren und Laurenz mit meiner Anwesenheit überraschen. Ich könnte mich einfach unter das wissbegierige Architektenvolk schmuggeln und Kultur tanken. Schlossführung und anschließende Weinverkostung: Warum eigentlich nicht?

Auf den Weg zum Auto singt Andreas Gabalier »Ulapalu« in meiner Tasche: Vroni is calling. Ich fühle mich dermaßen einsam, dass ich mich sogar über ihre beleidigte, vorwurfsvolle Stimme freue. Mit einer Pobacke lehne ich mich an eine sonnenbeschienene Mauer und erzähle ihr alles. Ich fange beim Friedhof von Brezi und der Grabinschrift an, schwärme von Suzanna und ihren Zimtschnecken, beschreibe Vera und das Archiv. Als ich vom Gemeindebuch und der Liste der Vertriebenen berichte, spüre ich einen dicken Kloß im Hals. Vroni ist genauso schockiert wie ich, und als ich fertig bin, schweigen wir beide eine Zeit lang. Es tut gut, nicht über alle Grauslichkeiten allein nachdenken zu müssen.

»Aber das würde doch passen«, sagt die Vroni nach gut einer Minute.

»Was meinst du?«

»Na, das mit der Jagd! Was auf dem Grabstein steht.«

»Äh …«

Ich kann direkt sehen, wie Vroni die Augen verdreht, weil ich auf der Leitung stehe; das bringt mich wiederum auf die Palme. »Vroni, lass mich teilhaben an deiner Klugscheißerei!«

»Du hast mir doch erzählt, dass dieser Theodor Primislav, also die Leiche von Fürstenbrunn, einen Herzkasperl gehabt hat. Weil er gejagt worden ist.«

»Ja. Zumindest hat das die Gerichtsmedizinerin herausgefunden. Und …?«

»Und du hast auch gesagt, dass der Pechtl den Primislav gekannt haben muss, wenn er zugelassen hat, dass Hund Othello das Gesicht vom Primislav zerbeißt. Post mortem.«

Stimmt – und jetzt, so schön langsam, komme ich in die Gänge. Leichenschändung, Störung der Totenruhe; solche Grauslichkeiten erlaubt man seinem Hund nur aus einem Grund: man *will*, dass er das tut.

»Der Pechtl hat sich am Primislav gerächt. Dafür, dass er und seine Mutter vor 70 Jahren aus dem Haus gejagt wurden. Dass sie mit Hunden durchs Dorf gehetzt worden sind wie ein Stück Vieh. Er hat das Archiv besucht und ist auf den Namen Karel Primislav gestoßen. Der hat das Protokoll von damals unterschrieben. War also verantwortlich dafür, dass der kleine Hubi und seine Mutter verjagt wurden. Also hat der mittlerweile große und alte Hubi im Gegenzug ein Mitglied der Familie Primislav gejagt.«

»Schon … aber da liegen mehr als 70 Jahre dazwischen! Ist der Pechtl nicht schon zu alt für so was?«

»Kann man nie wissen«, sagt die Vroni. »Vielleicht hat er sogar noch mehr vor. Gut möglich, dass er sich für alles rächen will, was ihm und seiner Mutter damals angetan worden ist.«

»Hm.«

»Wenn also der Theodor Primislav mit dem zerbissenen Gesicht tatsächlich mit *dem* Primislav verwandt ist, der die Vertreibungen durchgeführt hat …«

»… dann hätte der Pechtl jemanden aus seiner eigenen Familie zuerst zu Tode gejagt und dann geschändet.«

Genau diesen Gedanken hatte ich im Archiv. Aber es fühlt sich anders an, sie mit jemandem zu teilen und sie auszusprechen. »Suzanna hat mir erzählt, dass aus dieser Familie zwei junge Männer als Bauarbeiter im Ausland ihr Geld verdienen. Karel und Theodor.«

»Na also«, triumphiert die Vroni, »dann sind wir doch gleich ein Stück schlauer! Mit Baustellen und Informationsbeschaffung kennt sich der Pechtl aus. Ein Kinderspiel für ihn herauszufinden, wer gerade wo arbeitet.«

»Stimmt«, murmle ich und strecke mein Gesicht in die Sonne. »Selbst wenn er schon in Pension ist: Er kennt alle Quellen, die man anzapfen kann.«

Vroni räuspert sich. Im Hintergrund raschelt es; ein Hustenzuckerl, das sie gerade auswickelt. »Was, hast du gesagt, ist auf den Grabstein graviert?«, schmatzt sie.

»Herz gebrochen, gejagt, erhängt«, sage ich knapp.

»Also müsste der Pechtl eigentlich drei Morde begehen, wenn er sich für alles rächen will.«

»Du spinnst ja!«, platzt es aus mir heraus, aber Vroni geht nicht darauf ein und schmatzt weiter. Ich denke kurz nach und muss ihr recht geben. Jetzt, wo sie es sagt, klingt es einleuchtend. Die Inschrift bekommt durch die Bedeutung ein anderes Gewicht: Seiner Mutter wurde das Herz gebrochen, sie wurde gejagt und schließlich zum Tod verurteilt. Durch den Strang.

»Da hat er sich ja was vorgenommen«, sagt die Vorni nüchtern.

Das muss ich jetzt erst einmal sacken lassen; der Pechtl, ein potenzieller Serienmörder?

»Also du meinst, er rächt Jagen mit Jagen und Erhängen mit Erhängen. Das leuchtet mir ja gerade noch ein, aber wie will er sich denn für ein gebrochenes Herz rächen? Er kann ja schlecht einem Nachkommen von Theodor Primislav das Herz brechen! Rosamunde Pilcher für Schwule …?«

»Wer sagt denn, dass er sich exakt an die Vorgaben hält? Auch wenn er viel durchgemacht hat: Der Pechtl ist ein Arschloch, Rosmarie, vergiss das nicht. Ein intelligentes Arschloch. Trau ihm ein bisschen Kreativität zu. Schließlich kann man ein menschliches Herz durch mehrere Arten außer Gefecht setzen, es muss ja nicht immer die unerfüllte Liebe sein. Digitalis, zum Beispiel. Lässt sich nur schwer nachweisen. Oder ein Elektroschocker …«

»Vroni, hör auf! Alles nur Spekulationen! Wir beschuldigen bereits jemanden, der *vielleicht* in Zusammenhang mit einem Todesfall steht. Das, was in Fürstenbrunn passiert ist, kann man nicht einmal Mord nennen, schließlich ist der Primislav von selber tot umgekippt. Wir können dem Pechtl nie und nimmer nachweisen, dass er schuld am Herzpatschen eines tschechischen Maurers ist. Das mit der Inschrift auf dem Grabstein ist bestenfalls ein Indiz, aber kein Beweis. Und ob wirklich noch zwei weitere Morde geplant sind …« Wie drücke ich es vorsichtig aus, ohne meiner eifrigen Freundin zu sehr auf die Füße zu treten? »Wir spinnen uns da was zusammen!« Ich sage absichtlich *wir* und nicht *du*. Die Wirkung ist dieselbe: Vroni schweigt beleidigt am anderen Ende der Leitung. Grad jetzt, wo sie so schön in Schwung gekommen ist, nehme ich ihr unsanft den Wind aus den Segeln und kanzle sie ab. Großer Fehler.

»Also gut«, sagt sie nach einer Weile trotzig, »dann anders herum: Wenn das mit der Fürstenbrunner Leiche eine einmalige Gschicht war, wo der Pechtl quasi zufällig mit drinhängt, dann haken wir die Sache ab.« Wir! Sie holt tief Luft. »Aber wenn in nächster Zeit im Umkreis von … sagen wir zehn Kilometern vom Pechtl jemand einen unnatürlichen

Herztod erleidet, dann ist das kein Zufall mehr. Und wenn dieser Jemand dann noch verwandt ist mit dem Primislav, der die Anna geschwängert und ihr das Herz gebrochen hat, dann …«

»Dann was?«

»Dann, Rosmarie, ist es nicht mehr weit bis zu Rache Nummer drei. Tod durch Erhängen. Du wirst noch an meine Worte denken.«

Grußlos beendet sie das Gespräch und legt auf, die beleidigte Leberwurst. Aber sie hat es geschafft: Ihre unheilschwangere Prophezeihung setzt mein Kopfkino in Gang und verbreitet ein ungutes Gefühl. Was, wenn ihre Theorie stimmt? Wenn der Pechtl tatsächlich eine Liste abarbeitet, quasi zur Vergangenheitsbewältigung? Oder eben, um den Tod seiner Mutter zu rächen. Was, wenn die drei Worte auf dem Grabstein eine Prophezeihung sind? Ich stemme mich von der Mauer weg, die Sonne hat sich verzogen und mir ist wieder kalt. Mein Brustkorb fühlt sich an, als ob jemand hinter mir die Fäden eines Korsetts enger schnüren würde. So stelle ich mir die Besteigung des Mount Everest mit einem zentnerschweren Rucksack vor: Das Gewicht zieht die Schultern nach unten, die Luft wird dünner und ein falscher Schritt entscheidet über Leben und Tod. Genau wie bei Vroni und mir. Alles, was wir bisher herausgefunden haben, alle Indizien, Vermutungen und Theorien sind ab jetzt kein Spiel mehr, sondern Verantwortung. Das wird mir plötzlich klar.

ELFTES KAPITEL

Erzählt von weinseligem Kulturaustausch, Fässern und nackter Haut. Ivana bewährt sich als Retter in der Not, ich muss die geplante Heimreise verschieben, frische meine Kartenspielkenntnisse auf und werde zur Dancing Queen. Susi verliert die Contenance, ich bewahre nach außen hin einen kühlen Kopf, muss aber an Vronis Weissagung denken. Laurenz ist stumm wie ein Fisch und hat fürs Erste genug von koffeinhaltigen Heißgetränken.

Für ein paar Minuten setze ich mich auf die Mauer und brainstitche ein bisschen. Ich mache bei dem Stück Stoff mit der Blutlache weiter, und offenbar haben Vronis Worte Wirkung: Was da gerade in grauen Farbtönen entsteht, sieht aus wie die Klinge eines Messers. Beruhigung geht anders!

Die innere Unruhe seit dem Gespräch mit Vroni treibt mich an und setzt neue Prioritäten. Ich steige ins Auto und will nur noch eins: so schnell wie möglich meinen Mann einsammeln und nach Hause fahren. Von Nikolsburg bis Schloss Valtice sind es nur ein paar Minuten Fahrt durch die herbstliche Einöde von Südmähren. Gut sichtbar und mittig vor dem Schloss parkt ein Reisebus. Das Architektomobil, einzig abgestelltes Vehikel am großen geschotterten Parkplatz. Der Busfahrer mit Dreadlocks und Jamaica-Haube kommt mir bekannt vor; es ist derselbe, der heute früh die Herren Architekten zu ihrer Sightseeingtour chauffiert hat.

Er legt kurz sein Strickzeug beiseite, winkt freundlich aus seiner Fahrerkabine und deutet Richtung Schloss. Demnach ist die Führung noch nicht beendet. Oder die Weinverkostung hat bereits begonnen. Ich mache mich auf den Weg zum Haupteingang.

Schloss Valtice ist vom Stil her ganz anders als Lednice; barocke Üppigkeit, so weit das Auge reicht, umgeben von einer riesigen Parklandschaft. Die Coproduktion eines italienischen und eines österreichischen Architekten. Ich stelle mir vor, wie hier vor Hunderten von Jahren die Liechtensteiner Schlossherren, mit allerlei Gefolge und bedient von Lakaien, zwischen Statuen und Diana-Tempel durch die Grünanlagen gelustwandelt sind. Nobel. Aber das Schloss gehört nicht mehr den Liechtensteinern, Gefolge gibt's nur mehr auf Instagram und Lakaien haben einen Kollektivvertrag. Ich bin allein in der exakt angelegten Botanik. Genau wie bei Schloss Lednice: niemand da. Saison vorbei. Und für all den Prunk habe ich kein Auge; es eilt.

Der Eingang ist zwar nicht versperrt, aber im Schlossinneren verwehren rote Kordeln an Messingstangen den Eintritt.

»Geschlossene Veranstaltung. Danke für Ihr Verständnis«, steht auf einem Schild.

Verständnis habe ich keins, und rote Kordeln haben mich noch nie sonderlich beeindruckt, also steige ich lässig über die Absperrung. Obwohl es mich nach Hause zieht: Ganz ignorieren kann ich die Pracht dann doch nicht, die ich hier sehe. Die Schönheit von Deckenfresken, Stuck und farbenprächtigem Pomp nimmt mich gefangen. Ehrfürchtig lasse ich den Blick über die blankpolierten Böden schweifen. Es ist absolut still herinnen. *Totenstill.* Vronis Worte fallen mir wieder ein und lassen ein kurzes Unwohlsein aufkommen.

»Schluss damit!« Ich schüttle den Kopf, ärgere mich über mich selber. Warum lasse ich mich von Vroni und einer Grabsteininschrift ins Bockshorn jagen? So schnell wird schon keiner sterben, keine Panik jetzt. Ich überlege kurz, den berühmten Spiegelsaal zu suchen, entscheide mich aber dagegen. Mutterseelenallein durch überdimensionale Prunkräume zu wandern drückt aufs Gemüt, finde ich. Außerdem käme ich mir vor wie ein vereinsamter Wellensittich, dem man einen Spiegel in den Käfig hängt, damit er nicht durchdreht. Kann ich jetzt nicht brauchen. Ich habe die Nase voll vom Alleinsein und mache mich auf die Suche nach meinem Mann.

Musik ... von irgendwoher kommen rhythmische Beats, die gedämpft durch das Schloss wummern und die Stille durchbrechen. Der Widerhall von Wänden und Spiegeln macht es fast unmöglich, die Lärmquelle zu orten. Ohne Plan öffne und schließe ich knarrende meterhohe Türen. Ich steige herrschaftliche Treppen empor und geistere durch Gänge. Lege mein Ohr an Wände und Türen; nichts. Woher kommt der dumpfe Bass? Im ersten Stock ist die Musik leiser zu hören; ich trippele die Stufen wieder hinab in die Empfangshalle; hier ist es zwar lauter, aber alle Räume sind leer. Ich bin die Einzige in dieser Etage. Das Kellergewölbe! Bestimmt laben sich nach der Schlossführung die Gäste längst an edlen Tropfen im Weinkeller. Mit jedem Schritt, den ich in die Nähe der tieferen Etage komme, wird die Melodie deutlicher: »Sweet Dreams« von den Eurythmics, in voller Lautstärke. Lässig, aber sehr ungewöhnlich für ein Schloss. Noch ungewöhnlicher für eine Weinverkostung. Jetzt, wo ich das Ziel kenne, lege ich an Tempo zu. Meine Sneakers hinterlassen kein Geräusch, als ich die marmornen Stufen nach unten renne. Mittlerweile ist die Lautstärke der Beats ohrenbetäubend. Die Treppe macht eine Biegung, und kurz vor dem ziegelgemauerten Eingang zum Keller höre ich zur Musik noch Männerstimmen. Begeisterte Männerstimmen. Und Klatschen. Unter einem Gewölbebogen mache ich eine Vollbremsung und verschnaufe kurz nach meinem Sprint.

Aber das Bild, das sich mir bietet, hebt mich aus den Fugen: Ich klammere mich an die Backsteine. Mache die Augen kurz zu und wieder auf. Nein, kein Traum. Das hier ist kein Weinkeller, das ist eine erotische Spielwiese! Die Hauptdarsteller: Architekten. Graumelierte Herren mittleren Alters lassen ihr Gesäß zu Annie Lennox kreisen, nur mehr wenige von ihnen sind vom Nabel abwärts bekleidet. Einigen sind mit Krawatten die Hankgelenke gefesselt; sie sind an die metallenen Fackelhalter an der Wand fixiert, manche haben noch zusätzlich die Augen verbunden. Barbusige Mädels räkeln sich auf und zwischen den Fässern zur Musik. Riesige Weinblätter vor der Scham sind ihre einzige Körperbedeckung. Sie kosten den Wein abwechselnd selbst aus dem Glas oder gießen einem der glückselig glupschenden Architekten die edlen Tropfen in den Mund. Eine besonders üppige blonde Schönheit hat sich ein Weinglas zwischen die Brüste geklemmt und drei Herren um sich geschart, die abwechselnd versuchen, von dem kostbaren Nass zu lecken. Ich versuche, nicht alles zu sehen, aber einige der männlichen Mitwirkenden kommen mir bekannt vor. Leider. Da ist zum Beispiel der Uni-Professor, der schon des Öfteren mit Laurenz zusammengearbeitet hat. Das Bild wird sich für immer in mein Gedächtnis brennen: Gerade lässt er mit einem Schlachtruf seine Beinkleider nach unten fallen und befreit eine der Nymphen von der Last ihres Weinblattes. Den frischgekürten Architekturpreisträger ganz hinten im Weinkeller erkenne ich ebenfalls. Ich verstehe mich ganz gut mit seiner Frau, aber der Anblick, wie er sich gerade von zwei Sirenen auf einem riesigen Weinfass an seinem Nord- und Südpol verwöhnen lässt, wäre nichts für sie. Venus hat also in diesem Weinkeller Bacchus erfolgreich verdrängt und das Ruder übernommen. Und ich? Mittendrin in der Orgie und stinksauer. Keine Minute länger werde ich mir diese Schweinereien anschauen. Also tue ich, was getan werden muss.

Ich reiße den Stecker aus der Dose und klemme beide Zeigefinger zwischen die Lippen. Der Pfiff fährt allen Beteiligten in die Glieder, der Uni-Professor starrt mich erschrocken an, irrt mit Beinkleidern um die Knöchel in Richtung Ausgang, verfängt sich in seiner Hose und stolpert.

»*The party is over*!«, brülle ich.

Erst jetzt entdeckt mich meine bessere Hälfte. Laurenz verscheucht hastig eine äußerst biegsame Dame von seinem Schoß und torkelt mit schuldbewusstem Blick auf mich zu. Ohne mich noch ein einziges Mal umzudrehen, mache ich mich auf den Weg zurück zum Auto.

Auf der kurzen Fahrt zurück zum Hotel übergibt sich der Laurenz ganze siebenmal. Dazwischen kauert er sturzbesoffen in seinem Sitz, kichert und winselt abwechselnd.

»So leid … wolltichnicht … gut gebaut … falscher Moment … super Jahrgang … Telefonnummer?«

Vor jedem Mal Rückwärtsessen hämmert er verzweifelt ans Fenster. Tschechien bekommt ihm einfach nicht.

Beim Schlosshotel angekommen, plumpst er vom Beifahrersitz in den Kies und würgt Galle hoch. Die Autotür streift um ein Haar seinen Kopf, als ich sie zuknalle. Und ja, es ist mir egal. Mit so einer Rauschkugel kann ich mir die Heimreise abschminken; das Gejammer und Gekotze hält ja niemand aus. Soll er sich erst einmal ausnüchtern. Ich lasse ihn liegen. Er ist widerlich. Erbärmlich. Wie bekomme ich ihn vom Boden hoch? Vielleicht eine Scheibtruhe …? Nein, besser: Ivana! Jetzt ist genau der richtige Moment für eine Zehnkämpferin. Lange muss ich nicht suchen; sie wechselt gerade die Reifen bei ihrem Auto und zeigt sich kooperativ. Als sie das angekotzte Häufchen Elend im Kies liegen sieht, stemmt sie die Hände in die Hüften und brummt etwas, was ich nicht verstehen muss. Dann schultert sie den Laurenz wie einen Kartoffelsack und hievt ihn in den zweiten Stock hinauf. Vielleicht ein bisschen zu roh lässt sie ihn von ihrer Schulter aufs Bett plumpsen. Andererseits: Er hat es verdient.

Sie wäscht sich die Hände und fragt mich auf Englisch, ob ich heute Abend schon was vorhabe. Über mein zögerliches »Ähm« muss sie lachen und wedelt mit ihrem Finger, auf dem ein goldener Ring steckt, vor meinem Gesicht herum.

»I have fianceé!« Sie ist fix vergeben.

Und dann erzählt sie mir, dass ihre Verlobte, eine Turniertänzerin, gerade auf Trainingslager in Japan ist. Nächstes Jahr im Mai ist Hochzeit. Die beiden sind schon seit über zehn Jahren ein Paar, Bescheißen ist kein Thema. Außerdem wäre ich ihr viel zu dünn, grinst die Ivana und gibt mir einen freundschaftlichen Klaps auf den Po. Ich verbringe also den restlichen Tag und auch den Abend mit ihr und bin angenehm überrascht. Sie stellt sich als herzensgute Seele heraus, mit der man richtig Spaß haben kann. Und sie spricht perfekt Englisch. Weiß der Himmel, warum sie das bis jetzt so geschickt verborgen hat.

Wir bestellen uns Pizza beim Lieferservice, und die Calzone versöhnt mich wieder mit der italienischen Küche in Tschechien. Später bringe ich ihr Rummy bei und sie zeigt mir ein paar astreine Tricks beim Pokern. Wir skypen mit ihrer Verlobten in Japan und tanzen *Mambo Italiano* quer durch die leeren Schlossgänge. Ivana bewegt sich geschmeidig und wie auf Schienen, grazil und überhaupt nicht plump. Dann machen wir uns Popcorn in der Schlossküche und später heiße Schokolade. Auf Alkohol verzichten wir zur Gänze, weil die Ivana sowieso ein bisserl aufpassen muss. Gallenkoliken und so.

Irgendwann, weit nach Mitternacht, ist es Zeit fürs Bett. Selten so viel Spaß gehabt. Wir wünschen uns eine gute Nacht, und sie faltet sich in ihrem Kammerl hinter der Küche zusammen. Zwei Stockwerke höher suche ich mir eines der leeren Zimmer, denn der Laurenz riecht streng und sauer.

Leider ist meine Matratze butterweich und dünn, jede einzelne Strebe des Lattenrostes ist deutlich spürbar. Ich falte die Hände und seufze; kenn mich schon aus, Gott. Ein bisschen Strafe muss schließlich sein. Dafür, dass ich der Ivana Unrecht getan habe und sie in der Badewanne habe schlafen lassen.

Nach nicht einmal vier Stunden Schlaf summt das Handy leise, knapp an meinem Ohr. Endlich Schluss mit den Träumen von Playboy-Häschen und Kellergewölben. Ich bin erleichtert; aber nur für Sekunden.

»Mama … Sankt Leonhard … baumelt einer!!! … Messer steckt noch drinnen.«

Mehr verstehe ich nicht.

»Susi?«

Schluchzen, Schnäuzen, Schniefen. Mein Gehirn ist zumindest so weit wach, dass es den Ernst der Lage erkennt. Meine Große ist total neben der Spur, aber warum? Barfuß trapse ich über den Spannteppich ins Nachbarzimmer zum Laurenz. Er ist noch im Tiefschlaf.

»Von Anfang an, Susi! Was ist los? Und wo bist du?«

»In Sankt Leonhard.«

Um fünf Uhr morgens? »Was machst du um die Uhrzeit in Sankt Leonhard?«

»Andrea und ich wollten zum Kranzlstechen gehen, und weil wir gestern Abend in der Stadt unterwegs waren, habe ich bei ihr geschlafen. Die Oma hat's erlaubt.« Sie schnieft schon wieder.

»Heute früh sind wir mit dem Rad zum Bäcker gefahren. Kipferl holen fürs Frühstück.«

»Okay. Und dann?«

»Dann sind wir zum Hügel gekommen, wo heute das Kranzlstechen ist. Alles ist schon aufgebaut: der Galgen und der Haken für den Kranz. Und … da … *hängt* einer!«, schluchzt die Susi.

»Wie, da hängt einer?«

»Ja, halt genau so, wie ich's sag!«, schreit sie schrill und ungeduldig. »Am Holzrahmen mit dem Galgen baumelt einer, in seiner Brust steckt ein Küchenmesser, und …«

Bitte nicht! Ich schließe die Augen. Was hat Vroni gestern gesagt? Unnatürlicher Herztod.

»Susi, hör zu: Der, der da baumelt, hat der einen Strick um den Hals?«

»Mama!!!!!« Susi brüllt entsetzt in mein Ohr und schluchzt wieder. Ich halte mein Smartphone auf Abstand, um keinen Gehörsturz zu erleiden.

»Ich … keine Ahnung! Ist doch scheißegal, oder? Mama, ich hab vor zehn Minuten einen Toten gesehen. Zum ersten Mal in meinem Leben sehe ich einen Toten! Er baumelt im Wind und hat ein Messer in der Brust, Mama!!! Keine Ahnung, was ich jetzt machen soll. Er ist tot, verstehst du?«

Ich verstehe. Und wie ich verstehe! Trotzdem versuche ich, sachlich zu bleiben.

»Bist du noch dort oder schon wieder bei Andrea daheim?«

»Ich bin noch dort. Die Andrea kotzt sich grad die Seele aus dem Leib, irgendwo im Gebüsch. Mama, weißt du, wie *grauslich* so eine Leiche ausschaut!!!«

»Ja, Schatz, ich weiß. Und du hast recht, das ist kein schöner Anblick. Aber sei so lieb und schau noch einmal genau hin, nur ein eiziges Mal!« Ein entsetzter Schrei am anderen Ende der Leitung. »Sch-sch-sch …« Etwas anderes fällt mir zur Beruhigung nicht ein, bevor sie komplett durchdreht. »Du sollst mir doch nur sagen, ob er erstochen oder erhängt worden ist.« Ich muss es einfach wissen.

»Ich glaub, ich bin im falschen Film!!! Soll ich vielleicht mit dem Handy fotografieren???«

Sie kreischt hysterisch, und obwohl ihre Idee sarkastisch gemeint ist, ist sie gar nicht schlecht. Ein Foto zur Beweissicherung, warum nicht? Ich lobe sie für ihren guten Einfall und rede mit Engelszungen auf sie ein. Dass sie zuallererst bitte das Foto per WhatsApp an mich schicken soll. Anschließend soll sie beim Polizeiposten Anif anrufen. Ideal wäre, wenn sie den Fuchs Christian erwischen könnte. Den Namen Roderich braucht sie nicht zu erwähnen, sage ich ihr, den kennt in Anif keiner. Jetzt hält sie mich endgültig für übergeschnappt; verständlich. Tochter ruft Mutter verzweifelt und vollkommen außer sich an, in der Hoffnung auf Hilfe und Beruhigung. Stattdessen wird sie zu Beweissicherung angestiftet. Gut nachvollziehbar, dass sie an meinem Verstand zweifelt. Schließlich kennt sie den Hintergrund nicht. Später werde ich ihr alles erklären und sie wird es verstehen.

Aber nicht jetzt. In ihrer Aufregung plappert sie womöglich alles aus. Das Wichtigste ist in diesem Augenblick eine schnelle Heimreise. Keine Zeit mehr zu verlieren. Hier war der Pechtl am Werk.

Ein knackiges »Guten Morgen« und ein karges Frühstück in der Schlossküche. Mehr gönne ich dem Laurenz heute nicht. Ich bezahle das Zimmer bei Ivana und wuchte zwei Reisetaschen in den Kofferraum. Mein Mann ist erstaunlich blass und kauert sich kleinlaut auf dem Beifahrersitz zusammen. Er verkriecht sich in die Wolldecke, die ihm Ivana über die Knie gebreitet hat. Sie steht breitbeinig im Kies, winkt und wirft uns Kusshände hinterher, als wir Lednice verlassen.

Irgendwo, kurz vor Linz, machen wir einen Boxenstopp. Jausnen, pieseln, Füße vertreten. Laurenz ist schon seit fast zehn Minuten auf der Toilette; es dauert eben seine Zeit, bis der Alkohol der letzten zwei Tage aus dem Körper geschwemmt ist. Mein Handy zwitschert: WhatsApp von Susi.

Ich entsperre das Display und öffne den Bildanhang; jetzt verstehe ich, was meine Tochter so dermaßen aus den Schienen geworfen hat. Das hier ist nichts für zarte Nerven. Vor dem idyllischen Hügel mit der Kirche von Sankt Leonhard baumelt ein Mann am hölzernen Kranzlstichgalgen. Das Gesicht verzerrt, die Augen aufgerissen. Allerdings hat der Tote den Strick nicht um den Hals, wie man bei einem Galgen vermuten würde. Er ist an den Füßen gefesselt und verkehrt herum aufgehängt. Kopf nach unten. Da, wo in ein paar Stunden die Kränze fürs Kranzlstechen baumeln sollten. Und in seiner Brust steckt ein Messer. Ich zoome das Bild größer: eindeutig Herzgegend. Noch größer: Das Messer steckt *genau* im Herzen. 100 Punkte, Vroni. Scheiße.

Aus dem Augenwinkel sehe ich Laurenz auf die Beifahrerseite zulaufen und klicke das Foto gerade noch rechtzeitig weg. In jeder Hand einen Thermobecher Kaffee und ein versöhnliches Lächeln auf den Lippen, parkt er sein Gesäß vorsichtig auf dem Sitz. Er hält mir einen Becher hin, murmelt etwas von Fehler und Reue. Kann er sich sparen, das Gebrabbel. Das, finde ich, reicht bei Weitem noch nicht aus. Da ist noch Luft nach oben. Ich lasse beide Hände am Lenkrad, würdige ihn keines Blickes und trete aufs Gas. Die Beschleunigung drückt Laurenz tief in den Sitz und lässt den Kaffee aus den Bechern überschwappen. Brennheiße Flüssigkeit ergießt sich auf den Schritt meines Mannes. Erst kurz vor Salzburg hört er endlich auf zu winseln.

ZWÖLFTES KAPITEL

Erzählt von Hermis Rossnatur, Glitzerstreuseln und dem Pflichtbewusstsein eines braven Gemeindebürgers. Eine Familienkonferenz findet statt, Xaverl erinnert mich an einen Retter mit Silberblick und legt sich mit dem Rest der Welt an. Am Ende steht allerdings eine erschreckende Erkenntnis.

Als wir daheim ankommen, liegt Susi auf Hermis Ofenbank und schläft. Meine Schwiegermutter sitzt daneben und streicht ihrer Enkeltochter über die Haare.

»Ich habe ihr Baldrian gegeben, zur Beruhigung.«

Mit dem Suppenschöpfer, nehme ich an. Hermi dosiert meistens großzügig und geht auf Nummer sicher. Sie selbst ist mittlerweile auf dem letzten Stand der Dinge, klar. Das mit dem Foto von der Leiche hat Susi hoffentlich für sich behalten.

»Nachher kommt noch ein Polizist vorbei, weil er der Susi ein paar Fragen stellen muss. Er hat sich auf dem Posten extra dafür eingesetzt, dass er das macht und kein anderer.«

Dann lerne ich den ruhmreichen Roderich also endlich kennen. »Find ich nett, dass er extra herkommt und die Susi nicht auf den Posten zitiert.«

Hermi nickt und schaut auf die Uhr. »Ein bissl wird's aber noch dauern, hat er gesagt. Bis Mittag hat er Dienst beim Kranzlstechen, er muss die Straßen absperren für den Festzug der Kutschen und Reiter.«

»Das Kranzlstechen findet statt???« Nicht zu fassen: Vor kaum fünf Stunden ist am Haken für den Kranz noch ein Toter gebaumelt. Wie darf ich mir das vorstellen – Leiche runter, Kranz rauf, weiter geht's? Finde ich pietätlos.

»Ja, warum denn nicht?« Hermi schüttelt den Kopf. Wieder mal ein Beweis für ihr robustes Gemüt. »Fürs Kranzlstechen kommen die Leute von überallher, ja, was glaubst denn. Aus dem Bayerischen drüben und von der Stadt, alle aufgekranzt wie die Pfingstochsen mitsamt ihren Viechern. So was kann man doch nicht absagen! Ist doch eh schon verrräumt, die Leich! Und die Spusi war auch schon da, das sind ja schließlich keine Nasenbohrer.«

»Spusi?«

»Ja, Spurensicherung halt! Schaust du kein Fernsehen, oder was? Die Leiche von heute war übrigens schon wieder ein Tscheche, sagt der Xaverl. Momentan leben die gefährlich bei uns, so wie's ausschaut!«

Der Fischer Xaverl wieder, das war ja klar.

»Den hab ich heut auch schon mit Baldrian abgefüllt. Nervenzusammenbruch. Eigentlich gehört der zum Arzt. Aber der ist ja so ein Hosenscheißer, das kann man sich gar nicht vorstellen.«

Noch einer, der neben der Spur ist. Warum eigentlich? Hermi läuft zur Hochform auf.

»Ja, weil er doch extra seine Route geändert hat. Seit er den armen Kerl mit dem blutigen Schädel an der Glan gefunden hat, hat's ihm dermaßen gegraust, das kann man sich gar nicht vorstellen.« Doch, kann man, wenn man die Bilder kennt.

»Nie wieder wird er an der Glan spazieren gehen, hat

er mir erzählt. Obwohl das immer seine Lieblingsstrecke war. Und da hab ich ihm vorgeschlagen, einfach woanders seine Kilometer abzuspulen.« Sie streicht wieder über Susis Haarpracht. »Da macht der Xaverl gute 50 Jahre lang jeden Tag dieselbe Runde, verstehst, und ausgerechnet heut, wo er zum ersten Mal nach Sankt Leonhard geht, ist grad die Spusi am Werk und pflückt den armen Kerl vom Galgen. Mausetot und voller Blut, mitsamt dem Messer in der Brust.«

Hermi erzählt mir außerdem noch, dass sie – nach einem Anruf von Susi – mit dem Auto nach Sankt Leonhard gedüst ist und beide eingesammelt hat: Xaverl und Enkeltochter. Beide schwer geschockt und käsebleich.

»Deswegen weiß ich ja, dass die Leiche schon wieder ein Tscheche war. Weil eben der Xaverl mitgehört hat, was die Leute von der Spusi besprochen haben. Die waren keine zehn Meter von ihm entfernt. Irgendeinen Ausweis haben sie beim Toten gefunden. So ein armer Kerl. Abgestochen wie ein Schwein, und noch dazu so weit weg von daheim.«

»Daheim abgestochen zu werden ist auch nicht besser«, murmle ich.

Der informative Teil ist hiermit beendet; Hermi strafft den Rücken und schaut mich fragend an.

»Wo ist eigentlich mein Sohn?«

Soweit ich weiß, ist Laurenz gleich nach unserer Ankunft im Nebengebäude verschwunden, um zu arbeiten. Wahrscheinlich hat er erkannt, dass es besser ist, mir aus dem Weg zu gehen.

»Kopfweh hat er, glaube ich.« Stimmt sogar.

»Hält auch nix aus, der Bub«, murmelt Hermi.

Ich bleibe auf der Ofenbank sitzen. Hermi ist in der Küche und streut gemeinsam mit Lisi Glitzerstreusel auf eine frische Sachertorte. Für die Kaffeejause, sagt sie. Wahrscheinlich will sie dem ruhmreichen Roderich ein Stück anbieten. Meine große Tochter schläft immer noch. Es ist also niemand da, der mich beobachten könnte. Ich fische mein Handy aus der Tasche und gehe noch einmal die Fotos durch, die Susi mir geschickt hat. Gewissenhaft und gründlich, wie sie eben ist, meine Tochter, hat sie den Toten von allen Seiten fotografiert. Dazu noch eine Aufnahme aus der Entfernung, mit der Kirche im Hintergrund. Das letzte Bild hat sie aus nächster Nähe gemacht; man kann sogar erkennen, dass die Lippen des Toten trocken und rissig sind. Für diese Überwindung gebührt ihr meine volle Anerkennung, schließlich kann man schlecht wegschauen, wenn man fotografiert. Das Messer, das bis zum Griff tief in der Brust steckt, ist schon schlimm zum Anschauen. Aber noch schlimmer ist das Gesicht des Toten: die Augen weit aufgerissen vor Entzsetzen, der Mund schmerzverzerrt. Ich klicke das Foto wieder weg – genug gesehen.

Ein Tscheche also. Und der Name? Womöglich wieder ein Mitglied aus der Familie Primislav, was die endgültige Bestätigung der Grabsteintheorie wäre. Und der arme Kerl wäre Nummer zwei auf Pechtls Drei-Punkte-To-Do-Liste. Immer vorausgesetzt natürlich, dass die Vroni und ich mit unseren Vermutungen richtigliegen. Serienmörder Pechtl, wohnhaft in Glanegg. *Worst case*.

Ich lehne mich an den heißen Kachelofen; Übelkeit kriecht meine Kehle hoch. Die Hitze der Kacheln ist unerträglich und verstärkt meinen Würgereiz noch; ich reiße die Balkontür auf und stelle mich in den eiskalten Herbstwind. Durchatmen, kühlen Kopf bewahren. Nachdenken. Wird es tatsächlich ein drittes Opfer geben? Sehr wahrscheinlich, so wie es ausschaut. Wer könnte das sein? Keine Ahnung. Ich kenne zwar den Namen des Kommandanten, der Pechtls Mutter auf dem Gewissen hat, aber nicht seine Nachkommen. Im Prinzip kommt jeder infrage, der mit den Primislavs verwandt ist. Um ein drittes Opfer zu verhindern, müssten wir dem Mörder einen Schritt voraus sein, aber das ist unmöglich. Ich stemme mich vom Balkongeländer ab, das abgewitterte Holz fühlt sich rau an. Wie komme ich schnellstmöglich an den Namen des Toten von Sankt Leonhard? Vielleicht wäre der ruhmreiche Roderich hier eine gute Hilfe. Im besten Fall ist er schon informiert und hat alle Daten im Kopf, wenn er kommt, um Susi zu verhören. Allerdings wird er sich hüten, Details auszuplaudern, stelle ich mir vor. Ein Informationsleck während laufender Ermittlungen kann er sich in seiner jetzigen Lage eigentlich nicht leisten. Würde sich schlecht auf sein Image auswirken. Ob er weiß, wer ich bin?

Was zumindest sicher ist: Der Tote wird auf einem Seziertisch in der Salzburger Prosektur landen; mit ein bisschen Glück sogar auf dem von Frau Doktor Heidi Putschauer. Und mit noch ein bisschen mehr Glück hatte der Tote irgendeinen Ausweis bei sich. Dann würde mir – eventuell und in weiterer Folge – Frau Doktor Fleischer weiterhelfen können. Aber dann müsste ich – ebenfalls in weiterer Folge – erklären, warum ich mich für den Namen interessiere. Liegt mir fern, mit der selbstgehäkelten Theorie von der Vroni und mir hausieren zu gehen. Was, wenn mich meine Chefin nicht ernst nimmt und ich als Wichtigtuerin rüberkomme? Außerdem ist es ja nicht fix, dass ausgerechnet Frau Doktor Putschauer dem Toten das Messer aus der Brust zieht, denn Gerichtsmediziner gibt's mehrere in Salzburg.

Ich fühle mich hilflos und übermüdet. Ein letzter tiefer Atemzug auf dem Balkon, dann setze ich mich wieder auf die Ofenbank zu Susi, die sich gerade streckt und munter wird.

Es klingelt. Vor der Tür steht der ruhmreiche Roderich alias Christian Fuchs. Das Bild, das sich meine Fantasie anhand von Vronis Erzählungen zusammengezimmert hat, entspricht genau dem, was ich sehe. So und nicht anders habe ich ihn mir vorgestellt: überspielt-verzweifelter Gesichtsausdruck, dazu Sommersprossen. Blaue Augen, volle Lippen und rote Wangen. Ein erwachsenes Bubengesicht mit melancholischem Blick. Die blonden, zurückgegelten Wellen sollen wahrscheinlich cool und männlich wirken. Sinnlos. Mit dem Gesicht könnte er locker Werbung für Babybrei machen. Die Hängeschultern und der Hüftspeck, der über den Gürtel quillt, machen die Sache nicht besser. Er erinnert mich an einen Schauspieler ... der Name liegt mir auf der Zunge. Noch immer bin ich mir nicht sicher, ob Vroni ihrem Geocacher-Kollegen von mir erzählt hat und er mich erkennt. Wenn ja, dann kann er es sehr geschickt verbergen.

Die ganze Befragerei ist relativ schnell erledigt, denn der schicksalsgebeutelte Roderich hat ein Auge für menschliches Elend. Sprich, er erkennt sehr schnell, dass eine geschockte, schlaftrunkene 16-Jährige als Informantin nichts taugt. Noch dazu, wenn sie von der Großmutter mit pflanzlichen Substanzen ruhiggestellt wurde. Nach fünf Minuten ist er wieder dahin, sehr zu Hermis Missfallen.

»Nicht einmal ein Stück Torte hat er gegessen. Na ja, er ist eh zu fett.« Punktlandung à la Hermi. »Der schaut aus wie dieser junge Schauspieler«, sagt sie. »Der Blonde mit dem Babyface.«

Auf einmal ist der Name wieder da. »Matthias Schweighöfer!«

»Genau der!« Hermi verschränkt zufrieden die Arme unter ihrem Busen und hebt ihn hoch. »Matthias Schweighöfer«, nickt sie, »mit Uniform und Hüftspeck.«

Kurz darauf klingelt es wieder. Fischer Xaverl, diesmal mit einer Bitte in eigener Sache.

»Ich brauche noch Baldrian, Hermi!« Den kriegt er natürlich, unser reitender Bote von Glanegg, und ein großes Stück Sachertorte gleich dazu. Mit Schlagobers und Einhorn-Glitzerstreuseln.

Onkel Stefan und Tante Zenzi sitzen mittlerweile ebenfalls auf der Ofenbank, begrüßen den Fischer Xaverl und diskutieren heftig über Susis Gemütszustand. Laurenz hat sich doch noch aus seinem Büro hierhergetraut und hält den Restalkohol in seinem Körper mit Sachertorte und Kaffee in Schach.

»Man sollte einen Psychologen hinzuziehen!«, klärt uns Onkel Stefan auf. Als Teenager wäre Susi nicht imstande, das Geschehene vom heutigen Morgen allein zu verarbeiten.

»Da braucht's professionelle Hilfe von einem Akademiker!«

»Geh, Schmarrn!«, donnert Tante Zenzi und setzt sich neben Susi auf die Ofenbank.

»Schau mich einmal an!«, fordert sie meine Tochter auf, blickt ihr tief in die Augen und prüft Temperatur und Puls. Krankenschwesternreflex.

»Freilich hat sie einen Schock, das geb ich zu. Wer rechnet schon damit, dass er noch vor dem Frühstück einem Toten beim Baumeln zuschauen muss?«

»Eben«, nickt Onkel Stefan eifrig, »sag ich ja. Der Schock

muss professionell überwunden werden. Am besten mit einem studierten Psychologen …«

»Das ganze Psychologen-Gfrast, das kannst meinetwegen in einen Sack stecken und mit dem Knüppel erschlagen! Die haben doch selber ihr Leben nicht im Griff! Hör mir doch auf mit denen! Ich frag mich sowieso, warum du glaubst, dass aus einem Akademikerhintern die Sonne scheint!«

Die Streiterei zwischen Großonkel und Großtante erheitert die Susi dermaßen, dass sie einen Lachkrampf bekommt. Selbstschutz, stelle ich mir vor. Tante Zenzi streicht ihr über den Kopf.

»Na, alsdann! Wird schon wieder, gell?«

Inzwischen hat der Fischer Xaverl das Baldrianflascherl auf ex geleert und zu seinem alten Mitteilungsdrang zurückgefunden. Sein Gesicht ist wieder rosig, die kurzen Beine baumeln von der Ofenbank und er hebt bedeutungsvoll den Zeigefinger der rechten Hand. Mit seinem leichten Silberblick, dem schütteren Bart und dem blauen Hemd erinnert er mich an ein Ölgemälde von Leonardo da Vinci. Salvator Mundi; Christus als Retter der Welt.

Er hat etwas gefunden bei seinem Spaziergang in aller Hergottsfrühe, sagt der Xaverl.

»Aber das muss ich zuerst dem Laurenz zeigen!«

Weil Laurenz als Architekt wahrscheinlich der Einzige unter uns ist, der so etwas schon einmal gesehen hat. Dann fischt er mit zittrigen Händen einen Packen gefalteter Zettel aus der Innentasche seiner Jacke und setzt sich zwischen mich und meinen Mann. Poleposition: Ich habe alles im Blick. Nichts entgeht mir.

Laurenz überfliegt die Zettel und runzelt die Stirn. »Wo hast du das her?«

»Was ist denn das überhaupt?«, will Hermi wissen, aber Laurenz entzieht sich der mütterlichen Neugier und dreht das Papier in die andere Richtung. Sie kann nicht mehr mitlesen und trollt sich beleidigt in die Küche.

»Das war ein ordentlicher Schock heute früh, Jessasmarantjosef! Ich bin ja auch kein junger Spund mehr. Jetzt hab ich zwei Leichen innerhalb von ein paar Wochen gefunden, das ist nix für meine ramponierte Pumpe. Also hab ich mich an der Straße auf einen Stein gesetzt, damit ich mich wieder ein bisserl fang.« Er greift sich an die Brust und schnauft tief ein. »Heut früh war's ja windig! Richtig unangenehm; aber ich bin trotzdem aus dem Haus gegangen. Spazieren, wegen dem Herz. Und da seh ich dann den armen Kerl am Galgen hängen, mit dem Kopf nach unten.«

Er schnauft wieder tief ein und schüttelt den Kopf. »Die Leiche an dem depperten Galgen ist richtig hin und her gebaumelt. Lang hat's nicht gedauert, bis die Polizei und die Spurensicherer da waren. Alle sind sie ganz wichtig herumgeschoasselt, auf mich hat keiner geachtet.«

Er macht eine kurze Pause und atmet schwer.

»Die Zettel, die auf der Straße gelegen sind, hat auch niemand bemerkt.«

Er tippt mit seinem zittrigen Zeigefinger auf das Zettelpackerl. Laurenz überfliegt den Inhalt und der Xaverl erzählt weiter.

»Ja, und da hab ich sie halt aufgehoben, die Papierln. Die sind sicher dem Toten aus der hinteren Hosentasche gefallen, als er kopfüber aufgehängt worden ist.«

»Wieso hast du denn die Zettel nicht der Spusi gegeben, wenn die eh grad am Werk waren?«

Hermi ist leicht schockiert über Xaverls unangebrachtes Verhalten. Aber der zuckt nur mit den Schultern und meint, er hat schließlich ein Recht darauf, zu wissen, wer da tot in Sankt Leonhard vom Kranzlstichgalgen baumelt. Immerhin hat er ihn anschauen müssen und Herzrasen gekriegt; die Zettel, sagt der Xaverl, waren eine Art Wiedergutmachung. Dafür, wie die Exekutive des Staates Österreich mit ihm umgegangen ist. Bei seinem ersten Toten nämlich, also dem Prismislav mit dem zermatschten Gesicht, hat er sich an die Spielregeln gehalten, sagt der Xaverl. Er hat sofort die Polizei gerufen und als braver Bürger seine Staatsbürgerpflicht erfüllt, obwohl es ihm gar nicht gutgegangen ist dabei. Herzrasen und so weiter. Aber die Polizei hat ihn hinterhältig im Dunkeln tappen lassen, als er sich nach dem Namen des Toten erkundigt hat.

»Informationssperre, haben sie gesagt!« Der Xaverl schaut empört. »Da nehmen sie zuerst großartig meine Daten auf, machen ein Riesentamtam, und dann melden sie sich einfach nimmer. Ja, gehört sich denn so was? Wo ich sogar noch neben der Leich gewartet hab, damit keine Spuren verschwinden?«

Der Xaverl schnaubt. Nein, sagt er, so geht man mit pflichtbewussten Bürgern nicht um. Die Polizei ist ein ganz undankbares Pack. Er hebt wieder seinen rechten Zeigefinger und schielt.

»Und deshalb hab ich heut in der Früh, bei meiner zweiten Leich, beschlossen: Die sollen sich ihre Beweise gefälligst selber suchen. Werden schon sehen, was sie davon haben!«

»Geh, Xaverl.« Hermi schüttelt milde den Kopf und setzt sich zu uns »Was ist jetzt mit dem Geschreibsel?«

Laurenz faltet Xaverls Fund wieder zusammen und streicht den Bug ein paarmal glatt.

»Das sind Formulare. Solche braucht man, wenn man

als Bürger eines anderen EU-Staates in Österreich arbeiten will. Geburtsurkunde, Ausbildungsnachweis, Versicherungspolice …«

»Na, das hätten die von der Spusi sicher gern gefunden, kannst Gift drauf nehmen«, sagt Hermi, und der Fischer Xaverl fühlt sich dadurch noch mehr in seinem Handeln bestätigt.

»Im schlimmsten Fall bist du dran wegen Unterschlagung von Beweisen«, sage ich und strecke die Hand nach dem Papier aus. Hermi fischt ebenfalls danach, aber ich bin schneller.

»Geh«, sagt der Xaverl, »die sollen sich nicht so anstellen. Die haben doch eh seinen Ausweis gefunden.«

Ich frage mich ernsthaft, woher der Xaverl von einem Ausweis im Geldtascherl wissen kann. Ob er das Portemonnaie des Toten gecheckt hat?

»Also haben sie den Namen und die Adresse. Na, und für den Rest sollen sie sich ruhig ein bisserl plagen. Schadet gar nicht, wenn die auch was tun für ihr Geld.«

Ende der Durchsage. Der Xaverl verschränkt trotzig die Arme vor seinem blauen Gewand. Wer hätte gedacht, dass eine beleidigte Leberwurst einmal so nützlich sein kann?

»Der Pechtl Hubi war doch Sachverständiger am Bau … der würde sich mit solchen Formularen wahrscheinlich auch auskennen«, sagt Hermi und erntet einen höhnischen Lacher vom Xaverl.

»Ja, sonst noch was? Wozu sollte das gut sein? Das Arschloch kriegt von mir nicht einmal das Schwarze unterm Fingernagel! Der bringt's fertig und dreht mir sogar noch einen Strick draus, und am Ende steh ich als Mörder da!«

Der Xaverl als Revoluzzer; ich könnte ihn küssen. Aber das lasse ich lieber bleiben vor versammelter Mannschaft.

Er erntet Lacher und Schulterklopfen für sein Misstrauen gegenüber der Staatsgewalt und dem Pechtl. Ich nutze die ausgelassene Stimmung und schieße mit dem Smartphone ein paar Fotos von den Formularen. Als ich sehe, auf wen die Dokumente ausgestellt sind, ist die Übelkeit schlagartig wieder da: Karel Primislav.

DREIZEHNTES KAPITEL

Erzählt von Ausscheidungen, Kuverts und Notendruck. Vroni ist mir technisch wieder einmal haushoch überlegen und Laurenz konzentriert sich aufs Wesentliche. Ich muss Onkel Stefan beruhigen und Vera um einen Gefallen bitten. Noch nie war es so aufschlussreich, Gemüse zu schnipseln.

Der nächste Tag ist wieder ein Montag. Bereits um halb acht, als ich die Praxis aufsperren will, wartet der Rettenbacher vor der Tür und drückt mir ein paar durchsichtige Plastikbehälter in die Hand. Gefüllt und noch warm.

»Alles frisch: Blut, Speichel, Urin, Stuhl«, strahlt er mich an. Wie er sich das Blut abgezapft hat, will ich gar nicht wissen. Die Spermaprobe drücke ich ihm wieder in die Hand.

»Für Vaterschaftstests sind wir nicht zuständig!« Alles, was recht ist!

Der Rettenbacher schlüpft also gemeinsam mit mir in die Praxis und macht es sich im Wartezimmer schon einmal bequem.

»Ich wart dann so lange, bis alles ausgewertet ist.«

Unter seiner Jacke zeichnet sich der Flachmann ab; heute wieder flüssige Jause.

Sämtliche Behältnisse wandern ungeöffnet in den Müll, denn der eigentliche Grund von Rettenbachers frühem Erscheinen liegt auf der Hand: Neugier. Er ist eben nicht nur ein großer Hypochonder vor dem Herrn, sondern auch unersättlich in Sachen Tratsch und Klatsch. Und heute ist der Tote vom St. Leonharder Kranzlstichgalgen natürlich *das* Gesprächsthema in der Praxis. Welcher Landsmann der Tote war, ist längst durchgesickert. Ab acht Uhr schwirrt die Luft im Wartezimmer vor wüsten Spekulationen, abenteuerlichen Theorien und Botschaften unter dem Siegel der Verschwiegenheit. Jeder hat immer schon gewusst, dass es genau so kommen wird.

Dieser Montag ist typisch für den Beginn der Schnupfenzeit: Eigentlich bräuchte ich vier Arme, um alles zu bewältigen. Ich sause zwischen Schreibtisch und Behandlungsraum hin und her, verteile Taschentücher und tröste ein Kleinkind, das starke Ohrenschmerzen hat. Zu allem Überdruss schneit die Christl von der Post kurz vor Mittag in die Praxis und wedelt mit einem blauen Brief.

»Für dich, Rosmarie! Besser gesagt, für deinen Sohn …«

Sie schaut auf den Absenderstempel und trompetet ihr Wissen durch das Wartezimmer.

»Vom Amadeus-Gymnasium. Ist sicher wichtig, so kurz vor dem Elternsprechtag!«

Normalerweise hab ich nichts gegen einen Ratscher mit ihr, aber heute erwischt sie mich auf dem falschen Fuß, die Gute. Die Sache mit der Weinverkostung drückt mir noch aufs Gemüt, zwischen Laurenz und mir herrscht Funkstille.

»Danke, gib her!«

Ich reiße ihr das Kuvert aus der Hand und lasse es in meiner Handtasche verschwinden.

»Machst du den Brief nicht auf? Ist vielleicht eine Frühwarnung!«

Christl steht hinter mir und reicht mir schon den Brieföffner.

»Nein!«, knurre ich. »Auch wenn dir die Noten vom Max am Herzen liegen: Mach die Tür zu. *Von außen!!!*«

Sie macht sich beleidigt vom Acker. Hinterher stecken mir zwei ältere Damen Adressen von Nachhilfe-Instituten zu und wollen mich mit Storys von ihren lernunwilligen Enkeln trösten. Scheißmontag! Warum bin ich nicht eine stinkreiche Milliardärstochter? Lachsbrötchen statt eitriger Wunden, Parfum statt angerotzter Taschentücher und Chauffeur statt Fahrrad.

»Auch *das* geht vorbei!«, sagt Tante Zenzi immer, und irgendwann ist es tatsächlich Mittag und somit Praxisschluss.

Es ist windig und kalt. Trotz Haube und Handschuhen friere ich erbärmlich, als ich mit dem Rad in Richtung Heimat unterwegs bin. Ich schlängele mich am schmalen Almkanal-Radweg durch Muttis mit Kinderwagen und Pensionisten mit Einkaufstrolleys, und genau an der engsten Stelle: »Ulapalu!« Vroni is calling.

»Wegpunkt nehmen am Tatort!«

»Was zum Henker ist ein Wegpunkt?«

»Ja, Koordinaten halt! Den genauen Fundort von der ersten Leiche bestimmen, war doch ausgemacht für heute Nachmittag! In zwei Stunden bin ich da!«

Vroni glänzt durch reduzierte Heiterkeit. Den Grund dafür erfahre ich, als wir durch die herbstlich nassen Wiesen stiefeln: berufsbedingter Kummer. Der schlimmste natürliche Feind einer Volksschullehrerin sind Eltern. Nämlich dann, wenn sie die Leistungen ihrer Jennifers, Finns oder Laurins überschätzen. Und man sich für ehrliche Benotung entschuldigen muss oder – noch schlimmer – nicht ehrlich benoten *darf*. Weil sonst den bildungsfernen Gfrastern der Weg ins Gymnasium verbaut wird.

Eiseskälte und Wind machen mir plötzlich nicht mehr so viel aus. Ich genieße die frische Luft und bin froh um meinen Job in der Praxis. Vroni hat ihre zwei Mädels mangels Babysitter mitgenommen, also habe ich die Lisi ebenfalls zusammengepackt. Die Kinder hopsen in ihren Gummistiefeln vor uns her und lassen Drachen steigen. Das war Vronis Idee: Drachensteigen als ideale Tarnung für unser Vorhaben. Solange die Kinder außer Hörweite sind, bringe ich Vroni auf den letzten Stand der Dinge in Sachen Mord Nummer zwei. Die Rolle der passiven Zuhörerin liegt ihr nicht besonders. Lustlos trottet sie neben mir her und sagt nichts. Dass ich ihr auch noch den Namen des Toten präsentieren kann, wirft die Gute seelisch fast komplett aus dem Gleis. Sie schaut verzweifelt. Mit einem dermaßen großen Wissensvorsprung meinerseits kommt sie schlecht zurecht. Also erzähle ich ihr vom Fischer Xaverl und gebe zu, dass mir hier der Zufall zu Hilfe gekommen ist. Ihr Gesicht entspannt sich ein bisschen. Die Tatsache, dass der Pechtl durch sein Tun ihre Grabsteintheorie bestätigt, macht einiges wieder gut.

Als wir die Glan entlanggehen, zieht Vroni einen Apparat aus ihrer Umhängetasche, der wie eine Kreuzung aus Rasierer und Elektroschocker aussieht.

»GC-Toolkit«, sagt sie knapp und geht zu der Stelle, die der Fischer Xaverl damals der Hermi beschrieben hat: kurz vor der Autobahnbrücke, an der Grenze zwischen den Gemeinden Grödig und Wals.

Der Schotterweg, auf dem ich damals Pechtl und Othello begegnet bin, ist am linken Glanufer. Die Leiche wurde aber auf der anderen Seite gefunden.

Beherzt stapft Vroni mit ihren Gummistiefeln durch die

Glan, die keine drei Meter breit ist und momentan nur ungefähr 20 Zentimeter hoch Wasser führt. Ich zeige ihr den Stein, an dem ich damals das eingetrocknete Blut gefunden habe, und zucke kurz zusammen. Ein Haselnussstrauch auf der anderen Uferseite hat sich bewegt. Und irgendetwas hat geglitzert. Tausendprozentig!

»Wer das Rauschen fürchtet, darf nicht in den Wald gehen!«, sagt Vroni unbeeindruckt. Sie zückt ihr GC-Toolkit und stellt sich breitbeinig hin. In John-Wayne-Manier umklammert sie das Toolkit mit beiden Händen und zielt in Richtung Stein. Nicht zu übersehen, dass sie sich mordswichtig vorkommt. Im matschigen Gras entdecke ich etwas Dunkelblaues; irgendwo habe ich vor Kurzem so etwas gesehen, aber wo …?

»Hast du was gefunden?«

»Igitt …!« Mit spitzen Fingern ziehe ich das undefinierbare Etwas aus dem Matsch und stecke es in die Tasche meiner Regenjacke, schlammig, wie es ist.

»So, erledigt!« Sie zeigt mir das Display vom Toolkit und strahlt.

»Die Daten speise ich daheim in meine Software ein, dann kann man den Punkt auf der Karte von Grödig einzeichnen. Und dann müssen wir eigentlich nur noch unsere Daten und die vom Pechtl übereinanderlegen. Zum Beweis, dass er zur selben Zeit am selben Ort war wie der Primislav.«

Sie räuspert sich. »Also, der Theodor, denn mittlerweile haben wir ja zwei tote Primislavs.«

Aber die Sache hat einen Haken, eigentlich zwei. Erstens: Den exakten Todeszeitpunkt vom Primislav kennen wir nicht. Und zweitens: Wie sollen wir an das Handy vom Pechtl kommen?

Daheim werde ich bereits erwartet: Laurenz hat den Kachelofen eingeheizt, Blumen auf den Tisch gestellt und für Hintergrundmusik gesorgt. Marvin Gaye säuselt »Sexual Healing«.

Eine Entschuldigung für den Weinkeller von Valtice? Eigenartige Herangehensweise.

Mit geheimnisvoller Miene drückt er mir eine riesige Geschenkschachtel in die Hand. Lackschwarz, pinkfarbene Schleife.

Das hautenge Bunny-Kostüm und die roten Lack-High-Heels überraschen mich, keine Frage. Und den Haarreifen mit den Hasenohren finde ich schrecklich.

Aber Laurenz gibt sich noch nicht geschlagen. Er überreicht mir ein Kuvert. Auf einer Karte steht: »Damit unserer Ehe nie der Schwung ausgeht, in Liebe, dein Laurenz«.

Mit dabei im Kuvert ist ein Gutschein für einen Kurs.

»Striptease und Poledance«, strahlt er mich an.

Ich unterdrücke ein Seufzen und zwinge mir ein Lächeln ins Gesicht. Männer: fokussiert aufs Wesentliche. Und genau da liegt der Unterschied zwischen uns beiden: Das Wesentliche für *mich* wäre eine Entschuldigung gewesen. Zumindest eine Erklärung dafür, warum er eine Stripperin auf seinem Schoß geduldet hat. Aber weil's da aus männlicher Sicht nichts zu erklären gibt, teilt er mir (auf seine Weise) mit, was das Wesentliche für *ihn* ist: a) Es hat ihm gefallen und b) er wünscht sich dasselbe von mir. Und aus.

Kann es noch schlimmer kommen? Mein Mann versteht mich nicht, nach zwei Toten wissen wir immer noch nicht, wie wir Mord Nummer drei verhindern könnten und … ich hole den Brief aus der Tasche, den ich vor Christl nicht öffnen wollte. Ich will wissen, ob ihr mitleidiger Blick gerechtfertigt und Max tatsächlich schulisch abgesackt ist. Aber wenigstens hier gibt es Entwarnung. Es ist nur eine Mitteilung an alle Eltern, ihre Kinder gegen Masern impfen zu lassen, da diese Krankheit sich wieder verbreitet.

Via Internet melde ich mich nach langem Überlegen dann doch für den Kurs an. Striptease und Poledance. Erstens: Ich kann sowieso nicht aus. Laurenz ist nämlich fix davon überzeugt, dass er mir einen geheimen Wunsch erfüllt mit dem Bunny-Kostüm und dem Strippen. Und zweitens: Ein bisserl frischer Wind tut vielleicht gut, wer weiß? Außerdem sind Hasenohren und High Heels nicht so pervers wie eine Silberkugelkette im Arsch.

Es dauert keine sechs Wochen mehr bis Weihnachten. Langsam sollte ich herausfinden, wen der Pechtl jetzt noch zu erhängen gedenkt. Also, wer Opfer Nummer drei sein könnte.

Dass er als Mörder in Serie geht, liegt auf der Hand. Mehr oder weniger. Eher mehr als weniger. Zur Bestätigung unserer Theorie müsste man außerdem abchecken, ob die ermordeten Primislavs tatsächlich die Enkel von Theodor und Karel waren. Das wäre der felsenfeste Beweis, dass die beiden Morde nicht zufällig passiert sind.

Onkel Stefan ruft an und reißt mich aus meinen Gedanken. Er redet wirr – irgendwas stimmt da nicht. Am Rande der Verzweiflung faselt er etwas von einer Verrückten, die ihn angerufen und sich bei ihm bedankt hat. Ob er morgen Vormittag daheim wäre, hat sie ihn gefragt. Sie würde mit ihrer Doktorarbeit zu ihm kommen. Verdammte Scheiße – Vera!

Vorsichtig versuche ich, meinem Onkel die Sache zu erklären. Woher ich Vera kenne, spreche ich nicht näher an. Auch nicht, warum ich ihr angeboten habe, dass mein

Onkel ihre Arbeit korrigieren könnte. Ich sage nur, dass Vera dringend einen neuen Doktorvater sucht und fix mit seiner Hilfe rechnet.

»Du bist einfach der beste Mann, der mir dafür eingefallen ist! Außerdem sind die 1.000 Seiten ja schon fertig geschrieben; du müsstest nur mehr drüberlesen.«

»1.000 Seiten, nur mehr drüberlesen???«, schreit er schrill in den Hörer und wirft mir vor, dass ich keine Ahnung habe vom wissenschaftlichen Arbeiten. Dass das wieder einmal typisch ist für mich, weil ich keine Akademikerin bin. Und legt auf.

Nach drei tiefen Atemzügen und einem starken Espresso krame ich den Zettel mit Veras Telefonnummer aus meiner Jackentasche und rufe sie an.

Nach dem dritten Klingeln hebt sie ab; genauso freundlich, wie ich sie in Erinnerung habe. Sie freut sich schon auf Salzburg, sagt sie, und ich biete ihr an, bei mir zu wohnen. Schließlich kann ich den Onkel Stefan nicht überfordern. Aber mir brennt noch etwas anderes unter den Nägeln.

»Vera, ich hab da zwei Namen von Männern aus Brezi.«

»Soll ich das Gemeindebuch mitnehmen?«, scherzt sie. »Ich hätte noch Platz im Auto.«

»Nein, aber vielleicht könntest du auf dem Einwohnermeldeamt was für mich herausfinden, bevor du kommst?«

»Was willst du denn wissen?«

»Ob ein gewisser Theodor Primislav einen Bruder gehabt hat, der Karel geheißen hat. Der eine müsste ein Bauer gewesen sein, in den 1940er-Jahren. Und ob die Enkelsöhne dieser beiden wiederum Theodor und Karel heißen.«

Kurzes Schweigen am anderen Ende der Leitung; ist sie misstrauisch?

»Kein Problem, kann ich machen. Bis morgen«, sagt sie knapp und legt auf.

Am Abend schneide ich Gemüse für eine Minestrone. Laurenz kommt in die Küche und schnappt sich Messer und Schneidbrett. Seit der Sache mit dem Weinkeller ist er extrem hilfsbereit.

Im Prinzip sind Männer einfach gestrickte Wesen, denke ich und beschließe, die Hilfsbereitschaft ein bisschen für mich zu nutzen. Also über das Gemüseschneiden hinaus.

»Was sind das eigentlich für Formulare, die der Xaverl beim Toten gefunden hat?«

Laurenz schält andächtig eine Karotte nach der anderen. Langsam und sehr genau.

»Die gehören zum ganz normalen Papierkrieg in der Baubranche. Kosten sparen ist oberstes Gebot, wenn eine Baustelle rentabel laufen soll, und deshalb greift man oft auf Handwerksfirmen aus dem Ausland zurück. Weil die für wesentlich weniger Geld arbeiten als die unsrigen.«

Er beginnt, die geschälten Karotten in winzige Würfel zu schneiden. Besonders spannend finde ich seine Antwort nicht, muss ich einwerfen, denn das mit den günstigen Arbeitskräften aus dem Ausland ist nicht neu.

»Stimmt schon«, sagt der Laurenz, »aber seit wir bei der EU sind, haben sich die Spielregeln geändert. Denn die Wirtschaftskammer sieht es nicht gern, dass ausländische Firmen hier arbeiten und die inländischen weniger Aufträge bekommen. Also muss sich jeder, der sein Gewerbe bei uns ausüben will, registrieren. Ein Mordspapierkrieg ist das.«

Karottenschneiden macht ihm nicht so viel Spaß, wie ich mir erhofft habe. Er hält inne und betrachtet die Klinge des Messers. Sie ist leicht verzogen; die Ursache für die unterschiedliche Größe der Würfel und den Sinkflug von Laurenz' Laune.

»Wer nicht alle Formulare tipptopp beisammen hat, kassiert eine saftige Strafe. Ein paar 1.000 Euro sind da gleich weg.«

»Und die Formulare, die der Xaverl gefunden hat: Das waren solche?«

Laurenz nimmt eine Zucchini und nickt. »Alles dabei, was man zur Meldung beim hiesigen Amt braucht. Geburtsurkunde, Staatsbürgerschaftsnachweis, Kopie vom Reisepass ...«

Das ist nichts Besonderes, sage ich und gieße ein wenig Olivenöl in den Suppentopf. All das muss man ja schon bei einer Handyerstanmeldung vorweisen.

»Schon, aber am wichtigsten ist der Ausbildungsnachweis. Erst wenn man eine abgeschlossene Lehre samt Prüfung vorweisen kann, darf man auf einer österreichischen Baustelle Geld in diesem Beruf verdienen.«

Er zieht ein anderes Messer aus dem Messerblock; eines von denen, die ich vor ein paar Tagen geschärft habe. Die Klinge gleitet durch das Gemüse wie durch Butter; macht ihm sichtlich Freude.

»Wozu soll das gut sein? Ich meine, das mit dem Ausbildungsnachweis?«, frage ich und lege ihm noch drei kleine Auberginen hin.

»Um zu verhindern, dass auf den Baustellen ungelernte Arbeitskräfte herummurksen.«

»Es gibt auch gelernte Arbeitskräfte, die murksen«, muss ich jetzt loswerden. Ist doch so.

»Schon, aber eigentlich ist der Wirtschaftskammer die Murkserei wurscht. Den anderen Behörden auch. Denen geht's um die Bezahlung. Für jede Berufsgruppe gibt es einen Kollektivvertrag. Wenn nachvollzogen werden kann, was ein Bauhackler gelernt hat, egal ob Zimmerer, Maurer oder Fliesenleger, kann man ihn einem Kollektivvertrag zuordnen. Laut Gesetz steht ihm dann die jeweilige Bezahlung zu. Der österreichische Kollektivlohn darf keinesfalls unterschritten werden. Alles andere wäre Lohndumping.«

Er schabt die exakt geschnittenen Gemüsewürfel in den Topf.

»Und genau *das* ist der Punkt: Früher hat man einfach ein paar Hackler aus dem Ausland geholt, ihnen einen Polier vor die Nase gesetzt, und alles war gut. Die inländischen Firmen waren zu teuer. Auf Deutschkenntnisse, Ausbildung oder Versicherung wurde gepfiffen. Hauptsache billig. Das ist jetzt vorbei. Mittlerweile ist es wesentlich schwieriger, mit ausländischen Firmen billiger davonzukommen als mit den Inländern.« Er grinst. »Also, nicht *unmöglich*. Nur eben schwieriger.«

»Die Wirtschaftskammer geht also gezielt gegen Lohndumping vor?«, frage ich. Er nickt.

»Und der fünfte Zettel?«

»Das war der Vertrag, den Karel Primislav mit dem Bauherrn abgeschlossen hat. Beziehungsweise mit dem Auftraggeber. Das kann ein Architekt sein, eine Privatperson. Oder eine Baufirma. So ein Vertrag ist immer zeitlich befristet, natürlich.«

Er schabt wieder geschnipseltes Gemüse vom Schneidbrett in den Topf, der mittlerweile schon halbvoll ist.

»Die passierten Tomaten fehlen noch«, sagt er und geht in Richtung Speis.

»Manche Firmen arbeiten anscheinend trotzdem ganz gern mit ausländischen Handwerkern zusammen. Solange es keine Sprachbarrieren gibt, warum nicht?«, höre ich ihn gedämpft herüberschreien. Dosen scheppern und er flucht.

»Mit welcher Firma hat denn dieser Karel Primislav den Vertrag geschlossen?« Eine der Kernfragen, die mir unter den Nägeln brennt.

»Haubinger«, sagt Laurenz und kommt mit zwei Dosen zurück zum Herd. Er öffnet sie und kippt den Inhalt in den Topf.

In meinem Kopf setzen sich gerade riesige Zahnräder in Gang, die ineinandergreifen. Haubinger. Der Pechtl Kevin hat vor seinem Unfall bei der Firma Haubinger gearbeitet. Sein Vater wiederum hat das Unternehmen vor Gericht gebracht. Kann es noch mehr Zusammenhänge geben zwischen den Pechtls und den Haubingers? Abgesehen von Kevins Arbeitsunfall mit dem Krankübel? Und was haben die beiden Primislavs damit zu tun? Vielleicht hat sich der Pechtl in seiner Funktion als Sachverständiger wichtiggemacht? Und sich als studierter Jurist speziell für die Grauzonen interessiert, in denen sich eventuell ausländische Handwerker bewegen. Dass er in Pension und somit ohne jede Befugnis ist, hält jemanden wie den Pechtl dabei nicht auf.

»Also die ausländischen Firmen sind alle gemeldet, sagst du. Sie müssen bekanntgeben, wie lange sie hier arbeiten, bei wem und wie viel sie verdienen. Wer außer den beiden Vertragsseiten kann auf die Daten aus den Formularen zugreifen?«

Der Laurenz schaut misstrauisch; mein Interesse am Baugewerbe ist ihm neu.

»Na ja, wozu soll der riesige Verwaltungsaufwand sonst gut sein?«, frage ich möglichst harmlos.

Laurenz zuckt die Schultern und holt den Olivenholz-

Kochlöffel aus der Schublade. Langsam rührt er die Minestrone um.

»Seit dem Jahr 2012 gibt es eine zentrale Stelle, an der alle Fäden zusammenlaufen. Die Baustellendatenbank«, sagt er. »Darauf ist alles gespeichert: wer gerade wo gemeldet ist, wie lange er hierbleibt und so weiter. Alle Formulare, also das ganze Packerl, das der Tote bei sich gehabt hat, sind ab dem Zeitpunkt, an denen er die Formulare beim Bundesministerium einreicht, in der Datenbank gespeichert. Einsicht hat jeder, der zuständig ist. Oder ein Passwort hat.«

Daten, Ämter und Baustellen. Wieder so ein Punkt, der den Pechtl ins Spiel bringen könnte. Denn die Suche nach Unregelmäßigkeiten ist bei ihm krankhaft ausgebildet. Ich stelle ihn mir vor: Laptop auf den Knien, ein Glas Wein, etwas zu knabbern und sein zufriedener Gesichtsausdruck, wenn die Jagd erfolgreich war. Ein stimmiges Bild, würde ich sagen.

»Wer hat alles ein Passwort?« Ich schnipsele Kräuter; Suppenwürfel verweigere ich konsequent.

»Finanzpolizei, Gemeinden, Gebietskrankenkasse … eigentlich ein Haufen Leute.« Er rührt und rührt. »Wobei das Ganze ja total gegensätzlich ist: Auf der einen Seite haben wir in der EU freien Personen- und Warenverkehr und freie Marktwirtschaft. Auf der anderen Seite wenden unsere Ämter Stasi-Methoden an, bespitzeln heimische Baufirmen und verteilen saftige Strafen. Alle regen sich auf über zu hohe Immobilienpreise, aber dass die Löhne und Lohnnebenkosten bei uns immens hoch sind, darüber denkt keiner nach! Und wie man das schaffen soll, dass man günstige Immobilien baut, wenn schon die Löhne so teuer sind. Und der Verwaltungsaufwand so hoch. Das interessiert keinen! Bei dieser Rechnung sind die Materialien noch gar nicht einkalkuliert! Der Staat ruiniert die eigenen Unternehmen mit seinem Kontrollzwang, das muss man sich einmal vorstellen! Und an uns Architekten denkt sowieso keiner!«

Er schimpft sich in Rage, aber ich höre nur mit einem Ohr hin. Meine Gedanken sind woanders.

Ich muss dringend Vroni anrufen; also teile ich Laurenz kurzerhand noch für weitere fünf Minuten Rühren und danach fürs Aufdecken ein. Wo zum Henker ist jetzt wieder mein Handy? Als ich es finde, ploppt eine WhatsApp-Nachricht von Vera auf.

»War grad am E.M.A. Theodor – Theodor – Theodor. Karel – Karel – Karel. Bis morgen, LG, Vera.«

VIERZEHNTES KAPITEL

Erzählt von Mauslöchern, Schlafmöglichkeiten und praktischem Denken. Onkel Stefan gibt zwangsweise sein Eremitendasein auf, Vroni ist für einen guten Zweck produktiv und im vorweihnachtlichen Ausnahmezustand. Wir essen verbrannte Kekse und der Rettenbacher hat eine neue Perspektive. Die sozialen Medien erweisen uns gute Dienste, Onkel Stefan findet einen Weg aus seinem Stimmungstief und ich parke falsch.

Am nächsten Tag ist die Praxis geschlossen wegen Fortbildung; Frau Doktor Fleischer ist eine wissbegierige Frau. Also nutze ich die Zeit, um eine Unterkunft für Vera zu besorgen. Ehrlich gesagt ist mir das lieber, als sie bei uns daheim unterzubringen. Laurenz weiß nichts von meinem Besuch im Archiv der Heimatvertriebenen, und das soll auch so bleiben, denn auf ein weiteres Kapitel seiner Wetterfleck-Weiber-Theorie habe ich keine Lust. So kann ich ihm Vera einfach als Auslandsstudentin vorstellen, die sich hilfesuchend an meinen Onkel gewendet hat.

Ich klicke mich durch sämtliche Online-Buchungsplattformen auf der Suche nach einer Schlafstätte, aber Fehlanzeige. Hab ich mir einfacher vorgestellt, das mit der Zimmersuche. Nicht einmal mehr ein Mausloch ist frei. Salzburg in der Vorweihnachtszeit eben. Also wird das Mittagessen zur Krisensitzung, idealerweise sind heute alle versammelt.

Es gibt Kürbisrisotto mit Rosmarin. Hermi, unser Motivationsguru, sagt, das wird sowieso nix mit der Zimmersuche. Hätte sie uns gleich sagen können. Salzburg in der Vorweihnachtszeit eben. Die Italiener sind auf Christkindlmarkt-Rallye und die Russen baden im Glühwein, bevor sie ihn trinken. Kann man nix machen, zu spät dran, selber schuld. So in der Tonart geht es eine Weile dahin. Und dass sich die Vera ihre Doktorarbeit jetzt abschminken kann, weil ein Einhalten des Abgabetermins zeitlich unmöglich ist, wenn sie keine Unterkunft findet. Zumindest nicht in der Nähe. Dein Pessimismus in allen Ehren, sage ich, aber das kann ich der Vera nicht antun. Tante Zenzi wiederum, die in Sachen Pessimismus Hermi so nahesteht wie die Polkappen zueinander, bringt die Sache auf den Punkt. »Am einfachsten wäre es, wenn diese Vera beim Stefan wohnt.«

Der Onkel schaut verzweifelt. »Willst du mich am Heiratsmarkt verscherbeln?«

»Mach dir keine falschen Hoffnungen, Bruderherz! So schön bist du auch wieder nicht. Außerdem ist die Vera fix vergeben!«

Sie fischt einen Rosmarinzweig aus ihrem Risotto. »Ich finde, das ist die ideale Lösung! Und wer weiß: Vielleicht tut dir eine Frau in deinen vier Wänden gut?«

Sie zwinkert mir zu, als ich Onkel Stefans Entsetzen bemerke.

Mein Onkel, der Einsiedler, und die quirlige Vera unter einem Dach: eine Prise zu viel Optimismus für meinen Geschmack. Trotzdem, die Idee hat Potenzial. Tante Zenzi reibt Parmesan über ihr Risotto und redet weiter.

»Selbst wenn sie bei dir wohnen würde, Rosmarie: Da geht zu viel Zeit fürs Fahren drauf. Von dir zum Stefan und wieder retour: das kann die sich zeitlich gar nicht leisten, wenn sie ihre Arbeit rechtzeitig abgeben will. Und außerdem, meine Lieben«, sie blickt in die Runde, »es ist Weihnachtszeit! Herbergsuche!« Sie schaut ihren Bruder mit hochgezogenen Augenbrauen an.

Der rüstet sich gerade für verbale Gegenwehr, allerdings zu langsam. Tante Zenzi nimmt schon wieder Fahrt auf.

»Hast doch eh ein Gästebett! Und im Prinzip ist das doch, was du willst: akademische Gespräche rund um die Uhr und wissenschaftliches Arbeiten bis zum Umfallen!« Entschlossen steht sie auf. »Ich überzieh dir das Bett, wennst magst.« So ist sie, praktisch und *straight*.

Onkel Stefan ist ungefähr so begeistert, als müsste er Kim Yong Un bei sich aufnehmen. Er jammert vor sich hin; dass er ein schlechter Gastgeber ist und sein WC am liebsten alleine benutzt. Wegen der geruchsintensiven Sitzungen. Berührungsängste mit Damentoiletteartikeln erwähnt er ebenso wie seinen Kühlschrank, den er extra aufräumen müsste für einen Gast. Tante Zenzi stemmt die Hände in die Hüften und schaut ihren Bruder herausfordernd an. Ihr Blick: hungrige Raubkatze.

»Ich hab immer geglaubt, du bist ein großer Wissenschaftler! Ein Arbeitstier! Da wirst du wohl mit einer Studentin fertig werden! Aber so, wie du dich anstellst, hat man eher den Eindruck, das Ganze ist dir eine Nummer zu groß!«

Uiuiui, jetzt packt sie ihn bei der Ehre. Punktlandung. Tante Zenzi weiß genau, wo Onkel Stefans Achillesferse ist. Er steht auf, knackst mit den Fingern und murmelt irgendwas von Kinderjause. Und dass er schon ganz andere Sachen geschafft hat.

»Na alsdann!«, sagt Tante Zenzi und nickt. Die Sache ist entschieden.

Obwohl ich mir gestern Abend fest vorgenommen habe, Vroni anzurufen, hab ich es letztendlich doch vergessen. Ich wollte ihr von den Formularen erzählen und von der Baustellendatenbank. Aber da ist mir eine kurzfristige Programmänderung dazwischengekommen. Eine schwarze Satinrobe und Netzstrümpfe nämlich. Geschlossene Veranstaltung im Schlafzimmer statt Informationsaustausch am Handy. Um dem Laurenz eine Freude zu machen, also ihn quasi positiv zu konditionieren wegen seiner Auskunftsfreudigkeit. Für ein bisschen Plaudern aus dem Nähkästchen verwandle ich mich gern in ein Bunny – klassische Win-Win-Situation. Außerdem: Was bei Pawlow mit dem Hund und der Glocke funktioniert hat, das ist auch für Ehemänner anwendbar, finde ich.

Trotzdem: In letzter Zeit ist Vroni extrem empfindlich, Stichwort Notengebung, also will ich keinen Unmut heraufbeschwören durch vorenthaltene Informationen. Ich wähle ihre Nummer, aber auch beim dritten Mal hebt sie nicht ab. Also packe ich kurz entschlossen Lisi wetterfest ein, rüste mich für den ersten Schneesturm der Saison, der heute über Salzburg braust, und mache mich auf den Weg zum Einkaufen. Mit einem kleinen Umweg über Aigen, bei der Vroni vorbei.

Ihre zwei Mädels machen auf und lassen Lisi und mich in die Wohnung. Es duftet nach Lebkuchengewürz und Vanille. Lisi zieht sich sofort ihre Herbststieferl aus und saust mit den beiden anderen in Richtung Kinderzimmer.

Ich folge dem Duft und lande in Vronis Küche. Keksbackfieber, kann ich nur sagen. Wohin man schaut, überall Backbleche voll mit Keksen. Auf der Arbeitsplatte, am Herd, auf dem Esstisch und auf allen vier Stühlen.

»Ist bei dir Weihnachten heuer früher?«

Bis zum Heiligen Abend sind es noch ein paar Wochen, ich habe noch nicht einmal einen Adventkranz. »Wozu die Eile?«, will ich wissen.

»Die Geocacher haben heuer einen eigenen Stand am Christkindlmarkt in der Stadt.«

Sie wälzt Vanillekipferl in einem Staubzucker-Vanille-Gemisch. »Und dort werden Kekse verkauft. Für einen guten Zweck.«

»Sehr edel! Brunnenbaukurse in Tasmanien? Gratisoperationen für schielende Tiger in Indien?«

»Nein. Neue Software für die Computer in unserer Zentrale.« Ich hätte nicht fragen sollen. Jedenfalls, sagt Vroni, ist ihre Backstube schon seit vier Tagen in Vollbetrieb. Zwischenbilanz: 3.000 Vanillekipferl, 2.000 Linzer Augen und 7.000 Schokostangerl. Nur mit den Husarenkrapferln hinkt sie noch ein bisserl hinterher. Da hat sie erst 250.

»Muss eine teure Software sein«, murmle ich.

»Ist sie auch«, bestätigt die Vroni und walkt schon wieder den nächsten Quadratmeter Teig aus. »Mit dieser Software, meine Liebe, werden wir zwei nämlich den Pechtl überführen. Die neue Version vom GCs-3-Punkt-Null. Die schafft das spielend, dass man Daten von verschiedenen Systemen übereinanderlegt und miteinander vergleicht. Da bleibt praktisch *nichts* mehr im Verborgenen.«

Für diesen Schritt fehlt uns immer noch das Handy vom Pechtl, will ich sagen. Aber ich lasse es, denn Vronis Ehrgeiz ist richtig rührend. Dass sie sich dermaßen in die Sache reinhängt, hätte ich ihr nie zugetraut. Jetzt legt sie den Nudelwalker beiseite und wischt sich eine Haarsträhne aus der Stirn. »Bin schon seit sieben Uhr in der Küche!«

Sie strahlt mich an und nippt an einem Häferl Kaffee. Und in diesem Moment wird mir klar, dass ich einen Weg finden *muss*, das Handy vom Pechtl aufzutreiben. Das bin ich ihr schuldig. Sie gönnt sich eine kurze Pause und wir trinken Kaffee, inmitten von Tausenden Keksen. Also mache ich ein Informationsupdate. Sage ihr, welche Dokumente beim Toten Nummer zwei gefunden wurden; dass er demnach als Zimmerer auf Baustellen der Firma Haubinger unterwegs war und dass die Enkelsöhne von Karel und Theodor Senior die gleichen Namen haben wie ihre Großväter. Womit quasi belegt wäre, dass eben die beiden Juniors mit ihrem Leben für etwas bezahlen mussten, was ihre Großväter verbrochen hatten. Vor mehr als 70 Jahren.

»Eigentlich eh ein Wahnsinn«, sagt die Vroni und schnappt sich ein halb verbranntes Vanillekipferl aus einer Keksdose. »Jetzt liegen also zwei tote Primislavs in den Kühlboxen der Gerichtsmedizin …«

Sie schiebt sich das ganze Kipferl in den Mund und wischt Zucker von ihren Fingern.

»Wenn ich das richtig verstehe, hat sich der Pechtl zuerst erkundigt, wie die Nachkommen der Primislavs heißen.«

»Und zwar am Einwohnermeldeamt in Tschechien.«

Ich klaube ebenfalls ein zu dunkles Kipferl aus dem blechernen Behälter. Es ist noch heiß, frisch in Staubzucker gewälzt. »Falls er die Namen nicht schon gewusst hat. Er war sicher all die Jahre immer dicht dran an der Familie, die schuld an seinem Schicksal war.« Vorsichtig, um nicht zu viel Staubzucker herumzuwirbeln, puste ich auf die kleine Kalorienbombe. »Und ja auch irgendwie seine eigene.«

Klingt komisch, aber es ist die Wahrheit: Theodor und Karel Primislav junior waren Pechtls Neffen ersten und zweiten Grades.

Vroni nickt. »Vorsprung durch Information. Danach musste er sich nur in die Baustellendatenbank einklinken, um herauszufinden, wer gerade auf welcher Baustelle arbeitet.« Sie schüttelt den Kopf. »Big Brother is watching you!«

Sie hat recht. So praktisch die Baustellendatenbank sein mag, um Behörden miteinander zu vernetzen: zweckentfremdet funktioniert sie wie ein Chip im Ohr mit Track-and-Trace-Funktion.

»Aus der Sicht vom Pechtl«, sag ich und hol mir auch noch eines von den aussortierten dunkelbraunen Vanillekipferln, »ist die Datenbank ein Geschenk des Himmels! Obwohl er offiziell in Pension ist, kann er sich am Informationsbuffet bedienen! Ein paar Mausklicks, und er hat Daten zu allen Baustellen in Österreich! Alles, was er braucht, sind gute Kontakte zu irgendjemandem vom Amt …«

»… der ihm wiederum einen Zugangscode verschafft«, spinnt die Vroni weiter und schaut ins Narrenkastl. »Und schon geht's dahin. Eintritt ins Stalkerparadies! Ein Kinderspiel für jemanden, der sein ganzes Berufsleben lang Daten und Beweise zusammengetragen hat!«

Sie steht auf und stellt das Kaffeehäferl in die Abwasch. Ende der Verschnaufpause. Mit einem Ausstecher, der keine drei Zentimeter groß ist, sticht sie Sterne aus dem ausgerollten Teig.

»Aber woher hat er gewusst, *wann* er die Opfer erwischt? Ich meine, bevor er sie zu Tode gejagt und erstochen hat?«

Darüber habe ich auch schon nachgedacht. Der Mörder muss die Gewohnheiten der beiden Primislavs genau gekannt haben. Der perfekte Moment war kein Zufall, sondern Wissensvorsprung.

»Dazu muss er gewusst haben, wo die beiden untergebracht waren! Wäre hilfreich, wenn wir diese Info auch hätten! Und dann hat er sie eben ausspioniert, auf der Suche nach der passenden Gelegenheit!«

Vroni arbeitet schnell; im Nu ist das Blech voll mit Mini-Sternen und wandert mit zwei anderen in den Backofen. Sie will noch so viel wie möglich schaffen an ihrem freien Tag, sagt sie. Schließlich wird schon am 30. November der Christkindlmarkt in der Stadt eröffnet, und bis dahin hat sie noch einen Haufen Arbeit.

»Am 30. schon?«

»Immer am Donnerstag vor dem ersten Adventsonntag!«, klugscheißt sie und ist schon wieder ganz bei ihren Keksen. Ich fische also Lisi aus dem Kinderzimmer und mache mich auf in Richtung Heimat.

Der plötzliche Kälteeinbruch und das nasskalte Wetter bescheren vielen »Siebzig-Plus«-Patienten Knochenschmerzen. Am nächsten Tag ist die Praxis wieder prallvoll, als gäbe es im Umkreis von 100 Kilometern keine anderen Ärzte. Jedes Jahr, bevor der erste Schnee fällt, schließen die Frau Doktor und ich eine Wette über die erste Winterverletzung der Saison ab. Ich habe auf Steißbeinprellung gesetzt, sie auf Ellbogentrümmerbruch. Aber wir sind beide danebengelegen: Das erste morgendliche Glatteis ist schuld an einem Peitschenschlagsyndrom bei einem jungen Mann. Der unvermeidliche Rettenbacher bleibt uns natürlich auch heute nicht erspart. Es wird wieder gestorben, und diesmal nimmt sein Vorhaben konkrete Formen an: Er knallt uns eine fertige Diagnose vor den Latz. Darmkrebs im Endstadium.

»Hab ich selber herausgefunden«, funkelt er die Frau Doktor an. »Weihnachten erleb ich dieses Jahr nimmer!«

In seinen Augen stehen Tränen. Vor Wut über die Unfähigkeit der Ärzte ebenso wie vor Angst. Ob wir denn überhaupt noch etwas für ihn tun sollen, wenn er sich diesmal wirklich ins Jenseits vertschüsst, frag ich ihn, und ernte einen strafenden Blick von der Frau Doktor. Zwei Patientinnen im Wartezimmer schütteln entsetzt die Köpfe, also lenke ich ein und ziehe den Rettenbacher versöhnlich zur Seite.

»Darf ich Ihnen etwas zeigen? Ich glaube, das wär was für Sie!«

Ich hole ein buntes Prospekt aus meiner Schreibtischschublade.

»Es gibt da ein neues Bestattungsunternehmen. Nennt sich ›Seelenwiese‹. Speziell interessant für Leute wie Sie, die mit einem Fuß im Grab stehen.«

Unser Haus- und Hofhypochonder dreht interessiert den Kopf in meine Richtung und lauscht.

»Die gesamte Organisation der Trauerfeier kann bereits zu Lebzeiten abgewickelt werden, was die Sache um einiges erleichtert. Von der Gestaltung der Partezettel bis hin zur Grabbepflanzung. Sarginnenausstattung, Musik, Blumenschmuck in der Kirche ... alles individuell bestellbar.« Die Begeisterung wächst beim Rettenbacher; in solchen Dingen will er sich sowieso nicht auf den fragwürdigen Geschmack seiner Verwandtschaft verlassen müssen, sagt er. Dann schnieft er und lächelt. Ich reiche ihm das Prospekt.

»Es gibt sogar die Möglichkeit, Taschentuchpackungen mit dem eigenen Sterbebild bedrucken zu lassen.«

»Quasi ein *Give-Away* für die Trauergäste nach der Beerdigung? Tolle Idee!« Der Rettenbacher schneuzt sich lautstark. Frau Doktor Fleischer winkt mich aus dem Nebenzimmer zu sich, aber der Sterbende in der Endlosschleife lässt mich noch nicht gehen. Jetzt hat er Feuer gefangen für sein neues Projekt und löchert mich mit Fragen.

»Ist da auch Ratenzahlung möglich? Finanziell ist es ein bisserl eng bei mir, seit ich mit der Herta ...«

Ich ignoriere sein Zwinkern; geht mir sonstwo vorbei, womit der Rettenbacher sein Geld verprasst. »Sicher gibt es vergünstigte Särge. Ein Ausstellungsstück vielleicht ...«, murmelt er und nickt.

»Die Angebote gibt es in vier Preisklassen. Auf Wunsch wird sogar Crowdfunding organisiert. Aber der Hammer ist das *Devotionalien-Package:* Kruzifix, Madonnenfigur und Rosenkränze für die Trauergäste werden farblich aufeinander abgestimmt!« Ich schiele zum Nebenzimmer, aber die Frau Doktor hat schon wieder den nächsten Patienten.

»Da hat sich endlich einmal jemand etwas Nützliches einfallen lassen! Feine Sache«, sagt der Rettenbacher und drückt glückselig das Prospekt gegen den Flachmann in seiner Brusttasche. »Dann werde ich das selbst in die Hand nehmen mit der Organisation. Macht mir eh schon länger Kopfzerbrechen.«

»Wer sich noch vor Jahresende zum Probeliegen in einem der Särge anmeldet, bekommt ein Sackerl mit Blumensamen gratis! Für die Grabbepflanzung! Und einen Abverkauf bei den Trauerfahnen gibt's auch, Allerheiligen ist ja jetzt vorbei!«

Der Rettenbacher schlägt das Prospekt noch einmal auf und schaut sich die schwarzen Fahnen in Small, Medium und Large an.

»Sogar um 30 Prozent reduziert!« Er senkt die Stimme und rückt an mich heran, näher als erträglich. »Die Aussucherei, das mach ich mit der Herta! Weil, meine Frau hat ja keinen Geschmack!«

Er klopft auf seine Brusttasche und zwinkert mir zu. Sein schweres Schicksal hat er vergessen. Zumindest bis morgen.

Als ich an meinen Schreibtisch zurückkehre, liegt dort ein Zettel mit einer Nachricht an mich. Handschriftlich, von der Frau Doktor. ›Anruf Putschauer: DNA untersucht. Verwandtschaft Tote bestätigt.‹

»Der Christian hat eine neue Flamme!« Vroni weckt mich am Samstag schon um zehn nach sechs mit News vom Geocacher-Stammtisch.

»Er schwebt auf Wolke sieben, stell dir vor! Ich gönn es ihm so!« Sie klingt dermaßen euphorisch, als wäre sie Amor höchstpersönlich und hätte mit voller Absicht einen Pfeil auf den Christian abgeschossen. Und auf den Roderich.

So früh am Morgen ist mein Gehirn noch auf Schlummermodus eingestellt; eine enorme Überwindung, das Handy nicht neben das Bett zu legen und weiterzuschlafen. Also stemme ich mich hoch, um der Versuchung zu widerstehen, und schlurfe in Richung Küche und Kaffeemaschine. Laurenz schläft noch.

»Ausgerechnet mit einer Sekretärin von der Kripo fängt er sich ein Gspusi an! Moni heißt sie«, plappert sie weiter. Ich starte die Kaffeemaschine und hole den Milchtank aus dem Kühlschrank. Der Christian, verliebt. In eine Moni. Wie die wohl ausschaut? Zwei Cappuccinos gehen sich während Vronis Nachrichtenupdate aus: Die Neue an der Seite des ruhmreichen Roderich ist eine Aushilfe, sportlich und eine große Plaudertasche vor dem Herrn. Außerdem hat sie ein allerliebstes Himmelfahrtsnäschen. Anscheinend haben die beiden an ihrem ersten gemeinsamen Stammtisch ganz ungezwungen über laufende Ermittlungen gesprochen, mit Fokus auf die beiden Morde in Grödig.

»Warum denn das?« Allzu weit sollte sich der Christian in dieser Sache nicht aus dem Fenster lehnen, finde ich.

»Als Aushilfssekretärin ist sie natürlich ganz nahe dran an der Sache, sowohl an den Akten als auch am informellen Geschehen.«

»Akten …? Warum hat die Kripo in Salzburg Akten …? Der Fall gehört doch dem Christian!«

»Schon. Ich mein ja nur …« Das Koffein hat meine Hirnwindungen erreicht und endlich kann ich mit ihrem gedanklichen Tempo mithalten. Gerade rechtzeitig, denn ich weiß schon, worauf sie hinauswill: Christians Flamme als Informationsquelle anzapfen. Aber das soll sie sich ganz schnell aus dem Kopf schlagen, sage ich ihr. Keine Infos über unsere Ermittlungen zu irgendwem! Denn für den Fall, dass diese sportliche Moni den pummeligen Christian doch nur als *Short-Time-Lover* betrachtet, hätte er ein zusätzliches Problem am Hals. Und wäre noch weiter davon entfernt, ein noch ruhmreicherer Roderich zu werden, als er es ohnehin schon ist. Wesentlich wichtiger wäre jetzt, sage ich zur Vroni, herauszufinden, wo die beiden Primislavs in Grödig gewohnt haben.

»Habt ihr schon die Facebookseiten gecheckt?«

Erschrocken drehe ich mich um: Susi grinst breit. Sie muss sich lautlos an mir vorbei in die Küche geschlichen haben; mucksmäuschenstill sitzt sie am Tisch und begräbt ihr Brot unter einer Nutellaschicht.

»Was soll ich auf Facebook finden?« Das Handy halte ich weiter weg vom Ohr, lege aber nicht auf.

»Na, zum Beispiel, wo in Grödig die beiden gewohnt haben, die jetzt in der Kühlbox liegen! Darum geht's doch die ganze Zeit, oder?«

»Was sagt die Susi? Rosmarie, bist du noch da?« Vroni hat mitgehört und macht sich bemerkbar. Ich schalte auf Lautsprecher und lege das Smartphone vor meine Tochter auf den Frühstückstisch. Dann setze ich mich neben sie.

»Guten Morgen, Vroni«, sagt die Susi in Richtung Handy. »Soweit ich das mitbekommen habe, wollt ihr herausfinden, wo die zwei Männer gewohnt haben, bevor sie ermordet wurden.«

Sie wartet kurz auf eine Reaktion von Vroni. Aus dem Smartphone kommt ein abwartendes Brummen.

»Die beiden haben sicher einen Account auf Facebook oder Instagram. Vielleicht findet ihr dort etwas Nützliches.«

»Denkt mit, deine Tochter«, schnarrt die Vroni aus dem Lautsprecher.

»Vielleicht haben sie Selfies online gestellt. Oder sie haben einfach die Umgebung fotografiert und dann die Fotos auf Facebook hochgeladen. Machen doch viele.«

Warum nicht; altersmäßig würden die beiden Toten jedenfalls in die Generation Facebook fallen.

Also verbringe ich den Nachmittag damit, nachzudenken und Totenköpfe zu sticken. Bunt, fröhlich und mit Blumen in den Augenhöhlen. Es wird sogar eine ganze Bordüre, die ich der Susi für ihren Rock im Frida-Kahlo-Stil schenke. Den Abend verbringe ich am Computer, in Gesellschaft von gebratenen Kastanien und einer Flasche Lambrusco. Vor der Einweihungsfeier, zu der ich Laurenz hätte begleiten sollen, habe ich mich erfolgreich gedrückt.

»Hab nichts Passendes zum Anziehen!« Simple, aber wirkungsvolle Ausrede. Auf eine Wiederholung der Dirndl-oder-Jeans-Diskussion hatte der Laurenz wohl keine Lust und ist allein losgefahren.

Die Namen der Toten in die Suchmaschine eingetippt und: Treffer! Auf Facebook sind zwar mehr als 30 Personen mit dem Namen Primislav registriert, aber nur drei davon sind wohnhaft in Brezi. Von denen ist wiederum eine weiblich, scheidet also klar aus. Als ich die Profilbilder der beiden anderen sehe, halte ich den Atem an. Ich öffne WhatsApp auf meinem Smartphone und klicke mich zu den Fotos. Das Gesicht von Leiche Nummer eins: einmal bis zur Unkenntlichkeit zerfleischt, einmal unversehrt auf dem Passbild. Leiche Nummer zwei, verkehrt herum am Kranzlstichgalgen. Aber auch wenn der gewaltsame Tod Spuren hinterlassen hat, auch wenn man alle Fantasie und Vorstellungskraft aufbringen muss, um sich die zerfleischten Gesichter als junge, kräftige Männer vorzustellen: Es sind eindeutig Theodor und Karel Primislav. Die beiden, die sich im Internet mit braungebrannten, gestählten Oberkörpern und Werkzeug präsentieren. Haufenweise Fotos von Baustellen sind da zu sehen, Baumaschinen und sogar Pläne.

Als Erstes nehme ich Karels Account näher unter die Lupe. »Single« steht bei Status, sonst sind keine Daten angegeben. Weder Alter noch Wohnort, Arbeit oder Ausbildung. Dafür Fotos ohne Ende. Karel mit Bagger, Karel mit Schaufel, Karel mit Theodor, Karel in Gummistiefeln, Bagger ohne Karel, Karel an der Mischmaschine ... Mehrere 100 Fotos lang geht das so dahin. Ich nippe an meinem Glas und schäle eine Kastanie aus der heißen Hülle; könnte ein langer Abend werden. Mehr als 3.000 Fotos in der Kategorie Handyuploads. Zugegeben, ich fühle mich wie eine Stalkerin. Jedes Bild klicke ich an, stöbere im Privatleben eines Wildfremden. Nicht schön. Aber wenn ich nichts übersehen will, bleibt mir wohl nichts anderes übrig. Irgendwann sinkt meine Aufmerksamkeit; die Fotos haben fast alle den gleichen Inhalt: Baustellen.

Plötzlich taucht ein Motiv auf, dem jeglicher Bezug zu Karels Arbeit fehlt. Dafür kommt es mir umso bekannter vor: die Kirche von Sankt Leonhard. Bei Sonnenaufgang.

Und dann noch ein Selfie: Karel in Laufbekleidung vor dem Sankt Leonharder Ortsschild, darunter ein Kommentar auf Tschechisch. Ich suche nach dem Aufnahmedatum des Fotos: vierter November. Bingo! Karel Primislav hat also seinem Mörder eine Spur direkt zu sich selber gestreut. Per Facebook. Tägliche Gewohnheiten, die in Bild und Wort in die Welt hinausposaunt werden: Jackpot für den engagierten Mörder, der Wert auf gute Recherche legt. Karel Primislav war in Sankt Leonhard unterwegs, laufend und zeitig am Morgen. Überhaupt scheint er gern Sport getrieben zu haben. Eines seiner Fotoalben heißt »Challenges«; darin ist er bei diversen Laufveranstaltungen zu sehen. Ein passionierter Läufer, der regelmäßig trainiert. Vermutlich auch in Sankt Leonhard. Der Pechtl läuft auch, schießt es mir durch den Kopf. Klick, klick, schon bin ich bei Theodors Account.

Auch hier stoße ich auf endlose Fotostrecken von Baustellenfotos. Ihre Arbeit als Zimmerer beziehungsweise Maurer hat die beiden quer durch Europa geführt: Auf Facebook sind Fotos von Frankreich, von der Schweiz und sogar von Dänemark zu sehen. Status: in Partnerschaft. Und auf einem Foto ist Theodor vor der Kapelle Glanegg zu sehen, gemeinsam mit einer Frau. Die beiden schauen einander verliebt in die Augen und umarmen sich. Könnte das diese Mona sein? Mona Primislova? Fotos von seinen neun Kindern finde ich keine, stattdessen ein Selfie von Theodor mit einem kleinen Hund. Ein Bullterrier, wenn ich richtigliege. Mit einem Lederhalsband, an dem ein Peace-Zeichen baumelt. Ausgerechnet. Und ich kann mir an dieser Stelle eine vorwurfsvolle Frage an Gott nicht verkneifen. Ob er das lustig findet, dass Theodor ausgerechnet von einem Hund dieser Rasse zerfleischt worden ist?

Fotos von Theodor und den Wiesen zwischen Grödig

und Wals finde ich keine; dafür eine Statue, an der ich schon zigmal vorbeigelaufen bin. Ich klicke auf Vergrößern, um mich zu vergewissern. Tatsächlich: Kaiser Karl vom Untersberg. Die steinerne Skulptur beim Gasthaus »Esterer«, am westlichsten Ende von Fürstenbrunn. Theodor lehnt sich an Kaiser Karls Bart und lächelt in die Kamera. Also ganz offensichtlich kein Selfie. Wer das Foto wohl gemacht hat? Im Hintergrund ist das Holzbrückerl zu sehen, das über die Glan führt. Circa 200 Meter von der Stelle entfernt, an der Theodor mit zerfleischtem Gesicht und eingedrücktem Schädel gefunden wurde.

»Hab ich dir doch gesagt: Im Internet findet man über fast jeden etwas!« Susi steht hinter mir und liest mit.

»Was findet man über dich?« Ich schenke meiner Tochter einen skeptischen Blick, tippe »Susanne Dorn« in die Suchmaschine.

»Nur Sachen, die mit der Schule zu tun haben. Höchstens.« Susi bleibt gechillt und verschränkt die Arme. Außer Fotos vom letzten Handballturnier und ihren selbst genähten Modellen finde ich tatsächlich nichts über meine Tochter im Netz. Für heute reicht es mir; ich schicke Vroni einen Link zu Theodors Facebookseite; vielleicht fallen ihr beim Durchsehen noch Dinge auf, die mir entgangen sind.

Ich schwemme die letzte Kastanie mit einem Rest Lambrusco hinunter und klappe das Notebook zu.

»Ob Onkel Stefan und Vera miteinander auskommen?«

Letzte Nacht haben mich Albträume geplagt: ich habe Vera gesehen, die wie ein Wirbelwind durch Onkel Stefans perfekt aufgeräumten Haushalt fegt und nichts als Unordnung hinterlässt, was meinen Onkel wiederum dazu bewogen hat, ihr die Zusammenarbeit in Sachen Dissertation aufzukündigen und sie vor die Tür zu setzen.

Susi zuckt die Schultern. »Da gibt's nur eine Möglichkeit, das rauszufinden: hinfahren und nachschauen.«

»Gute Idee! Ist sowieso eine Ewigkeit her, seit ich ihn das letzte Mal besucht habe.«

Und weil ich mich gewissermaßen ein wenig schuldig fühle, meinem Onkel Besuch und Arbeit aufgehalst zu haben, packe ich kurzerhand einen Fresskorb für die beiden zusammen. Pizza-Brotkranz, Tiramisu und eine Flasche Wein vom Salzburger Mönchsberg wandern in den Picknickkorb. Wenn die beiden schon rund um die Uhr konzentriert sein müssen, soll es ihnen wenigstens nicht an hochwertigem Futter mangeln.

»Ich komme mit!« Susi schlüpft in ihre neuen Pelzstiefel und stopft ihren langen Zopf unter die Haube. »Vielleicht finde ich beim Onkel Stefan Material für mein Geschichte-Referat!«

Max bekommt noch den Auftrag, seine kleine Schwester ins Bett zu bringen, dann machen wir uns auf den Weg.

Mit der duftenden Fracht im Auto tasten wir uns im Schritttempo durch die Finsternis; ein heftiger Schneesturm peitscht Flocken aus allen Richtungen gegen die Windschutzscheibe, die Straßen sind ungeräumt und rutschig.

Die verschlafene Sackgasse, in der das Häuschen meines Onkels steht, gibt mir jedes Mal wieder Rätsel auf: Der Altersdurchschnitt der Bewohner liegt bei über 70 und nicht einmal die Hälfte seiner Nachbarn besitzt ein Auto. Trotzdem ist nie ein Parkplatz frei.

Mir bleibt also nichts anderes übrig, als in eine markierte Lücke zu schlüpfen.

»Parken verboten!« Susi zeigt auf ein Parkschild mit

dicker Schneehaube. Der Parkplatz ist einem von Onkel Stefans Nachbarn namentlich zugewiesen und somit tabu.

»Mir egal«, brumme ich und stelle den Motor ab.

Wild wuchernder Efeu hat das Haus im Goldschneiderhofweg 21 erobert und begräbt Fensterbänke, Briefkasten und Türschild unter sich. Den Klingelknopf muss ich erst suchen.

»FIIII-GAROOOOOO!« Onkel Stefan liebt Mozart-Opern und ausgefallene Klingeltöne; eine Männerstimme wummert mir in Bühnenlautstärke um die Ohren. Trotzdem verfehlen die Dezibel ihre Wirkung: Im Hausinneren scheint niemand mein Klingeln zu hören, die Tür bleibt verschlossen. Also ziehe ich den Reserveschlüssel aus der Tasche, den mir Onkel Stefan einmal gegeben hat, und sperre auf.

»Hallo …? Ist jemand zu Hause?« Keine Antwort. Susi und ich streifen den Schnee von unseren Schuhen und treten ein. In der Garderobe stehen neben Onkel Stefans ausgelatschten Gesundheitsschuhen olivfarbene Gummistiefel mit Pelzfüllung. Vera. Wir öffnen die Tür zu Onkel Stefans Arbeitszimmer: Alles finster und ruhig.

»Vielleicht sind sie in der Uni-Bibliothek …?« Susi schaut mich ratlos an. »Zwecks Recherche.«

Oder die beiden haben für heute die Schnauze voll vom wissenschaftlichen Arbeiten und haben es sich vor dem Fernseher gemütlich gemacht? Eher unwahrscheinlich. Onkel Stefan ist ein klarer Verweigerer des Mattscheiben-Entertainments. Oder sie kochen gemeinsam; somit wäre mein Picknickkorb überflüssig.

Wir tasten uns den dunklen Vorraum entlang und gehen weiter Richtung Küche.

»Horch mal …!« Susi bleibt kurz stehen und schüttelt

den Kopf. Jetzt höre ich auch etwas, kann es aber nicht zuordnen. Ein Knarren. Altes Holz, das unter einer Last ächzt. Und … Schnaufen. Wir stupsen die angelehnte Küchentür an und …

»Onkel Stefan??? Vera????« Wenn ich mit allem gerechnet hätte: nicht damit. Mir fällt beinahe der Picknickkorb aus der Hand. Auf den Abendsport, den Vera und mein Onkel da betreiben, will ich nicht näher eingehen. Ich sage nur: länderübergreifender Austausch. Am Küchentisch. Mit Geschichte und Kunstgeschichte hat das Ganze wenig zu tun, eher mit Biologie. Ich schicke ein Stoßgebet nach oben: Bitte lass mich die Bilder vergessen! An die behaarten Pobacken meines Onkels, die sich rhythmisch vor und zurück bewegen, und an Vera, die sich ekstatisch am Küchentisch festkrallt, will ich mich nie wieder erinnern müssen! Die beiden sind so beschäftigt, ineinander verschlungen und im Liebesrausch versunken, dass sie uns gar nicht bemerken. Wie eine gierige Schlingpflanze umfassen Veras Beine die Hüften meines Onkels und geben Rhythmus und Geschwindigkeit vor, und mein Onkel lässt wie ein entfesselter Salzburger Stier den Küchentisch krachen und ächzen. Alles in allem nicht jugendfrei hier. Ich drehe mich um und halte Susi die Augen zu. Leider stolpere ich dabei, ein Weinglas rutscht aus dem Picknickkorb, fällt klirrend zu Boden und reißt die beiden Hauptakteure aus ihrer gemeinsamen Beckenbodengymnastik.

»Oh, hallo!« Vera nimmt's erstaunlich gelassen und begrüßt uns, rücklings auf dem Küchentisch liegend. Sie löst die Beine von meinem Onkel und ist ein bisschen außer Atem, aber bestens gelaunt und total entspannt. Während Onkel Stefan seinen Körper ruckartig von dem ihren löst und die tschechisch-österreichische Verbindung trennt, zupft sie lässig die Träger ihres schwarzen Unterkleids zurecht und ordnet ihre verwuschelten Haare. Mein Onkel dagegen schnappt sich das nächstbeste Geschirrhangerl und wedelt damit nervös vor seiner Körpermitte herum. »Willkommen im Irrenhaus, hier ist die Zentrale«, ist auf dem blau-weiß karierten Stoff eingestickt. »Komm, wir stören hier nur«, murmle ich und schubse Susi aus der Küche. Den Korb stelle ich auf den Boden. Wir verlassen gesenkten Hauptes und grußlos das Haus.

Die Fahrt nach Hause verläuft eher still. Mir fällt nichts anderes ein, als leise und peinlich berührt zur Musik im Radio mitzusingen, und Susi starrt aus dem Fenster. Erst als wir daheim in der Garage aussteigen, sagt sie: »Jedenfalls hat er seine depressive Phase überwunden!«

Ich habe mein Handy am Küchentisch vergessen, als ich zu Onkel Stefan gefahren bin. Elf verpasste Anrufe von Vroni. Wer weiß, was sie mir zu sagen hat; am besten, ich telefoniere ungestört. Also warten, bis sich Susi mit ihrem Buch ins Bett verzogen hat, dann setze ich mich an meinen kleinen Schreibtisch im hinteren Eck des Wohnzimmers. Offensichtlich hat sich hier Lisi ausgetobt: Auf der kleinen Tischplatte sind gut 100 leere Tintenpatronen aufgestellt. In Form eines Schneckenhauses. Ich wähle Vronis Nummer. Bereits nach dem ersten Klingeln hebt sie ab. Sie ist dermaßen aufgekratzt, dass ich mir ernsthaft Sorgen mache. Das Resultat vom Schlafentzug durch nächtelanges Keksebacken?

»Weißt du, was passiert, wenn man den Namen Primislav googelt?«, fragt sie mich und erwartet natürlich, dass ich es nicht weiß.

»Man findet Theodor und Karel auf Facebook?«

Stück für Stück löse ich das Schneckenhaus auf; in den leeren Tintenpatronen rasseln kleine Kugeln. Lisis eigentliche Objekte der Begierde.

»Auch. Aber wenn man von den über 300 Seiten, die den Namen Primislav enthalten, nicht nur die erste liest, dann findet man noch viel mehr!«, triumphiert die Vroni.

Ich will jetzt nicht näher darauf eingehen, dass ich meine Suche nach der ersten Seite beendet habe. »Zum Beispiel?«

»Zum Beispiel, dass der Baumeister Haubinger vor fünf Jahren geheiratet hat. Und zwar auf Schloss Valtice. Wo das liegt, brauche ich dir wohl nicht zu sagen, oder?«

Ich weiß nicht, was mir mehr auf die Nerven geht: ihr oberlehrerhafter Ton oder die Bilder, die sofort wieder hochkommen, wenn ich an Schloss Valtice denke, Stichwort Weinkeller. Abgesehen davon: Selbst wenn der Baumeister Haubinger auf dem Mond geheiratet hätte – na und?

»Willst du gar nicht wissen, *wen* er geheiratet hat?«

»Keine Ahnung; seine Frau?«

»Rosmarie, bitte!! Denk halt einmal eine Runde mit! Er hat in Tschechien geheiratet!«

»Sagtest du bereits. Und?«

Kurze und laute Unmutsäußerung von Vroni, aber dann hört sie Gott sei Dank endlich auf mit dem Quizspiel und packt aus. Sie hat nämlich herausgefunden, dass die Braut vom Baumeister Haubinger (wir erinnern uns: ramponiertes Becken wegen Sexspielchen mit dem Facility Manager) aus Tschechien stammt. Genauer gesagt aus dem Gebiet knapp an der Grenze zu Österreich. Noch genauer gesagt: aus Brezi.

»*Nein!*« Nicht möglich! Kann es solche Zufälle tatsächlich geben? »Bist du sicher, dass wir von ein und derselben Frau Haubinger reden?«

»Kein Zweifel«, ist sich die Vroni sicher, »auf der Seite

von einem Charity-Golf-Turnier sind Fotos von der Hochzeit hochgeladen! Ich hab übrigens noch nie eine Braut über 70 gesehen ... Aber fesch ist sie immer noch, das muss man ihr lassen ...!«

Ich versuche, die Patronen übereinanderzustapeln, aber sie sind zu hoch und zu schmal. Der Turm sackt leise rasselnd zusammen.

»Wieso bist du auf der Seite vom Charity-Golf-Turnier?« Wie viele Überraschungen hat Vroni noch auf Lager, abgesehen vom Geocachen?

»Meine Eltern waren da mal dabei. War ihnen aber zu langweilig. Egal. Jedenfalls steht bei dem Artikel über die Hochzeit ihr lediger Name: Krystina Primislav.«

»*Was?*« Wenn ich alles erwartet hätte, aber nicht das! Die Gattin des Baumeisters ... verwandt mit den beiden Toten? Ich brauche einen Moment, bis ich die Zusammenhänge in diesem Spinnennetz verstehe.

»Bist du sicher, dass sie aus derselben Familie stammt wie Theodor und Karel?«

»Zu 100 Prozent.«

»Aber du hast was von 300 Seiten gesagt, auf denen der Name Primislav vorkommt. Was macht dich so sicher, dass sie nicht aus einer anderen Familie stammt?«

»Ich kenne da jemanden beim Einwohnermeldeamt. War mir noch einen Gefallen schuldig.« Dreimal darf man raten: Rib-Him.

»Außerdem«, sagt Vroni, »geht es ja nicht im kompletten Material, das ich gefunden habe, um die *Familie* Primislav. Die beiden Toten waren selbstständige Handwerker, schon vergessen? Die haben auf ihren Firmen-Homepages Dutzende Fotos mit Referenzen gepostet. Und sobald der Suchbegriff in irgendeinem Zusammenhang erscheint, wird das schon als Suchergebnis aufgelistet. Wundert mich, dass dir das gar nicht aufgefallen ist …«

Kalt erwischt. Suche im Internet, Lektion eins. Ausgerechnet bei der Vroni passiert mir so ein Anfängerfehler. Ich wechsle zum eigentlichen Thema.

»Frau Haubinger, geborene Primislav, stammt also aus demselben Dorf wie Theodor und Karel und ist noch dazu mit ihnen verwandt?«

Ich überschlage im Kopf den Altersunterschied zwischen den beiden jungen Männern und Frau Haubinger. Da liegt eine ganze Generation dazwischen. Mindestens. »Also sie ist nicht die Mutter, nehme ich an, oder?«

»Nein.«

»Großmutter …?«

»Nein.«

»Die ältere Schwester oder Cousine?«

»Auch nicht.«

»Herrschaftszeiten, Vroni, was denn dann?« Jetzt reißt mir die Geduld.

»Karel und Theodor sind Neffen zweiten Grades von Frau Haubinger.«

»Moment …«, ich kneife die Augen zusammen und konzentriere mich, »also die Neffen von Frau Haubingers Cousins.«

»Genau.« Und dann rollen Vroni und ich noch einmal die komplizierten Verwandtschaftsverhältnisse der Primislavs auf:

Theodor Primislav, Bauer und Vater des Pechtl Hubi, hat seinen eigenen Sohn und Anna Smolecek aus dem Dorf Brezi gejagt und ihnen die Hunde auf den Hals gehetzt. Seinem ehelichen Sohn hat er den Namen Theodor gegeben. Dieser war zwar Hoferbe, konnte aber den Besitz nicht erhalten. Dessen Sohn wiederum heißt ebenfalls Theodor, ist Maurer und mit Mitte 20 bereits Vater von neun Kindern. Mit Herzinfarkt, eingeschlagenem Schädel und zerbissenem Gesicht war Theodor Primislav junior Leiche Nummer eins, entdeckt vom Fischer Xaverl.

»Das war der, der zu Tode gejagt worden ist.«

Ich höre Vroni Tee schlürfen und habe plötzlich das Gefühl, die Zunge würde mir am Gaumen kleben. Hastig fülle ich ein Glas mit Wasser und spinne Vronis Faden weiter.

Karel Primislav, Theodors Bruder und als Kommandant verantwortlich für die Räumung der Häuser in Brezi im Jahr 1945, hat Anna Smolecek und ihren Sohn Hubi – also seinen Neffen – mit Gewalt aus ihrem Haus vertrieben. Sein Sohn Karel hatte wiederum einen Sohn, der auf den Namen Karel getauft wurde. Bauzimmerer, ebenfalls selbstständig. Mit einem Messer im Herzen war Karel Primislav junior Leiche Nummer zwei, kopfüber vom Kranzlstichgalgen baumelnd. Entdeckt von meiner Tochter Susi und Fischer Xaverl.

»Moment«, sagt die Vroni, »müsste das nicht eigentlich andersherum sein?«

Mir raucht der Kopf vor lauter Theodors und Karels. »Was meinst du?«

»Die Inschrift auf dem Grabstein lautet: ›Herz gebrochen, gejagt, erhängt‹.«

»Und …?« Noch während ich es sage, verstehe ich, was Vroni meint. »Du hast recht! Der alte Theodor war es, der Annas Herz gebrochen hat. Eigentlich hätte Leiche Nummer eins, also sein Enkel Theodor, das Messer im Herzen haben müssen. Aber das mit dem durchbohrten Herzen«, ich nehme das sinnbildlich für »Herz gebrochen«, »war

Todesursache bei Leiche Nummer zwei, dem jungen Karel Primislav. Eigentlich hätte der gejagt werden müssen, weil sein Großvater Anna Smolecek verjagt hat. Aus ihrem Haus und dem Dorf.«

Ich hole tief Luft und puste auf die kleinen Stapel aus Tintenpatronen. Sie fallen um wie Flachwurzler nach einer Sturmböe. Nach einer kurzen Pause, Schlürf- und Schluckgeräuschen meldet sich Vroni wieder.

»Ich denke, falls der Pechtl tatsächlich der Mörder der beiden ist, dann hat er das nicht so genau genommen. Er wollte sich wahrscheinlich an der gesamten Familie rächen, und da war es ihm egal, wen er jagt oder ersticht. Hauptsache Rache.«

Könnte stimmen. »Und was ist jetzt mit der Frau Haubinger? Wenn Theodor und Karel ihre Neffen zweiten Grades sind, dann muss es, abgesehen vom alten Theodor und Karel, noch einen dritten Bruder gegeben haben. Oder eine Schwester.«

»Ja, horch zu. Also ... Frau Haubinger stammt, wie Leiche eins und zwei, ebenfalls aus Brezi. Hat sie selber in einem Interview gesagt.«

»Das würde auch erklären, warum die Baufirma Haubinger seit ein paar Jahren die Zusammenarbeit mit tschechischen Handwerksbetrieben so forciert hat«, denke ich laut.

»Sie spricht tschechisch und weiß, wo sie suchen muss.«

Ich versuche, ein Muster mit den Patronen zu legen. Ein Herz. Vroni redet weiter.

»Ich habe in einem alten Magazin eine Homestory über sie gefunden. Ist in der Villa Haubinger entstanden. Thema des Artikels ist eigentlich die späte Liebe zwischen Herrn und Frau Haubinger, blabla, viel Geplänkel. Aber sie hat auch relativ offen von ihrer Kindheit in Tschechien erzählt. Und jetzt halt dich fest …!« Sie legt eine Pause ein. Ich hasse es, wenn sie das tut!! »Sie hat erwähnt, dass ihr Onkel Theodor …«

»Also der leibliche Vater vom Pechtl, richtig? Der, der Anna das Herz gebrochen hat?« Ich nehme das Patronenherz wieder auseinander und versuche ein anderes Symbol.

Vroni ignoriert meinen Einwurf. »… dass ihr Onkel Theodor einen Bauernhof gehabt hat, auf dem sie viel Zeit verbracht hat, den es aber jetzt leider nicht mehr gibt. Sie hat auch vom Jahr 1945 gesprochen und gesagt, dass sie nicht stolz darauf ist, wie ihr Vater sich verhalten hat. Laut ihrer Erzählung hat es elf Tote im Dorf Brezi gegeben im Zuge der Umsiedlungen.«

Das deckt sich mit dem, was ich im Archiv in Nikolsburg herausgefunden habe.

»Der Name ihres Vaters?«

»Kryztof. Und was, glaubst du, war seine Aufgabe bei den Säuberungsaktionen? Na?«

»Sag schon!«

»Henker. Ihr Vater war Henker. Er hat die Todesurteile vollstreckt, und zwar durch den Strang. Frau Haubinger selbst war damals erst sechs Jahre alt. Umso schlimmer, dass sie mit ansehen musste, was ihr Vater angerichtet hat. Die Bilder hat sie nie verkraftet.«

Das muss ich erst einmal sacken lassen. »Tod durch den Strang, sagst du?«

»So ist es.« Vroni räuspert sich. »Das ist der Beweis, Rosmarie! Wir müssen davon ausgehen, dass sie die Nummer drei ist, oder? Ich meine, der dritte Punkt auf Pechtls Liste! Frau Haubinger ist die Tochter vom Mörder seiner Mutter. Und sie ist Hubi Pechtls Cousine!«

Ich stelle die letzte Tintenpatrone auf die Tischplatte. Erst jetzt erkenne ich, welches Bild ich gelegt habe: einen Galgen. »Dann wissen wir zumindest, was er mit ihr vorhat«, sage ich. »Tod durch Erhängen.«

FÜNFZEHNTES KAPITEL

Erzählt von Dreivierteltakt, Halsschmuck, Impfungen und einem fatalen Irrtum. Mudras, Zitronenseife und Spruchkalender helfen auch nicht mehr, ich ziehe den Zorn meiner Chefin auf mich und erledige Hilfsarbeiten. Vronis Keksrekorde waren für die Katz, woraufhin sie die Schnauze voll hat von mir. Ich füttere meine Fettzellen mit Palmöl und Zucker, radle bei Mondschein und fasse einen Entschluss. Leider meldet sich eine treue Begleiterin wieder.

Spätestens jetzt sind wir an dem Punkt, wo aus unserem Miss-Marple-Spiel blutiger Ernst werden könnte, wenn wir nicht das Richtige tun. Aber was ist das Richtige? Ich bin quasi Teil eines komplexen Stickbildes aus Beweisen, längst Vergangenem, tragischen Ereignissen und Zufällen. Nur leider habe ich darüber keine Kontrolle, denn die Sticknadel hält der Pechtl Hubi in der Hand und legt an Tempo zu, um sein aufwendiges Werk möglichst fehlerfrei zu Ende zu bringen. Und mittendrin sitzen, wie ein Knoten im Garn, Vroni und ich. Gelingt es uns, das ausgeklügelte Muster zu stören, oder entdeckt uns der Pechtl? Nimmt er einen Schönheitsfehler im Gesamtwerk in Kauf oder – worst case – entfernt er uns aus seinem Stickwerk? Schneidet uns heraus wie einen störenden Knoten und macht, mit geflicktem Faden, einfach weiter? Nein, denke ich entschlossen, das Werk muss unterbrochen werden, und zwar von Vroni und mir. Es liegt an uns, dem Pechtl das Weitersticken unmöglich zu machen, das spüre ich genau. Aber wie? Man muss ihn außer Gefecht setzen. Er darf keine Gelegenheit bekommen, seine eigene Cousine zu erhängen. Vroni sagt, sie wird am Sonntag alles bisher Zusammengetragene dokumentieren. Möglichst schlüssig.

»Und dann nichts wie ab zum Roderich damit!«

Unser seelisch entgleister Freund und Helfer darf sich mit fremden Federn schmücken. Aber nur, wenn er im Gegenzug einen weiteren Mord verhindert. Sagt die Vroni.

Ich finde keine Ruhe in dieser Nacht. Wälze mich hin und her, trete den Laurenz und strample meine Decke zu Boden. Zwischendurch falle ich in einen unruhigen, quälenden Schlaf. Durch meine Träume geistert Frau Haubinger. Sie steckt in einem Brautkleid und verschwindet beinahe in diesem Berg aus Tüll und Spitze. Eine alte, aber zarte und anmutige Braut, die trotz Reifrock und Schleier ständig in Bewegung ist. Sie tanzt Walzer, schwungvoll und ohne Pause. Ein Orchester spielt den Kaiserwalzer in Endlosschleife, und Frau Haubinger fegt als überirdische Schönheit durch einen riesigen Ballsaal. Sie tanzt abwechselnd mit ihrem Ehemann, mit Karel, Theodor und sogar mit Laurenz. Ich selbst stehe etwas abseits und bin hingerissen. Von ihren Bewegungen, ihrer schlanken Taille, ihrem strahlenden Lächeln. Und ich bewundere ihre Halskette. Sie schmiegt sich eng um ihren Hals, und Frau Haubinger greift mehrmals danach, während sie tanzt. Als wolle sie sich vergewissern, dass ihr Schmuck noch da ist. Bei ihrer nächsten Runde durch den Ballsaal lacht sie allerdings nicht mehr. Statt glücklich entspannt wirkt sie hektisch und aus dem Lot. Aber warum? Sie lässt die Schulter ihres Tanzpartners los. Versucht mit der linken Hand, sich die Kette vom Hals zu reißen. Erst jetzt fällt mir auf, dass der Schmuck nicht zum Brautkleid passt. Zu wuchtig. Sind das Holzperlen? Nein. Sie tanzt so nah wie möglich an mich heran und versucht, mir etwas mitzuteilen, aber ihre Lippen bewegen sich nur lautlos. Nach einer weiteren Runde, die sie durch den Ballsaal wirbelt, sehe ich ihre weit aufgerissenen Augen. Sie zerrt verzweifelt an ihrer Halskette und ich sehe erst jetzt, dass es keine ist. Es ist ein eng geschnürter Galgenknoten.

Am Montagmorgen radle ich zur Praxis und passiere dabei Hubi Pechtls Haus. Ein kurzer Blick nach links: alles wie immer. Ein paar Sekunden später macht es klick. Ich lege eine Vollbremsung hin; etwas ist anders als sonst. Aber was? Ein Radfahrer mit Kopfhörern über der Haube weicht gerade noch aus, als ich meinen Drahtesel um 180 Grad wende und wieder aufsteige. Wie von einem Hornissenschwarm verfolgt, hetze ich retour. Vor Hubi Pechtls Gartentor bleibe ich stehen und suche nach einer Veränderung. Wann habe ich den Dorfsheriff eigentlich zuletzt gesehen? In der Wohnküche brennt Licht, aus dem Kamin steigt Rauch und das Herbstlaub ist ordentlich zu einem Haufen zusammengekehrt. Anzeichen, dass das Haus bewohnt ist. In der blechernen Zeitungsrolle an der Gartentür steckt zusammengerollt die heutige Ausgabe der Salzburger Nachrichten. Die hätte der sparsame Pechtl sicher abbestellt, wäre er verreist. Diesmal schaue ich nach links und rechts, bevor ich wieder aufsteige und weiterradle. Habe ich mich getäuscht? Bin ich eine misstrauische Wachtel, die hinter jeder Kleinigkeit Unregelmäßigkeiten wittert? Warum habe ich gedacht, der Pechtl wäre fort?

»Wann war der Pechtl zuletzt bei uns in der Praxis?«,

frage ich Frau Doktor Fleischer. Sie kann sich noch genau erinnern.

»Das war ein Freitag. Als du mit deinem Mann nach Tschechien gefahren bist!«

Mein Puls sackt in den Keller: Das war vor drei Wochen! »Weswegen ist er gekommen?«

»Er hat um einen Impftermin gebeten. Typhus und Hepatitis; wegen seiner fünfwöchigen Thailand-Reise.«

»Asien … fünf Wochen lang???«, frage ich entgeistert. Der Pechtl ist nicht da. Mehr noch: Er ist auf einem anderen Kontinent. Wie konnte ich übersehen, dass ich ihm seit Ewigkeiten nicht begegnet bin? Obwohl er in den letzten Wochen Mittelpunkt all meiner Recherchen war? Mein Hocker ächzt, als ich mich darauf fallen lasse.

»Er ist gleich am nächsten Tag gefahren«, sagt die Frau Doktor. Mit meiner Betroffenheit kann sie nichts anfangen. »Ist doch gut! Je weiter weg, desto besser, oder?«

Nein. Gar nicht gut. Ich schüttle den Kopf und fühle mich leer. Ausgequetscht. Der Pechtl ist an einem Samstag abgereist? An dem Wochenende, als Laurenz und ich in Tschechien waren? An dem Wochenende, als Karel Primislav am Kranzlstichgalgen ermordet wurde?

»Zwei Wochen vor Weihnachten kommt er zurück, hat er gesagt. Weil er die Vorweihnachtszeit nirgendwo anders verbringen möchte als in Salzburg.«

Meine Chefin beugt sich über den Schreibtisch und blättert im Terminbuch; das Thema Pechtl ist für sie erledigt.

»Heute Vormittag muss ich bei zwei Patienten Nähte ziehen, bitte assistieren!«

»Gleich!«, flüstere ich, total neben der Spur. Haste aufs WC, um mich zu sammeln. Auf dem Klodeckel verschränke ich die Beine zum Schneidersitz. Daumen, kleine

Finger und Ringfinger beider Hände presse ich zum Power-Mudra zusammen. Atme den zitronigen Duft der Seife ein. Ein, aus, ein, aus. Normalerweise hilft das und ich fühle mich binnen Sekunden besser. Diesmal nicht. Albert Einstein auf dem Spruchkalender zeigt mir die Zunge und lässt eine seiner Weisheiten auf mich los: »Zwei Dinge sind unendlich. Das Universum und die menschliche Dummheit. Aber beim Universum bin ich mir noch nicht ganz sicher.« Damit bin ich gemeint, kein Zweifel.

Ich und mein fataler Fehler. Denn die Abwesenheit vom Pechtl ändert einfach alles! Wenn er an jenem Wochenende Anfang November außer Landes war und immer noch ist, wirft das Vronis und meine Theorie komplett über den Haufen! Mord Nummer zwei geht somit unmöglich auf sein Konto!

Ich verlasse das WC wieder. Im Wartezimmer ist die Luft stickig, die Patienten sind ungehalten und mürrisch. Den ganzen Vormittag lang bin ich unkonzentriert, verwechsle Namen und starre zwischendurch auf den Kalender. »Tropen-Impfstoffe Pechtl«, steht dort sogar, gut leserlich eingetragen an jenem Freitag, als Laurenz und ich nach Lednice gefahren sind. Und ich habe es nicht gelesen! Weil ich am darauffolgenden Montag zur nächsten Woche umgeblättert und die vorherigen Einträge nicht beachtet habe. Wie um alles in der Welt konnte das passieren?

Ich hätte merken müssen, dass der Fischer Xaverl nach seinen Spaziergängen nichts Neues vom Pechtl berichtet. Oder dass mir weder am Friedhof noch in der Bank oder beim Supermarkt ein unangenehmer Klugscheißer begegnet. Vor lauter Grübelei reiche ich meiner Chefin bei einer Untersuchung ein gebrauchtes statt eines frischen

Rachenstäbchens. Sie schüttelt den Kopf, lässt sich aber vor der Patientin nichts anmerken. Erst als ich bei einer frischen Kaiserschnittnarbe Fäden ziehen will und Blutproben falsch beschrifte, reißt ihr der Geduldsfaden. Sie schleudert die Pinzette wütend in eine Nierentasse und funkelt mich an. Eine neue Seite an ihr.

»Was ist los, Rosmarie?« Fauchen statt Sanftmut.

Ich weiche ihrem Blick aus. Für eine Beichte fehlt mir der Mut.

»Ich muss ständig an jemanden denken …« Ich komme mir lächerlich vor und schäme mich.

»Geh nach Hause, wenn du private Probleme hast, und komm erst wieder, wenn es dir gutgeht. Solche Ausrutscher sind in der Praxis tabu!!!«

»Ich reiß mich zusammen … versprochen …« Kleinlaut trolle ich mich aus dem Behandlungszimmer. Den restlichen Vormittag verbringe ich damit, abzustauben und Ordnung zu machen. Ich sortiere die GEO-Hefte im Wartezimmer nach Datum und die Kinderbücher der Größe nach. Ich wische jeden einzelnen Holzbaustein aus der Spielecke mit Desinfektionsmittel ab und kämme den Barbiepuppen die verfilzten Haare. Da kann ich wenigstens nichts falsch machen. Zwischendurch schiele ich immer wieder zum Stehkalender auf meinem Schreibtisch.

Laut Aussage meiner Chefin müsste also Pechtls Asienreise am vierten Dezember enden; einem Samstag. Bevor ich mittags nach Hause fahre, erkundige ich mich beim Salzburger Flughafen nach Flügen von und nach Thailand. In Salzburg kommen Flüge von Bangkok nur mittwochs und samstags an. Ein kleines bisschen fühle ich mich wohler, wenn ich zumindest die Rückkehr vom Pechtl zeitlich eingrenzen kann. Vorausgesetzt natürlich, dass er nicht am

Flughafen München landet. Mehr finde ich leider nicht heraus.

Noch schlimmer wird es am Nachmittag. Vroni steht bester Laune und mit einem Keksteller vor meiner Tür. Eine Beichte bei meiner Co-Ermittlerin ist unausweichlich, aber wie fange ich an? Als sie mir erzählt, dass sie die Backbleche gegen den Laptop getauscht und unsere Erkenntnisse akribisch aufgelistet hat, bricht mir der Schweiß aus. Als ich höre, dass sie sich zwei Nächte um die Ohren geschlagen hat, um all unsere Vermutungen, Theorien und Beweise in leicht verdauliche Happen zu verpacken, wird mir schwindelig.

»Das da«, sagt sie und wedelt mit einem USB-Stick im Weihnachtsmannformat, »das ist das neue, gestärkte Ego vom Christian. Er muss sich nur gründlich genug einlesen und seine Chance beim Schopf packen!«

»Ähm … den Pechtl überführen?«

»*Got it*! Jetzt haben wir ihn bei den Eiern, den Sauhund! Darauf hat die Menschheit gewartet, dass man diesem Arschloch mal die Hölle heißmacht! Und *wir* haben es herausgefunden, Rosmarie! Wir beide, zwei unscheinbare Mauerblümchen, haben Polizeiarbeit vom Feinsten geleistet!«

Sie macht eine Ghettofaust und hält sie mir entgegen, aber mir schnürt es die Kehle zu. Vronis Euphorie bereitet mir Höllenqualen. Ich winde mich wie ein Fisch vor lauter schlechtem Gewissen, aber um das Geständnis komme ich nicht herum. Also gebe ich mir einen Ruck.

»Es gibt da etwas, was du wissen solltest …«

Kleinlaut teile ich ihr die unerwartete Wendung in unseren Ermittlungen mit, zurückzuführen auf einen beschissenen Fehler meinerseits. Zuerst ist es ganz still. Vroni schließt die Augen und schüttelt den Kopf. Die Erkenntnis, dass der Pechtl als zweifacher Mörder somit hinfällig ist, trifft die Vroni volle Breitseite.

»Das war's dann, oder? Mit unserer Theorie, mit dem Christian … einfach mit allem!«

Ihre Stimme ist leise und bedrohlich.

Ich zucke hilflos die Schultern. »Na ja, du, äh …«

»SCHEISSEEEEEE!« Ein Brüllen. Frust aus tiefstem Herzen. Nichts, aber auch gar nichts kann das wiedergutmachen. Vroni dreht auf dem Absatz um und verlässt meine Küche in Richtung Garderobe. Ich hinterher.

»Mord Nummer eins geht definitiv auf sein Konto, dafür haben wir konkrete Beweise, und …«

»Eigentlich«, unterbricht sie mich, »haben wir nur Beweise, dass sein Hund sich an der Leiche zu schaffen gemacht hat. Anhängen können wir ihm gar nix. Und wenn er für Mord Nummer zwei nicht infrage kommt, fällt unser ganzes Gebilde zusammen wie ein Kartenhaus! Wumm!«

Ihre Laune ist am Tiefunkt, verständlich.

»Ja, trotzdem. Pechtl und Mord Nummer eins hängen zusammen, das steht fest. Und bei Mord Nummer zwei waren wir entweder komplett auf dem falschen Dampfer oder der Pechtl hat delegiert.«

»Delegiert??? Du meinst, er hat sich in seiner Funkion als Mörder vertreten lassen? Wie stellst du dir das vor? Dass er eine Anzeige aufgegeben hat: ›Suche Aushilfsmörder‹?« Sie schüttelt den Kopf. »Das heißt also, ich habe nächtelang umsonst Kekse gebacken?«

Sie lacht bitter und reißt ihre Jacke vom Garderobenhaken.

»Gut 13.000 Kekse hab ich gebacken, nur damit wir den

Pechtl mit dieser blöden Software überführen können – alles umsonst???«

Sie lässt den Reißverschluss ihrer Jacke nach oben ratschen, macht einen beherzten Schritt auf mich zu und reißt mir den Keksteller aus der Hand.

»Weißt du was, mir reicht's! Hoffentlich kann ich die Bestellung für die Software wieder rückgängig machen. Wenn nicht, bin ich am Arsch. Ich muss mal eine Nacht über das Ganze schlafen, Rosmarie, echt.« Keksteller und Handtasche landen auf dem Beifahrersitz ihres Autos.

»Vroni, ich …«

»Nein!« Sie macht das Time-out-Zeichen und schüttelt den Kopf. »Ich will nichts mehr hören. Eine Schnapsidee, die ganze Ermittlerei, schade um die Zeit! Ruf mich bitte nicht an, okay? Ciao!«

Und weg ist sie.

Während der nächsten beiden Tage steigt mein Kalorienkonsum beträchtlich. Brot mit Nutella ist quasi mein Seelenbarometer. Je dicker die Nutellaschicht, desto tiefer die Laune. Brot mit Butter *und* Nutella: emotionaler Super-GAU. Diese Fett-Kohlenhydrate-Kombination schaufle ich nur in mich rein, wenn meine Welt komplett aus den Fugen ist.

»Alles in Ordnung, Mama?« Susi erwischt mich beim Kalorientanken und klingt ehrlich besorgt. »Mhm«, schmatze ich und tauche den Suppenlöffel wieder in das Nutellaglas, obwohl mir bereits der Magen schmerzt. Ich schäme mich unendlich für meinen Fehler, wünsche mir nichts sehnlicher, als von einer Erdspalte verschluckt zu werden. Dazu kommt noch das schlechte Gewissen der Vroni gegenüber: Unsagbar peinlich, mit welcher Selbstverständlichkeit ich auf ihre Hilfe gebaut und ihre Zeit verschwendet habe! Alles zusammen: dilettantisch bis dorthinaus!

Natürlich fällt auch dem Laurenz auf, dass ich durchs Haus schleiche wie ein geprügelter Hund. Für seine Verhältnisse fragt er sogar erstaunlich oft nach dem Grund, aber die Wahrheit behalte ich für mich. Klugschiss und Spott sind das Letzte, was ich jetzt brauchen kann. Sätze wie »Ich-hab's-dir-gleich-gesagt-dass-du-deine-Nase-nicht-in-solche-Angelegenheiten-stecken-sollst« will ich mir ersparen, stattdessen ein letztes bisschen Restwürde bewahren.

Also schlucke ich meinen Kummer und viel zu viel Nuss-Nougat-Creme hinunter und erzähle ihm von dummen Fehlern, die mir in der Praxis passiert sind. Und dass ich deswegen Krach mit meiner Chefin hatte. Ist ja nicht gelogen. Damit gibt sich Laurenz zufrieden.

Mangels Gesprächspartner und Seelenklo wächst mein Frust vom Montagnachmittag leider schnell zu einer mittelschweren Depression an. Der Schachtel mit dem Stickzeug versetze ich einen Fußtritt, und bereits am Dienstag sind mir Onkel Stefans Vorträge über spätgotische Bauwerke seiner letzten Reise des Museumsvereins wurscht. Ich gebe der Lisi einen Korb in Sachen Schachspielen und lasse das Nutellaglas nicht mehr los.

Am Mittwoch kapsle ich mich endgültig von meiner Familie ab. Ich unterschreibe eine Null-Punkte-Schularbeit vom Max, ohne mit der Wimper zu zucken, verfalle in mieselsüchtiges Schweigen, pfeife auf Körperhygiene und ignoriere das Telefon. In der Praxis lasse ich mich von Herta vertreten. Freiwillig.

In der Nacht auf Donnerstag dann: *Depression at its best.* Seit Stunden treibe ich in einem selbstzerstörerischen

Gedankenstrudel und liege wach. In der Brustgegend: stechender Druck. Womöglich ein Herzinfarkt? Vom letzten Erste-Hilfe-Kurs ist nicht mehr viel übrig, also werde ich nur noch panischer. Kann ich mir selbst helfen? Und womit? Kräutertee? Baldriankapseln?

Sieben leere Nutellagläser in der Küche als Bilanz der letzten zwei Tage. Alle pflanzlichen Hilfsmittel sind längst aufgebraucht. Jetzt gibt es nicht mehr viel, was mir noch helfen kann. Alkohol oder … Das kleine goldene Kreuz an meiner Halskette liefert die Antwort, als ich danach greife.

An der Garderobe hängt mein Daunenmantel, und ohne lang zu überlegen, ziehe ich ihn über das Nachthemd. Der Sattel meines Fahrrades ist eiskalt, trotzdem steige ich auf und fahre los.

Frisch gefallener Schnee knirscht leise unter den Reifen. Mondlicht bringt einzelne Flocken auf den Ästen zum Glitzern, aber momentan habe ich dafür kein Auge. Der Knödel, der seit drei Tagen in meinem Hals sitzt, nimmt mir fast den Atem. Ich trete schneller in die Pedale, verliere auf einer glitschigen Bodenwelle beinahe die Balance und springe vor der kleinen gelben Kapelle verschwitzt vom Rad. Die alte Holztür, unversperrt wie immer. Ich schubse sie unsanft auf, husche in das winzige Gotteshaus, das in den Hügel hineingebaut ist. Durch die sieben ovalen Fenster fließt milchiges Licht. Gestärkte Spitzen am marmornen Altar. Und hinten, fünfte Bank, links außen, neben der Mauernische: mein Platz! Ich stolpere, plumpse auf die Bank und schluchze alles aus mir heraus. Wut, Scham, schlechtes Gewissen, die Übelkeit nach dem exzessiven Frustfressen. Weinen befreit, sagt Tante Zenzi immer, und sie hat recht. Das hier ist der einzige Ort, an dem ich loslassen kann. Nur Markus Sittikus über dem Eingang, Gott und ich sind in diesem alten Gemäuer.

Es dauert, aber schließlich fließt der Frust der letzten Tage von mir ab wie dreckiges Abwaschwasser, das gurgelnd und glucksend im Abfluss versickert und nur noch luftigen Schaum zurücklässt. Als die letzten Tränen an meinem Kinn trocknen, fühle ich mich besser. Irgendwo draußen knackt ein Ast unter der Schneelast. Ich halte den Atem an und lausche – keine Minute später sackt das abgebrochene Holz in den Schnee. Ist das ein Zeichen, Gott? Dass ich Ballast abwerfen muss, damit es mir nicht ebenso geht wie dem Ast und ich unter der Last zerbreche?

Ich taste nach dem Kreuz an meiner Halskette und atme tief durch. Ich will nicht zerbrechen. Ich *werde* nicht zerbrechen. Was ist die Alternative?

Ich straffe den Rücken, stemme mich von der Betbank hoch. Also Neustart! Als Erstes muss ich Verbindlichkeiten loswerden, sprich: mein schlechtes Gewissen. Soll doch dieser Christian machen, was er will. Und der Roderich auch. Ob er den Fall lösen kann oder nicht, ob mit oder ohne Hilfe: mir egal. Schließlich ist er der Polizist, nicht ich! Und Vroni, die beleidigte Leberwurst, wird sich schon wieder einklinken! Wenn man es genau betrachtet, war es ihre ureigene Entscheidung, in der Sache herumzustierln. Ich habe sie nie drum gebeten, auch nicht um das Keksbacken oder die Rehabilitation des ruhmreichen Roderich. Wahrscheinlich hat der Laurenz recht, und diese dämliche Ermittlerei ist nur etwas für gelangweilte Frauen. Und langweilig ist mir bei Gott nicht, auch ohne Detektivspielchen! Ich hab mich da in etwas verrannt, war selbstverliebt und bin unvorsichtig geworden. Die lächerliche Vorstellung, einen Mörder überführen zu können, ist mir zu Kopf gestiegen, gebe ich zu. Hat mir aber nicht gutgetan, das Ergebnis spricht für sich. Schluss damit; aus und vorbei! Ab jetzt ist mir wurscht, wer wo warum stirbt. Nicht mein Kaffee.

Keine Columbo- und Miss-Marple-Spielchen mehr. Versprochen, murmle ich in Richtung Kruzifix. Für solcherlei Einsätze gibt es Profis. Quasi um meine Absicht zu unterstreichen, mache ich ein Kreuzzeichen. Wesentlich entspannter lehne ich mich an die Holzbank und schaue mich um. Ein Eid in einer mondbeschienenen Kapelle, mitten in der Nacht: fast schon zu viel Drama. Ich schneuze mich lautstark und bin zufrieden. Fast. Der Druck in der Magengrube ist weg, aber …

Ich spüre in mich hinein, suche konzentriert. Irgendwo lauert noch ein Rest Unbehagen. Ein flaues Gefühl, das sich nicht hat vertreiben lassen. Es unterbricht die Entspannung, die ich gerade so genossen habe, pocht von innen an die Magenwände. Kleine Schweißbäche rinnen meinen Nacken abwärts. Ich kenne es gut, dieses Gefühl, denn es begleitet mich schon mein ganzes Leben lang und ploppt immer wieder auf. Wie eine Beule unter schlecht verlegtem Teppichboden. Wie ein eitriger Pickel unter einer dicken Schicht Make-up. Irgendwann nicht mehr zu verbergen: Angst. Diese spezielle Angst, die nur Findelkinder kennen. Ebenso fix in der DNA verankert wie der Wunsch, die leiblichen Eltern kennenzulernen. Nichts macht mich so fertig wie die Vorstellung, meinen Eltern – sollte ich ihnen jemals gegenüberstehen – nicht zu genügen. Ich habe Schiss davor, eine Enttäuschung zu sein. Nicht den Erwartungen zu entsprechen. Der fleischgewordene Beweis zu sein, dass die Kindesweglegung das einzig Richtige war. Und diesmal verlasse ich die Kapelle mit der dumpfen Vorahnung, dass es nicht leicht werden wird, mein Versprechen zu halten.

Mit den Versagensängsten werde ich leben müssen, so viel steht fest. Aber unter das Kapitel »Ermitteln« werde ich heute Vormittag einen Schlussstrich ziehen. Endgültig und definitiv. Komme, was wolle.

Wie ein dampfendes Streitross rausche ich in die Praxis. Selbst Herta bemerkt meine wilde Entschlossenheit und räumt freiwillig das Schlachtfeld, als ich mich ihr nähere. Gut so. Und weil so ein kleiner Teilerfolg einen ja immer noch ein Stückchen weiter nach vorn pusht, sinkt meine Nervosität vor dem, was ich mir für heute vorgenommen habe: meine Chefin einzuweihen. Einerseits, um ihr mein Verhalten der letzten Tage zu erklären. Ich habe mich schließlich nicht grundlos für zwei Tage krankgemeldet. Andererseits gibt eine offizielle Beichte meinem Versprechen, die Finger vom Ermitteln zu lassen, erst die nötige Verbindlichkeit. Finde ich. Nicht dass es mir schwerfallen wird, auf die Verbrecherjagd zu verzichten. Aber sicher ist sicher; Versprechen, die man Frau Doktor Fleischer gibt, haben Handschlagqualität und sind unter allen Umständen einzuhalten. Basta. Und ein kleines bisschen, finde ich, schulde ich es meiner Chefin sogar, sie auf dem Laufenden zu halten. Schließlich hat sie die Neuigkeiten von Doktor Putschauer immer direkt an mich weitergeleitet, ohne jemals nach dem Grund zu fragen.

Kurz nach zwölf hat der letzte Patient die Praxis verlassen: Stunde der Wahrheit! Gut zehn Minuten lang dauert mein Monolog. Ich lasse nichts aus, weder meine hirnrissigen Theorien noch Vronis beherzte Mithilfe. Meine Chefin hört zu, ohne mich ein einziges Mal zu unterbrechen. Sie stellt keine Fragen, verkneift sich jeglichen Kommentar und verzieht keine Miene. Erst als ich mit meiner Story fertig bin, pickt sie wortlos einen Zettel von ihrem Schreibtisch und wählt eine Nummer.

»Frau Haubinger? Praxis Doktor Fleischer hier! Sie erinnern sich ... genau. Wie geht es Ihrem Becken? Aha ... Ich würde Sie gern zur Nachsorge in meiner Praxis sehen. Zweimal wöchentlich, wenn Sie es einrichten können. Doch, das muss sein. Ihr Gewebe im Beckenbereich war massiv beeinträchtigt durch den Bluterguss; im schlimmsten Fall kommt es zu einer Embolie ... Wir sollten das beobachten. ... Ja, unbedingt. Gut. Dann bis morgen, Frau Haubinger.«

Ich klappe den Mund auf und zu wie ein Fisch am Trockenen, Gedanken flitzen wie eine wild gewordene Flipperkugel durch meinen Kopf. Wo genau war in den letzten zehn Minuten der Punkt, an dem ich falsch abgebogen bin? Was habe ich falsch gemacht?? Frau Doktor Fleischer hat meinen verbalen Schlussstrich als Hilferuf interpretiert!! Ich hab's verkackt oder, wie meine Deutschlehrerin gesagt hätte: Thema komplett verfehlt!

Inzwischen hat sie aufgelegt und schaut mich ernst an.

»Nach allem, was du mir erzählt hast, besteht akuter Handlungsbedarf. Zumindest, wenn Frau Haubinger nicht demnächst an einem Strick baumeln soll! Die Praxis ist ein neutraler Ort; weder Frau Haubingers Ehemann noch ihr Liebhaber werden erfahren, was hier geredet wird. Sie kommt morgen um neun, und dann weihst du sie ein, Rosmarie!«

Einweihen ... die Karten auf den Tisch legen. Genau damit wollte ich aufhören! Ich hole Luft und setze zu einer Ausrede an, atme aber entmutigt wieder aus. Frau Doktor Fleischers Blick lässt ohnehin keinen Widerspruch zu. Sie nimmt meine Hand und schüttelt sie.

»Meine Unterstützung hast du! Frau Haubinger wird nicht sterben, Rosmarie. Versprochen!«

Auf dem Nachhauseweg nieselt es. Matschige Straßen, graue Nebelsuppe, Stimmung wieder im Keller. Ein Auto fräst dicht neben mir durch eine tiefe Lacke; meine Jacke ist versaut und die Euphorie von heute Vormittag Lichtjahre entfernt. Mit hochgeschlagenem Kragen und Handschuhen radle ich durch Grödig.

Nach drei Vaterunser und fünf Ave-Maria komme ich zum Punkt und rede Tacheles mit Gott.

»Ja, ich weiß: Zuerst heulend daherkommen, Versprechungen machen und dann genau das Gegenteil zu tun, das ist nicht die feine englische Art.«

Von einem Meter auf den anderen schüttet es dermaßen heftig, dass ich fast die Hand nicht vor Augen sehe. Kommentar von ganz oben. Ich trete schneller in die Pedale.

»Was hätte ich denn machen sollen …! Ich kann doch der Frau Doktor unmöglich erklären, dass mich die Ermittlerei nicht mehr interessiert, jetzt, wo ein Menschenleben am Spiel steht!«

Ein ohrenbetäubender Knall reißt mich aus meinen Gedanken; Blitz und Donner, beinahe gleichzeitig. Ich bin mittendrin im Wintergewitter!

»Kein halbwegs vernünftiger Mensch fährt bei dieser Witterung mit dem Rad!«

Hermi stemmt die Hände in die Hüften und beobachtet mich kopfschüttelnd, als ich mir mit einem Handtuch die Haare trocken rubble. »Bei einem Wintergewitter gehört man ins Haus und nicht ins Freie!«

»Woher hätte sie denn wissen sollen, dass auf einmal ein Gewitter daherkommt, Mama?«

Laurenz schaufelt Kässpätzle in sich hinein. Fäden von geschmolzenem Räßkäse hängen an seinem Kinn.

»Wetter-App am Smartphone vielleicht?« Sie seufzt, tritt näher an mich heran und reißt mir ohne Vorwarnung die Bluse vom Leib. »Holst dir ja den Tod, so waschelnass, wie du bist!«

Sie wickelt mir eine kratzige Wolldecke um den Oberkörper und kramt in ihrer Bügelwäsche nach einem passenden Oberteil für mich.

»Das ist der Nachteil von dem ganzen Digitalisierungsschmarrn und der Emanzipation: Ihr jungen Frauen habt das logische Denken verlernt!«

»Mama, bitte!« Der Laurenz schüttelt den Kopf und verdreht die Augen.

Mit einem knallroten Oversize-T-Shirt kommt Hermi vom Wäschekorb retour und stopft mich wie ein Kleinkind hinein.

»Stimmt doch; zu meiner Zeit hat man aus dem Fenster geschaut. Wenn Gewitterwolken unterwegs waren, ist man nicht aufs Rad gestiegen. Aber dafür fehlt euch Jungen eben die Zeit.«

Sie zupft an dem T-Shirt herum, das gute drei Nummern zu groß ist. Kann man nichts machen. Der Spruch jedenfalls passt zu meiner Laune: »When you're downie, have a Brownie!«

SECHZEHNTES KAPITEL

Stimmt auf Weihnachten ein, erzählt von einer durchwachten Nacht, sehr konkreten Zeichen und einer neuen Bekanntschaft.

Ich höre Andreas Gabalier und erfahre Unglaubliches. Ich muss meine Taktik ändern, pralle aber an hartnäckigem Schweigen ab. Niemand anderes als Miss Marple taucht aus einer Nebelschwade auf und feuert mich an.

Salzburg in der Vorweihnachtszeit ist ein bunter Mix aus Christkindlmärkten, Hirtenspielen, Konzerten und Brauchtum. Über die ganze Mozartstadt und das Salzburger Land verteilt schießen Holzhütten aus dem Boden wie Schwammerl und werden mit Lichterketten behängt, mit gebrannten Mandeln bestückt und mit Weihnachtsmusik beschallt. Salzburg im Advent, das ist ein ständiger Entscheidungskampf. Man hat die Wahl zwischen Glühwein aus dem Kanister oder vom Nobel-Wirt, zwischen »Last Christmas« im Einkaufszentrum oder Turmblasen in der Altstadt, zwischen Eislaufen am Mozartplatz oder Kutschenfahrten bei Schloss Glanegg, zwischen winkendem Christkind mit Engelsflügeln oder Hirterbuam mit Schwegelpfeife. Die Stille-Nacht-Kapelle gehört ebenso zur Salzburger Weihnachtszeit wie ein Perchtenlauf, das Adventsingen oder Krippen-Ausstellungen. Für die hartgesottensten Weihnachtsfreaks bietet ein Bauernhof außerhalb der Stadt eine Herbergsuche der besonderen Art: C- und D-Promis aus dem In- und Ausland mischen sich unter blinde Pferde, dreibeinige Hunde und Schweine mit eitrigem Rüssel und verkaufen Glühwein für den guten Zweck.

Entscheidungsschwache treibt dieses Salzburger Weihnachts-Wunderland in den Wahnsinn, alle anderen staunen mit offenem Mund, stürzen sich ins Getümmel und genießen. Ob geruhsam wohldosiert, klassisch traditionell oder kitschig bunt: Für jeden ist etwas dabei.

Zugegeben, ich bin ein Weihnachtsfreak durch und durch. Sobald das Haus geschmückt ist, die Keksdosen gefüllt und die Geschenke eingekauft sind, genieße ich die Zeit bis zum Heiligen Abend. Für heuer haben Lisi und ich unser Pflichtsoll an Weihnachtsbäckerei erfüllt; eine Sorte pro Familienmitglied. Laurenz hat seinen Schokoladenstollen bereits vertilgt und Susi knuspert sich durch die Mandelkekse. In der Speis stehen noch blecherne Keksdosen mit Lisis Vanillekipferln, den Zimtsternen von Max und meinen Nussbusserln.

Onkel Stefan und Vera haben ihre wissenschaftliche Arbeit erfolgreich abgeschlossen. Was sie sonst noch so angestellt haben, entzieht sich meiner Kenntnis, weil ich die beiden einfach in Ruhe gelassen und mich nicht mehr gemeldet habe.

»Ich weiß gar nicht, warum du dich so aufregst, Mama!«, ist Susis Kommentar. »Hat doch ein Blinder gemerkt, dass dem Onkel Stefan was gefehlt hat in den letzten Jahren! Total *overworked and underfucked* war der!« Roh formuliert, aber wahr. Der hemmungslose Sex mit Vera hat meinem Onkel gutgetan, was auch seiner Schwester auffällt.

»Im Grunde ist er ja ein armer Kerl«, ist Tante Zenzis Senf

zu diesem Thema beim gemeinsamen Keksbacken. »Für das Zusammenleben mit einem weiblichen Wesen ist er einfach nicht geschaffen. Zweisamkeit auf Dauer tut ihm nicht gut. Er ist halt ein ewiges Betatierchen.«

»Ein was?«, frage ich nach.

»Kein Alpha-, sondern eine Betatierchen. Ewig zweite Reihe. Kein *Influencer*, wenn du so willst. Er beeinflusst nicht, er *wird* beeinflusst. Wobei gegenseitige Beeinflussung in einer Beziehung ja nix Schlechtes ist, verstehst? Das kann auch eine Bereicherung sein. Aber der Stefan, der sendet da irgendwie falsche Signale aus, wenn du mich fragst. Der wird nie bereichert, sondern eher überfahren. Im schlimmsten Fall sogar unterdrückt, Stichwort ›Vulkan-Unfall‹. Sucht sich immer Frauen mit starkem Charakter, der Depp. Verliebt sich hemmungslos und geht aufs Ganze, was ihm aber nicht bekommt, weil er sich sofort unterordnet. Ist eine Art Reflex bei ihm.«

Diese schonungslos ehrliche Diagnose beweist wieder einmal Tante Zenzis Blick für's Wesentliche.

Ich frage mich allerdings, woher sie als eingefleischte Junggesellin derartiges Wissen hat.

»Und wenn's ans Eingemachte geht, dann setzt das letzte Bisserl Hirnbatzl auch noch aus!«

»Äh, wie meinen …?«

»Was werd ich schon meinen!«, fragt sie und legt die mehlig-staubige Küchenschürze ab. »Bumsfallera, Bismarck-Versenken, Einparken … Nenn's, wie du willst!« Sie ruckelt ihren Riesenbusen zurecht und lässt die Träger ihres BHs auf den Schultern schnalzen. »Zeig mir *einen* Mann, der ohne Sex auskommt! Alle gleich! Sogar mein Bruder, der Klugscheißer, mit seinem Akademikergeschwafel. Herausschwitzen kann er's schließlich nicht!«

Nicht alles verdient einen Kommentar. Jedenfalls ist Onkel Stefan merkbar lockerer und Veras Dissertation fertig. Das, und nur das zählt. Gestern ist sie wieder abgereist, zu ihrem Verlobten. Zur Promotion sind wir natürlich alle herzlich eingeladen, hat sie gesagt.

Das gestickte Messer ist übrigens fast fertig; auf dem schwarzen Griff fehlen nur noch die Schrauben, mit der die Klinge fixiert ist.

Von der Vroni hab ich immer noch nichts gehört; mittlerweile ist sie seit fast einer Woche auf Tauchstation. Drei Anrufe, etliche Nachrichten und eine »Entschuldigung«-Postkarte ohne Erfolg. Nichts. Funkstille.

Sie lässt mich also allein mit der Ermittlerei; spielt die beleidigte Leberwurst und macht sich rar. Auch gut. Aber fest steht: Sollte ich den Fall doch noch lösen (hab zwar keine Ahnung, wie) und den Mörder der beiden Primislavs überführen (keine Ahnung, wann), dann braucht sie sich nicht in meinem Erfolg zu suhlen. So viel ist sicher.

Bis es allerdings so weit ist, liege ich in der Nacht wach und grüble. Über den Punkt, wie mir ein dermaßen beschissener Fehler unterlaufen konnte, bin ich hinweg. Wie sagte schon Agatha Christie? »Das Geheimnis des Vorwärtskommens ist der Anfang.« Heißt: Wenn ich den Mörder überführen will, sollte ich mich ernsthaft damit beschäftigen, wer statt dem Pechtl als Täter infrage kommt. Und, bitte schön, zeitnah den Richtigen finden; denn ich habe nicht vor, mir die Verantwortung für einen vorhersehbaren Mord auf die Schultern zu laden.

So plausibel und hassenswert auch der Pechtl in einer Rolle als Serienmörder gewesen wäre: Diese Theorie ist gestorben. Aber wer sonst hat die beiden Primislavs auf dem Gewissen? Und: Cui bono? Wem nützt es? Wurden sie erpresst? Und wenn ja, von wem? Oder ist das Ganze nichts weiter als ein grenzübergreifendes Eifersuchtsdrama? Hatten ihre Partnerinnen die Nase voll von der stetig wachsenden Kinderschar, gezeugt außerhalb vom Herrschaftsbereich? Zumindest bei Theodor ist die chronische Untreue belegt; bei Karel fehlen mir hier die Beweise. Vielleicht sollte ich Kontakt zu den Hinterbliebenen der beiden suchen?

Durch die Schlitze der Rollläden scheint Mondlicht ins Schlafzimmer. Ein Hell-Dunkel-Muster ziert meine Bettdecke. Streifen, in regelmäßigen Abständen. Oder Stäbe. Gitterstäbe … Was, wenn ich den Falschen des Mordes bezichtige? Womöglich jemanden unschuldig hinter Gitter bringe? Würde der Roderich die von mir zugeschanzten Beweise jemals überprüfen? Oder würde er sich, ohne zu zögern, mit fremden Federn schmücken und im Ernstfall die Verantwortung abwälzen? Mich als Sündenbock hinstellen und selber die Lorbeeren einheimsen?

Na toll. Anstatt strategischem Denken ploppen aus meinen grauen Zellen nichts anderes als Versagensängste. Allerdings: Ich stelle eine gewisse Coolness fest, die sich in mir breitmacht. Eine neue Seite an mir. Fühlt sich gut an. Die Panik, die mich noch vor Tagen fest im Griff hatte, ist einer beginnenden Gelassenheit gewichen. »Wer nie verliert, hat den Sieg nicht verdient«, sang schon Udo Jürgens. Jeder fängt mal klein an und macht Fehler, *so what*? Und anstatt mich und meine Angst mit Nutella zu betäuben, gehe ich diesmal konkret und lösungsorientiert gegen das Feststecken im Gedankenstrudel vor.

Ich brauche Frischluft. Also raus aus dem Bett, barfuß rein in die pelzig-flauschigen Ugg-Boots, Daunenjacke über das Nachthemd. Dass mein Smartphone knapp zwei Uhr nachts anzeigt, ist mir egal. Ich mache die Haustür von außen zu und steige auf mein Rad. Die Nacht ist bitterkalt und sternenklar.

Man kann es nicht erklären, nur verstehen. Oder eben nicht. Warum es mir besser geht, wenn ich in der Mauernische der kleinen Schlosskapelle sitze. Und warum ich mich von dem winzigen Gotteshaus mit dem dottergelben Gemäuer und den ovalen Fenstern dermaßen angezogen fühle: Ich weiß es nicht. Schließlich war dies der erste schicksalhafte Ort in meinem Leben, und zwar im negativen Sinn. Nur ein paar Stunden war ich alt, als meine Mutter mich dort ausgesetzt hat. Berechtigte Frage, warum sie genau diesen Ort gewählt hat. Die Kapelle ist nicht unbedingt stark frequentiert. Kein touristischer Hotspot, Messen finden nur am zweiten Sonntag im Monat statt und außerdem liegt die Kapelle direkt an einem Spazierweg. Für eine Kindesweglegung gibt es attraktivere Orte. Im Zentrum natürlich immer die Frage: Wollte mich meine Mutter nur loswerden, ohne über mein Gedeih und Verderb nachzudenken? Oder war ihr Plan, dass ich möglichst schnell gefunden werde? Dann muss sie die Kapelle vorher sehr genau unter die Lupe genommen und gewusst haben, wann die Zeit günstig war. Was wiederum gegen einen spontanen Entschluss spricht, sich von einem Neugeborenen zu trennen.

Aber ich schweife ab. Die Kapelle tut mir gut; und darauf kommt es an.

»Jetzt schick halt einmal ein Zeichen, damit diese scheiß Mördersucherei langsam ein End' hat! Und: was Eindeutiges, bitte!«, schleudere ich dem Kruzifix in der Kapelle entgegen.

Ich bin keine besonders devote Christin, gebe ich zu. Eher rede ich mir meinen Frust von der Seele oder halte Monologe in Richtung Herrgott. Den Rosenkranz bete ich gerne, allerdings eher zur Beruhigung. Wiederkehrendes Beten ohne Betreff liegt mir nicht. Woher soll Gott wissen, was mir am Herzen liegt, wenn nur Vaterunsers und Ave-Marias meinen Mund verlassen? Gott ist schließlich auch nur ein Mann, und da sind klare Worte gefragt.

Um drei Uhr morgens ist alles gesagt. Ich schlüpfe erleichtert aus der Kapelle, hinaus in die schneidende Kälte. Zeit, wieder ins warme Bett zu kriechen. Die alte Holztür fällt knarrend ins Schloss, ich setze die Haube auf und will die Marmorstufen hinuntergaloppieren. Den rechten Fuß auf der ersten Stufe, den linken schon fast auf der zweiten, halte ich im Schwung inne; da ist etwas! Nein, *jemand*! Ich verliere das Gleichgewicht, taste nach dem filigranen Geländer neben der Stiege, greife aber daneben. Ausweichen geht nicht mehr, ich falle vornüber, pralle auf das dunkle Etwas und hänge wie ein Klammeraffe auf einem fremden Rücken.

»He, was …« Die Gestalt befreit sich aus meinem Klammergriff und schießt in die Höhe. Eine Frau der Stimme nach. Zierliche Figur, dunkler Daunenmantel. Mehr erkenne ich nicht, denn der Lichtstrahl einer Smartphone-Taschenlampe zielt plötzlich auf mein Gesicht und blendet.

»'tschuldigung, ich bin gestolpert …« Ich halte mir die linke Hand vor die Augen. »Könnten Sie das bitte ausmachen? Ich will nur zu meinem Rad und nach Hause!«

Augenblicklich geht das Licht aus, und die Frau setzt sich wieder auf die Stufen, als hätte nichts ihre Ruhe gestört. Keine Gefahr, signalisiert mir blitzschnell mein Hausverstand. Die Frau ist nicht meinetwegen an diesem Ort, hat mir nicht aufgelauert, will mir nichts Böses. Der Schreck von vorhin lässt nach, mein Pulsschlag kehrt zum Normaltempo zurück und jetzt, im Mondlicht, ist sie deutlich erkennbar. Ich hätte die Frau sehen müssen vorhin.

Sie dreht sich zu mir um. Spitzes Kinn, Himmelfahrtsnase, große Augen. Keine klassische Schönheit, trotzdem fesselnd. Und irgendwoher kommt sie mir bekannt vor.

»Warum sitzt man um drei Uhr morgens auf den Stufen vor einer Kapelle?«, frage ich.

»Warum ist man um drei Uhr morgens mit Nachthemd und Rad unterwegs zum Beten?«

Touché! Ich plumpse kurz in ein Konversationsleck, öffne alibihalber den Reißverschluss meiner Jacke und tue so, als ob er klemmt. Verlegenheitspause. Und dann mache ich das einzig Logische: Ich setze mich neben die Frau und strecke ihr die rechte Hand hin.

»Rosmarie Dorn.«

Sie nimmt meine Hand und schüttelt sie. »Mona Primislová.«

Es ist einer dieser Glühbirnenmomente; plötzlich geht einem ein Licht in Flutlichtstrahlergröße auf und beleuchtet das finstere Eck der Unklarheiten, in denen sich allerlei diffuser Ramsch sinnlos gestapelt hat. Das Bild aus Theodors Facebookgalerie! Er und eine Frau, eng umschlungen vor der Schlosskapelle! *Diese* Frau! Mona also. Die Mutter seiner Kinder, zumindest von einigen. Die Zahlungsempfängerin, deren Namen ich auf der Überweisung in Theodors Auto gelesen habe. Und leider auch: die Witwe.

»War klar, dass Sie früher oder später hier aufkreuzen.«

»Ha!« Ein freudloses Lachen, dann kramt sie etwas aus ihrer Jackentasche und hält es mir unter die Nase. »Sie auch?« Ihr Deutsch ist absolut akzentfrei.

»Nein danke. Nichtraucherin.«

»Auch gut.« Schulterzucken, Feuerzeug-Klick, erster Zug. Sie bläst Rauchringe in die kalte Luft und lässt sich Zeit, bis sie anfängt.

»Ich will ihn noch einmal sehen.«

Die Frage, wer gemeint ist, erübrigt sich. »Woher wissen Sie, dass Theodor tot ist?«

Sie bläst wieder einen Rauchring in die Luft, schickt einen zweiten hinterher.

»Offiziell weiß ich es noch gar nicht.« Sie sieht mich kurz an, wartet auf eine Reaktion. Ich lasse sie weiterreden. »Theo und ich haben nie zu der Sorte von Paaren gehört, die jeden Tag miteinander telefonieren. Manchmal hat er sich eine Woche lang nicht gemeldet, manchmal zwei. Das war nicht ungewöhnlich. Aber schließlich waren fast zwei Monate um ohne Lebenszeichen von ihm. Da bin ich misstrauisch geworden. Ich habe versucht herauszufinden, wo er zuletzt gewohnt hat.«

»Wussten Sie das zuvor nicht?«

»Nein.« Sie schubst mit ihrem schwarzen Springerstiefel einen Ascherest von einer der Marmorstufen. »Er hat mir nie gesagt, wo er wohnt.«

In Anbetracht der vielen unehelichen Kinder und Theodors zeugungswilliger Lenden kein Wunder. Viel zu riskant, womöglich in flagranti beim Bismarckversenken erwischt zu werden.

»Ich wusste nur, auf welcher Baustelle er gearbeitet hat. Er hat mich ständig betrogen, aber geliebt habe ich ihn trotzdem.« Ihre drei Lagen Kunstwimpern glänzen feucht, und sie zieht die Nase hoch. »Klingt komisch, ich weiß.«

Mir fällt keine Antwort darauf ein. Zumindest keine passende.

»In fünf Tagen ist das Begräbnis. Ich hole Theo ab und bringe ihn nach Hause.« Wieder landet ein Ascherest auf den Marmorstufen.

»Das wird nicht gehen, fürchte ich!«

Sie dreht sich zu mir, eine Augenbraue hochgezogen. »Wieso? Hat ihn schon jemand anderes abgeholt?« Eine Anspielung auf Theodors zahllose Seitensprünge; Galgenhumor.

»Nein, aber …« Ich seufze. Wie weit soll ich ausholen? Reicht es, Mona von der Unfähigkeit der Behörden zu erzählen? Dass sich niemand wirklich um Theodors Tod schert und dass sich – zumindest offiziell – in Sachen Ermittlungen noch nichts getan hat? Dass sein Leichnam erst nach Abschluss des Falles freigegeben wird und niemand weiß, wie lange das dauern wird? Oder soll ich weiter ausholen, ihr vom depressiven Roderich berichten und der Akte in seiner Schreibtischlade, von Vronis und meinen Erkenntnissen, dem Pechtl und meinem Archivbesuch in Nikolsburg?

Mona nimmt mir die Entscheidung ab. Sie zieht ein Stück Büttenpapier mit Eselsohren aus ihrer Jackentasche und hält es mir hin. Zwei ineinander verschlungene Ringe sind darauf gedruckt, zwei Namen in schnörkeliger Goldschrift: eine Einladung.

»Theo hat diese Gegend geliebt. Wir haben im Frühling geheiratet; hier, in der Kapelle.«

Das, finde ich, ist Grund genug für die Wahrheit, die ganze Wahrheit und nichts als die Wahrheit.

Es ist beinahe vier Uhr früh, als ich mit meinen Ausführungen fertig bin. Ich spüre meine Finger kaum mehr und Monas Zigarettenpackung ist leer. Die ganze Zeit über hat sie nur zugehorcht, mich kein einziges Mal unterbrochen, keine Fragen gestellt. Nur an den Rauchringen und dem Klicken des Feuerzeugs habe ich gemerkt, dass sie noch neben mir sitzt.

Ich gebe ihr die Einladung zurück und stehe auf. Die Karte wandert wieder in ihre Jackentasche.

Plötzlich bin ich unsicher. Habe ich ihr zu viel verraten? War es ein Fehler, alles vor Mona auszubreiten, ohne mir ein Bild von ihrem Wissensstand zu machen? Oder bin ich es der frisch Angetrauten eines Ermordeten schuldig, zu sagen, was ich weiß?

»Was haben Sie jetzt vor?«

Mona reibt ihre Hände aneinander. »Zuallererst brauche ich Hilfe von einer Bank.«

Überrascht mich ein bisschen. Ich hatte mit Bürokratie gerechnet. Damit, dass sie die Freigabe von Theodors Leichnam organisieren, sich bei der Polizei als seine Frau melden, seine ehemalige Unterkunft in Sankt Leonhard besuchen und seine Sachen holen muss. Aber natürlich. Leichenüberstellungen sind teuer, vor allem grenzüberschreitende. Womöglich ist bei der Unterkunft noch eine Rechnung offen und die Begräbniskosten bezahlt man auch nicht aus der Portokassa. Solange Theodors Tod in seiner Heimat noch nicht offiziell bestätigt ist, hat Mona wahrscheinlich noch Zugang zu seinem Konto. Geschenkt wird einem schließlich nur der Tod, und sogar der kostet das Leben. Tante Zenzis Spruch.

Ich nenne Mona also noch den Namen der nächstgelegenen Bank und wir tauschen Handynummern aus. Falls sie Hilfe braucht, soll sie mich anrufen, sage ich noch und steige auf mein Rad.

Als ich endlich im Bett bin, ist es halb fünf.

Laurenz hat nicht einmal bemerkt, dass meine Bettseite etliche Stunden in der Nacht leer war.

Momentan arbeitet er an einem Projekt, das er eigentlich nie machen wollte. Zusätzlich zu seinem Perfektionismus, mit dem er sich selbst zerfleischt und den die Kunden so an ihm schätzen, kommen diesmal noch Gewissensbisse. Und zwar niemand Geringerem als sich selbst gegenüber. Weil er seiner Linie nicht treu bleibt. Die Welt um ihn herum existiert also momentan nicht.

»Sichtbeton! Welcher halbwegs normale Mensch will schon mausgraue Wände im Wohnzimmer haben! Und überhaupt, der Name: ›Sichtbeton‹! Klingt nach einer todschicken Neuerfindung. Ist aber nix anderes als pure Sparsamkeit! Man stellt einen Betonklotz hin, spart sich innen Verputz und Wandfarbe und tut so, als wäre das der letzte Schrei! Mit Wohnen im zivilisierten Sinn hat das nichts zu tun; widerlich!«

»Mach's halt nicht, wenn's dir so gegen den Strich geht!«

»Da geht's doch um ganz was anderes, Rosmarie. Der Auftraggeber ist eine Juweliersfamilie. Prestigeträchtige Klientel. Sehr liquide, erlesener Bekanntenkreis. Wenn ich den Auftrag annehme, hab ich a) gewissermaßen den Fuß in der Tür und kann b) auf Folgeaufträge und Empfehlungen hoffen. Aber das verstehst du nicht, mein Schatz. Musst du Gott sei Dank auch nicht.«

Nein, muss ich tatsächlich nicht. Unterschätz mich ruhig, mein Lieber. Ich genieße inzwischen den Deckmantel des naiven Weibchens. Wahrscheinlich rollen sich genau jetzt Alice Schwarzers Fingernägel auf, aber wer mit Ermittlungen in einem Mordfall beschäftigt ist, hat keine Zeit für die Umprogrammierung eines narzisstischen Ehemannes.

Andreas Gabalier grölt »Ulapalu« aus meiner Handtasche, als ich um halb acht die Praxis aufsperre. Mir wird warm ums Herz; die Beleidigte-Leberwurst-Tage sind vorbei!

»Neuigkeiten vom Freund und Helfer! Ein Mann aus

Grödig hat seine Ex-Geliebte wegen Erpressung angezeigt und eine Uniform vom Roderich ist weg! Außerdem geht es ihm ganz schlecht; diese Moni hat ihm das Herz gebrochen!«

»Vroni?«

»Jaaaaaa!!!!«

Ende der Durststrecke; es lebe die Kommunikation! Best Friends forever, Vroni hat mir verziehen und ist wieder da, hurra! Aus ihrer Botschaft werde ich trotzdem nicht schlau. Noch bin ich die Einzige in der Praxis, kann also ungehemmt telefonieren.

»Bitte noch einmal von Anfang an, Vroni. Ich versteh nur Bahnhof!«

Wie hat mir ihr genervtes Schnauben gefehlt! Es entspannt mich; das untrügliche Zeichen, dass die Weltordnung wiederhergestellt ist.

»Freitagnacht, als der Roderich Dienst gehabt hat, musste er eine Anzeige aufnehmen.«

»Gehört zu seinem Aufgabengebiet, oder? Was ist so besonders dran?«

»*Wer* die Anzeige erstattet hat!«

»Und …?«

Sie räuspert sich. Genießt ihren Wissensvorsprung. »Kevin Pechtl.«

Ich brauche einen Moment. »Kann nicht sein. Der hat doch selbst Dreck am Stecken.«

Stichwort Haubinger; blaue Flecken vom nicht ganz einvernehmlichen und kuschelfreien Geschlechtsverkehr.

»Ich habe keinen Anlass, dem Roderich nicht zu glauben, Rosmarie.«

Vronis Stimme hat einen leicht pikierten Unterton; also lenke ich ein. Das zarte Pflänzchen Versöhnung gehört gehegt und gepflegt, ich muss mir also Zeit nehmen. Aber schon hängen die ersten zwei Patienten ihre beigen Winterjacken an die Garderobe. Also verschanze ich mich auf dem Klo; das Gespräch könnte länger dauern.

»Lass hören!«

Und dann erzählt sie mir, dass der Kevin, seines Zeichens Hausl der Haubingers, in der Nacht von Freitag auf Samstag beim Roderich Anzeige erstattet hat.

»Gegen die Frau Haubinger! Wegen versuchter Erpressung!«

Ich unterdrücke den Impuls, Vroni zu unterbrechen. Beiße mir auf die Zunge und weise sie nicht darauf hin, dass meines Wissens die Frau Haubinger vom Kevin erpresst wird, nicht umgekehrt. Ein erneutes Vorpreschen ohne Gegenchecken kann ich mir nicht leisten, schließlich weist mein Ermittlerkonto schon ein dickes Minus auf, die Zahlen am Freundschaftskonto sind ebenfalls tiefrot.

»Laut Kevin wurde er von der Frau Haubinger gezwungen, Botendienste für sie zu machen.«

»Was denn bitte für Botendienste?« Maniküretermine koordinieren? Kleidung aus der Reinigung holen?

»Das hat der Roderich auch nicht wirklich herausgefunden. Aber es hat nichts mit Hausmeistertätigkeiten zu tun gehabt. Der Kevin hat sehr wirr geredet und manchmal mitten im Satz aufgehört. Das Gespräch hat ewig gedauert, sagt der Roderich. Er war hinterher selbst fertig mit den Nerven.«

Das Resultat, wenn Burnout und Schädel-Hirn-Trauma aufeinandertreffen.

»Jedenfalls«, sagt die Vroni, »wollte der Kevin irgendwann nicht mehr. Er hat sich geweigert, die Anweisungen seiner Chefin weiter auszuführen. Und da hat sie die Liebhabergeschichte erfunden, mit allem Pipapo.

Inklusive der Hämatome, quer über Frau Haubingers Becken. »Hat sie glaubhaft präsentiert. Eins-A-Vorstellung.«

»Das war ja Teil ihres Plans«, klugscheißt die Vroni. »Entspricht aber nicht ansatzweise der Wahrheit. Natürlich hat sie den Kevin provoziert. Sie hat ihn verführt und sich gegen ein Bettgestell drücken lassen beim Schnackseln. Hat dem Kevin vorgegaukelt, dass sie auf ruppigen Sex steht.«

»… was ihm gefallen haben dürfte.«

»Wahrscheinlich. Und hinterher hat sie ihm gedroht, ihn wegen Vergewaltigung anzuzeigen, wenn er nicht weiterhin ihre Aufträge ausführt.« Ein Schlürfgeräusch. Tee, eindeutig. Unterrichtet Vroni heute nicht?

»So ein Luder.« Aus dem Wartezimmer sind aufgebrachte Stimmen zu hören. Fünf Minuten vor acht: Ich sollte mich in die Kommandozentrale begeben.

Ich verspreche Vroni, mich in der Sache schlauzumachen.

»Halt, ich bin ja noch nicht fertig! Das mit der Uniform wollte ich ja noch …«

»Frau Dorn, es pressiert! Ich muss unbedingt zur Frau Doktor! Auf einen Termin kann ich heute nicht warten!«

Der Rettenbacher, eilig wie immer. Ich reiße mich aus meinem Gedankenstrudel um Roderich, Kevin und Frau Haubinger, klicke die Vroni weg und schenke ihm Gehör.

»Mein Auspuff, der ist ja nimmer der gesündeste. Aber seit ein paar Tagen, da brennt's wie Feuer!«

»Hämorrhoiden?«

Der Rettenbacher greift sich ans Gesäß, und ich kann ihn nur mit Mühe davon abhalten, mir hier im Wartezimmer die empfindliche Stelle zu präsentieren.

Keine fünf Minuten später haben wir Gewissheit: Nicht Hämorrhoiden, sondern ein verpfuschtes Analbleaching bei einem Hinterhof-Kosmetikstudio sind der Grund für Rettenbachers Qualen. Alles verätzt und wund an den empfindlichen Stellen. Quasi *Ring of Fire.*

Die Frau Doktor verschreibt ihm Salben und Sitzbäder. Ganz gegen ihre Diskretion kann sie sich diesmal die Frage nach dem Warum nicht verkneifen.

»Ein Mann von Welt will gepflegt sein, wenn er seiner Herzensdame gegenübertritt! Auch da, wo die Sonne nie hinscheint!«

»Aber Ihre Frau weiß doch, wie Sie am Südpol aussehen, oder?«

»Wer redet von meiner Frau? Ich hab gesagt *Herzensdame*!«

Dann humpelt er aus der Praxis.

»Neun Uhr: Untersuchung Hämatome Haubinger«, steht auf meinem Terminkalender.

Gemäß Vronis Info-Update allerdings unter geänderten Voraussetzungen. Denn a) wissen wir, dass der Pechtl kein Serienmörder ist, ergo die Frau Haubinger nicht auf seiner Liste steht und b) die gepflegte Mittsiebzigerin selbst kein unbeschriebenes Blatt ist. Würde der Laurenz sagen. Planänderung also: ausquetschen statt schützen.

Die Frau Doktor staunt nicht schlecht, als ich sie auf den aktuellen Wissensstand bringe. Bis jetzt hat sie fest damit gerechnet, ihre misshandelte Patientin vor einem Mörder bewahren zu müssen. Auch sie ist der Frau Haubinger voll auf den Leim gegangen; mit Ballerinas und Perlenohrringen hat sich die Siebzig-Plus-Lady glaubhaft als reuige Fremdgängerin präsentiert.

»Perfekte Inszenierung!«, sagt meine Chefin. »Im Falle einer Anzeige wegen Vergewaltigung hätte sich die Polizei bei uns erkundigt. Und kein Mensch glaubt einem Kevin; nicht einmal, wenn er unschuldig ist.«

Sie reißt die Papierunterlage von der Liege; der ramponierte Arsch vom Rettenbacher hat dort tröpfchenweise rote Spuren hinterlassen.

»Wahnsinn. So ein ausgekochtes Weib.« Sie knüllt das Papier zusammen und stopft es in den Müllkübel.

»Allerdings. Muss eine rentable Sache sein, das mit der Erpresserei.« Nur, worum es dabei geht, ist mir schleierhaft.

»Da reicht ein Name, und schon traut man jemandem das Allerschlimmste zu.« Sie schüttelt den Kopf und zieht sich die Latexhandschuhe von den Händen.

Nebenbei: Die Namensfrage beschäftigt mich auch schon eine Weile. Warum nämlich ausgerechnet der Pechtl einen Kevin zum Sohn hat, das versteh, wer will. Einen Justus, Kreszenz oder Isidor, meinetwegen auch einen Waldemar hätte ich ihm zugetraut. Konservativ, wie der Pechtl selbst. Aber Kevin …?

Kurzerhand beschließen wir also, Frau Haubinger auf den Zahn zu fühlen. Unauffällig, versteht sich. Aber so einfach ist das nicht, denn mutmaßliche Erpresserinnen sind äußerst zurückhaltend mit Informationen.

Von den riesigen Blutergüssen sind nur mehr ein paar gelb-grüne Flecken übrig, das meiste ist bereits verschwunden. Die Frau Doktor tastet also mehr oder weniger sinnlos auf Frau Haubingers Becken herum.

»Wie ist das Verhältnis zu Ihrem … *Hausmeister* jetzt? Unverändert?«

Wie auf Kommando kullern ein paar Tränchen über die perfekt geschminkten Wangen; Frau Haubinger zieht ein Taschentuch aus ihrer Jeans und schneuzt sich geräuschvoll.

»Ich habe mich nächtelang im Schlafzimmer verbarrikadiert und beinahe zu Tode gefürchtet vor diesem Kerl. Es war die Hölle.«

»Hm«, nickt die Frau Doktor und zieht eine Spritze mit Blutverdünner auf. In meine Richtung schüttelt sie den Kopf; Befragung sinnlos.

»Also«, sagt meine Chefin und rammt die Nadel ohne Vorankündigung in den wohltrainierten Po, »alle Blutergüsse sind resorbiert, Frau Haubinger. Ich kann Sie guten Gewissens nach Hause schicken. Frau Dorn druckt Ihnen ein Rezept für eine pflegende Salbe aus.«

Ihr eindeutiger Blick in meine Richtung heißt wohl: *Mach was draus*! Aber was?

Improvisation war noch nie dein Ding, raunt mir mein entmutigtes Ermittler-Ego zu, als ich den Computer starte. Aber dann, begleitet von Dudelsackgeblase und dem Duft von Shortbread, taucht Miss Marple vor meinem geistigen Auge auf. Sie wirft ihren Wetterfleck nach hinten über die Schulter, stemmt die Hände in die Hüften und ruft mir zwei Worte zu: natürlich blond!

Und da ist sie, die rettende Idee.

SIEBZEHNTES KAPITEL

Erzählt vom Weg, der im Staccato in die richtige Richtung führt, von einem Traum-Body-Mass-Index, der mir an dieser Stelle herzlich wurscht ist, und einer Prise Pathos aus dem Internet. Heiße Nächte, hundsbraune Büschel und eine verschwundene Uniform tun ihr Übriges. Mein Mann hilft mir mehr, als ihm lieb ist. Es geht um unerwartete Großzügigkeit, einen fatalen Irrtum und darum, dass endlich alles gut wird. Laurenz muss sich nicht schämen und der Roderich darf sich mit Ruhm bekleckern.

In Krimis, egal ob Film oder Buch, probieren Ermittler ständig neue Methoden aus. Sie stellen den Tätern Fallen, schlagen sie mit ihren eigenen Waffen und ziehen ausgefeilte Taktiken durch, und seien sie noch so fragwürdig. Der selbstverliebte Täter mordet indessen ahnungslos weiter. Einziges Hindernis ist meist ein naiver Polizeichef, der den Weg zum Erfolg mit Misstrauen pflastert und drohend mit dem Kündigungsschreiben wedelt, sollte der Serienmörder nicht innerhalb der nächsten eineinhalb Stunden zur Strecke gebracht werden. Kriminalgeschichten sind voll von unterbelichteten Chefs, Schreibtischhengsten, die keine Ahnung von zielorientiertem Ermitteln haben, und von kauzigen Detektiven. Einsame Wölfe in abgewetzten Jeans und armygrünen Jacken, die den Fall bereits gelöst haben, während wir vor dem Fernseher erst die Chipspackung öffnen. Schlussendlich siegt um 21.45 Uhr das Gute über das Böse, der naive Chef klopft seinem Untergebenen anerkennend auf die Schulter und muss zähneknirschend eingestehen, wer hier *the brain* ist.

Fernab von Buch und Flat ist alles abgespeckter. Die Realität ist ein abgefeimtes Luder, das händereibend in der Ecke steht und hämisch kichernd das große Scheitern erwartet, während man sich selbst für unbesiegbar hält. Die Realität steckt perfekt gestylt in einem athletischen Körper und trägt Designerkleidung, während man selbst im Polyamid-Glitzerpulli vom Kaffeeröster schwitzt und die Haare notdürftig mit dem Haargummi der kleinen Tochter im Zaum hält. Realität ist, beim Summen von einem halben Dutzend Hörgeräten im Wartezimmer und kollektivem Deoversagen, weil die Heizung wieder einmal spinnt, alles auf eine Karte setzen zu müssen. So eine Realität ist nicht fair, ich beneide den Kommissar zur Primetime heftig.

Trotzdem: Dies hier ist meine einzige Chance. Was ich vorhabe, ist gewagt. Ein kurzer Gedanke an Reese Whitherspoon als doofe Klischeeblondine vor dem Anwaltsexamen: Was die kann, kann ich auch.

Ich starte das Karteiprogramm, um nachzuholen, was ich bei Frau Haubingers Erstbesuch nicht erledigt habe: ihre Akte anlegen.

»Sooo, jetzt bräuchte ich bitte ein paar Daten von Ihnen«, flöte ich und starre konzentriert auf den Bildschirm.

Frau Haubinger, ganz gestresste Lady, nickt gönnerhaft und stellt ihre echte Louis-Vuitton-Tasche auf meinem Tisch ab.

»Also«, beginne ich, »Geburtsdatum?«

»7. September 1939.«

»Sozialversicherungsnummer?«

»18-19.«

»Staatsbürgerschaft?«

»Österreich.«

»Religionsbekenntnis?«

»Römisch-katholisch.«

Standardfragen; ihre Aufmerksamkeit sinkt. Gut so. Sie kramt gelangweilt in der Tasche, während ich an Tempo zulege. »Geburtsort?«

»Brezi. Tschechien.« Ich hämmere in die Tasten, sie fischt einen Labello aus dem Louis, cremt sich geistesabwesend die Lippen ein.

»Familienstand?«

»Verheiratet.«

Ich knalle ihr die Fragen um die Ohren.

»Straße?«

»Baumiglstraße 9.«

»Postleitzahl?«

»5081, Anif.«

»Körpergröße?«

»1,76 Meter.«

»Gewicht?«

»54.« Sie lächelt überlegen, und ich senke anerkennend den Kopf. Ihr Body-Mass-Index ist mir wurscht, aber die Richtung stimmt.

»Blutgruppe?«

»Null positiv.«

»Bearbeitungsgebühr?«

»10.000.«

Sekunden nach ihrer Antwort klappt sie den Mund weit auf und wieder zu. Einer dieser Momente, in denen man die berühmte Stecknadel fallen hören könnte. Natürlich fällt keine.

»… und Ihr Rezept, bitte schön!« Als wäre nichts gewesen, reiche ich der Frau Haubinger den Zettel und lächle. Sie nicht. Sie schnappt ihren Louis und verlässt im Stechschritt die Praxis.

»Das musst du mir jetzt erklären, Rosmarie«, sagt die Frau Doktor, zieht mich ins Behandlungszimmer und schubst die Tür mit dem Fuß zu.

»Der eine wartet, dass die Zeit sich wandelt, der andere packt sie an und handelt!«, zitiere ich und zucke betont lässig mit den Schultern.

»Was hat Dante Alighieri mit deinem Verhör da draußen zu tun?«

Touché! Mit einem gegoogelten Zitat kann ich meine Chefin nicht beeindrucken.

»Na jaaaa«, ich setze mich auf die Behandlungsliege und lasse die Beine baumeln, »so langsam passen die Puzzleteilchen zusammen.«

Ich starre aus dem Fenster; im Nachbargarten entwirrt eine alte Dame eine verwurschtelte Lichterkette. »Und um sicherzugehen, dass ich am richtigen Weg bin, habe ich ein Experiment gewagt.«

Ratlos starrt die Dame auf eine riesige Thuja, die offenbar weihnachtlich beleuchtet werden soll. Aber wie anfangen?

»Die Sache mit dem Kevin und seinen Botengängen für die Frau Haubinger: Er streikt, und als Strafe hängt sie ihm eine Vergewaltigung an. Da ist mehr dahinter, als dass er nur ihren Mistkübel nicht mehr ausleeren will.«

Die Frau Doktor nickt und lehnt sich mit dem Hintern an ihren Schreibtisch. »Mhm; was noch?«

»Dann«, rede ich weiter, »ist mir die Schlägerei eingefallen, die ich bei der Eröffnungsfeier des neuen Gemeindezentrums beobachtet habe.«

»Irgendwelche Saufbolde kommen sich doch immer in die Quere, oder?« Sie verschränkt die Arme.

»Ja. Es war aber nicht irgendwer. Es war der Kevin. Seine ehemaligen Bauhackler-Kollegen haben ihn verdroschen.«

Diese Info wiederum habe ich vom Fischer Xaverl. Der hat am Tag nach der Schlägerei beobachtet, wie sich der Kevin in der Apotheke Verbandszeug und Wundsalben besorgt hat. Mit Veilchen und Schrammen. Klar, dass der Xaverl der Sache auf den Grund gegangen ist.

Augenbrauenrunzeln. Kopfschütteln. Ich warte noch ein paar Sekunden, bevor ich zum eigentlichen Kern der Sache komme.

»Sie haben ihren Frust an ihm ausgelassen, weil er sich auf die Gegenseite geschlagen hat: Vor seinem Unfall war er ein ganz normaler Bauhackler. Jetzt ist er die linke Hand einer Erpresserin.«

Die Rädchen im Kopf der Frau Doktor schnackeln und rattern. Sie dreht konzentriert ihren Ehering am Finger; wie immer, wenn sie schwer am Nachdenken ist.

»Der Baumeister Haubinger ist für seine Sparsamkeit bekannt«, nehme ich den Faden wieder auf. »Er bezahlt nur das Allernötigste. Am liebsten arbeitet er mit Firmen aus Tschechien zusammen; die sind nicht allzu weit von Österreich entfernt und haben deutliche niedrigere Stundensätze als die Österreicher.«

Laurenz' Baustellenanekdoten fallen mir ein. Ich erzähle der Frau Doktor von den Schwierigkeiten, die EU-Ausländer auf heimischen Baustellen haben. Dass laut EU zwar freier Waren- und Personenverkehr erlaubt und erwünscht ist, im Baugewerbe die Uhren aber anders ticken.

»Es ist für ausländische Firmen extrem schwierig, in Österreich zu arbeiten. Besonders kleine Betriebe werden zuallererst unter Generalverdacht gestellt, an der Steuer vorbei zu arbeiten.

Aber Österreich ist quasi die Hochburg der Ämter, und daher geht ohne Formulare erst einmal gar nix. Ausbildungsnachweis, Versicherung, Nachweis über Deutschkenntnisse, Gewerbeschein ... all das muss erst vom Amt abgesegnet werden, bevor ein ausländischer Unternehmer auf einer Baustelle mit seiner Arbeit beginnt.«

»Klingt nach Papierkrieg«, seufzt meine Chefin.

»Ist es auch. Wirtschaftskammer, Finanzamt und Krankenkassen arbeiten in dieser Sache eng zusammen. Die Strafen sich hoch, wenn man sich nicht an die Spielregeln hält.«

»Und warum das Ganze?«, will die Frau Doktor wissen.

»Offiziell, um die heimischen Arbeitsplätze zu schützen.«

»Aha«, faucht sie, »aber wenn Mozartkugeln nach Ungarn gekarrt und dort einpapierlt werden, weil es billiger ist ... dagegen sagt niemand etwas??«

Nach gut einer Minute erst reißt sich die Frau Doktor gedanklich von den Mozartkugeln los, winkt ab und schüttelt den Kopf.

»Alles in allem ein Spießrutenlauf, umständlich und heikel. Beim kleinsten Fehler auf dem Formular: ab nach Hause ... Und genau da kommt die Frau Haubinger ins Spiel. Sie hat sich ein lukratives Geschäftsmodell einfallen lassen.«

»Du meinst, sie hat die Kombination aus ihrer Muttersprache und dem Know-how für die Behördenwege zu Geld gemacht?«

»Ich vermute es«, seufze ich. »Sie hat sich um die Formalitäten gekümmert, an denen ausländische Firmen sonst womöglich gescheitert wären. Für eine bescheidene Bearbeitungsgebühr von 10.000 Euro.«

Ich grinse; die Aktion vorhin war genial. Drüben im Garten stellt die alte Dame gerade eine wackelige Leiter auf.

»Die Zahlungen sind – davon gehe ich zumindest aus – nicht über ein Konto geflossen, sondern in bar. Alles andere wäre nachvollziehbar gewesen. Und den heiklen Part des Geldeintreibens …«

»… hat sie dem Kevin überlassen!« Gute Mitarbeit, und meine Chefin ist sichtlich stolz darauf.

»Er ist einfach gestrickt und gut gebaut. Außerdem fragt er nicht viel. Dürfte nicht allzu schwierig gewesen sein, ihn zur Mithilfe zu überreden.«

Ich lehne am Fensterbrett und nicke. »Zumindest so lange, bis er einen seiner Ex-Kollegen abzocken musste und dafür Schläge einkassiert hat.«

Die alte Dame steht auf der obersten Stufe der Leiter und streckt sich bei dem Versuch, die Lichterkette um die Thuja zu wickeln. Mein Blick schweift zum Fußboden im Behandlungszimmer. Die hundsbraunen Büschel am Boden; was könnte das sein? Und noch bevor ich alle wollähnlichen Beweisstücke, die sich aus Frau Haubingers Schuhprofil gelöst haben, einsammeln kann, stürzt die Metallleiter im Nachbargarten scheppernd zu Boden.

»Scheiße!«, ruft meine Chefin noch und rast aus der Praxis.

Viel später als sonst komme ich heim. Die Erstversorgung der Verunglückten, das Ausfüllen der Akten und das Verständigen der Verwandten hat fast drei Stunden in Anspruch genommen. Ein verheerender Unfall, sinnlos und vermeidbar. Der Klassiker: Leiter auf wackeligem Grund aufgestellt, mit Filzpantoffeln auf der rutschigen Stufe ausgerutscht und – zack! – Schädelbasisbruch. Und das alles wegen einer Lichterkette, die ohnehin nicht mehr funktioniert hat.

»Meine Rede«, fühlt sich Laurenz bestätigt. »Weihnachten wird überbewertet. Das Ganze ist nur ein Mix aus a) Konsumzwang und b) Wettrüsten mit Leuchtmitteln.«

»Geh!« In Sachen Weihnachten ist Tante Zenzi eher auf meiner Seite; in ihren Augen ist Laurenz ein nüchternes Arbeitstier, das sich den besinnlichen Seiten des Lebens verwehrt.

»Das ist doch grad das Schöne: die Freude auf das Fest der Feste!«, schwärmt sie. Wie ich liebt sie die Vorweihnachtszeit. »Sei froh, dass du nicht in den USA leben musst, bei diesem traditionslosen Haufen! Die haben nur ihre Rentiere und Zuckerstangen. Aber wir, wir haben Nikolaus und Krampus, die Perchten, die Rauhnachtsläufe …!«

Laurenz gibt sich geschlagen und trollt sich zu seinen Plänen.

Wegen der Aufregung in der Praxis habe ich komplett auf Vroni vergessen; natürlich ist sie beleidigt, als ich mich erst am Abend bei ihr melde.

»Du wolltest mir noch was sagen, oder? Stichwort Moni und Uniform?«

Vroni ist eine Diva; es braucht ein paar lustige Anekdoten aus der Praxis, bis sie auskunftsbereit ist. Quasi als Warm-up. Die Sache mit dem Analbleaching vom Rettenbacher gefällt ihr. Aber dann:

»Roderich, neue Flamme … Weißt du noch?«

»Die Sportliche mit dem Himmelfahrtsnäschen?« Ich erinnere mich.

»Genau die. Aushilfssekretärin bei der LPD Salzburg, Plaudertasche, große Liebe. Zumindest von Seiten Roderichs.«

Ich ahne Schlimmes. »Und …?«

Und dann schildert mir Vroni haarklein den momentanen Seelenzustand ihres Geocacher-Kollegen. Dem ruhmreichen Roderich wurde nach allen Regeln der Kunst das Herz gebrochen. Zarte Verliebtheit, Romantik, große Gefühle, Liebesschwüre, stürmische Küsse, feurige Leidenschaft. Genau in der Reihenfolge. Und dann: Game over!

»Zuerst hat sie ihn mit ihrem Charme verzaubert. Der war auf Wolke sieben, sag ich dir.« Nachvollziehbar. Ein psychisch labiler Witwer, noch dazu Mobbingopfer im früheren Berufsleben: So einer lechzt ja geradezu nach Zuneigung und Herzenswärme. »A gmahde Wiesn« auf gut Salzburgerisch. Und wenn dann noch so ein süßes Himmelfahrtsnäschen … Moment! Irgendwo, tief in meinem Innern, schrillt eine Alarmglocke.

»Du hast nicht zufällig ein Foto von dieser Moni, oder?«

»Pah, warum sollte ich?« Vroni ist hörbar empört über mein Interesse an einer hinterlistigen Herzensbrecherin. Aber ich lasse nicht locker. Widerwillig verspricht sie, ihre Fotos am Smartphone zu durchkämmen.

»Ich glaub, der Roderich hat mal was geschickt. Zum Angeben, wie fesch seine neue Flamme ist.« Vroni klingt gelangweilt. »Willst du jetzt noch wissen, was mit der gestohlenen Uniform war, oder nicht?« Natürlich will ich.

Der Roderich erwacht also, sagt Vroni, nach einer heißen Nacht mit seiner Himmelfahrtsnasen-Puppe. »Viermal haben sie … sagt er zumindest.«

»Angeber!«

»Ich würde eher sagen: Nachholbedarf!« Jedenfalls, sagt Vroni, war die Uniform vom Roderich weg, als er sich anziehen wollte. Die Moni ebenfalls.

»Der hat doch sicher mehr als eine Uniform, oder? Warum hat er nicht einfach etwas anderes angezogen?«

»Weil er bei ihr zu Hause war! Also, zumindest in ihrem *vorübergehenden* Zuhause ...«

»Hä ...?«

Genervtes Seufzen von Vroni-Seite. »Vorübergehend. Eine gewisse Zeit. Nicht lange dauernd. Temporär. Such dir was aus!«

»Ja, ich hab schon mal davon gehört, danke!« Ich muss mich echt am Riemen reißen; Klugschiss par excellence!!

»*Warum* hat die Moni ein vorübergehendes Zuhause? Ist sie frisch geschieden und musste ausziehen? Lebt sie noch bei ihren Eltern? Oder hat sie Handwerker im Haus und wohnt derweil bei einer Freundin? Such dir was aus!«

»Nichts von alldem«, antwortet Vroni. »Sie wohnt in der Pension ›Zum heiligen Christophorus‹. Übergangsmäßig, bis ...«

Und beim Namen der Pension wird aus dem kurzen Alarmglockenschrillen eine langanhaltende Sirene. Die Unterkunft, in der Theodor Primislav, Mordopfer Nummer eins, bis kurz vor seinem Tod gewohnt hat. Und ebendort wohnt jetzt: Moni. Auch bekannt unter: Mona. Mona Primislová. Kein Zufall. Einer dieser Momente, in denen sich Puzzleteile unaufgefordert zueinanderfügen, die ersten Konturen erkennbar sind und sich nach und nach das gewünschte Bild ergibt. Himmelfahrtsnäschen. Christophorus. Aushilfssekretärin. LPD.

Bis jetzt habe ich, was das Lösen von Mordfällen angeht, an ein Erfolgsgefühl geglaubt; daran, dass sich eine unglaubliche Befriedigung einstellt, wenn aus einem Verdacht eine Theorie wird. Erst recht, wenn man sie mit Beweisen untermauern kann. Aber jetzt, wo es so weit wäre; jetzt, wo ich an dem Punkt bin, auf Ermittlungserfolge und Kombinationsgabe stolz sein zu können, bin ich so down wie schon lange nicht mehr. Warum, in Gottes Namen, freue ich mich nicht? Jetzt, wo ich endlich und schön langsam in Miss Marples große Fußstapfen hineinwachse: Wieso packt mich da so eine ungeheure Schwermut? Vielleicht, weil ich für das Unrecht, das hier vor sich geht, verursacht von einer dreifachen Mutter und jungen Witwe, Verständnis habe. Und weil ich mir denken kann, warum diese Moni die Uniform vom Roderich geklaut hat. Oder Mona. Spielt aber eigentlich keine Rolle.

»Lass mich raten: Als der Roderich schließlich ins Büro gekommen ist, waren alle seine Aufzeichnungen zu den Mordfällen Primislav weg. Zumindest das Wenige, das er selbst aufgeschrieben hat.«

»Ja, aber woher … Erklär's mir!«

Und genau das mache ich. Ich liefere Erklärungen ab für alles, wovon ich glaube, dass es zusammenpasst. Dass Moni alias Mona nicht zufällig als Aushilfssekretärin bei der Salzburger Polizei arbeitet, sondern weil sie dem Tod ihres Mannes auf der Spur ist. Aus ihrer Sicht absolut verständlich. Dass der Roderich, leichtgläubig und liebeshungrig, ein weise ausgewähltes Opfer war, um sich Zutritt zu Polizeiakten zu verschaffen.

»Und deswegen die Uniform …?« Manchmal braucht Vroni etwas länger.

»Ja sicher. Wie sonst hätte sie sich unauffällig im Büro vom Roderich bewegen können? Nachdem sie herausgefunden hat, dass er – zumindest offiziell – an dem Fall dran ist, hat sie sich an ihn herangemacht. Leichte Übung.«

Als Nächstes erkläre ich Vroni die Sache mit den Finanzen. Ehrlicherweise muss ich zugeben, dass ich hier wieder so was von auf dem Holzweg war. Als Erstes brauche ich Hilfe von der Bank, hat Mona damals in der Nacht vor der Schlosskapelle zu mir gesagt.

»Aber damit war keine Finanzspritze fürs Begräbnis gemeint, sondern Einsicht in fremde Kontoauszüge.« Mona Primislova muss erfahren haben, dass ihr geliebter Theodor regelmäßig Überweisungen in sehr hohen Summen getätigt hat. An jemanden, der sich im Baugewerbe gut auskennt.

»Bearbeitungsgebühr: 10.000 Euro«, wie schon Frau Haubinger, unfreiwillig, sagte.

Der tschechischen Sprache mächtig, war es kein Problem für Mona, mit anderen Handwerkern auf Baustellen zu reden.

»Und als Sekretärin bei der LPD hatte sie sogar Zugriff auf die Baustellendatenbank.«

Vroni antwortet nicht, also rede ich weiter.

»Sie wusste genau, welche tschechischen Staatsbürger gerade auf welchen Baustellen gearbeitet haben. Einige hat sie sicher befragt, stelle ich mir vor. Und so nach und nach hat sie das Geschäftsmodell der Frau Haubinger entlarvt: Hilfe bei Amtswegen und gefälschte Papiere gegen ein fürstliches Honorar.«

Eine Weile schweigt Vroni. Überhaupt bin ich nicht mehr sicher, ob sie mir gedanklich gefolgt ist. Aber dann: Aha-Erlebnis.

»Das heißt also: Mona hat sich mit Hilfe der Uniform und unter einem Vorwand Einsicht in fremde Konten verschafft. Der Bösewicht war die ganze Zeit über also nicht der Pechtl, sondern die Frau Haubinger mit ihrem Geschäftsmodell?«

»Richtig«, lobe ich sie. »Der Pechtl ist sicher kein Freund der Familie Primislav, aber auf dem Gewissen hat er keinen der beiden Männer. Frau Haubinger hat ihren Kevin als Geldeintreiber eingesetzt. Aber Theodor und Karel haben sich geweigert zu bezahlen. Und deshalb …«

»… liegen sie jetzt in der Gerichtsmedizin«, schlussfolgert Vroni und sinniert noch ein bisschen. »Trotzdem: die Sache mit dem Hund ist mir noch nicht ganz klar. Warum hat Othello ausgerechnet Theodor Primislav gejagt und zerbissen? Es hätte jeden anderen ebenso gut treffen können!«

Damit hat sie recht; ein weißer Fleck auf meiner Ermittlungslandkarte.

»Eigentlich ist dieser Kevin ein ganz armes Schwein!«, sagt Vroni plötzlich. »Er steht mit dem Rücken zur Wand: Seine ehemaligen Spezln hassen ihn, weil er Geld von ihnen eintreibt, und seine jetzige Chefin will ihn wahrscheinlich loswerden, weil er zu viel über ihre Geschäfte weiß.«

Mir wird klar, worauf sie hinauswill. Was ich die längste Zeit übersehen habe: Der Kevin ist nicht nur Opfer seines Namens. Schlimmer: Er ist Mordopfer Nummer drei.

Weiße Flecken auf der Landkarte wollen getilgt werden; sie sind wie Ausmalbilder für Kinder. Wie die Sonne mit dem freundlichen Gesicht und den langen Strahlen, die über der Blumenwiese leuchtet und im Bild immer rechts oben in der Ecke sitzt. Natürlich kann man die Sonne auch weiß lassen und nur Wiese und Blumen bunt anmalen. Aber in der Farbstiftpackung ist auch ein Gelb dabei; und das Bild wirkt kompletter, wenn auch die Sonne Farbe abbekommt.

Auf Sonne muss ich verzichten, als ich in Frau Haubingers Haus einsteige; es ist nämlich finstere Nacht und zappenduster. Muss es auch, denn nur so hat mein waghalsiges Vorhaben überhaupt den Funken einer Chance zu gelingen.

Es war ein spontaner Entschluss von der Vroni und mir, sich an so eine wahnwitzige Aktion heranzuwagen. Und die einzige Chance, das Leben vom Kevin zu retten. Davon sind wir überzeugt.

»Die fackelt jetzt nicht mehr lange, das sag ich dir«, hat mir Vroni eingeschärft, als sie kurz nach unserem Telefonat vor meiner Tür gestanden ist. Mit schwarzen Leggings, schwarzem Pulli und einem Plan.

»Zur Lösung fehlen uns genau zwei Sachen: Die Antwort auf die Hundefrage und ein Hinweis, was sie mit dem Kevin vorhaben könnte.«

Uns! Und warum geistere ich dann allein durch das parkähnliche Grundstück der Haubingers?

»Einer muss im Fluchtauto bleiben«, sagt Vroni. »Schaust du keine Krimis?«

Derweil sie also in einem schwarzen Fiat 500 (Leihauto; war meine Idee!) in einer Seitenstraße parkt, bin ich auf leisen Sohlen und mit einem Sender im Ohr (Leihgabe von Vronis Mann aus der Schulversuchswerkstätte seiner Schüler) unterwegs in Richtung Glashaus. Denn dass ich nicht gemütlich durch den Haupteingang spazieren kann, war mir von vornherein klar. Schließlich schaue ich regelmäßig Krimis. Natürlich mussten wir den ruhmreichen Roderich einweihen; und das war auch gut so, denn zum ersten Mal hat auch er etwas zur Lösung dieses Falles beigetragen.

Er hat uns mit Infos über das Haubinger-Grundstück gespeist.

»Drei Einbrüche, allein im letzten Jahr! Daher Alarmanlage und Wachhund. Hat ihnen der Roderich empfohlen.«

»Wachhund??? Ich geh da nicht rein, Vroni! Keine Chance, no way!« Man denke an den zerbissenen Primislav!

Aber Vroni ist tougher als gedacht. Aus ihrer Jackentasche zaubert sie Hunde-Leckerlis.

»Hab ich mit Dormicum beträufelt! Du musst sie dem Hundsviech also nur im passenden Moment zuwerfen, und alles ist gut.« Wie sie an das hochdosierte Schlafmittel gekommen ist, muss ich nicht wissen.

Ich schleiche also um die Haubinger-Villa, auf der Suche nach dem alten Glashaus, in dem die Palmen und Zitruspflanzen überwintern. Zumindest laut Roderich, der als Freund und Helfer die Haubingers bei der Installation der Alarmanlage beraten hat.

»Das Glashaus ist zwar alarmgesichert, aber einer der Sender ist kaputt. Du musst nur an der richtigen Stelle hineinschlüpfen, an den Palmen vorbei und dann weiter in die Garage. Ist alles miteinander verbunden. Ich sag dir an, was du tun musst«, sagt Vroni wichtig und tippt mit dem Finger auf den Hausplan der Villa, der im A3-Format auf ihren Knien liegt.

»Mach einfach, was ich sage, und alles wird gut.«

Und hier bin ich also. Das Glashaus, angeschlossen an Garage und Villa, ist auf Hochglanz poliert und funkelt im Licht des Vollmondes. Ich seufze; Tom Cruise, steh mir bei!

»Achtung, Bewegungsmelder!«, raunt Vroni in meinen Knopf im Ohr.

Also drücke ich mich so dicht wie möglich an der Hausmauer entlang, um nicht schon vor Eindringen in das Haus einen Alarm auszulösen.

Und eigentlich bin ich jetzt unendlich froh über das simpel gestrickte Gemüt des *Facility Managers*, sprich Hausl. Also Kevin. Denn eine der Glasplatten liegt, im Gegensatz zu den anderen, nur locker auf der metallenen Unterkonstruktion. Wollte er wahrscheinlich reparieren, hat aber drauf vergessen. Das Glashaus in Kniehöhe ist halb in das leicht abfallende Grundstück gebaut; ein Leichtes, auf das schräge Dach zu klettern.

»Jetzt Platte anheben und: Einstieg!«

Ich hasse es, wenn sie klugscheißt, die Vroni. Und das Schlimmste: In dieser Situation kann ich ihren Klugschiss nicht abstellen. Ich bin auf ihre Kommandos und Vorwarnungen angewiesen, damit diese Aktion hier funktioniert.

Leichtfüßig klettere ich durch den Einstieg, der sich aus Kevins Schlampigkeit ergeben hat, in das Winterquartier der überdimensionierten Tropenpflanzen. Palmwedel rascheln leise, als ich daran vorbeischleiche in Richtung Garage. Ich weiche einer Zitrone aus, die auf dem Boden liegt; wahrscheinlich abgefallen vom üppigen Bäumchen.

»Jetzt durch die Garage; Arbeitszimmer befindet sich im Keller.«

Warum sich ein wohlhabender Baumeister, der noch dazu an die 3.000 Quadratmeter Grund sein Eigen nennt, in einem uralten Kellerbüro zum Arbeiten aufhält, das versteh, wer will. Ich finde den kleinen Raum, durch den nur wenig Tageslicht fallen kann, so klein, wie die Kellerfenster sind. Das Zimmer mit Regalen vom schwedischen Möbeldiscounter, in Buche furniert, ist ein Relikt aus den Anfangszeiten seiner Karriere. Stelle ich mir vor. Mehr hat er sich nicht gegönnt.

»Und woher willst du wissen, dass das, was wir suchen, im Arbeitszimmer ist? Die Frau Haubinger hat ihre Unterlagen ganz bestimmt nicht im Büro ihres Mannes aufbewahrt«, habe ich Vroni bei unserer Planbesprechung gefragt.

Unterlagen; haben Erpresserinnen so etwas überhaupt?

»Wetten, dass doch? Der Baumeister Haubinger ist für seine Sparsamkeit bekannt. Es gibt nur ein Büro in der Villa, sagt der Roderich. Und das ist im Keller, gleich neben der Garage.«

Na gut. Dass mein Eindringen in die Villa bis jetzt unbemerkt geblieben ist, grenzt an ein Wunder.

Ich taste mich vorsichtig durch den Keller. Es riecht muffig und nach Kartoffeln. Dem wackeligen Schuhregal, Marke Onlineshop eines Kaffeerösters, weiche ich gerade noch aus. Als ich erleichtert aufatme, fällt mein Blick auf die Schuhe, die hier überwintern. Lack-Ballerinas. Die, in denen die perfekt gepflegten Hinterhufe der Frau Haubinger gesteckt sind bei ihrem ersten Besuch in der Praxis. Die mit der dunkelblauen Ripsschleife. Am linken Schuh ist nur mehr der Heißkleberfleck, mit dem die Schleife befestigt war. Die Schleife selbst ist in der Tasche meiner Regenjacke, daheim.

»Bingo!«, murmle ich.

»Was?«, fragt Vroni irritiert, aber ich gebe Entwarnung. Dass ich die fehlende Ripsschleife am Glanufer entdeckt habe, mit Matsch bedeckt, erzähle ich ihr später. Der Beweis, dass Frau Haubinger ebendort unterwegs war. Wahrscheinlich, als Mord Nummer eins passiert ist.

»Soweit ich von hier aus sehen kann, schlafen die Haubingers. Alles finster. Hast du schon was?«, nuschelt Vroni in mein Ohr.

»So schnell geht's auch wieder nicht«, zische ich gereizt zurück, als ich mich so leise wie möglich durch die Papierberge im Kellerbüro blättere.

Schließlich weiß ich nicht einmal, wonach ich suche. Aber wie sagte schon Miss Marple? *The way lies before you!* Geh deinen Weg! Und plötzlich: ein Knurren hinter mir.

»Rosmarie …?«

Mein Atem wird schneller, ich schwitze unter der schwarzen Sturmhaube. Die Bestie, irgendein weißer Köter mit sabbernden Lefzen, ist in Angriffsstellung und fixiert mich mit kalten Augen.

Jetzt nur nicht die Nerven verlieren! Und: Niemals einem Hund in die Augen schauen! Tante Zenzis Rat. Also fische ich vorsichtig ein Leckerli aus meiner Jackentasche und werfe es der Bestie zu. *All in*! Alles oder nichts, friss oder stirb. Wobei hier eher: Bestie frisst nicht, Rosmarie stirbt. Worst-case-Szenario. Aber nein: Vronis Idee mit dem Dormicum war die beste seit Langem: Der Höllenhund kippt röchelnd zur Seite, kurz nachdem er das Hundekeks verschlungen hat. Freie Fahrt.

Vroni seufzt synchron mit mir erleichtert auf.

Der Schreibtisch: kreatives Chaos. Abrechnungen, Pläne, Mustermappen mit Bodenbelägen, Farbkarten für Hausfassaden, Lieferscheine: alles wild durcheinander.

Moment: Lieferscheine! Auf einem der Durchschläge erkenne ich eine bekannte Unterschrift: Frau Schneider. Bei der Ausgabe von genehmigungspflichtigen Medikamenten habe ich in der Praxis schon mehrmals ihre Unterschrift benötigt. Ich mache ein Foto vom Lieferschein; wer weiß, wie lange das Dormicum wirkt und die Bestie im Tiefschlaf ist.

»Aus! Ende, ich finde hier nichts mehr!«, flüstere ich in mein Mikro am Headset.

»Okay«, nuschelt Vroni enttäuscht.

Nichts wie raus, ich bin schon viel zu lange hier! Beim letzten Blick auf den Schreibtisch sehe ich es: der Kalender! Und eine Notiz, eingetragen beim 14. Dezember: »WJ«. Mit Bleistift hingekritzelt. Also noch ein Foto. Beim Umdrehen stolpere ich fast über die schlafende Bestie. Gerade noch so taumle ich an ihr vorbei, stütze mich an der Wand ab und halte mich auf den Beinen. Und was ich am Halsband des Höllenhundes sehe, lässt mir das Blut in den Adern gefrieren.

»Externe Kommandos!«, sagt Vroni, als ich mich wieder neben sie auf den Beifahrersitz unseres schwarzen Fluchtautos plumpsen lasse. Während sie den Dogtracker der Bestie, den ich todesmutig vom Halsband entwendet habe, in ein kleines Plastiksackerl steckt, komme ich erst so langsam von meinem Adrenalin-Trip runter. Schließlich steigt man nicht alle Tage durch Glashäuser in fremde Villen ein, um nach Beweisen zu suchen. Tom Cruise und ich sind auf Augenhöhe, Stichwort *Mission Impossible*!

»So muss es gewesen sein: ganz bestimmt! Sie hat Kommandos aufgenommen und den Hund per Dogtracker zur Attacke angestiftet.« Kurzer Seitenblick zu mir. »Sprachmemos!«

Wenn sie das sagt. Ich bin noch ganz lull und lall.

Vroni cruist mit unserem schwarzen Blitz kreuz und quer durch Grödig und Anif.

»Vernebelungstaktik!«, erklärt sie mir stolz. Sollte jemand unser heimliches Tun bei der Villa beobachtet haben, wollen wir ihn nicht auch noch zu uns nach Hause lotsen.

Es ist halb vier Uhr morgens, als wir bei Honigmilch und den gesammelten Beweisen bei mir daheim am Küchentisch sitzen. Noch eine Tasse Kaffee, und ich wäre den sicheren Herztod gestorben.

»Also, das mit dem 14. Dezember ist leicht«, erklärt mir Vroni, als sie in meinem Stehkalender blättert. »Wahrscheinlich will sie den Kevin an diesem Tag abmurksen.«

»Genau. Der vielbeschäftigte Mörder trägt sich seine Termine in den Planer ein, damit er nicht durcheinanderkommt!« Ich deute Vroni den Vogel.

»Ja, meine Güte, was soll es denn sonst sein!«, ist sie beleidigt.

»Außerdem: Was sollten das W und das J bedeuten? Soweit ich weiß, sind das nicht die Initialen vom Pechtl, oder?«

»Nein.« Sie zupft die Haut, die sich auf der Oberfläche der Honigmilch gebildet hat, aus der Tasse.

Eine Zeit lang schlürfen wir beide wortlos vor uns hin. Und dann, auf einmal:

»Die Wilde Jagd!!« Vroni packt mich am Oberarm und tippt mit der anderen Hand auf den Kalender.

»Der 14. Dezember: Das ist der zweite Donnerstag im Advent! An diesem Tag findet die Wilde Jagd vom Untersberg statt. W und J! Sicher!«

»Okay …« So weit, so gut. Der Termin wäre also geklärt. Aber das ist erst die halbe Miete.

Wie das Ganze vonstattengehen soll: kein Plan.

Wieder schweigsames Rühren in unseren Tassen. Ich hole mein Smartphone aus der Jackentasche und wische ein bisschen hin und her. Das Foto vom Lieferschein mit der Unterschrift von Frau Schneider habe ich noch gar nicht genauer betrachtet. Ich zoome es größer:

»Transport und Aufstellen Kran und Krankübel am 5. Dezember«. Unterschrift: »Schneider«.

»Vroni?«

»Hm?«

»Kennst du jemanden, der bei der Wilden Jagd mitmacht?«

»Jaaaa, schon«, sagt sie gedehnt. »Willst du mitlaufen?«

»Nein. Einen Mord verhindern.«

Die Flut an Sagen, die im Laufe der Zeit über den Untersberg entstanden sind, würde schon ausreichen, um ihn geheimnisvoll erscheinen zu lassen. Aber der Koloss zwischen Salzburg und Bayern nährt jedes Jahr im Dezember sein mystisches Image mit einem Brauch, den es sonst nirgendwo gibt: die wilde Jagd vom Untersberg.

»Fällt in die Kategorie ›Lärmumzüge zur Vertreibung der Winterunholde‹.«

Tante Zenzi schnaubt und wirft ihrem Bruder einen wütenden Blick zu. »Und jetzt bitte einmal idiotensicher, für das niedere Fußvolk ...!«

Erst nach einem Espresso und drei Vanillekipferln lässt sich Onkel Stefan zu einer vereinfachten Erklärung herab.

»Die Wilde Jagd vom Untersberg findet immer am zweiten Donnerstag im Advent statt. Also in einer Rauhnacht. Der Brauch soll Fruchtbarkeit, Glück und Segen in die Häuser einziehen lassen. Zwölf Gestalten, quidam Personen mit wild aussehenden Masken, ziehen zusammen durch die dunkle Nacht ...«

»Was, zur Hölle, heißt quidam?« Tante Zenzi, kurz vor der Explosion.

»Lateinischer Ausdruck für *sozusagen.*«

Tante Zenzi zieht ihrem Bruder die Dose mit den Vanillekipferln weg und sendet tödliche Blicke.

»Also«, referiert er weiter, »sie ziehen zusammen durch die dunkle Nacht, die nur von Fackeln erhellt wird. Trommler und Schwegelpfeifer begleiten die unheimlichen Gestalten von Bauernhof zu Bauernhof.«

»Quidam a) das Böse vertreiben und b) dem Guten Platz machen; Kernbotschaft bei sehr vielen Bräuchen, soweit ich weiß. Was ist an der Wilden Jagd so besonders?«, fragt Laurenz, strikter Verweigerer von Volkskultur und Brauchtum.

»Erstens: Diesen Brauch, an dem zwölf verschiedene Figuren teilnehmen, gibt es in dieser Form nur rund um den Untersberg. Die magische Zahl zwölf kommt in diversen Bräuchen vor. Außerdem: 12 Raunächte, 12 Kirchen rund um den Untersberg. Alle Figuren haben eine eigene Bedeutung und kommen in den Untersbergsagen vor. Und zweitens ...«

Ich ziehe Laurenz beiseite; Fakten über einen aus seiner Sicht sinnlosen Brauch interessieren ihn eh nicht. In meiner Faust habe ich die hundsbraunen Büschel, die uns Frau Haubinger am Praxisboden hinterlassen hat. Ich mache die Hand auf und sehe Laurenz fragend an.

»Holzwolle. Wird zum Isolieren verwendet.« Auf meinen fragenden Blick hin ergänzt er: »Zur Wärmedämmung. Wird oft verwendet, wenn alte Häuser renoviert werden. Zuerst Dämmschicht in Form von Platten, dazwischen Holzwolle. Und darüber Verputz.« Er runzelt die Stirn. »Warst du auf einer Baustelle?«

»Nein.« Und noch bevor ich mir eine Ausrede überlegen kann, greift er sich an die Stirn.

»Gut, dass du mich erinnerst!« Er schaut auf die Uhr. »Fast hätte ich die Baubesprechung bei Frau Schneider vergessen! Sie baut ihr Haus um, isolieren lässt sie es auch. Riesenbaustelle. Sogar einen Kran hat sie sich aufstellen lassen.«

Die Trommeln schlagen. Auf dem geschotterten Platz bewegen sich zwölf finstere Gestalten geschmeidig durch die schwarze Nacht. Dutzende Zuschauer reihen sich dicht an dicht und beobachten das magische Spektakel, wohliges Gruseln inklusive.

Der Baum, ein in Tannenreisig verpackter Hüne, streift mit seinem duftenden Geäst absichtlich ganz knapp an den Zuschauern vorbei. Begeistertes Kinderquietschen.

Der Rabe bewegt seinen überdimensionalen Schnabel aus Papiermaché langsam auf und ab. Kraaa, kraaa, kraaa.

Der Bärentreiber lotst seinen brüllenden Bären an der Kette in die Zuschauermenge.

An jedem Haus, jedem Bauernhof, an dem die Wilde Jagd vom Untersberg Station macht, dasselbe Procedere: Die Gestalten versammeln sich nach einem wilden Lauf über Wiesen und Felder, um den Tresterer zu tanzen, den Bewohnern ihre Reverenz zu erweisen und Glückwünsche auszusprechen. Wer der Wilden Jagd folgen will, muss schnell und ortskundig sein, denn auf offenen Feldern und Seitenwegen gibt es keine Beleuchtung.

»Hier?«, flüstert mir Vroni ins Ohr. Ich nicke. Der ruhmreiche Roderich hat am Kran Posten bezogen, der auf dem Grundstück der Frau Schneider steht. Dass dieses stählerne Ungetüm für Kevins Ableben bestimmt sein muss, war der Vroni und mir klar. Leider erst, als wir schon unterwegs zur Wilden Jagd waren, also: zu spät.

Kevin. Der mit dem Krankübel fährt. Das kindliche Gemüt des Hausmeisters ist seiner Arbeitgeberin schon mehrere Male von Nutzen gewesen. Beim Geldeintreiben und beim Fixieren von Karel Primislav am Kranzlstichgalgen zum Beispiel. Naheliegend, dass sie ihm zur Belohnung eine Fahrt im Krankübel versprochen hat, damit er bessere Aussicht auf das Spektakel der Wilden Jagd hat.

Kevin ist unauffindbar; womöglich hat ihn Frau Haubinger schon in den Krankübel gelockt. Alles, was wir jetzt noch tun können, ist, Frau Haubingers Plan zu durchkreuzen. Wenn sich die Gelegenheit bietet.

Moosweiberl, Riese Abfalter und Saurüssel bewegen sich mit ihren Gefährten zu den Klängen der Schwegelpfeifen. Immer im Kreis. Am schwierigsten ist der Tanz für die

Habergoaß, die aus zwei Personen unter einem Leintuch besteht: Der Hintere muss sich komplett auf seinen Vordermann verlassen, denn Gucklöcher gibt es nur im Gesicht des Fabeltieres. Mit dem Besen kehrt die Hexe symbolisch alles Böse weg vom Haus, bei dem die Wilde Jagd Station macht. In diesem Fall: Frau Schneiders Haus. Ich setze alles auf die Symbolik und greife nach dem Kruzifix an meiner Kette.

Und dann der Ruf: »Glück hinein, Unglück heraus! Es zieht das Wilde Gjoad ums Haus!«

Die zwölf Gestalten rasseln, scheppern, schreien und klappern, bevor sie aufbrechen zu ihrem wilden Lauf.

Die Schaulustigen lassen sich zum Spaß von den Gestalten jagen, angreifen und mit Schnee einreiben.

»Da!« Vroni zeigt nach oben, zum Krankübel. Sie krallt sich in meinen Oberarm und hält den Atem an. Denn über den Kübelrand, in gut 50 Metern Höhe, schaut: Kevin. Oder …? Ein Haarbüschel, eine Hand. Und plötzlich: ein Schrei.

Ein menschlicher Körper, in freiem Fall. Noch bevor er am Boden aufprallt, stoppt ein Seil den Sturz und lässt die zappelnde Fracht gut zehn Meter über dem Boden baumeln.

Vronis Schrei geht im Tumult der Wilden Jagd unter, niemand hört hin, geschweige denn dreht sich um. Der Tross aus Sagengestalten und Zuschauern ist bereits unterwegs zum nächsten Gehöft, über das verschneite Feld.

Nur Vroni, der Roderich und meine Wenigkeit stehen unter dem Kran.

»Vielleicht sollte jemand jetzt dann einmal die Leiche vom Strick schneiden«, sagt Roderich sinnigerweise, und allein daran erkennt man: Der Mann hat keinen Plan.

»Zuallererst werden die Spuren gesichert, die Polizei

gerufen und *dann*: Leiche runter«, belehrt ihn Vroni, und der Roderich nickt verlegen.

Und dann: Stille. Wir stehen zu dritt unter der Leiche, die mittlerweile nicht mehr baumelt, sondern nur mehr sanft hin und her schwingt.

»Das ist noch einmal gutgegangen«, sagt eine Stimme hinter uns. Den jungen Mann, der sich angepirscht haben muss, habe ich noch nie zuvor gesehen, aber der Roderich stürmt auf ihn zu und umarmt ihn.

»Kevin!«

Vroni und ich schauen uns an, fassungslos. Weil wir nicht glauben können, was wir da sehen, und uns 1.000 Dinge im Kopf herumsausen wie wild gewordene Flipperkugeln. Zum Beispiel:

Wer baumelt da oben am Strick, wenn das eigentliche Mordopfer froh und munter vor uns steht?

Wer hat den Kevin gewarnt und ihm so das Leben gerettet?

Und: Wieso begrüßen Roderich und Kevin sich dermaßen herzlich? Die beiden liegen einander immer noch in den Armen und drücken sich. Ich wende mich diskret ab.

Mit Lederjacke und dreilagigen Fakewimpern taucht plötzlich Mona neben mir auf, und somit ist klar, wem Kevin seine Rettung zu verdanken hat.

»Sobald ich von Kevins Unschuld überzeugt war, wusste ich, was zu tun ist«, sagt sie und drückt mit der Schuhspitze eine Zigarette aus. »Den Mord an meinem Theo hat jedenfalls …«

»… der Othello begangen«, sage ich und ernte einen erstaunten Blick vom Roderich, der jetzt vom Kevin ablässt. »Frau Haubinger wusste über die Spazierroute vom Pechtl Bescheid und hat dafür gesorgt, dass Theo zu eben diesem

Zeitpunkt selbst in den Wiesen von Fürstenbrunn unterwegs war. Sie hat den Dogtracker mit einem Mikro ausgestattet und dem Hund via Funk Befehle ins Ohr geflüstert.« Das *Missing Link* zwischen Frau Haubinger und Pechtls Hund steht leibhaftig vor uns: Kevin. Ob seiner Naivität hat er keinen Verdacht geschöpft, als ihm seine Chefin ein neues Halsband für den Hund seines Vaters geschenkt hat.

»Mord Nummer zwei …«

»… geht auf Kevins Konto«, unterbricht mich Vroni. »Somit bringt dieser Abend eine gute und eine schlechte Nachricht für den armen Kerl: Einerseits ist er noch am Leben, andererseits muss er sich für einen Mord verantworten.« Im Hintergrund bietet sich uns ein seltsames Bild: Der ruhmreiche Roderich holt Handschellen von seinem Gürtel und klickt sie dem Kevin um die Handgelenke. Dann legt er ihm eine Hand auf die Schulter, drückt ihm einen Kuss auf die Wange und flüstert ihm etwas zu.

Etwas irritiert sauge ich die kalte Nachtluft ein – Kevin leistet keinerlei Widerstand. Er scheint dem Roderich voll und ganz zu vertrauen. Näheres muss ich nicht wissen.

»Mord Nummer drei …«, Mona schaut in die Runde, »na ja. Wir wissen, was hätte passieren *sollen*. Warum dann die Fernbedienung für den Krankübel in meiner Jackentasche war«, sie grinst, »das werden wir nie erfahren. Denn sobald die Polizei eintrifft, wird sie in Frau Haubingers Hand zu finden sein. Ich tippe auf Selbstmord aus Reue.« Sie zündet sich eine neue Zigarette an und bläst Ringe in die Luft.

»Fernbedienung?« Vroni schüttelt den Kopf. »Ich dachte, der Krankübel war alt und mit einem Hebel zu bedienen …?«

»Nein. Die Auftraggeberin, Frau Schneider, hat sich beim Baumeister Haubinger beschwert. So ein altes Trumm kommt ihr nicht auf die Baustelle, hat sie gesagt. Sie will eine sichere Baustelle, hat sie ihm erklärt. Und dann ist er mit einem nigelnagelneuen Krankübel wiedergekommen. Bedienbar mit Fernsteuerung.«

Roderich ist sichtlich stolz auf seinen Beitrag zum Tathergang und verschränkt die Arme über seiner Bauchkugel.

»Also ...«, sagt Vroni und schaut nach oben zur Leiche, »das da oben ist definitiv die Frau Haubinger.«

»Yep«, sagen Mona und ich gemeinsam. Dann räumen wir das Feld und überlassen alles andere dem Roderich.

»Schaut total echt aus!«, lobt die Susi mein Stickbild mit dem Messer und der Blutlache. »Viel zu schade, um in einer Schuhschachtel zu vergammeln!« Sie holt einen weißen Rahmen aus ihrem Zimmer und hängt meine Stickerei im Flur auf.

»Na, was hab ich gesagt?« Laurenz tippt auf die Zeitung und wirft beinahe seine Kaffeetasse um. »Du brauchst deine Nase nicht in Kriminalsachen zu stecken! Die Polizei kommt schon noch drauf, wer die beiden Bauarbeiter ermordet hat. Schlimme Sache, das ...«

»Was ist das eigentlich?«, fragt Susi, als sie vor dem Bild steht. »Kreuzstich?«

Ich schüttle den Kopf: »Salzburger Rippenstich.«

ENDE

GLOSSAR

… und hier noch ein paar Ausdrücke aus dem Salzburgischen, damit jeder versteht, was Rosmarie meint:

Fein gsackelt: *schön angezogen*

Ein Zeitl: *unbegrenzte Zeitspanne;* kommt auf das Zeitgefühl von demjenigen an, der den Ausdruck verwendet

Etwas feigelt: *funktioniert nicht, wie es soll,* und kostet daher Zeit und Nerven

Hausl: *Hausmeister*, Technischer Leiter, Facility Manager

Bei jedem Hundderschlagen dabei sein: seine *Freizeit auf* nicht ganz so wichtigen beziehungsweise komplett überflüssigen Events verbringen; Dabei zu sein, wenn *wirklich* ein Hund erschlagen wird, ist für die Rosmarie kein Thema.

Tuberer: *zäher Schleim/Auswurf*, der sich beim Husten aus den Bronchien löst und unschön den Mund verlässt; hauptsächlich bei alten Männern; kommt – je nach Gesundheitszustand – in den Farben Gelb, Grün und Braun vor

Gespannt wie ein Vierzger-Zwirn: Der Vierzger-Zwirn ist besonders dünn und reißt leicht. Wer wie ein Vierzger-Zwirn gespannt ist, *hält es fast nicht mehr aus vor lauter Neugier.*

Sich tummeln: *sich beeilen*

Auf den Sender gehen: *auf den Keks gehen, nerven*

Schuppen: hier nicht die herabrieselnde Kopfhaut in Kleinteilchen, sondern eine *Hütte oder ein Verschlag zum Verstauen von Gerätschaften und Krimskrams für Haus und Garten*

ein Pantscherl anfangen: *wenn's zwischen zwei Leuten in Sachen Liebe funkt*; eher ungünstig, wenn einer von beiden in einem Dienstverhältnis zum anderen steht

Schau ma mal, dann segn mas scho: ganz klare Definition von: *Das kann ich dir jetzt noch nicht sagen, warten wir ab.*

Der arme Heiter: Diese irreführende Bezeichnung hat nichts mit Heiterkeit zu tun. Im Gegenteil: Gemeint ist hier ein *armer Tropf, bemitleidenswerter Mensch*. Dieser Ausdruck lässt sich nicht gendern.

DANKSAGUNG

Die erste Fassung ist immer Mist.

Gemäß Hemingways weisem Spruch habe ich allen Pathos weggekürzt und komme gleich zur Sache.

Zuerst einmal: danke, dass Sie das Buch zu Ende gelesen haben! Es sei denn, Sie wollten gleich zu Beginn wissen, wie die Geschichte ausgeht. Lassen Sie das und fangen Sie von vorne an!

Beim Schreiben tauche ich ab, das bisschen Haushalt tangiert mich dann nur peripher und ich überlasse meine Familie ihrem Schicksal – ihnen gebührt also die Tapferkeitsmedaille!

Warnung: Ich sehe, ihr kommt gut zurecht. Also schreibe ich guten Gewissens weiter.

Ich danke meinem Mann und meinen Freundinnen fürs Anfeuern. Meinem Vater und meiner Tante, dass sie vor Stolz fast platzen. Helga für medizinische Ratschläge, ihr Feedback und die legendäre Rib-Him. Onkel Karli für unverzichtbares Wissen und Anekdötchen aus der Juristerei.

Ich danke Manfred fürs Bestärken und dem Gmeiner-Verlag für die herzliche Aufnahme! Meiner Lektorin Claudia Senghaas für ihre Geduld; schließlich bin ich noch grün hinter meinen österreichischen Autoren-Ohren!

Und natürlich danke ich allen, die schon neugierig sind, wie es mit Rosmarie Dorn weitergeht – bis bald!